Der Asteroid ist noch das kleinste Problem

Kennedy, Katie:
Der Asteroid ist noch das kleinste Problem
ISBN 978 3 522 50550 5

Übersetzung: Julia Gehring
Einbandgestaltung: formlabor
Innentypografie und Satz: Kadja Gericke
Reproduktion: Digitalprint GmbH
Druck und Bindung: CPI books GmbH, Leck

Die englische Originalausgabe erschien unter dem Titel
Learning to swear in America bei Bloomsbury Children's books, New York.

KATIE KENNEDY

DER ASTEROID ist noch das KLEINSTE PROBLEM

Aus dem Amerikanischen von Julia Gehring

PLANET!

Für meine Familie

Kapitel 1

KEINE PANIK

Im All gibt es keine Luft. Und deshalb raste der Asteroid in absoluter Stille auf die Erde zu. Von den zwei Objekten, die Richtung Nordamerika flogen – dem Asteroiden BR1019 und der amerikanischen Militärmaschine aus Moskau, die Yuri Strelnikov transportierte –, machte nur dessen Flugzeug ein Geräusch. Während es mit röhrenden Motoren den Landeanflug antrat, ließ dieser Gedanke Yuri leicht lächeln.

Das Flugzeug setzte auf, rangierte, und kurz darauf öffnete der Pilot die Türen für seinen einzigen Passagier. Yuri trat auf die Gangway. Er ließ seinen Blick über das in gleißendes Sonnenlicht getauchte Rollfeld wandern. Dann trottete er mit seinem Koffer und einer Umhängetasche hinunter zu einem wartenden Hubschrauber.

Auf seinen Schultern spürte er den schneidenden Riemen der Tasche und die Hitze der Sonne. Während er mit einer Hand den Koffer schleppte, krempelte er sich mit der anderen im Gehen die Ärmel seines Hemds hoch. In den letzten Monaten war er zweieinhalb Zentimeter gewachsen. Jetzt waren die Ärmel noch lang genug, aber in zwei Wochen würden sie es vielleicht nicht mehr sein. Wie sollte er hier an ein neues Hemd kommen? Besser war es, die Ärmel von Anfang an hochzukrempeln, so war man gleich daran gewöhnt.

Ein amerikanischer Offizier trat vor, um die Tür des Hubschraubers zu öffnen. Er stieg hinter Yuri ein und nickte dem Piloten zu. Yuri nahm die Kopfhörer, die er ihm hinhielt, und einen Moment später hörte er die Stimme des Mannes in seinen Ohren knistern. »Das Near-Earth-Object-Programm der NASA ist im Jet Propulsion Labor in Pasadena, Los Angeles, untergebracht. Ich zeig es Ihnen, wenn wir uns nähern.«

Der Pilot drückte ein paar Knöpfe, der Helikopter bebte und sprang an. Dann hob er ab, und wieder fiel der Boden unter Yuris Füßen weg. Yuri legte eine Wange an die Fensterscheibe und starrte auf die blaue Wölbung des Himmels über Amerika.

Er würde den Asteroiden nicht sehen. Das wusste er. In dem Moment, in dem man ihn sehen würde, wäre es schon zu spät. Denn auch wenn er jetzt noch durch die dunklen Tiefen des Weltraums flog, bewegte sich der Asteroid mit 255 000 Kilometern pro Stunde vorwärts.

Yuri saß auf der Rückbank des Hubschraubers. Die Kopfhörer dämpften das Dröhnen der Rotorblätter. Er blickte auf die trockene Stadt hinunter, die flacher und heller war als Moskau, und wusste noch nicht, was er von ihr halten sollte. Sie war einfach … anders. Yuri warf einen verstohlenen Blick zum Offizier und versuchte nicht herumzuzappeln.

Als sich der Hubschrauber in die Kurve neigte und herabsank, konnte er sehen, wie Menschen in weißen Gebäuden mit großen Glasfenstern den Landevorgang beobachteten. Der

Offizier rief Yuri zu, den Kopf unten zu halten, als sie herauskletterten. Er legte ihm eine schwere Hand in den Nacken, um sicherzugehen, dass er die langsamer werdenden Rotorblätter nicht berührte. Dann geleitete er Yuri ins Innere eines der Gebäude. »Viel Glück«, sagte er.

Yuri wollte schon »Ihnen auch« sagen, als ihm bewusst wurde, dass es irgendwie unangebracht wäre. Er suchte noch nach einer Erwiderung, als der Mann schon wieder verschwunden war.

Einen Moment stand Yuri da und befingerte nervös den Riemen seiner Umhängetasche. Er wünschte sich, er hätte den Koffer nicht dabei. Wer brachte schon einen Koffer mit in ein Bürogebäude? Der Luftzug einer Klimaanlage blies in Wellen durch seine blonden Haare.

Ein Sicherheitsmann kam auf ihn zu und sagte: »Folgen Sie mir«, dann drehte er sich um und führte Yuri bis zur Tür eines großen Konferenzraums. »Warten Sie hier drin.« Er deutete mit dem Kopf auf die Tür und ging davon.

Yuri trat ein. Der Raum war sehr klein. Zwei Stühle standen an der rechten Wand, zwei an der linken, ein kleiner Tisch mit einem Stapel alter Zeitschriften an der hinteren Wand. Ein Junge von vielleicht fünf oder sechs Jahren saß auf einem Stuhl auf der linken Seite. Yuri streifte seine Tasche ab und setzte sich ihm gegenüber. Der Junge umklammerte die Henkel der Plastiktragetasche vor ihm, als ob Yuri sie ihm klauen könnte. »Wer bist du?«

»Yuri Strelnikov. Wer bist du?«

»Ich soll nicht mit Fremden reden.«

»Ah.«

Sie schwiegen einen Moment.

»Ich bin Tim.« Das Kind ließ sich bäuchlings über beide Stühle plumpsen, sein Kopf hing über das eine Ende. Es rollte sich auf die Seite und zeigte auf Yuris Gepäck.

»Was ist da drin?«

»Hauptsächlich Kleidung.«

»Ich habe Bauklötze dabei.«

Tim nahm die Tüte und kippte einen Haufen Bauklötze auf den Boden. Er begann einen Turm zu bauen, einen Klotz auf den anderen.

»Deine Basis muss breiter sein. Siehst du, wie schief er ist?« Yuri zeigte auf den Turm. »Neigungswinkel ist bestimmt schon acht Grad.«

Yuri setzte sich zu ihm auf den Boden und schob zwei lange Klötze an den Fuß des Turms. »Das erhöht Standsicherheit.«

Tim grabschte nach weiteren Klötzen und vergrößerte die Basis seines Turms, sodass sie nun vier Blöcke breit war.

Die Tür ging auf. Ein großer glatzköpfiger Mann spähte herein. Unter seiner hohen kronenartigen Stirn sah er sie mit stechend blauen Augen an. »Dr. Strelnikov?«

Yuri stand auf. »Ja?«

Der Mann errötete, dann machte er einen Schritt vorwärts und streckte ihm die Hand entgegen. »Ich bin Karl Fletcher, Direktor vom Near-Earth-Object-Programm der NASA. Schön, Sie an Bord zu haben.«

Er führte Yuri aus dem Raum. »Entschuldigen Sie das Durcheinander. Der Junge ist der Enkel einer Förderin unseres Programms. Er dürfte gleich von ihr abgeholt werden.«

»Aha.«

Fletcher räusperte sich. »Sie sind siebzehn, richtig?«

»Ja.«

Flechter zuckte entschuldigend mit den Achseln. Da verstand Yuri. *Ach so.* Der Sicherheitsmann hatte gedacht, Yuri sei der Enkel! Und dann hatte der Direktor auch noch zwei Kinder am Boden mit Bauklötzen spielen sehen, als er in den Raum gekommen war. Peinlicher ging's ja nicht. Yuris Gesicht wurde heiß, und er wusste, dass das alles nur noch schlimmer machte.

Flechter schleifte ihn in einen großen offenen Konferenzraum. An der hintersten Wand standen Tische mit Kaffeekannen. Der Koffer brachte Yuri immer noch in Verlegenheit, und er schob ihn mit einem Fuß unter einen der Tische. Der Direktor stellte ihm ein paar Leute vor – die Koffeinabhängigen vom Dienst vermutlich –, und Yuri entspannte sich langsam. Sie trugen Namensschilder mit der Aufschrift »NASA« und dem Logo der Behörde, einer Umlaufbahn und einem Flügel im Stil der 50er-Jahre.

Fletcher reichte ihm ein Namensschild, und Yuri musste bei dessen Anblick lächeln. Er hatte seinen Namen zwar schon einmal auf Englisch geschrieben gesehen, aber es sah immer noch witzig aus mit dem *y* und dem *u*, für die das Russische nur einen Buchstaben brauchte. Er steckte es an sein Hemd.

»Ich weiß nicht, was Sie über diesen Gesteinsbrocken gehört haben«, sagte Fletcher. »Da Sie uns helfen werden, ihn aufzuhalten, will ich Sie mal auf den neusten Stand bringen. BR1019« – er sagte es wie ›Bie Ar Tenn Naintien‹ – »stammt nicht aus dem Asteroidengürtel, er kommt von irgendwo weit draußen. Wir wissen nicht, ob er schon einmal an der Erde vorbeigeschwenkt ist. Er könnte eine Umlaufbahn von Tausenden von Jahren haben. Oder er ist mit einem Stück Weltraummüll zusammengeprallt, was seinen Orbit vielleicht verändert hat.«

Yuri nickte. So was passierte ständig.

»Er ist dunkel, deswegen haben wir ihn erst so spät entdeckt – und er kommt aus Richtung Sonne. Das macht es natürlich noch schwieriger.« Fletcher schnappte sich einen Donut aus einer der vielen Schachteln neben den Kaffeekannen. »Ein Amateur ist auf ihn aufmerksam geworden.«

»Klingt peinlicher, als es ist«, sagte Yuri achselzuckend. »Vermutlich haben Sie nur Orte im Blick, wo Asteroiden normalerweise herkommen. Und dieser hier folgt rückläufiger Umlaufbahn.«

»Ja, das hatten wir nicht erwartet«, gab Fletcher zu. »Form, Spektralanalyse – wir hatten noch keine Zeit, das alles zu machen. Erst mussten wir uns darauf konzentrieren, den Orbit zu berechnen, und als sich herausgestellt hat, dass er uns direkt treffen würde, mussten wir die Geschwindigkeit ermitteln …«

»Dann wissen wir also, wie lange wir noch haben«, sagte Yuri.

»So ist es.«

Bei den Kaffeekannen an der Wand herrschte Hochbetrieb. Menschen gingen ständig raus und rein, ihre Schritte lautlos auf dem hellblauen Teppich.

»Also, was genau soll ich tun?«

Ein Mann mit randloser Brille und lichtem Haar näherte sich dem Tisch, aber er hatte nicht die Kaffeekannen im Visier. Etwas an seinem Schritt ließ Yuri verkrampfen. Unauffällig schob er sich vor seinen Koffer.

Der Mann legte seinen Kopf schief, und als Fletcher auf Yuri deutete, um ihn vorzustellen, sagte er schon: »Das russische Wunderkind, hm?«

Yuri war nicht sicher, was er darauf antworten sollte, oder ob es überhaupt eine Frage war. Aber er merkte, wie die Aufmerksamkeit im Raum plötzlich zu ihnen schwenkte. Die Leute sahen herüber.

»Ich bin Zach Simons.«

»Zach ist Ihr Teamleiter«, sagte Fletcher. »Zach, das ist …«

»Ja, ich weiß, wer er ist. Ich weiß nur nicht, warum er hier ist. Eine Frage, Dr. Strelnikov. Rasieren Sie sich schon?«

»Zu formellen Anlässen«, sagte Yuri und hielt Simons Blick stand. »Ich habe mich am Abend rasiert, als ich Wolf-Preis für Wissenschaftler entgegengenommen habe, zum Beispiel.«

Ein anerkennendes Raunen erhob sich im Raum, und Simons lief rot an.

»Okay«, sagte Fletcher. »Schön, dass ihr zwei euch nun kennengelernt habt.« Er führte Yuri weg von Simons auf die andere Seite des Konferenzraums. »Ihn vom Kurs abzubringen, wäre natürlich die erste Wahl«, kam Fletcher wieder aufs Thema zurück. »Aber dafür ist es zu spät. Also werden wir versuchen, ihn abzuschießen, probieren, ihn in einzelne Stücke zu sprengen, und hoffen, dass sie klein genug sind, um in der Atmosphäre zu verglühen. Das optimale Zeitfenster bietet sich, wie wir bereits wissen, wenn sich 1019 in Erdnähe befindet.«

Yuri trat ungeduldig von einem Bein aufs andere. Das wusste er schon. Jeder wusste das schon.

»Im Grunde erarbeiten wir ein riesiges mathematisches Computermodell, das ich in dreiundzwanzig Bereiche aufgeteilt habe.« Fletcher schob sich das letzte Stückchen Donut in den

Mund und leckte sich die Finger ab. »Wir haben entsprechend viele Teams. Jedes arbeitet an einem Teil des Problems.«

Flechter forderte Yuri mit einem Wink auf, ihm zum anderen Ende des Konferenzraums zu folgen. Yuri holte verlegen seinen Koffer hervor und schleppte ihn hinter Fletcher her. Als ob er mit seinem Alter, das ungefähr ein Drittel von dem aller anderen hier betrug, noch nicht genug auffiel.

»Sie sind in Team elf und arbeiten mit dem charmanten Zach Simons und mit Bruce Pirkola zusammen. Das ist der Mistkerl da drüben, der sich gerade die Packung Paracetamol reinzieht. Da hinten in der Ecke, sehen Sie? Ausgerechnet in dieser Woche hat er sich einen gottverdammten Nierenstein zugelegt.« Fletcher sah Yuri forschend in die Augen. »Ich baue mal darauf, dass Sie zu jung für Nierensteine sind.«

»Ja, Sir.«

»Gut.« Er streckte Yuri einen dicken Stapel Blätter hin, der mit einer schwarzen Klammer zusammengehalten wurde. »Das ist ein Überblick über das Modell. Ihr Teilbereich ist markiert. Sie, Simons und Pirkola finden heraus, mit was wir es füttern müssen.«

»Welche Waffen benutzen wir? Wir brauchen Informationen über Masse, Geschwindigkeit …«

»Ja.« Fletcher mahlte mit dem Kiefer. »Wir haben Leute, die daran arbeiten. Sie benötigen daher keinen Zugang zur Waffenliste.«

Yuri starrte ihn an. »Das sind wichtige Informationen. Um unseren Teil zu berech…«

»Ihr Team braucht das nicht zu wissen«, sagte Fletcher.

Yuri bohrte seinen Daumennagel in den Riemen seiner Tasche. »Wie können Sie denn einigen Leuten Informationen vorenthalten, die daran arbeiten ...«

»Nicht *einigen*«, sagte Fletcher mit einem knappen Lächeln. »Nur Ihnen. Schauen Sie, wenn Sie meinen, Details zu den Waffen würden etwas an Ihren Berechnungen ändern, fragen Sie Simons. Er ist Ihr Teamleiter. Er kann mit mir reden, und ich werde eine Lösung finden.«

Fletcher führte Yuri eine Treppe hinauf und rechts einen Flur hinunter zu einem kleinen Büro. Im Gehen klopfte er sich Puderzucker von seinem Hemd. »Das ist zeitweise Ihres. Und wir haben ein Hotelzimmer für Sie. Ein Fahrdienst wird Sie heute Abend hinbringen. Unten gibt es eine Cafeteria. Sie brauchen kein Geld, nehmen Sie sich einfach, was Sie wollen. Wir haben ...«

»Arbeiten wir denn nicht ganze Nacht? Ist kritische Situation immerhin.«

»Natürlich nicht«, sagte Fletcher. »Dies hier wird Tage dauern. Der Einschlag ist am neunten Juni. Das wissen Sie, oder?«

Yuri nickte.

»Wir werden uns alle den Arsch abarbeiten, aber wir werden es schaffen. Das Letzte, was ich hier haben will, ist ein Haufen übernächtigter Zombies, die lebenswichtige Entscheidungen treffen.«

Er öffnete die Tür zu Yuris Büro. Yuri streifte die Tasche von der Schulter und stellte sie auf einem Fuß ab.

»Wenn Sie etwas brauchen, wählen Sie einfach die Eins. Die Person am anderen Ende der Leitung ist keine Sekretärin. Sie ist eine von uns. Sie können mit ihr auch über Physik sprechen, ihr erklären, was Sie brauchen, wen Sie erreichen müssen.«

Yuri fuhr sich mit der Hand durchs Haar und betrachtete dieses blassblaue Büro, das eine halbe Weltreise von zu Hause entfernt war.

»Wir müssen Gruppendenken vermeiden«, sagte Fletcher. »Stellen Sie erst mal Ihre eigenen Berechnungen an, um es dann zu dritt auszuarbeiten. Sie sollten beten, dass alle verdammt noch mal dasselbe rausbekommen. Sie müssen sich einig sein. Denn mit was auch immer Ihre Gruppe aufwartet, das ist es, was wir eingeben. Wir bauen die Gleichungen in das Computermodell ein, mit dem die Waffen programmiert werden. Verstanden?«

Yuri nickte.

»Jetzt machen Sie sich schleunigst an die Arbeit. Sie hinken sowieso schon hinterher.« Fletcher trat den Rückweg an.

»Sir? Dr. Fletcher?«

Er drehte sich um. »Ja?«

»Bin ich einziger Nicht-Amerikaner?«

»Nein, wir haben auch einen Chinesen. Er ist vor vier Stunden angekommen.« Er sah Yuri einen Moment lang in die blauen Augen, musterte sein strubbeliges blondes Haar. »Hat uns übrigens alle umgehauen, Ihre Arbeit über die Antimaterie. Wenn wir das überleben, werden Sie als jüngster Mensch überhaupt den Nobelpreis bekommen.« Er schüttelte den Kopf, dann wedelte er mit einer Hand Richtung Büro, als ob er Yuri hineinfegen wollte, und machte sich wieder auf den Weg zum Konferenzraum.

Yuri fuhr sich mit der Zunge über die Lippen und rief ihm hinterher: »Dr. Fletcher? Man sagt, dass Asteroid über Los Angeles explodieren wird, mit solcher Kraft, dass er ganze Stadt zerstören wird, wenn das hier nicht funktioniert – stimmt das?«

Fletcher atmete ein, dann antwortete er matt: »Ist es das, was Moskau sagt? Das stimmt nicht. Wenn es einen Einschlag gibt, dann wird er die gesamte Region in Schutt und Asche legen. Und ein Tsunami könnte Japan von der Bildfläche verschwinden lassen.«

Yuri starrte ihn an.

»Aber«, sagte Fletcher, »ich vermute, die in Moskau fanden es wohl sinnvoll, keine Panik zu verbreiten.«

Kapitel 2

KLEBESTREIFEN DRAN

Yuri trat in das blassblaue Büro, schnappte sich eine Rolle Kreppband und kritzelte mit Edding seinen Namen darauf. Er verglich ihn mit dem auf seinem Namensschild, nicht dass er ihn falsch schrieb, riss das Stück ab, genoss kurz den schwachen Duft nach Gummi und klebte es draußen an die Wand neben der Tür: Strelnikov, Y.A.

Dann setzte er sich an den Schreibtisch und holte aus seiner Tasche einen Taschenrechner und einen Hockey-Puck, der vom Kapitän des Dynamo-Moskau-Teams signiert war. Vor seiner Abreise aus Russland hatte er von den Zuständigen zwanzig Minuten Zeit zum Packen bekommen. Also hatte er schnell Kleidung und ein paar Fachbücher in seinen Koffer geschmissen. Aber als es daranging, Erinnerungsstücke einzupacken, wusste er nicht, was er mitnehmen sollte. Er würde in seinen jungen Jahren nicht hier stehen, wo er jetzt war, wenn er nicht auch eine ganze Menge aufgegeben hätte. Das hieß, er besaß keinen Schuhkarton voller Fotos mit Freunden und abgerissener Eintrittskarten.

Also hatte er, während der Fahrer draußen vor der Tür ungeduldig mit dem Fuß wippte, ein Foto von seinem Doktorvater – Dr. Kryukov, einem großartigen alten Mann mit ziemlich beeindruckenden Augenbrauen – und den Puck, sein einziges wahres Erinnerungsstück, eingesteckt. Das Foto war nicht gerahmt, also behielt er es in der Tasche. Zu wissen, dass es da war, reichte ihm.

Yuri rollte den Puck unter seiner Handfläche hin und her, ließ ihn los und auskullern. Dann breitete er die Blätter vor sich aus und überflog sie, um sich einen groben Überblick zu verschaffen. Er musste verstehen, was er zu tun hatte, und dann mit seinen Teammitgliedern sprechen.

Aber Fletchers Worte hörten nicht auf, in seinem Schädel zu kreisen. Wie der Vogel, den er einmal in der Kuppel einer Bibliothek beobachtet hatte. Er hatte die Orientierung verloren und war in immer schneller werdenden Kreisen geflogen, bis er schließlich heruntergefallen war – tot, noch bevor er auf dem Boden aufgekommen war.

»*Wenn wir das überleben.*«

Yuri hatte sich gerade in die Umlaufbahn des Asteroiden begeben.

Sie hatten genug Zeit, die Berechnungen vorzunehmen, das Computermodell zu erstellen, das die Raketen auf ihr Ziel lenken würde. Es würde harte Arbeit sein, aber sie hatten Zeit. So viel, dass Fletcher wollte, dass sie gut schliefen und sogar ein bisschen entspannten. Yuri würde seine Arbeit machen, Simons und Pirkola würden ihre Lösungen ausrechnen. Sie würden sie vergleichen, und da sie alle wussten, was sie taten, würden sie auf dasselbe Ergebnis kommen. Sie würden Fletcher ihren Teil übergeben, und die Amerikaner würden den Asteroiden abschießen. Yuri würde nach Hause fahren, sich als Helden feiern lassen und vielleicht sogar flachgelegt werden.

Und wenn es nicht funktionierte?

Er war siebzehn und er würde in drei Wochen sterben.

Wer trauerte dann um ihn? Gregor Kryukov. Und seine Mutter natürlich. Man würde ihr vermutlich eine Notiz auf dem Schreibtisch hinterlassen, die sie läse, wenn sie Zeit dazu hätte. Aber er würde keines dieser *normalen* toten Kinder sein, deren Name auf dem Schild einer Parkbank verewigt wurde. Er würde keine Bank bekommen. Er wollte auch gar keine. Er wollte den Nobelpreis.

Nein – nachdem er und sein Team ihren Teil der Berechnungen angestellt hatten, würde er einfach wieder zurück nach Moskau fliegen. Schon jetzt wurde ihm bei der Vorstellung mulmig, Fletcher zu erklären, dass er wieder abreisen würde, dass er sein Bestes gegeben hatte, und er, wenn es nicht funktionierte, beim Einschlag nun mal nicht in Pasadena sein wollte. Aber zumindest wäre es nicht der sozial verkorksteste Moment, den er jemals gehabt hatte.

Yuri ließ seine Finger knacken, stellte den Puck auf seine Seitenfläche – das brachte Glück – und begann zu lesen. Im Flur rumpelte der Fahrstuhl, oder jemand schob einen Servierwagen vorbei und verteilte Getränke. Machten die hier so etwas? Plötzlich rollte der Puck bis zum Rand seines Schreibtischs, hielt inne und rollte wieder in die andere Richtung. Yuri starrte ihn an. Er hatte mit hochbegabten Menschen an einer der besten Einrichtungen der Welt studiert. Er verstand etwas von den Gesetzen der Bewegung. Das hier verstand er allerdings nicht. Ein stillstehender Körper, der über den Rand des Schreibtischs flog.

Auf einmal wackelten die Bücher im Regal, rückten stückchenweise vorwärts und fielen herunter. Aufgeschlagen verteilten sie sich auf dem Teppich. Und Yuri konnte das Vibrieren durch seine Füße bis zu seinen Knien spüren.

Ein Erdbeben.

Er rannte aus dem Raum. Der Flur war voller Leute, die gelassen in ihren Türrahmen standen.

»Ist Erdbeben, glaub ich!«, rief er und lief den Flur hinunter. Ein paar Türen waren geschlossen, an die er im Vorbeilaufen schlug. »Erdbeben!«

Vor dem Aufzug blieb Yuri stehen. Er stellte sich vor, wie die Kabine an ihren Kabeln baumelte, und stürzte weiter zum Treppenhaus auf der Ostseite. Die Erschütterung hörte auf, dennoch umklammerte er das Treppengeländer mit beiden Händen und hangelte sich seitwärts hinunter. Yuri war fest davon überzeugt, dass sich der Boden unter seinen Füßen gleich wieder bewegen würde. Es sah zwar lächerlich aus, was er tat, war aber definitiv besser, als drei Tage lang unter Schutt vergraben zu sein und seinen eigenen Urin trinken zu müssen.

Unten angekommen schaute er hoch und entdeckte ein Dutzend Köpfe, die aus den oberen Stockwerken auf ihn heruntersahen. Idioten. Sie würden alle sterben, und er würde den Asteroiden alleine aufhalten müssen.

Der Boden bebte noch einmal. Er winkte wie wild mit den Armen.

»Erdbeben!«, schrie Yuri über das Rumpeln hinweg. Dann rannte er durch die Tür in die Eingangshalle.

Im Konferenzraum hüpften die Kaffeekannen über den Tisch, als ob sie jetzt erst verstanden hätten, wie viel Koffein sie enthielten. Eine Lampe schwang an der Decke und erinnerte Yuri an Galileis Pendelversuche. Mit dem einzigen Unterschied, dass es bei diesem ständigen Aufbäumen der Erde für das Pendel unmöglich war, seinen Bogen zu vollenden. Und das war so furchtbar falsch.

»Hilf mir, Galilei«, murmelte er. Mehr brachte er in Sachen Gebet nicht zustande.

Yuri wandte sich zur Eingangstür. Aber sie war aus Glas. Und davon sollte man sich in einer solchen Situation lieber fernhalten, oder? Also verharrte er wie angewurzelt in der Eingangshallte, die Arme seitlich von sich gestreckt. Seine Handflächen zeigten nach unten, als ob er die Erde besänftigen wollte.

»Hey.« Es war Direktor Karl Fletcher. Der Boden beruhigte sich.

»Ist Erdbeben, glaub ich.«

»Ja, die gibt's hier.«

»Wir müssen Gebäude evakuieren. Ich habe oben an Türen geschlagen und Leute gerufen, aber vielleicht hat es niemand gehört.«

»Im Ernst? Okay, bringen wir Sie nach draußen.« Fletcher ergriff Yuris Oberarm und zog ihn durch die Glastür, die Stufen hinunter bis auf die Straße hinaus. »Besser?«

Yuri beäugte misstrauisch den Asphalt. Das Rumpeln war vorüber, der Boden unter seinen Füßen regte sich nicht.

Drinnen würde die Lampe wieder normale Kreise drehen und dann zum Stillstand kommen. Er atmete durch.

»Niemand anderes ist rausgekommen.«

»Nee, das hier war nicht so schlimm. Aber wohl genug, um Ihre Aufmerksamkeit zu bekommen, hm?«

Yuri wurde rot und schaute hoch. An den Fenstern reihten sich Leute, die auf die Straße sahen.

»Vielleicht habe ich überreagiert?«

Der Direktor lachte und klopfte ihm auf den Rücken.

»Ich wollte nicht meinen Urin trinken müssen«, sagte Yuri.

Fletcher schwieg einen Moment. »Wir haben Alternativen. Unten steht ein Getränkeautomat.«

Yuri lachte laut auf.

Fletcher begleitete ihn wieder hoch in sein Büro, eine Hand auf Yuris Arm, mit der anderen scheuchte er ärgerlich die Gaffer weg.

»Asteroid kommt schon schnell auf uns zu. Wäre schön, wenn wenigstens Erde kleine Weile an Ort und Stelle bleiben würde.«

»Es wäre verdammt noch mal schöner, wenn sie sich aus dem Weg bewegen würde«, sagte Fletcher. Er gab Yuri einen Klaps auf den Rücken. »Die Show ist vorbei. Machen Sie sich an die Arbeit.« Er schloss die Tür und ging.

Während sein Magen sich langsam wieder beruhigte, hob Yuri die heruntergefallenen Bücher auf. Dann stellte er den Puck zurück auf den Schreibtisch, setzte sich und fing an zu arbeiten.

In gewisser Hinsicht war es einfach, dem Asteroiden einen vernichtenden Schlag zu versetzen. Es richtig zu machen war das Schwere daran. Sie mussten die Erddrehung mit einberechnen, die Geschwindigkeit und die Rotation des Körpers, der auf sie zukam, die Anziehungskraft des Mondes, Sonneneruptionen, Masse und Geschwindigkeit und die Achsenneigung der Erde. Er glaubte nicht, dass der Asteroid einen der Lagrange-Punkte passieren würde, aber es wäre keine schlechte Idee, das trotzdem zu überprüfen. Auch die Corioliskraft würde die Bahn der Raketen beim Verlassen der Erde leicht verändern. Hatten die Amerikaner Waffen im All stationiert? Jemand musste das Waffensystem auswählen, den Schusswinkel und den genauen Moment des Abschusses.

Und die Berechnungen mussten haargenau sein. Denn obwohl der Asteroid für Weltraummüll sehr groß war, musste er an den richtigen Stellen getroffen werden, damit die Trümmerteile beim Eintritt in die Erdatmosphäre klein genug waren, um zu verglühen. Sonst würde es gleich mehrere Einschläge geben.

Und das Ding bewegte sich so schnell.

Yuri las sich die ganze Problematik durch, von vorne bis hinten, zwei Mal. Es war nicht der richtige Zeitpunkt, etwas falsch zu verstehen – es würde keine zweite Chance geben. Sein Team musste eine kleine, aber komplexe Berechnung anstellen. Es gab mehrere Variablen und keine Möglichkeit, etwas davon in der Praxis auszuprobieren. Er war sowieso ein theoretischer Physiker – ein Mathe-Typ, keine Laborratte. Aber es war die Art von Problemstellung, für deren Ausformulierung er normalerweise ein paar Stunden brauchte, und ein Semester, um sie zu lösen. Was sie hier taten, war mehr wie ein Kreuzworträtsel. Ein paar Wörter reinkritzeln und hoffen, dass auch das letzte passte.

Yuri machte sich an die Arbeit. Als er wieder aufblickte und auf die runde Institutsuhr an der Wand gegenüber schaute, war er schockiert, wie viel Zeit verstrichen war. Er reckte sich. Dann ging er hinunter in den Konferenzraum zu den Getränken und dem Süßkram. Wenigstens bewegten sich die Kaffeetassen nicht mehr.

Yuri goss sich eine Tasse Tee ein. Eine Frau nickte ihm zu. Sie musste um die siebzig sein, ihr graues Haar war zu einem akkuraten Knoten gebunden.

Yuri schenkte ihr einen Kaffee ein.

Sie lächelte matt und nahm den Becher entgegen.

»Dr. Strelnikov, Sie sind kein Kellner. Tun Sie lieber, was Sie am besten können.« Sie neigte den Kopf zur Seite und ging.

In dem Moment betrat ein Mädchen den Raum. Yuri glotzte sie an. Seine Hand spannte sich fester um die Kaffeekanne, die er noch immer hielt. Das Mädchen gehörte eindeutig nicht hierher. Aber sie schien das nicht zu wissen. Oder vielleicht interessierte es sie einfach kein bisschen. Sie war ungefähr in seinem Alter, kleiner als der Durchschnitt, und weit davon entfernt, so dürr zu sein wie diese ganzen Topmodels. Ihr Pony war mehr gelb als blond und stand im Kontrast zu ihren schwarzen Haaren steil nach oben ab. In einer Algebra-Gleichung würde sie die Unbekannte *x* sein, das wusste er zu hundert Prozent.

Während Yuri am Tisch mit den Erfrischungen stand, erfasste sie ihn mit ihren dunklen Augen. Und als sie lächelte und auf ihn zuging, fühlte er einen Moment irrationale Panik in sich aufsteigen. Sie trug ein leichtes Sommerkleid und diese Schuhe mit nur einem Plastik-Riemen zwischen den Zehen. Dazu lange baumelnde Ohrringe, die beim Gehen hin und her schwangen. Er kannte sich mit Schmuck wirklich nicht aus, aber er war sich ziemlich sicher, dass in einem Gebäude der NASA etwas Baumelndes nichts zu suchen hatte.

Yuris Genialität erstreckte sich, selbst in seinen besten Zeiten, nicht auf zwischenmenschliche Beziehungen. Dieses Mädchen … er hatte so jemanden wie sie noch nie gesehen. Und sie kam auch noch schnurstracks auf ihn zu. Wie sprach man mit amerikanischen Mädchen?

Ein Wachmann eilte herbei und fing sie ab.

»Miss? Haben Sie hier dienstlich zu tun?«, fragte er schroff.

»Ähm, ich warte auf meinen Vater.«

»Arbeitet er hier?«

»Ja.«

»Wie heißt er?«

»John Collum.«

Yuri machte unauffällig einen Schritt zur Seite, damit er sie hinter dem Wachmann weiterhin sehen konnte.

»Wo ist sein Büro?«

»Ähm, er ist Hausmeister.«

»Nicht in diesem Gebäude«, sagte der Mann, als ob er eine Gefängnisstrafe verhängte.

»Nein, er ist weiter vorn bei …«

»Warum warten Sie nicht draußen, Miss?«, unterbrach sie der Wachmann und machte einen Schritt auf sie zu.

Es klang nicht wie eine Frage. Genau genommen auch nicht nach einer Drohung, aber Yuri verspürte einen Anflug von Wut. Selbst wenn der Wachmann dafür zu sorgen hatte, dass sie draußen blieb, könnte er trotzdem … netter sein.

Das Mädchen drehte sich um und verließ den Raum. Ihre Schuhe klatschten im Gehen an ihre Fußsohlen. Yuri stellte die Kaffeekanne ab und trat zur Konferenzraumtür, um ihr nachzusehen. Sie ging die Treppe hinunter und setzte sich auf den Rand eines Blumenkübels vor dem Gebäude, wo Hausmeistertöchter anscheinend sitzen durften.

Yuri kehrte zum Tisch zurück und schnappte sich, aus Hygienegründen natürlich mit einer Serviette, drei Donuts aus einer Pappschachtel. Dann riss er den Deckel von der Schachtel ab, legte das Gebäck hinein und warf noch Zuckerpäckchen und Kaffeeweißer dazu. Er balancierte den Deckel auf dem Arm, hielt ihren Kaffee in der einen und seinen Tee in der anderen Hand. An der Eingangstür stellte er fest, dass er keine Hand frei hatte, um sie zu öffnen.

»Entschuldigung, Herr Wachmann. Können Sie bitte Tür aufmachen?« Yuri genoss es, dass der Wachmann wegen ihm quer durch die Eingangshalle laufen musste. Der Mann öffnete ihm die innere Tür, und Yuri blieb im Vorraum stehen, bis er ihm auch die Außentür aufhielt.

Die Hitze schlug ihm ins Gesicht. Erst im Hinuntergehen der Treppen fiel ihm ein, dass er Angst gehabt hatte, als das Mädchen auf ihn zugekommen war. Und jetzt ging er zu ihr? Er überlegte kurz umzudrehen. Aber er wollte sich vor dem Wachmann nicht blamieren.

Das Mädchen spielte mit ihrem Handy. Als sie ihn aber sah, hellte sich ihr Gesicht mit einem Lächeln auf. Er holte tief Luft und ging zu ihr hinüber.

»Willst du vielleicht was Süßes«, sagte er und hielt ihr den Deckel hin. Dabei versuchte er, nicht auf den grünen Glitter über ihren Augen zu starren.

»Wollte ich tatsächlich! Da lag so viel auf dem Tisch … ich dachte, ich könnte mir was davon stibitzen.« Sie legte das Handy auf den Blumenkübel und griff nach einem Donut mit Cremefüllung und Schokoglasur. Helles kalifornisches Sonnenlicht fiel auf die Ringe an jedem ihrer Finger.

Yuri streckte ihr den Kaffee hin. Sie nahm ihn, rutschte zur

Seite und deutete auf den freien Blumenkübelplatz neben ihr. Er zögerte und setzte sich dazu. Seine Zehen berührten gerade so den Boden. Er rückte unauffällig nach vorne, bis sein ganzer Fuß aufkam und er merkwürdig angelehnt am Kübel stand. Immerhin sah er so nicht aus wie ein Kind. Die Füße des Mädchens baumelten in der Luft, und als sie die Zehen einrollte, klatschten ihre Plastikschuhe gegen die Fersen.

»Kriegst du keinen Anschiss, wenn du hier draußen rumstehst und quatschst?«, fragte sie.

»Wie bitte?« Dann kapierte er, dass sie sein Namensschild nicht sehen konnte. Sie dachte bestimmt, er gehöre zum Catering. Er lachte. Die Frau, die ihm gesagt hatte, sich nicht wie ein Kellner zu benehmen, hätte vermutlich den Kopf geschüttelt.

»Du hast ein nettes Lachen.«

»Nein, hab ich nicht.«

»Widersprichst du mir etwa?« Sie warf ihm einen strengen Blick zu, der allerdings durch die Schokolade an ihrer Lippe sabotiert wurde.

»Ja.«

»Warum?«

»Weil du nicht recht hast. Mein Lachen klingt komisch.« Warum hatte er zugegeben, dass er sein Lachen nicht mochte?

»Na ja, ich mag es. Aber du kannst es wahrscheinlich gar nicht benutzen, bei diesen aufgeblasenen Trotteln da drin.«

Yuri wurde rot. Das war bestimmt die Kombination aus Tee und Sonne, denn warum sollte es ihn kümmern, was sie dachte?

»Ihre Arbeit ist sehr bedeutend«, sagte er.

»Ja, aber sie könnten netter sein, während sie so Bedeutendes tun.«

Da sie recht hatte, erwiderte er nichts. Er nippte an seinem Tee und dachte angestrengt nach, was er sagen könnte. Das Problem an einer Unterhaltung war, dass man etwas über die andere Person wissen musste. Zum Beispiel was sie interessierte. Und wie sollte man das wissen, wenn man die Unterhaltung noch nicht geführt hatte?

»Gehst du zur Schule?«

Er wollte ihr schon gratulieren, dass ihr etwas eingefallen war, aber vielleicht war es für sie nicht so schwer wie für ihn. »Nein, ich bin fertig.«

»Abgebrochen oder Abschluss gemacht?«

»Oh. Ähm, Abschluss gemacht.«

»Das ist gut. Dann kannst du aufs College gehen, wenn du möchtest.«

Er nickte nur. Sie schwiegen einen Moment.

»Ich wünschte, ich wäre mit der Schule fertig«, sagte sie.

»Warum?«

Sie starrte in ihren Kaffeebecher. »Na ja, ich hasse meinen Mathelehrer.«

Er zuckte zurück. »Ernsthaft?«

»Ja. Warum, stehst du etwa auf Mathe?«

»Sehr. Sie ist Sprache des Universums.«

Sie schnaufte verächtlich. »Dann beschimpft mich das Universum die ganze Zeit.«

Am liebsten hätte ihr Yuri auf der Stelle die Schönheit von Mathematik erklärt. Die Eleganz einer Gleichung, die Schlichtheit in der Komplexität. Den Nervenkitzel, die Wahrheit zu berühren und zu wissen, dass sie uralt und unanfechtbar, tief und beständig war. Aber er war ein Mathematiker, ihm fehlten die Worte, um das zu tun – zumindest auf Englisch. Auf Russisch vermutlich auch.

»Ich mag Algebra nicht«, sagte sie. »Aber vor allem liegt es an meinem Lehrer. Ich meine, er könnte doch sein Leben lang nach *x* suchen, ohne so ein Arschloch zu sein, oder nicht?«

Yuri nickte vorsichtig. Er sprach mit einem hübschen amerikanischen Mädchen über Mathe. Etwas noch Besseres würde ihm das Leben wohl kaum bieten können – trotzdem wusste er nicht, was er als Nächstes tun sollte. Er warf einen kontrollierenden Blick auf seine Ärmel, froh, dass er sie hochgekrempelt hatte. Zumindest hatten seine Arme heute nicht beschlossen, noch mehr in die Länge zu schießen. Das Hemd schien noch zu passen.

Yuris Tee schwappte im Becher, und dann hörte er das Rumpeln. »Ist noch ein Erdbeben, glaube ich.«

Er stellte seinen Becher auf den Mauerabsatz und ging Richtung Straße. Die Arme von sich gestreckt, sah er die Gebäude hinauf.

»Ja, das ist ein Nachbeben«, sagte das Mädchen. »Die Seismologen der Technischen Hochschule Kaliforniens gehen davon aus, dass wir vermutlich ein paar von denen haben werden.«

»Ein paar? Mehr als eins?«

Sie zuckte die Achseln. »Man weiß nie.«

»Du musst dich auf Straße stellen.« Er winkte sie zu sich. »Ist sicherer. Falls Glas runterfällt.«

»Wird schon gut gehen.« Sie leckte die Cremefüllung aus ihrem Donut.

»Nein«, sagte Yuri. »Ich muss darauf bestehen.« Breitbeinig, um das Gleichgewicht zu halten, ging er zum Blumenkübel zurück.

»Howdy, Cowboy«, sagte das Mädchen.

Er hatte keine Zeit herauszufinden, was sie meinte, weil er ihr schleunigst den Kaffee aus der Hand nehmen musste. Dabei hoffe er, dass seine Finger ihre streiften. Taten sie nicht. Er stellte den Becher auf den Kübel und führte sie auf die Straße.

»So ist okay, denke ich«, sagte er und musterte die Gebäude um sie herum.

»Gleich wird uns wer überfahren.«

»Ist Erdbeben! Hält Verkehr nicht an?«

»Nicht für so eins.« Sie wollte etwas sagen, hielt aber inne und sagte stattdessen: »Da drüben ist mein Vater. Danke für den Donut.«

»Nimm einen für ihn mit.«

Sie lächelte ihm zu, und sein Magen machte einen letzten Salto, obwohl das Rumpeln unter seinen Füßen bereits aufgehört hatte. Das Mädchen lief zurück zu den Donuts auf dem Deckel und nahm sich einen mit den Fingern heraus. Yuri zuckte zusammen bei diesem Mangel an Hygiene. Dann rannte sie über die Straße und schob ihre Hand in die des Mannes, als ob es das Natürlichste der Welt wäre. Der Mann aß seinen Krapfen im Weggehen, sie drehte sich um und winkte ihm.

Yuri griff nach seinem Tee und schaute ihr nach, bis sie außer Sicht war.

Als er sich zum Gebäude wandte, sah er ihr Handy auf dem Kübel liegen. Er nahm es und aktivierte den Bildschirm, um ihre Kontakte zu öffnen. Unter »Zuhause« fand er eine Nummer, aber nach wem sollte er fragen? Es würde wesentlich sinnvoller sein, sich ihre Seiten in den sozialen Netzwerken anzuschauen, um ihren Namen herauszufinden. Natürlich nur, damit er das Handy ordnungsgemäß zurückgeben konnte. Das war kein Spionieren, das war ritterliche Tugend.

Es gab Fotos von einem Picknick mit einem Mädchen, das anscheinend Mary hieß, und Selfies in einem Kunstmuseum. Im selben Augenblick hörte er das vertraute Klatschen von Plastiksohlen. Er schaute auf und sah das Mädchen um die Ecke biegen, wie sie zu ihm zurückrannte, ihr Sommerkleid ein Farbklecks zwischen den weißen Gebäuden. Yuri ging ihr entgegen und schloss mit seinem Daumen unauffällig ihre Social-Media-Seiten. Sie lächelte, und er streckte ihr das Handy hin.

»Danke. Ich kann nicht glauben, dass ich es liegen gelassen habe.« Und weg war sie wieder.

Yuri stand da und sah zu, wie sie sich ein zweites Mal entfernte. Dann wandte er sich wieder dem Blumenkübel zu, um die Schachtel wegzuräumen. Immerhin hatte er ihre Telefonnummer, auch wenn er ihren Namen nicht kannte.

Er hatte die Telefonnummer von einem hübschen amerikanischen Mädchen, das eventuell Hilfe bei Mathe gebrauchen könnte. Er stopfte die Schachtel in einen Mülleimer vor dem Gebäude und lächelte, als er die Eingangshalle betrat.

Dann blieb er stehen. Er konnte sich nicht an sie erinnern. An die Nummer unter »Zuhause«! Er konnte sich nicht erinnern, wie sie lautete!

Das wohl größte Versagen in der Geschichte der Mathematik.

Kapitel 3

KLEBESTREIFEN AB

Der Jetlag hatte ihn schließlich eingeholt. Yuri saß aufrecht am Tisch und döste, als ein schwacher Tritt an die Tür ihn hochschrecken ließ.

»Wir sind's, Simons und Pirkola. Sie sind in unserem Team.«

»Oh.« Was sagten Amerikaner, um jemanden hereinzubitten? »Treten Sie frei herein.« Genau. Das klang gut.

Simons schmunzelte, als er mit zwei Tellern in der Hand im Büro erschien. Unter die Arme hatte er Wasserflaschen geklemmt. Pirkola kam hinterher, fahl, seine Hände um eine mit Zellophanfolie bedeckte Schüssel Apfelmus. Was von Pirkolas Haar noch übrig war, war dunkel, und er hatte beträchtliche Bizepse, die unter einem marineblauen Polo zur Schau gestellt waren. Er hatte mit Sicherheit ganz schön viel Zeit im Fitnessstudio verbracht.

Yuri war leicht enttäuscht, dass ihnen nicht allen die gleichen Hemden ausgehändigt worden waren. In einem Sportteam war er noch nie gewesen. Das hier war die beste Gelegenheit, Teil einer Gruppe zu sein. Und es war keine so abwegige

Idee. Auch die Kosmonauten hatten einheitliche Hemden. Irgendjemand beim Near-Earth-Object-Programm hätte daran denken sollen.

»Ich hab mir gedacht, wir könnten gemeinsam zu Abend essen. So haben wir Gelegenheit, uns zu unterhalten.« Simons reichte Yuri einen Teller.

»Ich bin nicht für viel zu gebrauchen. Verdammter Nierenstein«, sagte Pirkola.

»Kann man im Krankenhaus nichts mit Lasertechnik machen?«, fragte Yuri.

»Ich will keine Zeit vergeuden, bis wir nicht unseren Teil berechnet haben.« Pirkola nahm die Zellophanfolie von seinem Apfelmus und betrachtete es stumm. Die Wassertropfen auf dem Plastik harmonierten mit seiner schwitzenden Oberlippe. »Was haben Sie bisher gemacht?«

»Äh … ich gewöhne mich gerade … ein. Schaue mir unsere Aufgabe an.« Er fragte sich, ob Simons noch einen Wunderknaben-Witz reißen würde, aber er schien in Frieden gekommen zu sein.

»Wir hätten dieses Ding früher finden sollen«, sagte Simons und trank einen Schluck aus seiner Wasserflasche. »Das lässt mich einfach nicht los.«

Yuri zuckte die Achseln. »BR1019 stammt nicht aus Sonnensystem, und Orbit neigt stark von Bahnebene ab. Auf Punkt L4 und L5 von Sonne-Jupiter-System lag bisschen Aufmerksamkeit. Aber mit so weitem Orbit wie 1019 und Kürzungen im Budget in Russland und hier? Da hat niemand gesucht.«

»Ich weiß«, sagte Simons mürrisch.

»Es gibt ungefähr hundert Menschen auf der Welt, die nach

diesen Dingern suchen.« Pirkola spielte mit seinem Löffel. »Und der Himmel ist groß.«

Sie aßen nach vorn gelehnt und sprachen miteinander, ohne dem Essen große Beachtung zu schenken. Nach einer Stunde war das Knistern eines Lautsprechers zu vernehmen, und eine Frauenstimme sagte: »Die Sonne geht unter.«

»Sonne geht unter? Sie kündigen das an?«

Simons nickte. »Von der Westlobby aus hat man einen tollen Blick. Auf geht's.«

Yuri folgte ihm den Flur entlang zu einem dreigeschossigen Treppenhaus mit Glasfassade. Wissenschaftler standen aufgereiht auf den Treppen und über den oberen Flur verteilt, hielten sich am Geländer fest und betrachteten den Sonnenuntergang. Er war wunderschön, dachte Yuri. Lila und rosa Lichtreflexe vor einem orangefarbenen Himmel. Er war leuchtender als zu Hause. Mit kräftigeren Farben.

»Bleiben noch siebzehn«, murmelte jemand.

Einer der Wissenschaftler ging zu ein paar bunten Streifen Isolierband, die horizontal an der Wand neben dem Fenster klebten. Ganz oben war ein orangefarbener Streifen, darunter einer in Lila, dann einer in Rosa und so wiederholte es sich nach unten weiter. Der Mann riss den obersten Streifen ab, zerknüllte ihn in seiner Hand und bearbeitete ihn nervös mit den Fingern. Siebzehn Streifen waren noch übrig. Dann kapierte Yuri: siebzehn Sonnenuntergänge. Ein Streifen für jeden Tag, der noch blieb.

Es war verstörend, ihr Leben in Isolierband dargestellt zu sehen – und zu hören, wie ein Tag weggerissen wurde. Yuri war plötzlich müde. Er gähnte, und Pirkola ließ eine Hand schwer auf seinen Rücken fallen.

»Wenn du von deinem Büro aus die Eins wählst, bringt dich jemand zu deinem Hotel.«

Yuri nickte, aber er wartete noch, bis auch das letzte Glühen der orangefarbenen Strahlen erloschen war. Dann erkundete er den unteren Flur. Cafeteria, Lagerräume und weiter runter den Korridor: Stimmen. Er folgte ihnen. Yuri hörte Baritone, die sich gegenseitig übertönten und lachten, und als er näher kam, das Schnippen von Karten und Klimpern von Pokerchips auf einem Tisch. Dezibel erhoben sich und flauten wieder ab, und er sah ihre Wellen vor sich, als ob sie in einem Graphen dargestellt wären. Die Wissenschaft des gesellschaftlichen Lebens.

Er wollte zuhören, fühlte sich zu den Stimmen hingezogen. Genau wie er auf Abendspaziergängen in Moskau durch Fenster ohne Vorhänge in Häuser spähte, in denen Menschen beim Essen oder bei einem Spiel zusammensaßen, er Blicke von lächelnden Mädchen auffing, die nicht ihm galten, Männer Wodkaflaschen öffneten und sie emporhoben, während die anderen klatschten. Familie, Freunde. Während er draußen stand und das Licht sich auf die Straße ergoss, fast bis zu seinen Füßen.

Yuri wollte in der Nähe bleiben und bog um die nächste Ecke. Vielleicht schnappte er etwas Interessantes auf. Die Stimmen kamen jedoch aus einem Belegschaftsraum mit sperrangelweiter Tür, und er stand nun direkt vor ihr. Vier Männer in Hausmeistergrau blickten zu ihm auf, wobei ihr Lächeln langsam verschwand. Sie saßen auf zusammengewürfelten Stühlen um einen kleinen Tisch voller Pokerchips. Zwei der Männer waren schwarz, einer Lateinamerikaner, einer weiß. Die Pokerchips waren rot, weiß und blau. Die ganze Szene sah fast übertrieben amerikanisch aus.

»Verlaufen?«, rief ihm einer von ihnen zu.

»Ähm … nein. Ich schau mich nur um …«, sagte Yuri verlegen, obwohl er nicht wusste warum, und wollte weitergehen.

»Wir machen grad Pause«, sagte der ältere Schwarze und schob seinen Stuhl zurück, die Karten aufgefächert an seine Brust gepresst.

Yuri zuckte mit den Schultern. Ging ihn nichts an.

»Bist du von der NASA?«, fragte der Mann. »Ein Praktikant oder so was?«

Yuri errötete. »Nein, ich bin Physiker.«

Die Männer tauschten Blicke aus.

»Du arbeitest für die? Bist du ein Genie oder so etwas?«

»Na ja … ja.«

Das brachte sie zum Lachen, und Yuri war sich nicht sicher, ob sie sich über ihn lustig machten. Er wurde wieder rot.

Der ältere Typ klopfte einladend auf eine Kiste, die mit Handbüchern gefüllt war. Yuri setzte sich auf sie. Sie war gewissermaßen der Kinderstuhl im Hausmeisterraum, aber er war froh, hier zu sein. Die Männer spielten ihre Runde zu Ende, bis der Lateinamerikaner grinsend die Chips zusammenraffte, während die anderen johlten.

»Also«, sagte der ältere Mann und sammelte die Karten ein. »Bist du der Cleverste da oben?«

»So sicher, wie hier unten die Hölle ist«, sagte der Weiße, und alle grölten.

Yuri dachte kurz nach. »Nein, vermutlich nicht. Aber es ist beeindruckend da oben.«

Sie nickten. Der ältere Mann mischte die Karten.

»Eine Frage.« Anstatt sie zu stellen, verteilte er die Karten, zwei für jeden Spieler, dann für jeden drei. Dicke schwielige Finger schoben Türmchen aus Spielchips in die Mitte des Tisches. »Also, wenn uns dieser Klumpen trifft«, sagte er und ließ eine Karte zu einem der anderen Männer gleiten, als dieser mit den Knöcheln auf den Tisch klopfte. »Wie wird das sein?«

Sie spielten weiter. Keiner von ihnen schaute zu Yuri.

Er fragte sich auf einmal, wie es für sie sein musste, hier im NEO-Gebäude die Böden zu wischen und trotzdem nicht genau zu wissen, was vor sich ging. Wie vielen Experten waren diese Männer in Uniformen, die sie für andere unsichtbar machten, in den letzten Tagen wohl begegnet? Auch er war ein paar Jahre lang nicht beachtet worden, weil er jung war – und er vermutete, sein Alter war auch der Grund, warum sie jetzt überhaupt mit ihm sprachen. Es machte ihn zum einzigen Physiker, der hier nicht unerreichbar war.

Er beschloss, ihnen die Wahrheit zu sagen. Es war eine Frage von Respekt.

»Wenn er einschlägt, wird es Erschütterung geben, Schockwellen. Nicht wenn er Erde trifft, sondern wenn er in Atmosphäre eintritt. Vorderer Teil wird heißer als hinterer Teil, und so explodiert er in Luft. Verstehen Sie? Das wird Menschen in Kalifornien umbringen. Wenn etwas von Felsbrocken übrig bleibt – und wahrscheinlich wird es das –, dann wird Einschlag auf Oberfläche Staubwolke aufwirbeln, die zu regionaler Katastrophe führt und globale Wirkung hat. Und dann folgt vielleicht noch Tsunami.«

»Mein Gott«, sagte der Weiße. »Ist es so ein Asteroid wie der, der die Dinosaurier getötet hat?«

»Nein«, sagte Yuri. »Er ist kein Erdkiller. Im schlimmsten

Fall verlieren wir westliche Vereinigte Staaten, und eventuell können hier in hundert Jahren wieder Pflanzen Fuß fassen und neu anfangen. Aber«, sagte Yuri, »das ist Plan B. Plan A ist, dass wir Asteroiden aufhalten und alle weiterleben.«

»Mir gefällt Plan A«, sagte einer der Männer, und die anderen murmelten zustimmend.

»Sie haben aber noch anderes Problem«, sagte Yuri und stand auf, um zu gehen. Er nickte hinüber zum Lateinamerikaner. »Ich kann Karten zählen, und ich glaube, Sie haben einen Buben zu viel in Ihrer Hand.«

Die Hausmeister begriffen erst, als er schon um die Ecke bog. Er lächelte, als er drei von ihnen empört aufheulen hörte und einer zur Erklärung fieberhaft irgendetwas von einem fehlerhaften Blatt faselte.

Einen Tag näher am Einschlag.

Kapitel 4

ES GEHT NICHT UMS EGO

Die Zeit verschwamm zu einem Wust aus Arbeit, Zetteln und Nummern. Am zweiten Tag trug Yuri keine Schuhe und Socken mehr. Seine Haare standen wie Stroh nach allen Seiten ab, weil er andauernd seine Faust hineingrub, wenn er vornübergebeugt, die Ellbogen auf dem Tisch, über seinen Berechnungen saß.

Die Mathematik wurde lebendig. Er konnte sie sehen, wenn er seine Augen schloss. Einmal träumte er sogar, wie sich die Gleichungen von der Erde bis zum Asteroiden erstreckten. Der Felsbrocken prallte gegen die letzte Ziffer, hielt inne und schoss dann nach unten, wobei er Exponenten und Integrale zersplitterte, deren Scherben ins Weltall flogen. Völlig durcheinander war er hochgeschreckt.

Yuri ging in den Konferenzraum, um sich eine Tasse lauwarmen Tee zu holen. Er trank sie halb leer und stellte sie ab, dann ging er zum Empfang, um die Frau zu begutachten, die abnahm, wenn er die Eins wählte. Sie sah aus, als wäre nicht mit ihr zu spaßen, aber sie lächelte, als er schließlich vor ihr stand.

»Dr. Strelnikov, was kann ich für Sie tun?«

Sie waren einander nicht vorgestellt worden, aber natürlich kannte sie ihn. Die Leute wussten immer, welcher von allen er war. Er fragte sich, ob ihm das fehlen würde, wenn er erst mal die Vierzig erreicht hatte.

»Ich möchte Skype-Anruf machen … nach Russland«, sagte er.

»Natürlich. Wann möchten Sie anrufen?«, fragte sie.

Er dachte kurz nach. In Russland würde es Abend sein, spät genug, dass seine Mutter vom Krankenhaus zurück war, und früh genug, dass sie vermutlich noch nicht wieder hinbestellt worden war. Vermutlich.

»Geht jetzt?«

»Ich denke ja.« Sie lächelte wieder, und er war froh, dass sie nicht gefragt hatte, mit wem er sprechen wollte. Es war nichts Falsches daran, mit seiner Mutter zu telefonieren. Immerhin hatte er ihr noch nicht mitgeteilt, dass er heil angekommen war. Das sollte er nachholen.

Fünfzehn Minuten später saß Yuri auf seinem Bürostuhl und starrte auf den Computer. Die Einser-Dame stand an der Tür. Sie würde gehen, sobald die Verbindung zustande gekommen war. Yuri wartete, stupste leicht mit dem Fuß gegen das Schreibtischbein, und dann erschien das Gesicht seiner Mutter auf dem Bildschirm, mit ihren kurzen blonden Haaren und den blauen Augen, die sie ihm vererbt hatte. Sie sah müde aus und trug kein Make-up.

»Yuri?«

Er lächelte. »Hi«, sagte er auf Russisch.

»Was ist los?« Ihre Stimme klang schneidend. »Eine Amerikanerin hat mich angerufen, damit ich das hier anmache.« Sie wedelte mit der Hand Richtung Computer. »Warum ruft mich irgendeine Amerikanerin an?«

»Ähm.« Er war sich der Frau in der Ecke bewusst. Ob sie wohl Russisch sprach? Aber seine Mutter konnte Englisch. Sie hatten den Anruf vermutlich auf diese Weise arrangiert. »Ich wollte dir Bescheid sagen, dass es mir gut geht.«

Sie schwieg einen Moment.

»Nun. Gut. Warum sollte es dir auch nicht gut gehen?«

Das Blut stieg Yuri ins Gesicht. Seine Mutter machte sich offensichtlich überhaupt keine Sorgen über Flugzeugabstürze.

»Yuri, wo bist du? Haben sie dein Büro neu gestrichen?«

Er blinzelte. Sein Büro? Hatte er es ihr nicht gesagt? Hatte er seiner eigenen Mutter etwa nicht gesagt, dass er nach Amerika fliegen würde? Mit einem Mal wurde ihm klar, dass er es nicht getan hatte. Alles war so plötzlich gekommen, von der einen auf die andere Sekunde hatte er packen müssen. Er hatte sichergestellt, dass das Physik-Institut und seine Kollegen informiert waren …

»Ähm, nein. Ich bin im Büro von jemand anderem.«

Einen Moment herrschte Schweigen.

»Brauchst du etwas?«

»Nein. Ich denke nicht.«

Er sollte ihr wenigstens sagen, wo er sich befand. Warum er es nicht tat, wusste er nicht. »Du musst wahrscheinlich früh raus.«

»Ja, um halb fünf.« Mehr sagte sie nicht.

»Ähm, okay. Dann gute Nacht also.«

»Gute Nacht.« Seine Mutter machte den Computer aus.

»Oh, Scheibenkleister.« Die Einser-Dame stürzte zu ihm. »Die Verbindung ist abgebrochen. Ich denke, ich kann …«

»Nein«, sagte Yuri mit hochrotem Gesicht. »Das war alles.«

Die Frau schwieg einen Moment. »Oh. Na gut.« Sie schlüpfte leise aus dem Raum.

Yuri blieb für den Rest des Nachmittags in seinem Büro und arbeitete. Wenn er eine Pause brauchte, lief er auf der Stelle herum, anstatt sich im Konferenzraum eine Tasse scheußlichen Tee zu holen. Zur Abendbrotzeit kam Simons allein in Yuris Büro. Pirkola war im Krankenhaus und ließ seinen Nierenstein mit Lasern zertrümmern. Warten hatte nicht funktioniert.

Yuri spießte eine grüne Bohne auf, drehte jedoch nur gedankenverloren die Gabel in der Hand.

Simons nahm einen Bissen Hühnchen und sagte mit vollem Mund: »Sie sehen besorgt aus.« Er schluckte.

»Natürlich bin ich besorgt.« War er nicht. Yuri dachte an das Mädchen mit dem grünen Glitzerlidschatten. Nichts, was er unbedingt offen zugeben wollte.

»Wir machen die Gleichung fertig, geben dem Waffenteam die Zielinformationen, die sie brauchen, und ehe Sie sichs versehen, werden Sie wieder bei Ihrem Skateboard sein.«

Yuri hob ruckartig den Kopf. »Skateboard?«

»Sie wissen schon …« Simons wedelte unbestimmt mit der Hand in der kühlen Büroluft herum. »Was auch immer Sie eben machen, wenn Sie freihaben.«

Yuri starrte ihn an. *Skateboarden. Das dachten sie also über ihn?*

»Ich habe mit Pirkola gesprochen, bevor er gegangen ist. Wir sind gleich auf … machen Fortschritte, und unser Denkansatz ist derselbe.«

»Gut«, sagte Yuri. Vor seinem inneren Auge fuhr er aber

Skateboard durch die Flure der Staatlichen Universität Moskau, an der er im Jahr zuvor, mit sechzehn Jahren, seinen Doktor in Physik gemacht hatte.

Er hatte noch nie auf einem Skateboard gestanden. Dennoch war er sich ziemlich sicher, dass er sich alle Knochen brechen würde, wenn er es jemals täte. Dann stellte er sich vor, wie er den Flur runterflitzte, vorbei an Gregor Kryukov, seinem Doktorvater, und sein Ärger löste sich in Belustigung auf. Kryukov würde seine gewaltigen Augenbrauen hochziehen – er musste die stärksten Stirnmuskeln in ganz Russland haben, um die Dinger anzuheben – und sagen … Was würde er sagen? Irgendetwas Witziges, und dann würden sie zusammen zu diesem kleinen heruntergekommenen Restaurant gehen, in das Kryukov ihn jahrelang mitgenommen hatte. Wo an kippligen Tischen der beste Borschtsch in Moskau serviert wurde, und das sollte was heißen.

Simons wischte seinen Mund mit einer Papierserviette ab, zerknüllte sie und warf sie in Yuris Papierkorb. Einen Moment lang sah sie aus wie ein Klecks saurer Sahne in der Suppe, dann verflog das Bild von Gregor Kryukov und dem Restaurant, und Yuri spürte einen plötzlichen Anflug von Heimweh. Obwohl er doch immer vom Reisen geträumt hatte. Und nur ein paar Tage fort sein würde. *Erbärmlich.*

»Ich zeig Ihnen, was wir bisher haben«, sagte Simons und knallte einen Stapel Blätter auf den Schreibtisch.

Yuri zuckte die Achseln und stand auf. Er fing an zu lesen. Irgendwann vergaß er sein Gegenüber. Zuerst überflog er die Aufzeichnungen nur. Die Gedankengänge stimmten mit dem überein, was er erarbeitet hatte, aber dann wichen sie ab. Er runzelte leicht die Stirn, ging noch einmal zurück und las gründlicher. Er legte seinen Zeigefinger als Lesezeichen auf die Seite und blätterte prüfend vor und zurück.

»Was ist?«, fragte Simons.

»Antimaterie werden Sie bestimmt noch einbinden«, sagte Yuri.

»Wir wissen nichts über Antimaterie.«

»Ich schon. Wir reduzieren Größe des Asteroiden und dann pulverisieren wir das, was übrig ist.« Er zuckte mit den Schultern. »Das ist effektivste Strategie.«

»Kein Mensch weiß, wie man Antimaterie aufbewahrt, schon gar nicht, wie man sie über diese Entfernung bündeln kann …«

»*Ich* weiß es«, sagte Yuri. »Ich habe unveröffentlichte Arbeit darüber. Ist, woran ich vorher gearbeitet habe, in Moskau. Vor dieser Sache.«

Simons streckte seinen Kopf vor. »Ist sie veröffentlicht worden?«

»Nein. Das ist normalerweise so bei unveröffentlichten Arbeiten.«

Skateboard-Kommentar heimgezahlt.

»Also keine Begutachtungen durch Fachkollegen? Keine Einschätzung von anderen auf dem Gebiet?«

Yuri wurde rot. »Mein Doktorvater hat sie gesehen und er denkt, sie ist vielversprechend.«

»Ihr Doktorvater? Mein Gott, sind Sie jung.« Simons schüttelte den Kopf.

»Russisches Ingenieurunternehmen entwickelt schon Prototypen für Energieproduktion, um …«

Simons klopfte mit den Fingerknöcheln auf den Papierstapel.

»Dies ist nicht der Moment, um mit neuen Theorien herumzuspielen. Ist Ihnen klar, dass er nur eine halbe AE entfernt ist? Dieser verdammte Felsbrocken ist schon auf halbem Weg zwischen uns und der Sonne.«

Das ließ Yuri einen Moment innehalten. Bei der Geschwindigkeit, mit der sich der Asteroid fortbewegte, bedeutete eine halbe Astronomische Einheit, dass er sich bereits in der Nachbarschaft befand. Er kniff seine Augen zu und konzentrierte sich. »Ist keine neue Theorie. Ich habe nur gerechnet, das ist alles.«

»Können Sie beweisen, dass es funktioniert? Unter Weltraumbedingungen über mehrere Kilometer? Denn so weit müsste ein Hochleistungs-Beschleuniger für Antimaterie entfernt sein.«

»Geht nicht darum zu beweisen, geht darum, ob es richtig ist«, sagte Yuri und klatschte seine eigene Arbeit auf die von Simons. Er stieß seinen Zeigefinger auf die Stelle, an der die Arbeiten voneinander abwichen. »Es ist richtig.«

Simons besah sich den fraglichen Teil der Berechnungen.

»Ich sag Ihnen was«, sagte er. »Kommen Sie wieder auf Kurs. Bleiben Sie bei den bekannten Größen. Wir haben keine Zeit, Experimente durchzuführen, Daten zu sammeln und herauszufinden, ob Sie wissen, was Sie da tun. Dann …«

»Ich weiß, was ich tue«, sagte Yuri lauter als gewollt.

»Sicher. Ich glaube bloß nicht, dass auch nur ein einziger Physiker auf der Welt der Richtung, die Sie hier einschlagen, zustimmen würde.«

»Dann haben andere Physiker eben unrecht!«

Yuri fühlte sich auf einen Schlag dumm. Und jung. Seine Worte hingen in der Luft, als würde die Schwerkraft bei blöden Bemerkungen nicht wirken. Simons betrachtete ihn nüchtern.

»Hier geht's nicht ums Ego. Wir können es uns nicht leisten, Mist zu bauen, nur weil irgendein Teenager beweisen will, dass er ein ganz Großer ist.«

Yuris Gesicht brannte, als Simons sein Papier zusammenrollte und damit auf den Schreibtisch klopfte.

»Es sind siebzehn Tage bis zum Einschlag«, sagte Simons. »*Siebzehn Tage*. Wir haben Zeit, das hier fertigzubekommen. Aber keine, es zu vermasseln.« Simons atmete scharf aus. »Schauen Sie es sich noch mal an, überlegen Sie, ob Sie nicht doch Ihre Meinung ändern wollen. Aber wenn nicht, auch egal – es steht zwei gegen einen, und ich bin sowieso Ihr Vorgesetzter. Mit welchen Ergebnissen auch immer Sie ankommen, ich werde sie bestimmt nicht einreichen, wenn Sie es auf diese Weise durchziehen wollen.« Sein Blick glitt über Yuri und durch das Büro. »Sie sind weit weg von zu Hause. Und noch ein Kind. Das ist 'ne Menge Druck.« Er lächelte knapp und ging.

Yuri stand neben seinem Schreibtisch, seine Hände zu Fäusten geballt. Er fühlte sich nicht wie ein Kind. Er konnte sich nicht einmal zurückerinnern, wann er sich das letzte Mal wie eines gefühlt hatte oder so behandelt worden war. Selbst die Professoren zu Hause hatten ihn nie derart bevormundet, seit er mit zwölf Jahren angefangen hatte zu studieren.

Aber Simons hatte recht – es ging nicht ums Ego. Es ging darum, Los Angeles zu retten, und das lief letztendlich auf Mathematik hinaus. Wenn er die Ergebnisse vorlegte, auf die er hinarbeitete, würde Simons sich über ihn hinwegsetzen. Und wenn Yuri sich auf Simons Ergebnisse einließ, würde ein Teil des Kontinents zerstört werden.

Das war nicht sein Ego. Er wusste einfach, dass er recht hatte.

Kapitel 5

BEI DER NASA QUIETSCHT NICHTS

»Fire-Eyes-24.«

Yuri ließ seinen Stift fallen und tappte barfuß zur geschlossenen Tür seines Büros. Jemand hatte bereits heute Morgen bei den Kaffeekannen über Fire-Eye-Raketen gesprochen und aufgehört, als er hereingekommen war. Das weckte seine Neugier.

»Sie haben sich entschlossen?«, sagte eine andere Stimme auf dem Flur.

»Ja. Eine Reihe von Fire-Eyes. Sie sollen einzeln explodieren, immer eine vor der anderen.«

»Sie werden den Asteroiden trotzdem weiter hinten treffen, weil er so schnell fliegt …«

»Schon.«

»Sprechen Sie über die Waffen?«, fragte eine Frauenstimme.

Keine Antwort. Jemand musste genickt haben. Yuri schob sich zur Tür und legte sein Ohr an sie.

»Keine Luft im All. Wir können uns nicht auf die Erschütterungen stützen. Die Raketenspitzen werden kalten Stein berühren müssen.«

Die Stimmen entfernten sich, während leise über Plasmafelder und Energieübertragung geredet wurde. Yuri stand nachdenklich hinter seiner Tür. Dann hatten sie also bereits beschlossen, die Fire-Eyes-24 zu nutzen. Aber was für eine Art von Waffen war das? Sicher Atombomben. Oder hatten die Amerikaner noch etwas anderes? Etwas, über das er nicht Bescheid wusste? Er war kein Waffenexperte und er fand es lächerlich, dass er darüber rätseln musste. Der Asteroid raste schließlich auf *ihre* Stadt zu, nicht auf seine.

Auf einmal wurde er wütend. Sie hatten ihn hierhergebracht, weil er ein Experte für Antimaterie war – eine andere Erklärung gab es nicht. Also dachte Fletcher doch, dass Antimaterie von Nutzen sein könnte. Oder zumindest wollte er die Möglichkeit haben, sie in Erwägung zu ziehen. Und jetzt hatten sie die Idee schon verworfen, ohne mit ihm darüber gesprochen zu haben?

Was wäre, wenn Informationen über die Waffen *doch* einen Unterschied bei den Berechnungen machen würden? Warum glaubten sie, dass er diese Details nicht zu wissen brauchte, wenn niemand mit ihm darüber geredet hatte?

Sie nahmen ihn nicht ernst. Wenn er erst mal seinen Nobelpreis hatte, würde er den alten grauen Männern der Physikwelt mit der Medaille vor der Nase herumwedeln. Er würde sie an eine Schnur hängen und sie um den Hals tragen. Er schnaubte leicht und grub seine Zehen in den Teppich. Er würde sie sogar *mit ins Bett* nehmen!

Yuri beschloss, selbst zu bestimmen, was er sehen und was er nicht sehen musste. Festen Schrittes stolzierte er zu Fletchers Büro, um einen Blick auf die Liste zu verlangen.

Das Büro befand sich im hinteren Teil des Flurs. Als Yuri um die Ecke bog, sah er, wie der Direktor ein paar Türen weiter gerade in der Männertoilette verschwand. Er überlegte einen Moment, wie viel es seinem Anliegen schaden würde, es an einem Pissoir vorzubringen.

Und dann wurde ihm klar, dass Fletchers Büro leer sein musste. Yuri hielt viel von Ehrlichkeit – aber nicht annähernd so viel wie von Ergebnissen.

Er spähte über seine Schulter, und als er niemanden sah, huschte er schnell auf das Büro des Direktors zu. Er hatte es fast erreicht, als sich weiter hinten im Flur eine Tür öffnete und ein Mann herauskam. Yuri erkannte ihn. Er war Experte für interstellaren Staub, der in Team acht arbeitete. Yuri ging am Büro des Direktors vorbei bis zur Toilettentür, fasste nach dem silbernen Türgriff und drückte leicht.

Zwar hätte man Ziehen müssen, aber so sah es wenigstens danach aus, als würde er zur Toilette gehen. Der Mann raffte einen Stoß Akten in seiner linken Hand zusammen, öffnete eine andere Tür und verschwand dahinter. Yuri ließ den Griff los, schaute in alle Richtungen und ging zurück zu Fletchers Büro. Ein Codeschloss war neben der Tür angebracht, sie war jedoch nur angelehnt. Yuri schlüpfte hinein. Falls sich jemand darin befand, würde er einfach fragen, wo Fletcher war. Aber das Büro war leer. Er blickte sich um.

Hatte der Direktor vielleicht sogar ein Exemplar der Liste offen herumliegen? Er trat hinter Fletchers Schreibtisch und hob behutsam die Dokumente hoch, die auf der Arbeitsfläche verteilt lagen. Kein Glück.

Alles in allem war der Schreibtisch ziemlich ordentlich.

Menschen mit ordentlichen Schreibtischen bewahrten Dinge in Aktenschränken auf.

Hinter Fletchers Schreibtisch standen zwei davon. Yuri wandte sich ihnen zu, mit dem Rücken zur Tür. Pro Schrank vier Schubfächer, acht Schubfächer insgesamt, alle beschriftet. Auf keinem stand BR1019 oder Asteroid oder Aus-die-Maus.

Yuris Blick fiel auf einen Pappkarton voller Akten. Er hob den Deckel mit der Schuhspitze an: Arbeiten über langperiodische Kometen. Die Akten waren umgelagert worden, um Platz zu schaffen. Yuri versuchte es mit dem Schubfach im Aktenschrank oben links – auf dem »langperiodische Kometen« stand und dessen eigentlicher Inhalt sich nun im Karton auf dem Boden befand. Das Schubfach war verschlossen.

Yuri schnaufte und drehte sich einmal im Kreis. Es war ein schwerer robuster Aktenschrank, aber das Schloss war klein. Die meisten würden den Schlüssel wahrscheinlich nicht am Schlüsselbund tragen. Yuri öffnete die mittlere Schublade von Fletchers Schreibtisch. Dabei entdeckte er das geheime Süßigkeitenversteck des Direktors, aber keinen Schlüssel. Yuri warf einen prüfenden Blick zur Tür und zog die oberste Schublade auf. Stifte, ein Laserpointer … und ein kleiner nicht gekennzeichneter Schlüssel an einem Schlüsselring.

Yuri schloss das Schubfach auf.

Es befand sich kaum etwas darin, außer einem kleinen Stapel Akten über den Asteroiden BR1019. Nicht viel, Zeugnis der Überraschung, die der Asteroid ausgelöst hatte, als er plötzlich, dunkel und in die falsche Richtung gewandt, aufgetaucht war. Die Akten waren in alphabetischer Reihenfolge geordnet und innerhalb dieser Reihenfolge chronologisch. Gutes System.

Ganz hinten, in einem Ordner mit dunkelgrünen Streifen, auf dem ›streng geheim‹ stand, fand Yuri eine Liste der Waffentechnik der Vereinigten Staaten.

Er schlug ihn auf und pfiff. Dort war bis ins kleinste Detail das gesamte Waffenarsenal der Amerikaner aufgelistet: verfügbare Anzahl, Standort, Sprengstoffart, Reichweite, Steuerungssystem, Systemanfälligkeiten – einfach alles. Sogar Panzer standen auf der Liste. Er stellte sich vor, wie ein Bradley-Panzer auf einer Raumstation den vorbeifliegenden Asteroiden bombardierte.

Yuri blickte zur Tür und fragte sich flüchtig, wie lange Fletcher wohl auf der Toilette brauchte. Würde er hören, wenn er sich die Hände wusch?

Er blätterte weiter durch die Liste und hielt Ausschau nach den Fire-Eye-Raketen. Dabei schnitt er sich mit dem Papier in den Finger, den er schnell in den Mund steckte, um die Blutung zu stillen. Neben jedem Absatz gab es eine Randnotiz, die den Inhalt als streng geheim kennzeichnete. Für Yuris Geschmack ein bisschen übertrieben bei der unübersehbaren Kennzeichnung auf dem Deckblatt.

Als er endlich die richtige Seite fand, sah er die Informationen durch. Es war etwas zu viel, um alles im Kopf zu behalten. Schnell zog er sein Handy aus der Hosentasche und schaltete es an, während er die Daten überflog. Er war gut darin, sich auf die jeweilige Aufgabe zu konzentrieren und andere Reize auszublenden. Schon immer. Und genau deswegen hörte er die Toilettentür nicht in ihren Angeln quietschen. Dinge bei der NASA quietschten nämlich nicht.

Erst als Direktor Karl Fletcher in seinem Büro stand, bemerkte Yuri, dass die Tür aufgegangen war.

Yuri stand hinter Fletchers Schreibtisch vor dem offenen Aktenschrank, die Waffenliste in der Hand, kurz davor, sie mit dem Handy abzufotografieren.

»Was zum Teufel?«

Yuri drehte sich um und sah Fletcher an. Er spürte die Liste schwer in seiner Hand und überdeutlich die glatte Hülle seines Handys. Einen Moment dachte er wie verrückt darüber nach, warum er hier sein könnte, irgendeine Ausrede. Und dann wurde ihm klar, dass ihm nichts anderes übrig blieb, als ehrlich zu sein. Fletcher schien seine Überlegungen zu bemerken.

»Sie fotografieren Dokumente?«

»Nein … Tut mir leid. Ich musste Waffeninformationen einfach sehen. Um mir das Ganze vorstellen zu können.«

Flechter schob sich vor und versperrte nun den Weg zwischen Schreibtisch und Tür.

»Sie fotografieren es ab?«, fragte Fletcher. Seine Stimme klang wie Luft, die einem Reifen entwich. »Verdammt noch mal. Wissen Sie eigentlich, wie viele Probleme … Wie sind Sie überhaupt da drangekommen?« Er fuhr fort, ohne auf eine Antwort zu warten, sein Zeigefinger stieß mit Nachdruck in Yuris Richtung. »Sie müssen nur eine kleine Sache ausrechnen. Sie sind nicht für das ganze Ding verantwortlich.«

»Ja, aber …«

»Ich habe Ihnen ausdrücklich gesagt, dass Sie keinen Zugang zu diesen Informationen haben. Dass Sie sie nicht brauchen.«

»Es tut mir leid.« Und das tat es ihm wirklich.

»Sie haben mein Vertrauen missbraucht, und Sie sind in mein Büro eingedrungen.« Fletcher streckte fordernd seine Hand nach dem Handy aus.

Yuri zögerte, dann händigte er es aus. Er fühlte sich total armselig, während der Direktor seine Fotos durchforstete.

Was war noch mal das letzte gewesen, das er geschossen hatte? Viele hatte er bisher nicht gemacht. Als er sich jedoch erinnerte, drehte sich ihm der Magen um. Bei der Projektwoche eines Wissenschaftsgymnasiums hatte er in der Prominentenjury gesessen, und Larissa Smirnova hatte die Medaillen überreicht. Yuri mochte ihre Popmusik nicht, aber sie selbst war atemberaubend. Daher hatte er sich zwischen die anderen Schüler gedrängelt, um Fotos von ihr zu schießen.

In diesem Augenblick also scrollte Fletcher durch Dutzende Fotos einer Pop-Prinzessin, im Vordergrund ihre Bodyguards, die die Sicht versperrten. Am liebsten wäre er auf der Stelle im Erdboden versunken. Yuri starrte auf seine Füße, stellte fest, dass er keine Schuhe anhatte, und kniff die Augen zusammen.

»Raus hier.«

Yuri zögerte einen Moment und sah auf sein Handy in Fletchers Hand. Dann wollte er am Schreibtisch vorbeigehen. Der Direktor wich jedoch keinen Schritt zur Seite, und da bemerkte Yuri, dass er immer noch den Waffenordner in der Hand hielt – auf dem zwischen grünen Streifen ›streng geheim‹ stand. Ein winziger Tropfen seines Blutes, vom Schnitt am Papier, war auf dem Deckblatt verschmiert.

Yuri hielt inne und wollte den Ordner zurückstecken. Aber mit dem Rücken zu Fletcher würden seine Hände im Aktenschrank die Ausmaße seines Vergehens nur noch deutlicher machen. Er legte den Ordner behutsam auf den Tisch, drückte sich an Fletcher vorbei und ging.

Als die Durchsage für den Sonnenuntergang aus den Lautsprechern dröhnte, blieb Yuri im Büro. Er war nicht sicher, in welch großen Schwierigkeiten er steckte. Würde Fletcher sein Vergehen den russischen Funktionären melden? Ein mürrischer Mann mit schlaffem Haar hatte Yuri im Wagen auf dem Weg zum Domodedovo Flughafen eine einzige Botschaft eingetrichtert: *Halten Sie sich an die Regeln. Machen Sie, was die Amerikaner Ihnen sagen.* Yuri hatte nur den Griff seines Koffers umklammert, in heller Aufregung, dass er verreiste, dass er in Amerika gebraucht wurde.

Nun konnte er an nichts anderes denken: an Schlaffhaar, der ihm einen Vortrag hielt, und ihn selbst, der wahllos nickte, während Moskaus Wohnblöcke an ihm vorbeizogen. Yuri machte sich erst jetzt Gedanken darüber, warum Schlaffhaar so eine große Sache daraus gemacht hatte. Und er fragte sich zum ersten Mal, warum Fletcher ihm den Zugang zu der Liste verweigert hatte.

Sein Kopf schmerzte stumpf und pochend, daher ließ er sich vom Fahrdienst ins Hotel bringen. Kaffee half vielleicht gegen den Schmerz, dachte er und machte im Frühstücksbereich, der von der Hotellobby abging, halt. Er war wie ausgestorben. Die Donuts und die mit Waffelteig gefüllten Becher vom Morgen waren weg, aber die Kaffeemaschine war noch an. Er nahm eine Tasse vom Stapel, wobei sich die Schnittwunde wieder öffnete, und hielt inne.

Auf dem Boden raschelte es.

Böden raschelten nicht.

Er schob sich langsam seitwärts und lugte um das Ende der Anrichte. In der Ecke von Schrank und Wand saß eine kleine braune Maus und nagte an einem Froot Loop zwischen ihren Pfoten. Yuri hob leicht die Hand, um zu winken.

»Du bist wohl auch nicht da, wo du sein solltest«, sagte er sanft.

Er nahm einen grünen Froot Loop aus dem Müslispender, ließ ihn in seine Tasse fallen und ging langsam vor dem Nagetier in die Hocke. Er legte die Tasse seitlich auf den Boden, aber die Maus war nach wie vor mit ihrer bereits ergatterten Beute beschäftigt.

»Haben Sie diese Maus gefunden?«, rief die Empfangsmitarbeiterin. »Erzählen Sie es bitte niemandem, okay?« Sie war schon auf dem Weg zum Frühstücksbereich, dann überlegte sie es sich anders. »Versuchen Sie, sie zu fangen? Ich hol einen Besen.« Sie verschwand durch eine Tür hinter der Rezeption.

Yuri angelte sich noch eine Tasse und schob sie mit seiner linken Hand langsam auf die Maus zu. Sie knabberte weiter an ihrem Froot Loop, bis die Tasse direkt vor ihr war, dann flitzte sie von der Theke weg zur anderen Seite. Yuri knallte die andere Tasse über sie.

»Ausgetrickst, Myshka.«

Er griff nach einem Teller und schob ihn unter die Tasse, dann huschte er schnell zum Treppenhaus, bevor die Angestellte mit ihrem Besen wiederkam.

In seinem Zimmer setzte er die Maus in den Getränke-Kühler und fütterte sie mit einem Päckchen Cracker, das er in der Cafeteria eingesteckt hatte. Als sie aufhörte zu knabbern, hob er sie sachte hoch. Er war überrascht, dass sie ihn nicht biss. Er brachte sie zur Badewanne, steckte den Stöpsel in den Abfluss und ließ ein bisschen kaltes Wasser in die Wanne laufen.

Die Maus trank erst und wusch sich dann mit dem Wasser ihre Pfoten und Ohren.

Yuri zog die Rolle aus dem Toilettenpapier und platzierte sie aufrecht am anderen Ende der Wanne, weit genug weg von dem kleinen See. Bei dem Versuch hineinzuklettern, kippte die Maus die Rolle um und kroch hinein. Yuri lächelte. Er hatte immer ein Haustier gewollt, aber nie Zeit dafür gehabt. Für so viele Sachen hatte er nie Zeit gehabt.

»Als Isaac Newton jung war, baute er kleines Rad, das Weizen zu Mehl machte. Und für Kraft nutzte er so kleine Maus wie du, wusstest du das?« Die Maus steckte ihre Nase aus der Öffnung am Ende der Rolle und wackelte mit den Schnurrhaaren. Yuri lachte.

Schließlich räumte er die Toilettensachen von dem Plastiktablett auf der Badezimmerablage, stellte es auf den Nachttisch, und setzte die kleine braune Maus darauf ab. Sie wollte wegflitzen, aber Yuri stülpte den Getränke-Kühler über sie.

»Gute Nacht, Myshka.«

Er hatte einen Freund.

Yuri wachte mitten in der Nacht auf. Er trat auf den kleinen Balkon, stand in seiner Schlafanzughose da und starrte in den Himmel. Die Sternbilder waren nicht an derselben Stelle wie am russischen Himmel, aber es waren dieselben Sterne. Er konnte den kleinen und den großen Bären sehen und Herkules, der nach Osten lief. Da draußen gab es noch andere Dinge. Eine Million namenloser Asteroiden, schwarze Löcher, Supernovas und unbekannte Galaxien – und den BR1019, der direkt auf ihn zuraste. Es stellte sich heraus, dass das Monster unterm

Bett letztendlich im Himmel war, ein unerwarteter Angriff aus einer unerwarteten Richtung.

Er versuchte sich vorzustellen, wie es sein würde, wenn sie versagten. Wie viele Menschen lebten auf der Pazifikseite? Wie viele Schulkinder? Aber in seinem Kopf hatte er ausschließlich das Bild der Maus, ihre sehnigen Pfoten, die sich im Tod zusammenkrallten, ihr weicher brauner Körper schlaff, in dem Moment, in dem der Asteroid die Erde erschütterte.

Machte ihn das zu einem schlechten Menschen?

Er legte sich wieder ins Bett und drehte sich zur Seite, sodass er den Kühler über seinem kleinen neuen Freund sehen konnte. Ihm war zum Heulen zumute. Und das war okay, sagte er sich. Es hatte mit der Arbeit zu tun, und Männer durften wegen eines stressigen Arbeitstags weinen. Aber als er einschlief, waren seine Wangen trocken.

Kapitel 6

SPAGHETTISIERUNG

Karl Fletcher verhielt sich am nächsten Tag völlig normal. Es gab keine öffentliche Anprangerung, keine Vorhaltungen wegen Yuris Verstoßes vom Vortag. Okay, er hätte sich nicht ins Büro des Direktors schleichen dürfen und die Informationen über die Waffen anschauen sollen. Fletcher hatte recht gehabt – er hatte nichts Neues erfahren, aber das hatte er ja nicht gewusst, bis er die Dokumente mit eigenen Augen gesehen hatte. Und dann hatte der Blödmann auch noch sein Handy behalten.

Yuri hatte der Maus etwas zu fressen und Wasser gegeben und sie in der Badewanne laufen lassen, dann hatte er sie in einer Schublade der Garderobe mit dem Kühler bedeckt. Vorher hatte er die Luftmenge und die Sauerstoff-Konzentration berechnet. Der Maus würde es gut gehen.

Aber Yuri war sich nicht sicher, ob es *ihm* gut ging. Arbeit bis in die Abendstunden ließ den Tag wie die anderen vergehen. Ein nagendes Unbehagen, dass Fletcher vielleicht einen Grund gehabt hatte, ihn von der Waffenliste fernzuhalten, lenkte seine Gedanken jedoch immer wieder ab.

Zu guter Letzt seufzte Yuri. Er ließ seinen Kopf kreisen, sein Kinn einen Moment auf die Brust fallen, dann stieß er sich vom Schreibtisch ab. Mit den Händen in den Taschen ging er zum Büro des Direktors, zögerte einen Moment vor der geschlossenen Tür und klopfte. Keine Antwort. Er hob seine Hand noch einmal, als eine Frau aus einem offenen Büro weiter vorne trat.

»Suchen Sie Karl?«

»Ähm, ja.«

»Er ist vor ein paar Minuten runtergegangen«, sagte sie und deutete mit dem Kopf den Gang entlang zum West-Treppenhaus.

»Danke.«

Als Yuri an ihr vorbeischlüpfte, wurden ihm plötzlich seine nackten Füße bewusst. Einige Menschen konnten komplizierte Berechnungen vielleicht mit Socken an den Füßen anstellen, aber er war keiner von ihnen.

Er eilte zum West-Treppenhaus und verharrte für eine Sekunde. Durch die riesigen Fensterscheiben blickte er auf die struppige kalifornische Vegetation und die zerklüfteten Hügel dahinter. Das Geländer unter seiner Hand fühlte sich kalt an. Er hatte zeitig mit Simons und Pirkola gegessen, und die Wissenschaftler vom NEO würden hier frühestens in einer Stunde zusammenkommen, um sich den Sonnenuntergang anzuschauen. Palmen, die den Parkplatz umgaben, warfen spitze Schatten auf ihn, und leise Stimmen drangen aus dem unteren Stockwerk des Treppenhauses herauf. Er erkannte Fletchers Stimme und hatte schon einen Fuß auf die erste Stufe gesetzt, den anderen in der Luft hängen, als er hörte, was der Direktor sagte.

»Nein, er weiß es nicht. Gott, nein.«

»Er wirkt nervös.« Es war Simons. »Ich dachte, Sie hätten es ihm vielleicht gesagt.«

Yuri trat leise einen Schritt zurück auf den Treppenabsatz.

»Warum sollte ich?«, sagte Fletcher. »Es würde ihn nur ablenken. Wir brauchen ihn jetzt auf die Arbeit fokussiert.«

Einen Moment herrschte Stille. Nur ein Schlürfen, dann das Klappern einer leeren Limo-Dose, die in den Recycling-Eimer geworfen wurde, war zu hören.

»Hat den Russen irgendjemand gesagt, dass wir ihn hierbehalten?«, fragte Simons.

Yuri hatte das Gefühl, in ein schwarzes Loch zu fallen. Als würde eine gravitative Gezeitenkraft aus ihm einen Strang seiner Bestandteile machen und jedes Atom in seinem Körper einzeln herausgezogen werden.

Spaghettisierung nannte man das. Sie begann damit, dass man in zwei Teile gerissen wurde. Und genau das war gerade mit ihm geschehen.

»Nein, sie würden vermutlich versuchen, ihn von der Aufgabe abzuziehen, obwohl dieses Ding auf uns zusteuert. Sie denken unglaublich territorial. Und es kommt ja nicht auf sie zu.«

»Man könnte argumentieren, dass wir territorial denken, weil wir uns Sorgen machen, dass er zu viel weiß. Sie wissen schon, in Anbetracht der Situation.«

»Hier geht's um nationale Sicherheit«, sagte Fletcher. »Erst retten wir den Kontinent, dann wird der Junge überlaufen, ob er will oder nicht.« Noch eine Limo-Dose landete klappernd im Abfalleimer. »Auf keinen Fall wird er wieder nach Hause gehen, jetzt wo er die Liste mit der Aufstellung unserer Ausrüstung gesehen hat. Und sogar versucht hat, sie zu fotografieren! Der Befehl kommt von ganz oben.«

Yuri machte noch einen Schritt zurück und presste seinen Rücken an die Wand des Treppenhauses.

»Die Russen haben darauf bestanden, dass er diese Liste nicht sehen soll, und wir haben versprochen, dass wir ihm nur beschränkten Zugriff geben. Sie wussten, dass wir ihn nicht zurückschicken würden, wenn er sie zu Gesicht bekäme.« Fletcher fauchte vor Frustration. »Sie behaupten, sie haben ihm gesagt, er solle sich benehmen. Wir haben das auch getan. Den Fehler hat er sich verdammt noch mal selbst zuzuschreiben.«

»Das ist eben das Problem, wenn man einen Teenager an einen Ort wie diesen holt«, sagte Simons. »Was ist mit dem Chinesen? Liu?«

»Lin. Er wollte schon lange herkommen. Wir hatten bereits vorher verdeckten Kontakt zu ihm. Er weiß, dass er dabei ist, zu uns überzulaufen.«

Von unten hörte man entfernt Schritte. Die Männer kamen schnell zum Ende.

»Sie halten den Mund, verstanden?«, sagte Fletcher. »Es weiß niemand sonst darüber Bescheid. Wir können keine Ablenkung gebrauchen, solange wir noch mitten in der Arbeit stecken.«

Yuri verharrte mit dem Rücken an die Wand gepresst in dem dunkler werdenden Treppenhaus. Er hätte dort noch stundenlang so gestanden und nach Westen gestarrt, weit weg von zu Hause, aber er hörte, wie jemand mit seinem Schuh gegen den unteren Treppenabsatz trat. Er huschte aus dem Treppenhaus und eilte den Flur hinunter zu seinem Büro. Leise schloss er die

Tür und setzte sich auf den Boden. An den Schreibtisch gelehnt blieb er sitzen, bis tief in die Nacht.

Der Asteroid füllte seine Gedanken aus, pochte in seinem Gehirn, dass ihm der Kopf wehtat. Was für Ergebnisse sein Team auch immer vorbrachte, ob der Asteroid nun die Erde rammte oder nicht, das Leben, so wie er es kannte, war vorüber. Sein Leben war in zwei Stücke gerissen. Er war dabei, spaghettisiert zu werden.

In dieser Nacht lag Yuri schlaflos in seinem fremden Bett in seinem nichtssagenden Hotelzimmer. Er hatte verschiedene Sachen zum Fressen mitgebracht, damit die Maus sie kosten konnte. Sie hatte alles vertilgt, dann hatte sie in Yuris Hand gepinkelt. Es war das Highlight des Tages gewesen.

Yuri rätselte, ob er sich ein neues Handy besorgen sollte. Er könnte sich sogar eines von einem nichtsahnenden Kollegen ausleihen oder von einem der Hausmeister. Er wusste nicht genau, wie man aus den Vereinigten Staaten nach Russland telefonierte – es gab bestimmt eine Ländervorwahl, die er nicht kannte –, aber er würde schon einen Weg finden, jemanden anzurufen. Seine Mutter vielleicht. Oder Kryukov, seinen Doktorvater. Jemanden in Russland … irgendjemanden.

Aber was sollte er sagen? Wenn er sich aus dem Staub machte, wären die Berechnungen falsch. Der Asteroid würde Nordamerika treffen. Menschen würden sterben. Höchstwahrscheinlich würde der Asteroid beim Eintritt in die Atmosphäre explodieren, wie der über Sibirien 1908. Keine große Staubwolke, die den Planeten einhüllte, die Sonne verdeckte und gesamte Ernten vernichtete. Aber sicher mit einigen Auswirkungen für Russland. Der Handel würde zum Erliegen kommen, das Machtgleichgewicht gestört werden. Es könnte auch seinem Land schaden – und seinen kippeligen Tisch und die Schüssel dunklen Borschtsch gefährden. Das furchige, verständnisvolle Gesicht von Gregor Kryukov ihm gegenüber gleich mit dazu.

Er musste bleiben, um die Menschen zu retten, die ihn opfern wollten. Er musste aber auch wieder zurück nach Hause.

Also hatte er gleich zwei Probleme: die Welt retten, und sich selbst.

Kapitel 7

SITZE

Als der Fahrdienst ihn am nächsten Morgen vor dem NEO-Gebäude absetzte, hatte Yuri Ringe unter den Augen. In seinem Büro zog er einen neuen Block Papier hervor und begann zu rechnen. Er kaute langsam auf seinem Bleistift herum, und als er zu dem Punkt kam, an dem Simons und Pirkolas Arbeit von seiner abwich, schwebte seine Hand einen Moment zögernd in der Luft. Dann kritzelte er entschieden weiter dieselben Symbole wie zuvor auf das Blatt und folgte seiner Denkrichtung. Der logischste Ansatz war, den Asteroiden mit Antimaterie zu reduzieren, bevor sie ihn in die Luft jagten. Und er wusste, wie man das anstellte.

Er saß vornübergebeugt da, hämmerte gelegentlich mit der linken Hand auf den Taschenrechner ein, während seine rechte weiter über das Papier glitt. Er würde seine Berechnungen auf seine Weise machen. Auf die richtige Weise. Sobald er damit fertig war, würde er es Simons und Pirkola so lange erklären, bis sie es verstanden hatten.

Eine Stunde später machte er eine Pause, um seine Mails zu

checken. Er hoffte, dass ihm vielleicht seine Mutter geschrieben hatte. Hatte sie aber nicht. Dafür einige von der Uni Moskau. Er hatte gerade seinen Doktor gemacht und war als neuer Assistenzprofessor am Physikinstitut zum Kollegen seiner Professoren geworden. Die Mail von seinem Doktorvater hob er sich bis zuletzt auf. In ihr stand: »Возвращайся к работе. Kommen Sie wieder zur Arbeit.« Er lachte.

Dann schloss er das Mailprogramm und öffnete die Flugpläne einiger Fluglinien. Es war Ende Mai. Der Asteroid traf am 9. Juni auf die Erdatmosphäre. Das nervte. Mit den sechzehn Stunden Arbeit am Tag würde er die Hockey-Play-offs verpassen, und Dynamo-Moskau würde früh ausscheiden.

Er musste Simons und Pirkola so schnell wie möglich von seiner Sichtweise überzeugen. Yuri tippte auf der Tastatur herum und druckte sich die Flugpläne der nächsten zwei Wochen aus. Wenn er seine Teammitglieder dazu brachte, seinen Ansatz zu akzeptieren, konnte er sich bald verdrücken. Ein Taxi zum Flughafen mitten in der Nacht nehmen und in Tokyo sein, bevor er überhaupt vermisst wurde. Aber wenn Simons an seinem eigenen Ansatz festhielt, blieb Yuri nichts anderes übrig, als hier im Jet Propulsion Lab bis zum bitteren Ende alle Überzeugungskraft aufzubringen, die er hatte.

Er faltete die Ausdrucke zusammen und verstaute sie ganz unten in seiner Tasche. Es würde seine Gute-Nacht-Lektüre sein.

Ein paar Minuten später klopfte es an der Tür, und Karl Fletcher trat ins Büro, noch bevor Yuri ihn hereinbitten konnte. Geistesabwesend blickte Yuri hoch. Ein Stift ragte aus seinem Mund, seine Gedanken steckten mitten in den Berechnungen.

»Wie geht's Ihnen?«, sagte Fletcher.

»Ähm, okay.«

»Sie haben Flugpläne ausgedruckt.«

Yuri starrte ihn an. Gab es hier Kameras? Fletcher lächelte.

»Die Computer sind alle miteinander verbunden, zur Fehlerbehebung.«

»Oh.«

»Warum die Flugpläne?«

Yuri wurde rot.

»Ähm … mein Flug nach Hause. Ich dachte, ich schaue mal. Als gutes Omen, wissen Sie?«

»Aha. Dass die Flughäfen noch da sein werden, was? Sie brauchen sich jetzt keine Gedanken um Ihren Flug zu machen. Wir werden uns zur rechten Zeit um all das kümmern.«

»Okay.« Yuri wurde erneut rot und wünschte sich, sein Kreislaufsystem per Muskelkraft kontrollieren zu können.

Fletcher zog Yuris Handy aus der Tasche und reichte es ihm.

»Telefonieren Sie nicht in den Vereinigten Staaten«, sagte er. »Da zahlen Sie sich den Arsch ab.« Er sah Yuri einen Moment lang an. Als er das Büro verließ, schlug er mit der Faust seitlich auf den Türrahmen.

Den Rest des Morgens konnte Yuri sich nur schwer konzentrieren. Er schaute sich beiläufig um und suchte nach Kameras. Nicht dass er glaubte, es gäbe welche – wieso auch –, aber allein bei dem Gedanken daran kribbelte es in seinem Nacken. Er versuchte sich zu erinnern, welche ekligen Angewohnheiten er vorgeführt haben mochte. Gleichzeitig fragte er sich, ob er den Amerikanern Zugang zu seinen E-Mails gegeben hatte, indem er sie auf diesem Computer geöffnet hatte. Er durfte sie unter gar keinen Umständen auf seinem Handy lesen. Hundertpro hatten sie irgendeine Spionagesoftware darauf installiert.

Als eine halbe Stunde später das Telefon klingelte, sprang Yuri erschrocken auf. Er schlug auf die Lautsprechertaste, um die Hände zum Weiterarbeiten frei zu haben und seinen Gedanken zu Ende bringen zu können. Simons Stimme ertönte.

»Yuri? Wir treffen uns zum Mittagessen in der Cafeteria. Ich esse heute Abend mit Karl Fletcher. Nehmen Sie alles mit, was Sie durchgehen möchten. Jetzt sind Sie am Ball, okay? Um zwölf«, fuhr er fort, ohne die Antwort abzuwarten.

»Ähm, okay.« Er war am Ball? Sollte das eine Anspielung sein? Sie würden wohl kaum eine Runde Basketball mit ihm spielen.

Yuri öffnete einen neuen Tab. Wenn der Asteroid doch einschlug, dann bestimmt deswegen, weil er seine Zeit mit dem Nachschlagen amerikanischer Redewendungen vergeudet hatte.

Er vertiefte sich wieder in die Arbeit, und als er das nächste Mal auf die Uhr blickte, war es schon zwölf.

Er eilte nach unten in die Cafeteria und winkte Simons und Pirkola aus der Essensschlange zu. Es war nett hier, und die Tische waren groß genug, um Laptops darauf abzustellen. Fast alle waren besetzt.

»Entschuldigung, dass ich zu spät bin.«

»Ich bin auch gerade erst gekommen«, sagte Simons und sprach dann weiter mit Pirkola über etwas in ihren Berechnungen. Yuri beschränkte den Blickkontakt auf ein Minimum und kaute auf seinem Salisbury Steak herum. Wenn ein Asteroid schon die Erde traf, wäre Salisbury das perfekte Ziel für den Einschlag.

»Haben Sie über das, was wir neulich abends besprochen haben, nachgedacht? Darüber, uns an Bewährtes zu halten?«, fragte Simons.

»Ja. Es ist dumm.«

Simons und Pirkolas Köpfe schnellten leicht nach hinten, als wären sie durch eine Achse im Nacken verbunden.

Yuri beugte sich vor. »Dies ist verzweifelte Lage, oder nicht?«

»Wir haben genug Zeit«, sagte Pirkola. »Theoretisch sollte es möglich sein …«

»Ist große *chertovskii* …« Er hielt inne und wünschte sich zu wissen, wie man auf Englisch fluchte. Dann fing er noch mal neu an. »Großer, böser Asteroid rast gerade auf Erde zu, um euer Land zu zerschmettern? Dann sollten wir es vielleicht richtig machen, oder?«

»Wir haben vor, es richtig zu machen«, sagte Simons mit schneidender Stimme.

»Nein, Sie haben vor, es auf sichere Art zu machen. Wie alt sind Sie? Hundert?«

Simons lief rot an. Er war sechsundfünfzig.

»Und Sie müssen Sachen immer noch gleich machen, wie jeder andere. Sich bloß nicht unterscheiden. Sie …«

»Es geht hier nicht um Gruppenzwang«, blaffte Simons. »Es geht um Wissenschaft.«

»Dann sehen Sie sich Wissenschaft an!«, sagte Yuri und schlug auf den Tisch. »Wir wollen Asteroiden zerstören, aber er ist sehr groß. Wir können ihn mit Antimaterie kleiner machen und Aussicht auf Erfolg bedeutend vergrößern … darauf, dass Trümmer in Atmosphäre verglühen.«

»Sie wissen, dass Sie nicht der Einzige sind, der sich das hier jemals angesehen hat, oder? Sie sind nicht der einzige Physiker auf der Welt.«

»Das ist nicht Punkt.«

»Doch, genau das ist Punkt.«

Yuri lief rot an. Im Russischen gab es keine Artikel, und auch wenn er wusste, dass das Englische welche besaß, war er sich nie wirklich sicher, wann man welchen benutzte. Es war einfacher, sie wegzulassen.

»Es gibt viele kluge Menschen, die sich mit Antimaterie beschäftigen«, sagte Simons. »Die darüber schon länger nachdenken, als Sie überhaupt auf der Welt sind. Was sagt Ihnen das?«

»Ich will nicht sagen, dass sie nicht klug sind. Ich sage nur, dass sie einfach nicht wissen, wie man mit Antimaterie arbeitet.«

Simons warf seine Arme in die Luft. Yuri drehte sich zu Pirkola.

»Lassen Sie mich erklären.«

»Wie lange brauchen Sie dafür, es wirklich zu erklären und die mathematischen Beweise zu liefern, sodass ich es glaube?«, fragte Pirkola. Er legte seine Gabel aus der Hand. »Sie haben doch mathematische Beweise, oder?«

»Natürlich. Ich würde … Um es wirklich zu erklären? Und Sie möchten selbst ein bisschen daran rechnen, um es nachzuprüfen? Vier Tage.«

»Vier ganze Tage«, sagte Pirkola. »Das ist Zeit, die wir nicht verlieren dürfen. Vielleicht wenn wir hiermit fertig sind. Ich würde liebend gern etwas über die unveröffentlichte Arbeit von Yuri Strelnikov, dem Wunderknaben, erfahren. Aber nicht jetzt.«

Simons zerknüllte seine Serviette und warf sie in den Abfallkorb. Yuri ignorierte ihn und konzentrierte sich auf Pirkola.

»Punkt, an dem wir voneinander abweichen, ist früh. Ich wünschte, er wäre es nicht. Aber wenn wir alles ausrechnen, dann zeige ich Ihnen, dass ich recht habe. Wir haben keine Zeit, es noch einmal zu machen. Wir werden falschen Ansatz haben.«

Simons stand auf. »Und wenn wir vier Tage mit dem hier vergeuden und trotzdem nicht mit Ihnen übereinstimmen, was dann? Dann haben wir sämtliche Menschen Kaliforniens auf dem Gewissen, nur um Ihr Ego zu streicheln.«

Pirkola stand ebenfalls auf, das Tablett in den Händen. »Schauen Sie, ich würde wirklich gerne Ihre Gedanken dazu hören. Aber wir können gerade nichts anderes machen.«

Yuri drehte sich zu Simons. »Wenn Sie nicht auf mich hören wollen, warum bin ich dann hier? Warum schicken Sie mich nicht einfach nach Hause? Sie beide rechnen, und ich fliege nach Moskau zurück und schau mir Himmel an.«

Simons lief rot an. »Wir brauchen Ihren Input«, sagte er. »Ist es das, was Sie hören wollen? Haben Sie alle fünf Minuten ein Kompliment nötig? Wir brauchen Ihren auf *bewiesenen und bewährten Theorien basierenden* Input.«

Nein, dachte Yuri, *ich habe keine Komplimente nötig. Ich habe es aber auch nicht nötig, gekidnappt zu werden, während alle anderen nur in den Himmel starren.*

Sie stellten ihre Tabletts auf eine Ablage vor der Küche und gingen zum Treppenhaus mit seiner Glaswand. Aber Simons kam noch einmal zurück. Er zog sein Portemonnaie aus der Gesäßtasche und nahm ein Foto heraus.

»Meine Tochter«, sagte er und hielt ihm das Foto unter die Nase.

Yuri sah hin, machte aber keine Anstalten, es in die Hand zu nehmen. Auf ihm war ein hübsches braunhaariges Mädchen mit einem lila Shirt abgebildet. Er schätzte, das Bild war am Ende der Highschool gemacht worden.

»Sie ist jetzt älter. Erwartet unser erstes Enkelkind. Es wird ein Junge.« Er steckte das Foto zurück in sein Portemonnaie. »Geburtstermin ist der 9. Juni.«

Tag des Einschlags.

Simons kämpfte einen Moment mit den Tränen, wirkte überrascht von sich selbst und riss sich wieder zusammen.

»Ich bastle ein bisschen mit Holz ... hab eine kleine Werkstatt in meiner Garage eingerichtet. Ich baue ihm einen Raketenstuhl für sein Kinderzimmer. Er wird frühestens in einem Jahr was damit anfangen können, aber ich werde vermutlich so lange brauchen, ihn fertigzustellen.«

Er fummelte in seiner Hosentasche herum und zog ein Papier heraus, das an den gefalteten Rändern schon ganz ramponiert war.

»Schauen Sie. Ich habe es selbst entworfen. Drinnen ist ein kleiner Sitz und auf einer Seite ein Fenster, sodass er seine Mutter kommen sehen kann. Auf der anderen Seite wird ein kleines Bücherregal angebracht. Und ich habe einen alten Anschnallgurt aufgetrieben, der im All war. Hab ihn gekürzt, um einen Gurt für die Bank zu konstruieren, dann gewöhnt er sich schon mal daran, ihn anzulegen. Es ist wichtig, dass er den Sicherheitsgurt trägt.«

Simons fuhr sich mit einer Hand über die Augen und stopfte die Zeichnung wieder in seine Tasche. Yuri wollte etwas sagen.

Er wusste, dass er es sollte. Aber alles, was er denken konnte, war: *ublyudok – Mistkerl. Eigentlich wollte ich dich hassen.* Er nickte nur und ließ Simons gehen.

An diesem Nachmittag arbeitete Yuri ohne Pause. Er kickte den Stuhl weg und stellte sich vor seinen Schreibtisch auf einen Fuß, dann auf den anderen. Er versuchte, an der Wand in die Hocke zu gehen, als würde er sitzen, und arbeitete mit einem Klemmbrett auf seinen Knien. Das Brennen in seinen Oberschenkeln fühlte sich gut an, aber er konnte die Stellung nicht lange halten und sie störte seine Konzentration. Also zog er seufzend seinen Stuhl wieder heran und setzte sich.

An diesem Abend wartete Yuri ab, ob Pirkola zum Abendessen in seinem Büro vorbeischauen würde. War es unhöflich, wenn er ohne ihn in die Cafeteria ging, oder war es dämlich, hungrig in seinem Büro zu warten? Schließlich entschied er, dass er sich, wenn nötig, auf kulturelle Missverständnisse berufen konnte, und marschierte hinunter in die Cafeteria. Sie war voll. Geräusche von klapperndem Besteck, von Tabletts, die die Metallflächen entlanggeschoben wurden, leisen Unterhaltungen und Gepolter aus der Küche füllten den Raum. Es roch nach gedünstetem Gemüse. Brokkoli vielleicht? Auf jeden Fall nicht schlecht.

Als Yuri endlich ein Tablett mit Essen in der Hand hielt, waren alle Tische besetzt. Die Cafeteria war nicht gebaut für ein solch geschäftiges Treiben, das zurzeit das ganze Gebäude beherrschte. Zwei Männer vor Yuri – er wusste nicht von welchem Spezialgebiet – blieben stehen, dann gingen sie mit ihren Tabletts aus der Cafeteria hinaus, vermutlich, um oben zu essen.

Yuri brauchte eine Pause von seinem Büro. Also stellte er sein Tablett auf einem Vierertisch ab, an dem sich zwei Frauen gegenübersaßen, die in eine leise Unterhaltung vertieft waren. Als er Platz nahm und sich seinem Lachs widmete, schauten sie ihn an. Er ignorierte sie höflich. Schließlich war er nicht an ihrem Gespräch beteiligt.

»Ähm«, sagte eine der Frauen.

»Hi«, sagte die andere. »Sie sind Yuri Strelnikov, oder?«

Yuri blickte auf und nickte, dann nahm er die Klarsichtfolie von seiner Schüssel gedünsteter Karotten. Man sprach nicht mit anderen Leuten, die in der Cafeteria am selben Tisch saßen – und mit denen man nichts zu tun hatte. Das war wahrscheinlich etwas typisch Amerikanisches, dieses Überfreundliche, diese Art, mit der Leute auf der Straße Blickkontakt suchten. Es wirkte unverschämt, aber wahrscheinlich war es nicht so gemeint.

»Okay«, sagte sie. Die Frauen schwiegen einen Moment. »Egal, es hat auf jeden Fall nicht geklappt. Am Ende habe ich ein Taxi nach Hause genommen.« In seinem peripheren Blickfeld sah Yuri sie mit den Schultern zucken und erneut in seine Richtung blicken. »Details bekommst du nachher.«

Ein paar Minuten später gingen die Frauen, und Yuri aß sein Abendessen schweigend zu Ende. Niemand anderes setzte sich zu ihm an den Tisch, obwohl drei Plätze frei waren. Als er seinen Salat aufgegessen hatte, starrte er unheilvoll in die leere Schüssel. Amerikaner hielten einen Haufen nasser Blätter für Salat. Wie hatten diese Leute den Kalten Krieg gewinnen können?

Er ließ sein Tablett auf der Ablage vor der Küche stehen und stieg die Treppen auf der Westseite hoch. Oben machte er halt, um auf die ausgedörrte Landschaft zu schauen. Stimmen zweier Männer, die gerade aus der Cafeteria kommen mussten, drangen zu ihm herauf.

»Hast du gesehen, was Strelnikov gemacht hat? Setzt sich einfach zu Leuten, die er nicht kennt.«

»Ja, und dann hat er sie ignoriert.«

Yuri öffnete seinen Mund, um zu protestieren, dann schloss er ihn wieder.

»Vielleicht denkt er, dass jeder ihn um sich haben will. Dass er unwiderstehlich ist.«

»Das glaube ich nicht«, sagte der zweite Typ. »Ich schätze, er ist einfach sozial unfähig. Manche Typen sind so – haben keine Ahnung, was sich gehört.«

Ich bin keiner von diesen Typen, ich kenne solche und ich *bin keiner von denen. Erst diese Woche habe ich einem Mädchen einen Donut geschenkt!*

Yuri trat den Rückmarsch in sein Büro an.

An manchen Tischen in der Cafeteria gab es noch freie Plätze und Leute, die auf der Suche nach einem waren. Und ich soll unhöflich gewesen sein, weil ich mich einfach hingesetzt habe? Warum hat mich dann niemand an seinen Tisch gebeten? Das *war unhöflich!* Er schnaufte empört. Es sollte eine Gebrauchsanleitung für Amerika geben. Oder war es das, was die Freiheitsstatue in der rechten Hand hielt?

Als der Sonnenuntergang durchgesagt wurde, wollte Yuri in seinem Büro bleiben. Schließlich bummelte er aber doch der Herde Wissenschaftler hinterher und schaute stumm zu, als ein weiterer Tag dahinschwand. Das Bedürfnis, sich gemeinsam den orangegestreiften Himmel anzuschauen, hatte etwas Primitives. Wie bei Vögeln oder Schildkröten, die einer bestimmten Zugroute folgten.

Er sprach mit niemandem und hielt den Blick gesenkt, als ein weiteres Stück Klebeband abgerissen wurde. Es waren noch dreizehn Streifen übrig. Yuri wartete, bis die letzten farbigen Schattierungen am Himmel fast schwarz waren. Dann ließ er sich zurück zum Hotel fahren.

Das Zimmermädchen hatte sein Bett gemacht und neue Handtücher bereitgelegt. Er öffnete die mittlere Garderobenschublade und hob den Getränke-Kühler hoch. Die Maus saß neben einem Häufchen ihres eigenen Kots und blinzelte ihn an.

»Tut mir leid, Myshka.«

Er legte seine Hand neben sie und ließ die Reste einer halb trockenen Käsescheibe von seinem Mittagssandwich in die offene Handfläche fallen. Die Maus kletterte darauf. Ihre winzigen Krallen kratzten. Er gab ihr einen Moment Zeit zu essen, dann schloss er behutsam seine Finger um sie und ließ sie in seine Hosentasche gleiten.

Er nahm die Treppen zum Hintereingang des Hotels, schlüpfte hinaus in die Nacht und durch eine Reihe struppiger Bäume und Büsche hindurch, die zwischen dem Hotelgrundstück und dem Parkplatz eines Restaurants lagen. Mit großen Schritten ging er zur nächsten Gasse abseits der Hauptstraße und blickte über seine Schulter. Er war allein in einer fremden Stadt.

Dann wanderte er los.

Kapitel 8

AUFLÖSEN NACH X

Die Nacht hüllte ihn ein, empfing ihn wie ihresgleichen. Yuri schritt durch die Schatten, versuchte, entschlossen auszusehen. Keine Aufmerksamkeit auf sich zu ziehen. Niemand hatte ihm verboten, das Hotel zu verlassen. Und er hatte mitbekommen, dass einige seiner amerikanischen Kollegen in einem Restaurant in der Stadt zu Abend aßen. Im Grunde war er sich aber sowieso ziemlich sicher, dass Leute, die den Computer von jemandem überwachten, auch wussten, wo derjenige zu finden war.

Er lief durch eine kurze Einkaufsstraße mit einem Waschsalon am Ende, sah Kleidungsstücke in Wäschetrocknern rotieren. Die Zentrifugalkräfte hielten sie in ihrer Umlaufbahn. Stoffmonde ohne Planeten. Ein Sonnensystem ohne Sonne. Menschen lasen gelangweilt Zeitschriften. Ein Mann mit grauem Dreitagebart stand etwas abseits und sah zu, wie seine Kleidung sich im Kreis drehte.

Yuri fragte sich, ob aus ihm auch einmal so ein armseliger alter Mann werden würde, der nichts anderes zu tun hatte, als seiner Kleidung beim Trocknen zuzusehen. Dann kam ihm in den Sinn, dass er gerade einem Mann zusah, der wiederum seiner Kleidung zusah, wie sie sich drehte. Das war eindeutig schlimmer.

Er nahm eine Abkürzung über den Parkplatz einer Karosseriewerkstatt, die schon Feierabend hatte. Eine graue Katze flitzte aus ihrem Versteck hinter einer Abfalltonne vor ihm davon und steuerte auf eine Ansammlung spitzer Wüstenpflanzen am Rand des Parkplatzes zu. Er streichelte die Maus in seiner Tasche. Autos rauschten mit hüpfenden Lichtern vorbei, aus ihren Radios dröhnten Schallwellen, die sich hinter ihnen in die Länge zogen. In irgendwelchen Ecken der Stadt gab es sicher Kriminalität. Er sollte sie lieber vermeiden. Es wäre nur einfacher, wenn er wüsste, wo sich diese schlimmen Ecken befanden.

Diese Stadt war so verschieden von Moskau, mit seiner Hauptschlagader, dem Fluss, der aus seinem gewundenen, antiken Herzen herausströmte. Sein Zuhause war mit der Zeit riesig geworden, hatte Fett angesetzt, mehr als sein jahrhundertealtes Herz verkraften konnte. Die Zwiebeltürme der historischen Kirchen wurden nun von den Steinmonstrositäten überschattet, die Stalin hatte bauen lassen. Moskau war größer als New York und konnte sehr gefährlich sein. Und trotzdem fühlte er sich wohl in den U-Bahnen und den vom Diesel vernebelten Straßen.

Diese heiße, trockene Stadt fühlte sich falsch an. Die Last, seit Tagen nur Englisch zu sprechen, nur Buchstaben in lateinischer Schrift zu sehen, erdrückte ihn fast. Auf einmal wurde ihm klar, dass er hier sterben würde, wenn sie den Asteroiden nicht aufhalten würden. Allein in einer fremden Stadt. Die Nackenhaare stellten sich ihm auf. Yuri blickte sich um und erwartete fast, den 1019 im Himmel zu sehen. In seiner Vorstellung hörte er den lautlosen Schrei des Asteroiden, während dieser durch die Nacht sauste.

Auf der Suche nach dem richtigen Ort wanderte Yuri eine Stunde lang durch die Gegend. Er würde ihn bestimmt erkennen, sobald er ihn sah. Als die Wohngegend schließlich in einen Park überging, konnte er vor sich die Umrisse eines Musikpavillons ausmachen. Zielstrebig steuerte er auf das Bauwerk zu und gelangte an den Rand einer Schlucht, die mit einem runden Geländer abgesperrt war. Unten gluckerte ein schmales Rinnsal. Das erste frei fließende Wasser, das er in Pasadena sah. Den Park hatte man wahrscheinlich genau hier angelegt, weil der Riss in der Landschaft sie unbrauchbar für irgendetwas anderes machte.

Er setzte sich ans Geländer, holte die Maus aus seiner Hosentasche und ließ einen Finger über ihren weichen braunen Rücken gleiten. Er berührte die Enden ihrer Schnurrhaare und beobachtete, wie die Maus ihre Nase kräuselte.

»Du bist amerikanische Maus. Du solltest Freiheit haben.«

Die Maus blickte zu ihm hoch.

»Du brauchst dir keine Sorgen über neunten Juni zu machen«, versprach er ihr.

Dann setzte er sie behutsam auf den Boden. Die Maus schnupperte an seiner Hosentasche herum, dann huschte sie davon in Richtung Musikmuschel.

»Leb wohl, Myshka.«

Er winkte ihr nach.

Luft wirbelte auf, als eine Eule vorbeischoss, die Maus mit ihren Krallen packte und wieder nach oben stieß, ohne auch nur den Boden zu berühren. Yuri starrte ihr nach.

»*Bozhe moi. Bozhe moi*, ich hab Myshka umgebracht!«

Er stand da und reckte schwach die Arme nach oben, als wollte er die Maus wieder zurückholen. Sie aus dem Himmel ziehen.

Die Eule fegte davon. Ein paar Minuten starrte Yuri auf die Leere, die sie hinterlassen hatte, und dachte an sein Versprechen, das er der Maus gegeben hatte – sie müsste sich keine Sorgen wegen des Asteroiden machen. Er schnaubte matt. Nur zu wahr.

»Ich bin furchtbarer Mensch«, sagte er laut.

Er fühlte sich erbärmlich. Er konnte nicht einmal eine Maus vor einer Gefahr aus dem Himmel beschützen. Wie sollte er da einen ganzen Kontinent retten?

Er ging zur Brücke über der Schlucht, einem bogenförmigen Gebilde, das breit genug für Kinderwagen und Liebespärchen war. Um diese Zeit wurde sie von Bodenstrahlern beleuchtet. An den hohen Pfosten seitlich des Stegs waren orange Stoffbanner angebracht, die für eine Ausstellung im örtlichen Kunstmuseum warben. Er ging bis zur Mitte. Der Abend war noch warm, aber er fühlte das kalte Geländer unter seinen Händen. Einen Moment fixierte er die Sterne, die sich in dem dunklen, gurgelnden Wasser unter ihm spiegelten und wieder in dessen Strom verschwanden.

Yuri schaute hoch zu den falsch angeordneten Sternen des Westens. Er fragte sich, ob der Asteroid wusste, dass er nicht in diese Ecke des Universums gehörte. Dass er sich verirrt hatte. Vielleicht versuchte er nur nach Hause zu finden.

Er dachte darüber nach, für immer und ewig ein Fremder zu sein, und über Simons und Pirkola und ihren Ansatz für die Berechnungen. Sie würden nicht auf ihn hören, und sie würden sterben. So viele Menschen würden sterben. Und es wäre seine Schuld. Die Maus war gestorben. Das war auch seine Schuld. Er war ein Mäusemörder.

Er lachte matt, kletterte über das Geländer, und stellte sich auf den Betonrand der Brücke. Unter ihm die Schlucht mit ihren heruntergefallenen Felsbrocken und dem knappen halben Meter Wasser. Er versuchte sein Spiegelbild im Wasser zu sehen, hielt sich mit einer Hand am Geländer fest und lehnte sich nach vorne.

Er würde sterben. Auch wenn das NEO-Team den Asteroiden aufhielt, auch wenn die Erde noch Milliarden von Jahren überlebte, er würde sterben. Diese Tatsache hatte er bis jetzt immer mit seiner Jugend überdeckt, als wäre sie ein Pflaster, das die Wunde darunter verbarg. Denn noch siebzig Jahre zu leben war im Grunde dasselbe, wie ewig zu leben – der Tod war so weit weg in der Zukunft, dass er keine Bedeutung hatte. Aber nun wurde jeden Abend ein weiterer Klebestreifen fortgezogen – wie das Pflaster von der Wunde.

Er starrte auf seine schwankende Silhouette im Wasser unter sich und musste den Tatsachen ins Auge sehen: Innerhalb weniger Tage würde er tot sein. Durch eine astronomische Kollision mit katastrophalen Folgen oder eben später – na ja, nicht wirklich viel später – durch ein Feuer oder eine Krankheit oder einen gewöhnlichen Verkehrsunfall.

Der Asteroid spielte keine Rolle mehr, wenn er jetzt schon sterben würde, wenn er einfach loslassen und zulassen würde, dass er in der Schlucht zerbrach. Fletcher und sein Plan, ihn in Amerika festzuhalten, würden bedeutungslos werden. Yuri würde ihm durch die Finger schlüpfen, raus aus der Achse von Raum und Zeit.

Nicht die Lichtgeschwindigkeit oder das Plancksche Wirkungsquantum war die Konstante des Lebens. Es war der Tod. Das hatte er von einer Maus gelernt.

Scheinwerfer leuchteten hell neben ihm auf und warfen sein schauriges Schattenbild über den kleinen Park. Ein klappernder Motor tönte über den allgemeinen Verkehrslärm hinweg. Yuri hörte das anhaltende Piepen eines Autos, dessen Tür offen stand, während der Schlüssel noch im Zündschloss steckte. Jemand hatte angehalten. Jemand hatte ihn gefunden.

Er drehte sich um und rechnete damit, einen Mann in Anzug oder einen Soldaten zu sehen. Es war ein Mädchen. Ein Mädchen, nicht groß, nicht dünn, das mit seinem Auto am Fuß der Brücke angehalten hatte und zu ihm rannte. Sie wedelte mit den Händen herum und stürzte rufend auf ihn zu. Etwas irritierte ihn an ihren Haaren. Als ihr Schatten ihn traf, beugte er sich überrascht zurück. Er verlor den Halt.

Die Sterne der falschen Hemisphäre standen plötzlich kopf und rasten davon. Er streckte seine Arme aus, spreizte die Finger, grapschte aber nur Luft, als die Himmelskörper aus seinen Händen glitten. Er krümmte sich und bekam mit einer Hand den Absatz der Brücke unter dem Geländer zu fassen. Hin- und herschaukelnd schlug er mit dem Gesicht gegen Beton, und er spürte den eisenhaltigen Geschmack von Blut in seinem Mund. Mit der anderen Hand suchte er wild nach Halt. Alle Gedanken an den Tod waren wie weggeblasen. Er wollte leben. Das Wasser floss schnell unter ihm dahin. Es klang wie eine gurgelnde Stadt, die sich bereit machte, ihn auszuspucken.

Das Mädchen kniete sich auf die Brücke, streckte die Hände durch das Geländer und packte seine Handgelenke.

Es war das Mädchen, mit dem er die Donuts geteilt hatte. Ihre Finger waren voll mit Farbklecksen, dabei warm und stark. Dort, wo sie sich in seine Haut gruben, formten sie kleine Mulden, die das Fleisch wie kleine Gebirgsausläufer hervordrückten. Er fragte sich, wann er das letzte Mal von einer anderen Person angefasst worden war, so richtig, Haut auf Haut. Genau, als er den neuen Kollegen vom JPL die Hand gegeben hatte. Und davor?

»Du bist doch bei der Sache, oder? Ich versuche nämlich, deinen Arsch zu retten.«

»Richtig. 'tschuldigung.«

Probehalber zog das Mädchen an ihm. Aber er ließ die Stangen nicht los und bewegte sich kein Stück weit.

»Schaffst du es raufzuklettern?«

Yuri hangelte sich ein wenig hoch, glitt aber sofort wieder nach unten. »Ich kann Fuß nirgendwo abstützen.«

»Kannst du ein bisschen ausholen und dich dann irgendwie auf die Brücke schwingen?«

»Nein.«

»Warum nicht?«

»Ich bin nicht Affe.«

»Tja, blöd für dich.«

Das Mädchen ließ seine Handgelenke los, legte die Hände an einen der langen Metallpfosten und unternahm zwei Anläufe, um auf das Geländer zu steigen. Man konnte sie nicht gerade als Sportskanone bezeichnen. Mit einem Ellbogen um den Pfosten geschlungen, stellte sie sich auf ein Bein, das andere wickelte sie um die Stange. Sie zitterte, aber sie reckte sich und riss das Museumsbanner herunter, steckte es in ihren Hosenbund und kletterte dann mit kleinen angestrengten Atemzügen wieder herunter.

»Ohmeingott, das war ganz schön beängstigend.«

»Ich bin derjenige, der hier an Brücke hängt«, sagte Yuri. »Beschwer dich ja nicht.«

Das Mädchen holte tief Luft und wiederholte die Aktion noch zwei weitere Male, um die restlichen Ausstellungsbanner von ihren Pfählen zu befreien. Dann knotete sie die Enden zusammen, kniete sich vor Yuri hin, band das zusammengebastelte Seil um eines seiner Handgelenke und schlang es über das Geländer.

»Versuch's jetzt. Ich werde deine Hand vom Zurückrutschen abhalten.«

Er gehorchte und rückte mit seinen Händen Stück für Stück höher. Schließlich klatschte er die freie Hand auf den Handlauf des Geländers und stützte sich mit einem Fuß auf dem Betonvorsprung ab, um sich mit einem Schwung darüberzuhieven. Das Geländer ächzte unter seinem Gewicht und bog sich nach außen, bis der Handlauf dort abbrach, wo er mit dem nächsten Stück verbunden war. Yuris Fuß rutschte von der Brücke. Jetzt umklammerten beide Hände den Handlauf des Geländers – immerhin ein Fortschritt –, aber das Geländer selbst löste sich aus seiner Verankerung.

Das Mädchen krabbelte zu ihm, um das Seil von seinem Handgelenk loszubinden.

»Nicht gute Idee«, sagte Yuri, aber er hatte Angst, sich zu bewegen.

Sie ließ die verknoteten Banner über das Geländer gleiten und versuchte sie unter dem Arm, der ihr am nächsten war, über seinen Rücken und unter seiner anderen Achselhöhle hindurchzuziehen. Aber ihre Arme waren nicht lang genug. Hoch konzentriert drückte sie ihr Gesicht gegen die Stäbe, und das sah so komisch aus, dass Yuri grinsen musste, auch wenn seine Oberarmmuskeln zu zittern begannen und seine Handflächen vom Schweiß schon ganz glitschig waren.

Dann bekam sie einen Zipfel des Stoffes zu fassen und raffte beide Enden in ihren Händen zusammen.

»Bereit?«, fragte sie und presste einen Fuß an den unteren Teil des Geländers, um eine Hebelwirkung zu erzeugen. Ohne auf eine Antwort zu warten, zerrte sie mit einem Ruck an ihm.

Yuri verlor den Halt, als ihr Fuß gegen den verbogenen Abschnitt des Geländers drückte, es abknickte und scheppernd auf die Felsen unter ihm fiel. In einem orangen Gurt hängend, gehalten von einem rundlichen Mädchen, schwang er nun mit einer leichten Drehung frei über dem Abgrund.

Er schrie.

»Über deine Einstellung diskutieren wir später«, presste sie durch zusammengebissene Zähne hervor.

Sie lehnte sich zurück. Yuri wurde nach vorne gezogen. Sein Gesicht schlug auf Beton. Seine Finger suchten wie wild nach Halt und bekamen die Oberfläche der Brücke zu fassen. Er schleuderte einen Fuß auf den Betonvorsprung und konnte nun eigentlich selbstständig hochkrabbeln, aber das Mädchen zog weiter und quetschte ihn gegen den Teil der Brücke, an dem das Geländer fehlte.

»Zieh nicht so stark«, schrie er, obwohl sie nur einen halben Meter entfernt war.

Sie ließ den Todesgriff um den Stoff nicht locker, ihre Hände zitterten vor Anstrengung, ihr Mund war vor Konzentration verzogen. Yuri verlagerte sein Gewicht, versuchte nach oben zu klettern. Das Mädchen zog noch einmal mit einem scharfen Ruck. Sein Körper schrappte über den Beton, seine Kniescheiben schlugen auf. Das Mädchen ließ den Stoff los und sprang zurück. Aber sie war nicht schnell genug, sodass er gegen ihre Beine prallte und sie umwarf. Während sie sich wieder aufrappelte, ließ er sich stöhnend auf den Rücken rollen.

»Es ist zwar normal, dass man sich in jemanden verknallt, der einem das Leben gerettet hat«, sagte sie, »aber das war jetzt ein bisschen zu stürmisch.«

Nicht sicher, ob das ein Scherz war, blickte er zu ihr hoch, dann schaute er hinter sich auf die Lücke im Geländer und kniff die Augen zusammen.

»Alles okay mit dir? Du bist *gesprungen*. Du wolltest dich *umbringen*!«

Er setzte sich auf. Der Wind streifte leicht seine aufgeschürfte Haut, und er schauderte.

»Ich bin gefallen.«

»Du musst nach Hause. Ist bei dir zu Hause jemand? Jemand, den ich anrufen kann?«

Er saß zitternd mit angezogenen Knien da, die Arme um seine Beine geschlungen. Er schüttelte den Kopf.

»Ich bin allein.« Noch nie hatte er eine größere Wahrheit von sich gegeben, dachte er.

Sie ließ das einen Moment sinken.

»Ich habe gesehen, wie du hierhin gelaufen bist. Bist du den ganzen Weg vom JPL zu Fuß gekommen?«

»Von meinem Hotel.« Er sah zu ihr hoch. »Du hast gesehen, wie ich hierhin gelaufen bin?«

»Ich wusste nicht genau, ob du es warst. Da bin ich dir ein paar Blocks gefolgt, um zu überprüfen, ob ich recht hatte oder nicht.« Sie zuckte mit den Achseln. »Es gibt einen Unterschied zwischen Neugier und Stalking, weißt du.« Für eine Sekunde ließ sie ihren Blick umherschweifen, dann traf sie eine Entscheidung. »Okay, ich werde dich nach Hause bringen. Steig ein.«

Sie ging zurück zum Auto, einem alten grünen Kombi mit einer gelben Tür. Das günstigste Ersatzteil, vermutete er. Er zögerte. Unentschlossen. Unsicher. Yuri wollte nicht den ganzen Weg zum Hotel zurücklaufen. Er war sich nicht einmal sicher, ob er den Weg überhaupt finden würde. Aber wenn die Amerikaner ihn aus dem Auto dieses Mädchens steigen sähen, wäre das vielleicht nicht unbedingt besser. Vielleicht konnte sie ihn ja ein paar Blocks vorher rauslassen, und er könnte unbeobachtet hineinschleichen.

Sie saß schon auf dem Fahrersitz und winkte ihn mit dem Arm durch das heruntergekurbelte Fenster zu sich. Ein Dutzend dünner Armreifen klimperten an ihrem Handgelenk. Er zog den Kopf ein, ging hinüber und öffnete die hintere Tür. Auf dem Sitz sah er eine Tüte aus einem Laden für Künstlerbedarf, die voller Farbtuben war.

»Hey, das ist kein Limousinen-Service hier«, sagte sie und klopfte auf den Vordersitz neben sich.

Er wurde rot und ging um die Kühlerhaube herum. Die Scheinwerfer strahlten sein weißes Hemd an, das bis auf die Brust schweißgetränkt war. Er war an Fahrdienste und Taxis gewöhnt und daran, hinten zu sitzen. Er öffnete die Vordertür und sank in den Sitz, eine Kombination aus Wohltat und abgenutzten Federn.

Sie strich mit dem Finger über seinen Mundwinkel. Eine Spur Blut blieb an ihm hängen. Es war eine zärtliche Geste. In dem Moment wurde ihm klar, dass Mädchen vermutlich auf verletzte Typen standen. Wahrscheinlich war das so ein hormonelles Ding. Das sollte er besser abspeichern.

Sie wischte ihre Hand am Sitz ab, dann sah sie ihn durch halb geschlossene Augenlider an.

»Deine DNA ist jetzt überall in meinem Auto. Die bekommt man nie wieder ganz weg. Wenn du also irgendetwas vorhast, wirst du so was von geschnappt werden.«

Ach so.

Sie sah in den Rückspiegel, zwang die Gangschaltung unsanft in den Rückwärtsgang und trat energisch aufs Gas. Der Motor heulte auf. Die Karosserie klapperte und schepperte. Das Mädchen wechselte in den Vorwärtsgang. Yuri warf einen Blick zurück und erwartete eine Spur von Autoteilen zu sehen, die ihren Weg durch den Park bis zur Straße markierte. Sie legte ihre linke Hand aufs Lenkrad und streckte ihm die rechte entgegen.

»Ich bin Luna Collum.«

»Yuri Strelnikov. Schön, dich kennenzulernen. Ähm, noch einmal.« Ihre Hand war weich und warm.

»Freut mich auch, dich noch einmal kennenzulernen, Yuri Strelnikov. Du bist Russe?«

Er nickte und wünschte, sie würde wieder auf die Straße schauen.

»Was machst du in Pasadena? Außer Kaffee ausschenken und von Brücken springen?«

Sie trug knallgrünen Glitter um ihre Augen. Es war schwer, nicht hinzustarren.

»Ähm, ich bin hier wegen Near-Earth-Object-Programm von NASA im JPL.«

»Oh, der Meteor!«

»Asteroid.«

»Du bist also ein Wissenschaftler?« Sie grübelte einen Moment darüber nach und sah durch die Windschutzscheibe in den Himmel, als ob sie den Felsbrocken kommen sehen könnte. »Du bist hier, um die Welt zu retten.«

Yuri sah nur still auf die pinken Federn an ihrem Rückspiegel, die wild hin und her schaukelten, als sie eine Kurve schnitt und über den Bordstein rumpelte.

»Wie alt bist du überhaupt?« Sie sah ihn forschend an.

»Siebzehn.«

»Abgefahren! Und du bist ein Wissenschaftler? Wirklich?«

»Ähm, ja.«

Er schwieg einen Moment und wartete angespannt auf die nächste Herausforderung für die Achse, als sie den Blinker setzte. Dann wurde ihm klar, dass er vielleicht auch Interesse an ihr zeigen sollte.

»Und du?«

»Sechzehn. Auf der Highschool. Keine Wissenschaftlerin.« Sie trommelte mit ihren Fingern auf dem Lenkrad. »In neun Tagen sind Sommerferien. Ich wollte mich für einen Job in der Videothek bewerben, aber wenn Kalifornien zerquetscht wird, bevor die Schule wieder anfängt, sollte ich meinen Sommer vielleicht mit etwas anderem verbringen«, sagte sie. »Was meinst du?«

Sie holperten den Bordstein hoch und knallten wieder herunter. Die Kristalle, die an ihrem Schlüsselring hingen, klirrten leicht.

»Wie bitte?«

»Soll ich mir einen Ferienjob suchen oder nicht?«

Yuri sah sie einen Moment lang an.

Für *sie* versuchten sie, die Welt zu retten. Für dieses Mädchen mit den Farbklecksen auf den Handknöcheln und den Mulden um den Fingernägeln, und für all die Luna Collums in Kalifornien. Während er Flugpläne druckte und Pläne schmiedete, wie er wieder nach Hause kam. Während er auf einer Brücke saß und darüber nachdachte zu springen. Er schämte sich abgrundtief. Sie hatte keine Chance, mit ihrer Arbeit die Ausrichtung der Raketen zu beeinflussen. Wie hilflos musste sie sich fühlen? Wie ausgeliefert?

»Ja«, sagte er. »Such dir Ferienjob.«

Luna lächelte über das ganze Gesicht. Es war ein so großartiges Lächeln, dass er die Schrammen schon nicht mehr spürte. Sie nickte, und ihr Pony winkte ihm zu.

Sie fuhren noch zehn Minuten weiter, und Luna testete in mehreren scharf genommenen Kurven die Grenzen der modernen Metallverarbeitung aus. Das Auto ächzte und knarrte auf beunruhigende Art und Weise. Yuri musste automatisch an U-Boot-Filme denken, in denen es ähnlich bedrohlich knarzte und klopfte.

»Hast du Papiere für Fahren?«

»Einen Führerschein? Ich bin sechzehn«, sagte sie und hatte das Auto bereits in eine Wohngegend mit kleinen Nachkriegshäusern gelenkt. Seine Frage hatte sie allerdings nicht wirklich beantwortet.

Luna fuhr in die Einfahrt eines kleinen lila Hauses mit Rollstuhlrampe und brachte das Auto unsanft zum Stehen.

»Trautes Heim, Glück allein«, flötete sie.

Sie zog den Schlüssel ab und stieg aus. Die Tür knallte scheppernd zu.

Yuri blieb einen Moment verwirrt sitzen.

»Das ist nicht mein Hotel.«

Sie zeigte auf ihre Ohren.

Er stieg aus und drückte vorsichtig – nicht dass der Stoß das Auto zum Einstürzen brachte – die Tür zu.

»Das ist nicht mein Hotel.«

Es klang total dämlich. Natürlich war es das nicht. Woher sollte sie auch wissen, wo er wohnte? Er hatte sich offenbar bereits zu sehr daran gewöhnt, herumkutschiert zu werden.

»Ja, aber *ich* wohne hier.«

Sie winkte ihn hinter sich her, und ohne zu warten, ob er sich rührte, spazierte sie die Rampe hoch.

Yuri zögerte einen Moment. Er wandte sich um und betrachtete die Reihe kleiner Behausungen, die alle gleich groß und gleich ausgerichtet auf ihren Grundstücken standen. Dann blickte er auf das Gebäude vor ihm. Das einzige lila Haus in der Straße. Das einzige lila Haus, das er überhaupt je gesehen hatte. An der Fassade war eine Fahnenstange angebracht, an der eine regenbogenfarbene Flagge mit Peace-Symbol hing. Auch von der gab es nur eine in der ganzen Straße.

Luna öffnete die Haustür und gab ihm ein Zeichen, ihr zu folgen. Einen Moment zögerte Yuri. Gerade baumelte er genauso in der Luft wie auf der Brücke. Da war er sich absolut sicher. Und dann ging er hinter Luna Collum die Rampe hinauf hinein ins Haus.

Kapitel 9

KEIN GEISTES-WISSENSCHAFTLER

»Ich bin zu Hause und ich habe einen Wissenschaftler mitgebracht«, rief Luna.

Yuri blieb gleich hinter der Tür stehen, unbeholfen und mit hochrotem Gesicht. So schindete man nicht gerade Eindruck. Links von ihm saß ein junger Mann in einem Rollstuhl, vielleicht achtzehn, und sah fern. Er blickte kurz auf und wandte sich dann wieder der Show zu. Eine Frau stand in der offenen Küche hinter dem Wohnzimmer und ließ Teig in Muffinförmchen fallen. Ein leichter Mehlschleier lag über ihr, als sie sich zu ihnen drehte.

»Guter Gott, du blutest ja!«, rief die Frau. »Luna, besorg ihm einen Stuhl, bevor er stirbt.«

Luna zog unter dem Küchentisch, der zwischen Küche und Wohnzimmer stand, einen Stuhl hervor. Sie schaute Yuri an und hob eine Augenbraue. Ihr Glitzer-Lidschatten fing das Licht ein. Yuri schlüpfte aus seinen Schuhen, obwohl sie ihre angelassen hatte, und hinterließ Fußabdrücke auf dem grünen Teppich, als er das Wohnzimmer durchquerte. Die Frau verschwand in einem Flur und kam mit einem Erste-Hilfe-Kasten und einem nassen Waschlappen zurück.

»Sind das alle Wehwehchen?«

Er sah sie verständnislos an.

»Yuri ist Russe«, sagte Luna. Dann erklärte sie. »Sie will wissen, wo du verletzt bist.«

»Ah. Ich habe diverse Abschürfungen an Hautoberfläche sowie kleine Schnittwunden an Stirn und linkem Mundwinkel mit lokaler Schwellung. Also beeinträchtigte Hautunversehrtheit und erhöhtes Infektionsrisiko, aber keine Frakturen.«

»Verstehe«, sagte Mrs Collum lächelnd. Sie tupfte seine Stirn mit dem nassen Waschlappen ab, dann bandagierte sie sein Gesicht großzügig mit Verbandsmull. Sie ging einen Schritt zurück und betrachtete zufrieden ihr Werk.

Luna setzte sich ihm gegenüber.

»Das sind meine Mutter, Delinda Collum, und mein Bruder Lennon.«

»Lenin? Wie Revolutionär?«

»Nein, Lennon, mit einem *O*, wie John Lennon.«

»Freut mich sehr, Sie kennenzulernen.« Yuri wandte sich beiden zu.

»Eine Zeit lang habe ich mich Walter genannt. Um zu rebellieren«, sagte Lennon und hob eine Hand zum Gruß, schaute aber seine Show weiter.

Mrs Collum füllte die restlichen Muffinförmchen, während Luna zwei Dosen ungesüßte Bio-Orangen-Limonade mit natürlichen Geschmacksstoffen aus dem Kühlschrank holte. Die eine knallte sie vor Yuri auf den Tisch, die andere öffnete sie und sog mit entzückter Miene den zischenden Schaum auf. Dann machte sie mit der Vorstellungsrunde weiter.

»Das ist Yuri Strelnikov. Er ist einer von den Meteor-Wissenschaftlern unten im Jet Propulsion Lab.«

»Warum hat er geblutet?«

»Er …«

»Er ist zu jung, um einer von denen zu sein«, sagte Lennon. »Er erzählt dir Märchen, Luna.« Lennon hakte seinen Zeigefinger in den Mundwinkel und ließ ihn wieder herausploppen. Seine Augen verengten sich zu Schlitzen. »Baggerst du meine Schwester an?«

Yuri war sich nicht ganz sicher, was das heißen sollte, und lief rot an. Um Zeit zu gewinnen, öffnete er seine Limodose.

»Sag was Intelligentes«, flüsterte Luna.

»Ich kann Bagger nicht fahren«, meinte Yuri zu Lennon.

»Das klang nicht wirklich intelligent«, sagte Lennon. »Aber dafür Russisch.«

Mrs Collum rüttelte an der Backofentür. Sie leistete einen Moment Widerstand und ging dann scheppernd auf. Lunas Mutter schob die Muffins hinein.

»Give peace a chance! Give peace a chance!«, ertönte es aus einer Ecke des Wohnzimmers.

»Wir decken seinen Käfig abends zu, aber manchmal regt er sich trotzdem noch auf«, sagte Mrs Collum. »Lennon, zeig ihm den Vogel.«

Lennon tippte sich mit dem Zeigefinger an die Stirn. Luna lachte.

»Lennon! Er ist unser Gast«, sagte Mrs Collum.

Lennon seufzte übertrieben und rollte zu einem Käfig in der

Ecke. Seine glatten schulterlangen Haare schwangen hin und her, als er ein handbemaltes Tuch herunterzog, auf dem Gandhi und die Bürgerrechtlerin Maya Angelou Hand in Hand standen. Ein blau-gelber Papagei legte seinen Kopf schief und schrie: »Give peace a chance!« Lennon schlug das Tuch wieder über den Käfig.

Yuri blickte sich verstohlen um. Efeu und ein Farn wucherten aus geknüpften Hängekörben, die mit Haken an der Decke befestigt waren. Die Wände waren bis zur Hälfte grün gestrichen und wechselten dann zu Blau, das sich weiter über die Decke erstreckte. Die Küchentheke war mit braunen Papiertüten übersät, auf denen »Bio-Haferflocken«, »getrocknete Bio-Beeren« und »Bierhefe« stand. Zu beiden Seiten der Uhr über den Küchenschränken hingen gerahmte Bilder von Nelson Mandela und Jimi Hendrix.

»Give peace a chance!«, krächzte der Papagei erneut unter seinem Tuch hervor.

»Wir sind durch eine Hippie-Phase gegangen«, sagte Mrs Collum zur Erklärung.

»Oh. Sie ist schon vorbei?«, fragte Yuri.

Luna prustete Orangenlimo aus ihrer Nase.

»'tschuldigung«, sagte sie lachend. Sie grabschte nach einem Papiertuch und verschmierte die Tropfen auf dem Tisch.

Ein Mann mit Lunas dunklen Augen kam aus dem Flur, ein Taschentuch um seinen Daumen gewickelt.

»Was ist denn hier los?«

»Luna hat einen russischen Jungen von der NASA mit nach Hause gebracht«, sagte Mrs Collum.

»Er hat geblutet«, fügte Lennon äußerst hilfreich hinzu.

Yuri wollte so höflich wie möglich sein und stand auf. Er

war sich schmerzhaft bewusst, dass sein Gesicht fast komplett mit Verbandsmull bedeckt war. Mr Collum musterte ihn und wandte sich dann an Luna.

»Du sollst doch keine fremden Jungs in dein Auto lassen.«

»Wir sind uns vorher schon mal begegnet«, sagte Luna. »Er ist der, der mir letztens den Donut für dich mitgegeben hat.«

»Der, der wollte, dass du dich auf die Straße stellst? Hm.« Er schwieg einen Moment. »Du startest jetzt aber keine neue von deinen Sammlungen, oder? Wie deine Ringe oder diese Schnecken?«

»Nein. Versprochen. Das wird der einzige blutende Russe sein, den ich mit nach Hause bringe.« Sie wandte sich zu Yuri. »Das mit den Schnecken ist schon zwei Jahre her.«

Mr Collum sah Yuri einen Moment an. »Na, dann. Weitermachen.«

Er verschwand wieder im Flur. Yuri setzte sich.

»Er hat versucht, sich umzubringen«, teilte Luna ihrer Mutter mit. »Er ist von der Brücke im Hernandez Park gesprungen, und ich habe ihn wieder hochgezogen.«

Yuri starrte sie an. »Ich habe nicht versucht, mich umzubringen. Ich bin gefallen, als ich mich umgedreht habe, um zu sehen, wer hinter mir angehalten hat.«

»Du hast auf der anderen Seite vom Geländer gestanden und hast in die Schlucht runtergeschaut. Dann hast du losgelassen und bist runtergefallen. Das zählt als springen.«

»Sie hat recht«, sagte Mrs Collum, nahm seine Schultern zwischen ihre Hände und sah ihn ernst an. »Das ist ein Selbstmordversuch.«

»Warum hast du das getan?«, fragte Lennon, auf einmal interessiert. Mit einer Hand drehte er seinen Rollstuhl und stellte den Fernseher auf lautlos.

»Hab ich nicht. Ich bin gefallen.« Yuri fühlte, wie sein Gesicht unter dem Verband brennend rot wurde.

»Warum warst du dann auf der anderen Seite vom Geländer?«

Yuri starrte auf seine Limodose. Ja, warum war er über das Geländer geklettert? Er hatte nicht wirklich springen wollen. Oder?

Er blickte auf. Die drei sahen ihn an. Das wäre zu Hause nie passiert. Wenn etwas Unangenehmes, etwas *Emotionales* im Raum gestanden hätte, hätte seine Mutter so getan, als ob es nicht existierte. Sie hätte ihm keine Fragen dazu gestellt. Sie hätte es nie in ihrem Leben überhaupt erwähnt.

»Ich … ich habe nur nachgedacht. Über Asteroid. Es ist stressig, wissen Sie.« Er klickte mit seinem Daumennagel an der Limodose herum. »Und meine Maus ist gestorben.«

Sie ließen es für einen Moment so stehen.

Luna drückte seinen Unterarm. »Tut mir leid wegen deines Haustiers.«

»Dann bist du wirklich bei der NASA? Im Ernst?«, fragte Lennon.

»Ich bin an Staatlicher Universität Moskau. Russische Regierung hat mich an Amerika ausgeliehen. Ich bin Physiker.«

»Wow. Dann ist dein Kopf also ganz schön was wert. Und du bist trotzdem zu Luna ins Auto gestiegen?«, fragte Lennon. »Du bist *doch* selbstmordgefährdet.«

»Ich denke, sie tyrannisiert ihr Auto mehr, als es zu fahren.« Yuri lächelte, als hätte er einen Witz gemacht. Lennon und Mrs

Collum lachten, aber Luna blickte ernst drein. Kurz glaubte er, sie beleidigt zu haben.

Sie beugte sich nach vorn: »Wenn du so ein wahnsinniges Genie bist, wäre es dann nicht besser gewesen, du hättest *nicht* auf der Außenseite der Brücke gestanden? Du sollst uns doch retten, oder nicht?«

»Nicht ich allein.«

Sie schwiegen einen Augenblick. Unbehaglich rutschte er hin und her. Luna lehnte sich weiter vor. Ihr Lidschatten funkelte grün im Licht.

»Wie kommt man darauf, als so kluger Mensch – ungefähr der klügste der Welt – eine derart blöde Entscheidung zu treffen?«

»Blitzschnelle Reaktionszeiten?«

Niemand lachte. Die Uhr vom Ofen klingelte. Mrs Collum ignorierte sie, lehnte sich gegen die Küchentheke und betrachtete ihn.

Yuri blickte von einem Gesicht ins andere, von Luna zu Mrs Collum, ihrer fast identischen älteren Version, und dann zu Lennon, in dessen Augenwinkeln eine verborgene Müdigkeit lag. Er zupfte am Metallrahmen der Tischplatte. Und zum zweiten Mal an diesem Abend überkletterte er eine Barriere, ohne zu wissen, warum. Er blickte in Lunas dunkle Augen und erzählte ihr die Wahrheit.

»Ich habe Direktor vom NEO sagen hören, dass sie mich nicht wieder zurück nach Moskau gehen lassen. Ich habe amerikanische Militärinformationen gesehen, wegen Sache, an der wir arbeiten. Ich durfte nicht. Nach Asteroid muss ich hierbleiben. In Amerika.«

Lennon gab ein leises Pfeifen von sich.

»Ich kenne niemanden auf dieser Seite der Erde.« Yuri zuckte mit den Achseln.

»Doch, tust du«, sagte Mrs Collum und legte ihm kurz den Arm um die Schultern. Sie nahm ein Paar Topflappen von der Küchentheke, holte die Muffins aus dem Ofen und stellte sie zum Abkühlen auf die Herdplatten.

»Ich will nicht egoistisch sein«, sagte Lennon, »aber ihr habt das mit dem Asteroiden im Griff, oder?«

»Ja, wir haben genug Zeit. Sollte schon gut gehen.«

Er dachte an die Meinungsverschiedenheiten mit Simons und Pirkola und über ihren Ansatz, den Asteroiden zu zerstören. Es war ärgerlich. Anstrengend. Aber er würde sie umstimmen. Sobald sie ihre Antworten präsentierten, würde er ihnen seinen Ansatz zeigen, ihn erklären und sie überzeugen.

»Dann sollten sie dich vielleicht behalten«, sagte Lennon. »Vielleicht bist du ja tatsächlich ein Sicherheitsrisiko.«

Yuri starrte ihn an.

»Ähm, nein. Ich habe nur Waffenliste einmal gesehen. Hat nichts mit meiner Forschung zu tun. Ich kann mich an nichts von dem erinnern, und wenn doch, würde ich meiner Regierung nichts sagen. Russische Regierung ist gerade nicht so frei. Ich mag sie nicht so gerne. Und außerdem ändert sich dieses Zeug – wird in ein paar Monaten veraltet sein. Und ich vermute, Moskau weiß sowieso schon Großteil davon.«

»Was für eine Erleichterung«, kommentierte Luna.

Einen Moment lang sprach niemand. Yuri trank seine ungesüßte Bio-Limo, bis Lennon ihn zum Fernseher herüberwinkte. Er legte ein Spiel in die Konsole und gab Yuri einen Controller. Auf dem Fernseher erschien ein Bild – das Weltall.

»Spielst du manchmal?«

»Ähm, nein.«

»Du bist sicher ein Naturtalent. Setz dich.«

Yuri nahm auf dem Sofa Platz, Lennon manövrierte seinen Rollstuhl daneben und nahm den anderen Controller.

»Du bist in dem blauen Raumschiff da, okay? Ich bin im roten. Wir rasen durchs All und müssen Sternen und Weltraummüll ausweichen. Es werden unerwartet Alien-Raumschiffe auftauchen …«

»Es gibt keine Alien-Raumschiffe.«

»Das kannst du nicht wissen. Nicht, was das ganze Universum angeht.«

Mrs Collum brachte einen Teller mit Muffins und stellte ihn auf den Couchtisch. Luna hockte sich aufs Sofa neben Yuri. Als sie sich setzte, verrutschten die Kissen, und Yuri fühlte, wie er zu ihr kippte. Einen Moment lang fühlte es sich an, als würde er wieder fallen. Sie zog ihre Beine neben sich hoch, und ihm wurde leicht schwindelig. Ihre Beine in der kurzen Hose waren gebräunt und glatt und lenkten ihn ab.

»Das ist nicht ganzes Universum«, sagte Yuri zu Lennon. »Das ist Saturn. Siehst du? Wir fangen in unserem Sonnensystem an.«

»Ja, und?«

»Es gibt keine Aliens in unserem Sonnensystem.«

»Das weißt du doch gar nicht sicher.«

»Eigentlich doch.«

Lennon zuckte die Achseln.

»Tja, sie tauchen normalerweise erst weiter draußen im All auf, aber du solltest lieber auf sie vorbereitet sein.«

Lennon startete das Spiel und flog als Erster los, um Yuri

zu zeigen, wie es funktionierte. Yuri versuchte, nicht an Lunas Beine zu denken. Wenn sie atmete, bewegten sie sich leicht, und die kleine Bewegung war unendlich faszinierender als das, was Lennon auf dem Bildschirm tat.

Yuri musste schlagartig an das Dreikörperproblem denken. Wenn man Position, Masse und Geschwindigkeit zweier Körper kannte, dann war es einfach, ihre Bewegung herauszufinden. Sobald ein dritter hinzukam, wurde es unglaublich komplex. Er hatte kein Problem mit Lennon, aber als Luna es sich mit angezogenen Beinen neben ihm auf dem Sofa gemütlich machte, wurde auf einmal alles kompliziert.

Yuri setzte sich aufrecht hin, fühlte sich aber, als ob er zur Seite fallen würde. Sie übte eine riesige Gravitationskraft aus. Noch nie hatte er jemanden kennengelernt, der eine so große Ähnlichkeit mit Jupiter hatte wie sie. Aber das konnte man einem Mädchen vermutlich nicht sagen.

Nach etwa fünf Minuten rammte Lennon ein Stück Weltraummüll und musste für die Reparatur in einer Raumstation Pause machen.

»Okay«, sagte Lennon. »Lass mal sehen, was du draufhast.«

Yuri blinzelte leicht und drehte den Controller in alle Richtungen, um zu testen, wie sich sein Schiff bewegte. Es reagierte schneller, als er erwartet hatte. Als Yuri in Plutos Gravitationsfeld geriet und einen Unfall baute, wurde er fast aus dem Sonnensystem geschleudert. Lennon starrte ihn an.

»Wir sind verloren.«

»Das hat nichts mit echtem Asteroiden zu tun«, rechtfertigte Yuri sich hitzig. »Und kleiner Pluto hat nicht so viel Gravitationskraft. In echtem Leben wäre ich dran vorbeigekommen.«

»Wir sind verloren«, sagte Lennon noch einmal.

Sie spielten noch eine halbe Stunde weiter. Luna betrachtete Yuri beim Spielen – nicht den Bildschirm, sondern ihn –, und er spürte, wie die rechte Seite seines Gesichts heiß wurde. Wie sollte er Aliens ausweichen, wenn diese Beine es sich so dicht an seiner Hüfte gemütlich machten? Lennon war bereits weit im All und hatte extra Treibstoff-Pakete und eine Tentakel-Freundin ergattert, als das Spiel endete, weil Yuri zum vierten Mal starb.

»Ich war schon aus Sonnensystem raus«, sagte er.

»Alter, du warst immer noch in der Milchstraße. Ehrlich gesagt macht mich das ein bisschen nervös.«

Yuri stand auf und legte den Controller auf den Couchtisch.

»Wir arbeiten mit Mathe und nicht mit diesen Dingern.«

»Trotzdem.«

Luna ergriff Yuris Hand und zog ihn durch die Küche auf eine winzige von Fliegengitter umgebene Veranda. Auf einem alten Leinentuch hatte sie eine Staffelei aufgestellt, und es gab einen kleinen Tisch, von dessen Tischplatte bereits die Beschichtung abblätterte. Ein paar Regalbretter, auf denen Gläser mit Farbtuben, Pinseln und Spachteln standen, waren an der Hauswand angebracht.

»Hier arbeitest du also?«

»Ja.« Sie zeigte auf die nackte Glühlampe über ihnen. »Tagsüber ist das Licht super. Jetzt eher weniger.«

Sie riss ein Blatt Papier von einem Block und klippte es an die Staffelei. Dann blickte sie mit geneigtem Kopf und leicht zusammengekniffenen Augen zu Yuri, wählte einen Pinsel und reckte sich, um einen Behälter mit Farbtuben herunterzuholen.

»Du willst mich malen?«, fragte Yuri.

Er fühlte sich geschmeichelt. Vielleicht war sein Gesicht ja doch interessant. Er wusste, dass er nicht gerade hübsch war. Er mochte Symmetrie und Präzision. Seine Gesichtszüge hatten da nicht ganz mitgemacht. Aber möglicherweise wusste Luna die leichten Unregelmäßigkeiten zu schätzen.

»Nein«, sagte sie. »*Du* wirst malen.« Sie hielt ihm den Pinsel hin.

Verwirrt schaute er von ihr zum Pinsel und auf das leere Blatt an der Staffelei.

»Ich male nicht.«

»Du musst«, sagte sie in sanftem Ton. »Das soll jetzt keine Beleidigung sein, aber du bist schon irgendwie ein seltsamer Typ.«

»Ich bin seltsam?«

»Du trägst einen Anzug. Das ist definitiv nicht normal.«

»Du …« Er deutete auf sie. »Deine Haare, die Reflexionen um deine Augen … und *ich* soll seltsam sein?«

»Ihr seid beide seltsam«, rief Lennon aus dem Wohnzimmer. »Kein Grund, euch deswegen zu streiten.«

»Wir kommen hier vom Thema ab«, sagte Luna und ignorierte ihren Bruder. »Du hättest heute Nacht sterben können. Ich kann dich nicht einfach gehen lassen, ohne dass du dich damit auseinandergesetzt hast. Du musst malen, was dir zu schaffen macht.«

»Ich male nicht.«

»Tja, und du sprichst offenbar auch nicht über deine Gefühle. Da liegt das Problem.« Sie legte den langen spitz zulaufenden Griff des Pinsels in seine Hand und schloss seine Finger um ihn. Das Holz war glatt und kalt. »Du musst malen, wie du dich fühlst.« Aus dem Gefäß zog sie ein paar Tuben und reihte sie auf dem Tisch auf.

»Ich versuche, keine Gefühle zu haben.«

»Tja, das ist auch nicht besser.«

»Ich weiß nicht einmal, wie ich mich fühle«, sagte er entnervt. »Ich sitze nicht herum und denke darüber nach.« Er trat gereizt von einem Bein aufs andere und legte den Pinsel auf den Tisch.

»Dann mal das, wovor du Angst hast«, sagte Luna und drückte ihm den Pinsel wieder in die Hand.

Er starrte sie an. Das war nicht normal. War das ein amerikanisches Ding, dieses Sich-Angst-Eingestehen? Oder ein Luna-Ding?

»Warum tust du es denn nicht?«, fragte er angriffslustig.

Sie lächelte, riss noch ein Blatt Papier vom Block und legte es auf den Tisch. Sie wählte einen kleineren Pinsel als seinen, zog den Stuhl hervor, setzte sich und schraubte dann den Deckel einer Tube mit brauner Farbe ab.

»Braun?«, sagte Yuri. »Du siehst nicht aus wie jemand, der mit Braun malt.«

»Ich male das, wovor ich Angst habe«, sagte Luna.

»Ich habe vor nichts Angst«, sagte Yuri mit spitzer Stimme.

»Das ist okay«, antwortete Luna. Sie begann mit klaren sicheren Strichen eine Reihe von Rechtecken über das Papier zu verteilen. »Mal einfach.«

Yuri zögerte einen Moment, dann zuckte er mit den Schultern. Warum eigentlich nicht? Die Woche war sowieso schon seltsam genug.

Er nahm das helle Graublau, mischte es mit einem Klecks Himmelblau und fing an, es oben auf dem Blatt Papier zu verteilen. Als er das ganze Blatt mit blassem Blau bedeckt hatte, hatte er bereits vergessen, dass Luna neben ihm war. Am unteren Rand fügte er einige Reihen kleiner Quadrate hinzu und malte einen Klecks Orange-Gelb in die obere rechte Ecke.

Quadrate und ein Kreis.

Er trat zurück. Es sah lächerlich aus. Die Komposition war unausgeglichen, auffallend asymmetrisch. So viel wusste selbst er. Es war kein Bild von irgendetwas und ganz bestimmt nicht von seinen Gefühlen oder seinen Ängsten. Er merkte, wie sich neben ihm etwas bewegte. Luna stand da. Er zuckte mit den Schultern.

»Ich habe nichts gemalt«, sagte er. »Aber irgendwie hat es Spaß gemacht.«

Luna deutete auf das Blatt. »Du hast eine Stunde gemalt, und du glaubst, das ist nichts?«

Er betrachtete es mit Unbehagen. »Ich denke mal, das ist Asteroid. Siehst du, da oben in Ecke, ganz weit über allem anderen. Ist Asteroid in blauem Himmel.« Er schnappte leicht nach Luft. »Und hier unten. Kleine Quadrate sind Häuser. Ich habe Asteroiden gemalt, der auf Erde zukommt, und ich habe es nicht einmal gemerkt!«

Luna neigte ihren Kopf und sah das Bild besonnen an.

»Nein, ich glaube, das hast du nicht.«

Er zog die Augenbrauen hoch.

»Es ist ein so einsames Blau, ganz viel davon. Die Häuser unten sind in satten, warmen Farben gemalt, und weit oben ist dieser Stern, der hell leuchtet. Aber er ist ganz für sich allein und weit weg von allen anderen.«

Sie drehte sich zu ihm.

»Ich glaube, du hast das gemalt, wovor du Angst hast. Ich glaube, du hast dich selbst gemalt.«

Ihm stockte der Atem. Sie legte ihren Arm um seine Schultern und drückte ihn an sich. Und er konnte nicht einmal genießen, dass sich ihre Brust an seinen Oberarm presste, weil er dachte: *Künstler sind Verräter. Sie haben fiese Tricks, um Sachen herauszufinden.*

»Ich wasch die Pinsel später aus.« Luna steckte sie in ein Glas mit Waschbenzin und führte ihn zurück in die Küche. Erst im letzten Moment fiel ihm ein, zurückzuschauen, um einen Blick auf ihr Bild zu werfen. Es war voller leerer brauner Vierecke, nur in einem war ein Mädchen eingesperrt.

Yuri verabschiedete sich von allen und folgte Luna hinaus zu ihrem Auto.

»Es tut mir leid, dass es so spät geworden ist. Ich wollte dich nicht wach halten.«

»Ich fand es schön, Zeit mit dir zu verbringen.«

Er sagte ihr den Namen des Hotels, und sie fuhr auf dem Highway nach Norden. Als sie nach der richtigen Ausfahrt suchte, wurde sie langsamer.

»Yuri? Diese Sache mit dem Asteroiden ist was Ernstes, oder?«

»Ja, aber wir werden uns darum kümmern.«

Sie sah ihn forschend an und nickte. »Du bist etwas Besonderes, weißt du das?«

Er lief rot an, machte sich aber nicht die Mühe zu antworten.

»Sind wir wirklich aus Sternenzeugs gemacht?«

»Ja. Alle Elemente, die Voraussetzung für Leben sind – wie Kohlenstoff –, waren am Anfang Wasserstoff in Sternen.«

»Ich glaube, bei dir ist mehr von dem Sternenzeugs übrig geblieben.«

»Mein Wasserstoff hat sich noch nicht zu schwereren Elementen verbunden?«

»So ähnlich.«

Beim zweiten Versuch fand Luna die Ausfahrt, dann schlich sie die Straße entlang, bis sie den Namen der Hotelkette aus blauem Neonlicht sah. Sie drehte eine Runde auf der Suche nach der Zufahrt und hielt hinter dem Hotel auf dem Restaurantparkplatz.

Er drehte sich zu ihr und wollte etwas Charmantes und Weltmännisches sagen. »Dein Pony beweist eindeutig, dass Isaac Newton falschlag«, sagte er stattdessen.

Sie lächelte, und er sah ihre weißen Zähne schimmern.

»Mit genug Gel kann ich alle Naturgesetze brechen.«

Er lachte, dann rutschte er verlegen auf seinem Sitz hin und her. »Kann ich dich etwas fragen?«

»Klar.«

»Bringst du mir bei, wie man auf Englisch flucht?«

»Was?«

»Im JPL sind sie alle dreimal so alt wie ich und sprechen ihre Muttersprache. Ich klinge dumm, wenn ich mit ihnen rede.«

»Das glaub ich keine Sekunde«, sagte Luna.

»Ich glaube, es ist, weil ich nicht fluchen kann.«

Sie musterte ihn sorgfältig. »Nein, tut mir leid. Ich glaube nicht, dass du dafür bereit bist.«

»Wie bitte?«

»Fluchen ist eine Geisteswissenschaft, und du bist kein Geisteswissenschaftler.«

»Du weigerst dich, mir fluchen beizubringen?« Er war empört.

Sie legte ihre Hand auf seinen Arm. »Ich sage nur, dass du noch nicht bereit bist.«

»Ich habe Fields-Medaille.«

»Irgendwie beweist das meine Argumentation.«

Yuri verschränkte seine Arme. »Tja, jede Sprache ist so. Willst du damit sagen, sprechen sollte mir verboten werden?«

»Natürlich nicht. Du darfst gerne grunzen und gestikulieren.«

Er schnaufte verächtlich. »Sprache ist sowieso doof. Ich meine, warum gibt es schlechte Wörter und nicht schlechte? In Mathematik ist Zahl richtig oder falsch, nie gut oder schlecht.«

»Sprache ist komplizierter, weil sie mit Menschen zu tun hat«, sagte Luna. »Außerdem gibt es auch noch andere Wege zu kommunizieren.«

Und dann beugte sie sich zu ihm und küsste ihn. Es war kein langer Kuss, gerade lang genug, um zu wissen, dass ihre Lippen nach Orangenlimo schmeckten und eine Elastizität hatten, die äußerst verlockend war. Er lächelte nur verlegen, stieg aus dem Auto und hob eine Hand zum Abschied. Seine Schritte wippten, als er zurück zum Hotel ging.

Erst im Bett, mit den Armen hinterm Kopf verschränkt, wurde ihm klar, dass er das Opfer einer bürokratischen Entführung war, dass Tonnen von Gestein aus dem All auf ihn zurasten und dass alles, woran er denken konnte, der Geschmack von Lunas Lippen waren. Und gerade jetzt, mit einem Kontinent auf der Kippe, konnte er diese Ablenkung nicht gebrauchen.

Kapitel 10

OHNE HELM

Das JPL am nächsten Tag war kühl, blassblau und steril. Yuris Gesicht sah besser aus, und er hatte den Verband abgemacht, bevor er hergekommen war. Der Fahrer hatte ihn angeschaut, aber nichts gesagt.

Zweimal erwischte sich Yuri dabei, wie er mit dem halb abgekauten Radiergummi eines Stifts gedankenverloren auf seinem Schreibtisch herumklopfte und an die Lichtreflexe von glitzerndem Lidschatten dachte. Er befürchtete, seine Lippen könnten eine eindeutige Wärmesignatur aussenden – *Ich wurde geküsst!* Irgendwo im Gebäude war bestimmt ein Sensor, der sie erfassen konnte. Er riss sich wieder zusammen, ignorierte den Schmerz in seinem Arm und beugte sich über seine Arbeit.

Zwischendurch checkte er die E-Mails in seinem Account der Staatlichen Universität Moskau. Er hatte keine private E-Mail-Adresse und versuchte, nicht darüber nachzudenken, was das über ihn aussagte. Hundertsiebzehn neue Nachrichten. Die meisten von ihnen waren die Hochschulversion von Spam – Wochen-Reinigungsplan, Arbeitsstundenerfassungsbogen, fällig am Freitag – solche Dinge eben. Zwei waren von Studenten, die Empfehlungsschreiben wollten, sieben von Kollegen am Institut, aber keine von Kryukov. Das war ein bisschen seltsam.

Er öffnete die Erste, von einem Dozenten, zu dem er immer ein freundschaftliches Verhältnis gehabt hatte, ein Typ in den Dreißigern, der über den Zerfall von B-Mesonen forschte.

Yuri,
ich weiß nicht, ob es richtig ist, das anzusprechen, während du gerade versuchst, Los Angeles zu retten. Aber hier gehen merkwürdige Dinge vor sich, und ich denke, du hast ein Recht darauf, es zu erfahren. Jemand hat sich heute Morgen Zugang zu deinem Büro verschafft – Fyodor Laskov. Nein, kein Scherz. Er behauptete, ihr hättet an ein paar Sachen gemeinsam gearbeitet und er müsste einen Blick in seine Aufzeichnungen werfen. Seine Aufzeichnungen! Der Institutsleiter hat ihm den Schlüssel verweigert. Aber dann hat Laskovs Vater angerufen, und wie sagt man Nein zum Leiter der Russischen Akademie der Wissenschaften?

Sedatov ist mit runtergegangen und hat ihn beobachtet. Er fühlte sich, glaube ich, schuldig, dass er ihm den Schlüssel gegeben hat. Laskov hat eine Stunde in deinem Büro verbracht und versucht, deinen Computer hochzufahren. (Kompliment für dein Passwort übrigens. Oder vielleicht ist Laskov auch einfach nur ein Idiot. Eine anständige Forschungsarbeit hat er ja schließlich auch noch nie zustande gebracht.)

Am Ende ist er mit einigen Aufzeichnungen von dir abgehauen und ein paar Speichersticks. Ich hoffe verdammt noch mal, dass du nur Pornos auf den Sticks hast. Denn ehrlich gesagt habe ich den

Verdacht, dass er in deiner Abwesenheit deine Forschungsergebnisse stehlen möchte.

Das könnte was Ernstes sein. Du hast noch nichts in gedruckter Form. Wenn es einen Streit darum geben sollte, wessen Forschung das ist, und mit seinem Vater im Hintergrund – am Ende teilen sie den Nobelpreis noch auf. Oder schlimmer: Was ist, wenn sie deinen Namen für immer mit dem von diesem Arschloch verbinden und unter deine Forschungsarbeit einen Bindestrich setzen? Die Strelnikov-Laskov-Theorie von Antimaterie?

Du solltest schnell zurückkommen.

PS: Ich glaube, meine Finger fallen gleich ab, weil ich diesen Bindestrich getippt hab.

PPS: Kryukov war nicht da, als Laskov gekommen ist. Laskov hat das vermutlich so geplant. Jeder weiß, dass du unter Kryukovs Schutz stehst. Als der alte Herr es aber erfahren hat, hat er einen ganz schönen Wutanfall bekommen.

Eine volle Minute starrte Yuri einfach nur auf den Bildschirm und sah vor seinem inneren Auge, wie er sein Leben lang Fyodor Laskov an einem Bindestrich hinter sich herschleppen würde. Bei öffentlichen Auftritten würden sie beide sprechen. Yuri würde den Vortrag schreiben und zusehen müssen, wie Laskov ihn hielt. Und dann würde er selbst aufs Podium treten, um Fragen zu beantworten. Laskov sähe somit aus, als wäre er der Bestimmer von beiden. Aber es ginge nicht anders, weil Laskov unfähig wäre, die Fragen selbst zu beantworten. Yuri sträubten sich die Nackenhaare.

Und es würde kein Ende haben. Denn es gelang einem nun mal nicht jedes Jahr der große wissenschaftliche Durchbruch.

Falls man es schaffte, dann normalerweise ein einziges Mal – wenn man jung war. Den Rest seiner Karriere verbrachte man dann damit, die Theorie zu verfeinern, die Ecken und Kanten abzuschleifen. Was bedeutete, dass Fyodor Laskovs große hässliche Visage für den Rest seines Lebens um ihn herumwabern würde.

Als er sechs war, hatte Yuri die Liste der Nobelpreisgewinner auswendig gelernt. Er hatte sie vor seiner Mutter heruntergerattert. Röntgen 1901, Lorentz-Zeeman 1902. Belustigt hatte seine Mutter ihm erklärt, dass Lorentz und Zeeman nicht ein, sondern zwei Forscher waren. Es würde Leute geben, die Strelnikov-Laskov sehen und denken würden, sie wären *ein und dieselbe Person!*

Yuri stand auf und gab dem Papierkorb einen Tritt durch den Raum. Er flog gegen die Wand und schaukelte eingedellt hin und her, bis er langsam zum Stillstand kam. Yuri ging zu ihm und gab ihm noch einen wütenden Tritt, und danach noch einen. Sein Fuß tat weh, und ein stechendes Kribbeln kroch bis zu seinem Knie hoch. Und wieder. Und wieder, bis der Papierkorb vollkommen hinüber war.

Mit einem leichten Klicken öffnete sich die Tür.

»Alles okay bei Ihnen?«

Yuri warf einen Blick über seine Schulter. Er kannte die Person nicht – irgendeiner von den Amerikanern, dessen Arbeit nicht in Gefahr war.

»Vielleicht brauche ich neuen Papierkorb.« Er versetzte ihm noch einen Tritt, aber er war schon so demoliert, dass er kein befriedigendes Knarzen mehr von sich gab.

Der Mann trat in sein Büro und nahm den Telefonhörer ab.

Yuri kickte noch einmal gegen das eingedrückte Metall. Der Papierkorb traf die Ecke des Bücherregals und blieb klappernd neben der Wand liegen.

»Ja, jemand soll Dr. Strelnikov bitte einen neuen Papierkorb bringen.« Der Mann machte eine Pause und sah Yuri an. Dann musterte er die Reste seines Papierkorbs und schnappte leicht nach Luft. »Vielleicht gleich ein paar.«

Als Simons und Pirkola an diesem Abend mit ihrem Essen in sein Büro kamen, war Yuri höflich und zurückhaltend und hörte sich ihre Fortschritte an, ohne viel zu sagen.

»Läuft bei anderen Gruppen alles gut? Sie finden Lösung für ihre Probleme?«, fragte er, als das Gespräch kurz verebbt war.

»Ja«, sagte Simons. »Sieht so aus. Einige Bereiche sind schwieriger zu bearbeiten als andere. Aber alle kommen voran.«

Yuri nickte abwesend.

»Wir werden es hinbekommen«, sagte Pirkola. »Das ist nicht das Problem. Fragt sich nur, ob es dann funktioniert oder nicht.«

»Sie glauben nicht, dass es das wird?«, fragte Yuri, und seine Gedanken schnellten zurück ins Büro. In dieses Büro.

»Doch, tue ich. Ich wünschte nur, es gäbe einen Plan B.«

Als der Arbeitstag vorüber und ein weiterer Sonnenuntergang hinter der Glasfassade in die Vergangenheit gesunken war, ließ Yuri sich zum Hotel zurückfahren. In seinem Zimmer räumte er die Hinterlassenschaften der Maus weg und scheuerte den Weinkühler.

»Tut mir leid«, flüsterte er dem leeren Behälter zu.

Eine halbe Stunde saß er im Dunkeln auf seinem Bett und hasste Fyodor Laskov. Dann fuhr er sich seufzend mit den

Fingern durchs Haar. Denn obwohl er Laskovs dicke Lippen und seine dumme hässliche Fresse und die Enttäuschung, mit der dessen Vater diese dumme hässliche Fresse betrachtete, bildlich vor sich sah, konnte Yuri nicht aufhören, an grünen Glitzerlidschatten zu denken. Es behinderte ihn beim Hassen.

In der Nachttischschublade fand er ein Telefonbuch. Er blätterte es durch, während er sich die Zähne putzte. Es gab zu viele Collums, um einfach wahllos anzurufen. Und er konnte sich weder an Lunas Telefonnummer noch an den Vornamen ihres Vaters erinnern. Er wusste sowieso nicht, was er ihr sagen sollte, wenn er sie finden würde.

Gedankenverloren stellte Yuri sich ans Fenster und drehte den Plastikstab der Vorhänge zwischen Daumen und Zeigefinger. Sein Zimmer war auf der Rückseite des Hotels. Wenn er seinen Hals reckte, konnte er den Großteil des Restaurantparkplatzes sehen. Und dort, teilweise verdeckt von Bäumen, stand ein grünes Auto mit einer gelben Tür.

Er rammte seine Füße in die Schuhe und ließ die Hacken im Gehen hineinschlupfen. Noch bevor er die Schlüsselkarte in seine Tasche gesteckt und mit den Fingern seine Haare durchkämmt hatte, war er aus dem Zimmer. Halb rannte Yuri zum Treppenhaus, fast schon verlegen, wie glücklich er war, dass jemand bei ihm vorbeischaute.

Auf dem Gymnasium hatte es mal eine Zeit gegeben, als drei ältere Jungs aus der höheren Matheklasse, in die er schon vorzeitig ging, bei ihm vorbeigekommen waren. Sie waren auf dem Weg in ein Café gewesen und hatten sich gefragt, ob er vielleicht mit ihnen lernen wollte. Er war begeistert gewesen. Einer der Jungs hatte ihm sogar angeboten, von seinem dunklen Bier zu trinken, auch wenn Yuri erst elf gewesen war. Yuri hatte einen Schluck genommen, gedacht, er müsse kotzen, und es im Mund behalten, bis er es schlucken musste. Eine Kellnerin hatte einen Riesenteller gekochter Shrimps auf den Tisch gestellt. Die älteren Jungs hatten die Köpfe abgerissen und den kompletten Rest des Körpers gegessen, wobei die kleinen Pyramiden aus rosa Köpfen sich immer höher vor ihnen aufgetürmt hatten.

Yuri hatte auch die Beine abgezwickt und sie unter dem Rand der Platte versteckt. Erst als er vom dritten Mal nach Hause gekommen war, war ihm klar geworden, dass er ihre ganzen Hausaufgaben gemacht hatte. Er war nicht sauer gewesen, dass seine Klassenkameraden ihn benutzt hatten. Er hatte sich nur furchtbar geschämt, es nicht bemerkt zu haben.

Danach hatte er sich geschworen, zurückhaltend zu sein. Die Leute sollten sich seine Freundschaft erst einmal verdienen. Das hatte aber auch nicht wirklich funktioniert. Es war, als hätte er den Preis für etwas erhöht, das sowieso niemand wollte.

Yuri war schon fast beim Treppenhaus, als einer der Amerikaner aus seinem Zimmer trat und in die andere Richtung ging. Der Typ nickte ihm zu und marschierte weiter. Yuri nickte zurück und zögerte. Unauffällig schlenderte er bis zum Fenster am Ende des Flurs, steckte seine Hände in die Hosentaschen und schaukelte auf seinen Füßen vor und zurück. Er tat so, als bewunderte er die Aussicht. Mit einem kurzen Blick über die Schulter stellte er fest, dass der Mann weg war. Yuri verschwand im Treppenhaus, rannte die Treppen hinunter und raus über den Hinterhof des Hotels.

Durch die Reihe struppiger Bäume bahnte er sich den Weg zum angrenzenden Restaurant und lief geduckt zum Auto. Die

Fenster waren heruntergekurbelt, und eine Männerstimme drang zu ihm hinaus.

»Du weißt schon, dass dich das nicht weniger auffällig macht, oder? Du siehst aus wie ein aus der Irrenanstalt geflohener Patient mit orthopädischen Problemen.«

Lennon.

Yuri schaute durch das Autofenster und sah Luna auf dem Fahrersitz, Lennon hinten. Er schwang sich auf den Beifahrersitz.

»Ich bin froh, dass du gekommen bist«, sagte Yuri. »Ich wusste nicht, wie ich deine Telefonnummer bekommen sollte.«

»Du fragst einfach danach«, sagte Luna lächelnd. Ihre Haare waren geflochten und um ihren Kopf geschlungen, die Spitzen standen heraus und zeigten voneinander weg. Wie aufgerollte Schlangen, die in entgegengesetzte Richtungen schauten. Fast hätte er ›Du hast Schlangen auf dem Kopf‹ gesagt, aber er konnte sich gerade noch rechtzeitig davon abhalten. Gekonnt gemeistert.

»Willst du sie?«, fragte Luna.

»Hm?«

Lennon prustete los. Mit einer hochgezogenen Augenbraue sah Luna Yuri an. Vielleicht war er doch nicht so ein Könner.

»Ach so, ja. Miss Collum, würden Sie mir bitte Ihre Telefonnummer geben?«

Luna reichte ihm ein Stück kariertes Papier, auf dem in silberner Tinte ihre Kontaktinformationen standen.

»Kann ich deine haben?«

Er wurde rot. »Ich weiß sie nicht. Aber ich bin in Raum 427.«

»Das reicht.«

Vor einem Pick-up, der scharf in die Bremsen trat und gleichzeitig auf die Hupe drückte, fuhr Luna auf die Straße, lenkte schlingernd auf die Überholspur und gab Gas.

»Gegrüßet seist du, Maria, voll der Gnade, der Herr ist mit dir, du bist gebenedeit unter den Frau…«, murmelte Lennon auf seinem Rücksitz.

»Halt die Klappe, Lennon. Wir sind nicht katholisch.«

»Ich bin es, wenn du fährst. Und auch Baptist, Jude und Hindu. Hauptsache, einer hört zu.« Er wandte sich an Yuri. »Ich denke, Hindu ist am besten. Die haben Tausende von Göttern.«

»Keine schlechte Überlegung«, sagte Yuri. »Mathematischer Ansatz an Religion. Das gefällt mir.«

»Also … wir haben einen Plan«, sagte Luna. »Ein grobes Konzept. Die Details müssen wir noch ausarbeiten.«

»Plan wofür?«

»Während du uns vor dem Meteor rettest …«

»Asteroid.«

»… werden wir dich retten. Du weißt schon, dich nach Hause schaffen.«

»Okay. Danke.« Er hakte seinen Arm um die Kopfstütze und schaute zwischen den beiden hin und her. »Und wie werdet ihr das machen?«

»Das sind die Details«, sagte Lennon.

»Ach so.«

»Wir fangen damit an, dass wir mit dir ins Einkaufszentrum fahren. Du brauchst was Neues zum Anziehen«, sagte Luna und steuerte, mit ihrem Handballen auf dem Lenkrad, um eine Kurve. »Hast du Geld?«

»Ja. Aber was stimmt nicht mit meiner Kleidung?«

»Du trägst ein weißes Anzughemd«, sagte Lennon. »Und eine graue Anzughose. Und schwarze Anzugschuhe.«

»Ja.«

»Wie alt bist du?«

»Ich bin siebzehn.«

»Und gehst für siebzig durch. Du musst dich optisch anpassen, wenn wir dich hier rauskriegen wollen.«

»In gewisser Hinsicht macht das Sinn. Wir gehen also heimlich an Sache ran?«

Luna steuerte auf die Straße zum Einkaufszentrum und nahm den ersten Parkplatz rechts. Das Auto hielt schaukelnd an. Luna stieg aus, öffnete den Kofferraum und holte Lennons Rollstuhl heraus, ehe Yuri bemerkte, was sie tat. Sie klappte ihn auf, schlang die Arme unter die Achselhöhlen ihres Bruders und hievte ihn in den Rollstuhl, dann machte sie die Bremsen los.

»Wäre es mit Van nicht leichter?«

»Was du nicht sagst«, sagte Lennon. »Weißt du, was die Dinger kosten?«

»Nein. Keine Ahnung.«

»Ich hab einen Teilzeitjob in der Bib. Das liegt also ein bisschen über meinem Budget.«

Als sie ins Einkaufszentrum gingen, knirschten Lennons Reifen über weiße Kieselsteine, die aus den Beeten der spitzen Wüstenpflanzen gekullert waren. Die Türen schlossen sich zischend hinter den dreien, und Klimaanlagenluft blies ihnen entgegen.

Der Innenbereich war schön gestaltet, mit Pflanzen und Oberlichtern und unterschiedlichen Ladenfronten, die den Eindruck erweckten, dass man sich in der Fußgängerzone irgendeiner südeuropäischen Stadt befand. Menschen schlenderten mit

Getränkebechern in der Hand herum oder spazierten durch die Geschäfte. Niemand schien es eilig zu haben. Sie kamen an zwei Frauen im mittleren Alter vorbei, die an einer Wand lehnten und sich irgendetwas auf dem Handy anschauten.

»Seht ihr das?«, sagte Yuri. »Wenn wir jemals amerikanischen Spion erkennen müssen, wird es sehr einfach sein.«

»Ähm, was?«, sagte Lennon.

»Schaut«, sagte Yuri mit einer ausladenden Handbewegung. »Alle, die in Nähe von Wand stehen, *berühren* Wand. Sie lehnen sich an oder stützen sich mit Hand ab. Es ist, als ob ihr Magneten in Wirbelsäule habt. Wenn ihr näher als halben Meter an Wand kommt, *schwups*, berührt ihr sie.« Yuri stellte sich auf einen Fuß und ließ sich Richtung Schaufenster eines Kerzenladens kippen, als ob er in dessen Sog geraten wäre. »Sag Russen, er soll sich neben Wand stellen, und er steht eine Stunde später immer noch neben Wand, ohne sie zu berühren.« Yuri schüttelte den Kopf. »Eure Spione haben keine Chance.«

»Okay«, sagte Lennon. »Da ist heute jemand in Stimmung.«

»Und noch etwas. Als wir reingekommen sind … Habt ihr bemerkt, dass wir Moment warten mussten, während Leute durch unsere Tür rausgegangen sind. Sie stand schon offen, weil jemand gerade reingegangen war. Sie haben uns also lieber warten lassen, anstatt ihre eigene Tür zu benutzen.«

Luna zuckte die Achseln. »Ist doch keine große Sache.«

»Aber seht ihr nicht, wie faul das ist? Ich rette Kalifornien doch nicht, damit Menschen durch falsche Tür gehen.«

»Ähm.« Luna nahm Yuris Hand und zog ihn weiter. »Wir haben da ein paar Ideen. Wir könnten versuchen, dich über die mexikanische Grenze zu bekommen. Sie ist sehr durchlässig, und die meisten Leute werden nicht erschossen, wenn sie sie überqueren.«

»Erschossen?«

»Du könntest dich wie ein mexikanischer Drogenbaron anziehen«, sagte Lennon.

»Warum Drogenbaron? Warum nicht normaler Mexikaner? Arbeiter, oder Student? Mexikanischer Physiker?«

»Wo bleibt da der Spaß? «

»Ich mag Teil mit Erschießen nicht«, sagte Yuri. »Und ich bin blond.«

»Das war auch nicht unsere beste Idee«, sagte Luna. »Aber wir dachten, wir fangen mit der an, damit die nächste besser rüberkommt. Was, wenn du dich als Transe anziehst?«

»Transe?«

»In Frauenkleidern«, sagte Lennon.

Yuri errötete und schüttelte den Kopf.

»Sie würden nach einem Jungen suchen«, sagte Luna. »Du könntest direkt an ihnen vorbeilaufen.«

»*Nein.* Wie soll ich abgesehen davon in Flugzeug kommen? In Pass steht, dass ich männlich bin. In diesem Punkt ist er ziemlich aussagekräftig.«

»Und wenn du dich als Pilot ausgibst?«, fragte Lennon. »Wir könnten den echten Piloten einsperren, dir seine Kleidung geben, und du könntest so in das Flugzeug gelangen.«

Yuri starrte sie an.

»Ich kann nicht fliegen.«

»Es gäbe ja einen Kopiloten«, sagte Luna.

»Gott sei Dank ist es nicht eure Aufgabe, Asteroiden aufzuhalten.«

»Hey, wir geben unser Bestes«, sagte Lennon.

»Das ist ernüchternder Gedanke.«

»Hier rein«, sagte Luna und zeigte auf einen Klamottenladen mit jugendlich angezogenen Schaufensterpuppen. Sie ging durch das Geschäft, griff sich Klamotten an Kleiderbügeln von den Chromstangen und drückte sie an Yuris Brust.

Er ging in die Umkleidekabine, zog sich aus und musterte die Kleidung. Dann setzte er sich auf den kleinen Hocker an der Wand. Seine Beine wirkten unnatürlich weiß. Wie die Rippen eines vor langer Zeit gestorbenen Wals, der an einer fremden Küste gestrandet war.

Er war es leid, die ganze Zeit Englisch zu sprechen. Er vermisste seine Wohnung und seine blaue Lieblingstasse. Es fehlte ihm, auf dem Weg nach Hause vom Physik-Gebäude bei einer Bäckerei haltzumachen und Prjaniki zu kaufen – russische Lebkuchen, die ihren Duft schon durch die Tüte verströmten und Fettflecken an ihrem Boden hinterließen. Er musste nach Hause. Er wollte keine amerikanische Kleidung über seine russische Unterwäsche ziehen.

»Wie läuft's da drin?«, rief Luna.

Er schloss fest die Augen und kämpfte sich in ein T-Shirt. Dann zog er sich auf einem Bein hopsend die Hose an.

»Luna!«, zischte er.

»Hier draußen«, sagte sie. »Wie passen die Sachen?«

»Du hast falsche Größe geholt.«

»Nein, ich habe auch geschaut«, sagte Lennon. »Sie hat die für Leute ohne Arsch genommen.«

»Meine Hose fällt runter.«

»So trägt man die«, sagte Luna. »Zeig dich.«

»Nein!«

»Jetzt komm schon raus«, sagte Lennon. »Ich will dich in Baggy-Pants sehen.«

»Eher sterbe ich.«

»Für einen Selbstmörder wie dich heißt das nicht viel.«

Yuri zog die lächerliche Hose aus und legte sie zusammen. Auf keinen Fall würde er sie kaufen. Und irgendwie fühlte sich das wie ein Sieg an, für ihn und für Russland. Er ließ die Klamotten in der Umkleidekabine und trat, die russische Nationalhymne summend, heraus.

Sie verließen den Laden und drangen weiter ins Einkaufszentrum vor. Einige Shoppinglustige bummelten an ihnen vorbei, größtenteils junge Leute, aber es war nicht überfüllt.

Sie kamen an einem Keksladen vorbei. Yuri hielt an und schaute suchend in die Vitrine.

»Haben Sie Prjaniki?«, fragte er.

»Häh?«, fragte der Typ hinter der Theke.

»Prjaniki. Kleine Lebkuchen.«

»Wir haben Haferflocken-Cookies mit Rosinen.«

Yuri presste frustriert die Lippen aufeinander und schlug mit seiner Faust auf die Ladentheke. »Meine Kekse nehmen es jederzeit mit euren auf.«

»Oookay«, sagte der Typ von der Theke, rieb seine Hände an der Schürze und blickte nervös durch Yuri hindurch.

»Vielleicht solltest du einen mit Schokostückchen probieren«, sagte Luna sanft. »Hier.« Sie reichte einen Schein über die Theke und zeigte auf einen riesigen Chocolate-Chips-Cookie. Das Licht brach sich in dem roten Ring an ihrem Zeigefinger. »Geht auf mich.«

Der Typ wickelte den Cookie in Wachspapier und reichte ihn ihr. Dann trat er einen Schritt zurück, weg von Yuri.

Während sie weiter durch die Mall schlenderten, brach Luna ein Stück ab und steckte es Yuri in den Mund. Es war lecker, und als Luna ihm den Cookie hinhielt, nahm er sich noch ein Stückchen und aß es genüsslich. Ein paar Minuten liefen sie schweigend nebeneinanderher. Ab und zu hielten sie an, um in ein Schaufenster zu schauen.

»Wir haben noch eine Idee«, sagte Luna schließlich. »Sie ist weniger lustig als einige der anderen. Aber für jemanden, der sich weigert, seinen Look zu verändern, könnte sie besser funktionieren.«

»Meine Unterwäsche hat rausgeschaut!«

»Schon klar«, sagte Lennon. »Also. Warum gehst du nicht zur russischen Botschaft? Oder rufst sie einfach an? Du könntest alles erklären, und sie würden einfach kommen und dich holen.«

»Und Transe habt ihr zuerst vorgeschlagen?«

»Wir sind halt kreativ«, sagte Lennon.

Yuri schob mit der Zunge ein Schokostückchen in seinem Mund hin und her.

»Ich habe daran gedacht. Aber es könnte sein, dass sie mich dann jetzt schon holen kommen.« Sie sahen ihn an. Lunas Lidschatten streute das grelle Licht des Einkaufszentrums in alle Richtungen. »Und wir sind noch nicht fertig mit Asteroidenproblem.«

»Könnten sie dich nicht holen, sobald ihr fertig seid? Du sagst es ihnen einfach, nachdem du dein Zeug ausgerechnet hast, und dann schicken sie dir einen dieser unheimlichen schwarzen Vans«, sagte Luna.

Yuri dachte an die Meinungsverschiedenheiten mit seinen Teammitgliedern und biss sich auf die Lippe. Wenn er nicht da sein würde, würden sie seine Ergebnisse niemals verwenden. Aber das wollte er Luna und Lennon nicht erklären. Es könnte ihnen eine Menge schlafloser Nächte bereiten, wenn sie über die unterschiedlichen Ansichten im JPL Bescheid wüssten. Andererseits würde der Asteroid Amerika plattmachen, nicht Russland. Die NASA könnte sich darum kümmern, und er könnte nach Hause gehen und seine Arbeit beschützen. Und seinen Ruf. Er war hin und her gerissen.

»Ich muss bleiben. Bis alles vorbei ist mit Asteroid.«

»Deine Entscheidung«, sagte Lennon.

»Tja.«

Sie schwiegen einen Moment.

»Was ist mit Mexiko?«, fragte Lennon.

»Nein.«

»… und von da aus weiter? Argentinien nimmt jeden auf. In der Zwischenzeit müssten da ein paar alte Nazis gestorben sein. Vielleicht könntest du einen von ihren Unterschlupfen übernehmen.«

»Grundlegendes Problem ist zweierlei«, sagte Yuri. »Erstens, keiner von uns hat irgendwelche Erfahrung damit. Zweitens, ich brauche Weg aus diesem Land. Stelle, an der ich ausreisen kann. Und ich habe meinen Pass nicht.«

»Du hast deinen *Pass vergessen*?« Luna klatschte ihm mit den Fingerrücken auf den Oberarm.

»Ich habe ihn nicht *vergessen*. Sie haben ihn genommen, als ich ins Flugzeug gestiegen bin. Um ihn für mich aufzubewahren.«

»Ah«, sagte Lennon.

»Ja. Ah.«

Sie gingen in den Target-Supermarkt am einen Ende des Einkaufszentrums, spazierten durch Gänge voll knallbuntem Sandspielzeug aus Plastik, Schwimmnudeln und Sunblocker und schlängelten sich an einer leeren Kasse hinaus. Yuri hielt Luna und Lennon die Tür auf. Es war immer noch warm draußen.

»Kanada wäre das Beste«, sagte Luna und führte sie zum Parkplatz. »Es hat auch eine lange Grenze.«

»Ich mag Kanada. In Waldgebieten fühle ich mich wohl.«

Das brachte Luna zum Lächeln.

Sie zog einen Einkaufswagen aus der Wagenrückgabe, benutzte die untere Stange des Korbs als Trittstufe und kletterte hinein. Dann zeigte sie über den Parkplatz, und Yuri fing an, sie zu schieben. Als sie am Rand angekommen waren, streckte Luna ihre Hand aus. Yuri ergriff sie und versuchte ihr rauszuhelfen. Aber Luna war kein dünnes Mädchen und befand sich einen halben Meter über dem Boden. Schließlich legte Yuri einen Arm um sie, hakte den anderen hinter ihre Knie und hob sie heraus. Er wankte leicht, als er sie absetzte. Die Anstrengung spürte er sofort in seinem angeschlagenen Rücken und den Schultern. Er musste wirklich mehr trainieren, wenn er weiter von Brücken hängen und holde Jungfrauen aus Einkaufswagen retten wollte.

»Jetzt rein mit dir«, sagte sie.

Er gehorchte ohne Widerrede und dachte nicht darüber nach, bis er im Einkaufswagen saß – Knie an die Brust gezogen, schwarze Anzugschuhe gegen rotes Plastik gedrückt. Er war kein spontaner Typ, nicht einer von der Baggy-Pants-Sorte. Und trotzdem war er gerade in einen Einkaufswagen geklettert, weil dieses amerikanische Mädchen es ihm gesagt hatte.

Und sie schob ihn zu der abschüssigen Zufahrtsstraße, die hinter dem Laden in einer Kurve herabführte.

Yuri griff nach dem roten Plastikrand, aber Luna legte ihre Hände auf seine Schultern und drückte ihn wieder hinunter. Sie trug an jedem Finger einen Ring, von denen er jeden einzelnen durch sein Hemd hindurch spüren konnte. Helle Stücke aus Metall und Glitzer, die sich nach Mädchen anfühlten. Seine Schultern kribbelten, und das Gefühl breitete sich über seine Arme, seine Beine, überall hin aus. Die Ringe waren hervorragende Elektrizitätsleiter.

»Warte. Was …«

»Das wird lustig!«, sagte Luna.

»Ich brauche Helm!«

»Du brauchst Eier«, sagte Lennon. »Ich rolle die ganze Zeit herum, und hörst du mich deswegen schreien?«

»Du musst lernen, das Leben zu leben, nicht nur, es zu retten«, sagte Luna und schubste ihn an.

Yuri zog den Kopf ein. Die Wagenräder ratterten heftig, der Wind flatterte an seinem Kragen und kühlte seine Ohren. Instinktiv streckte er die Hände aus, wollte irgendwie steuern, suchte nach Hebeln, die nicht da waren. Er hatte absolut keine Kontrolle mehr, und als er die Straße dem unvermeidlichen Unfall entgegen herunterrumpelte, kam ihm der Gedanke, dass dies schon der Fall gewesen war, bevor er in den Einkaufswagen geklettert war.

Kapitel 11

HAPPY HIPPIE-TAG

»Komm schon«, sagte Luna und streckte eine Hand nach unten aus.

Der Einkaufswagen hatte den Bordstein gerammt und lag auf der Seite im Gras. Yuri daneben, alle viere von sich gestreckt.

»Kann nicht. Bin tot.«

Lennon schnaubte entrüstet.

»Bei uns zu Haus gibt's Kuchen«, sagte Luna. »Und Mum hat gesagt, wir sollen dich einladen.«

»Kuchen?«

Yuri rappelte sich auf und untersuchte sich auf Blutergüsse und Verletzungen lebenswichtiger Organe. Er fand eine Prellung an seinem linken Ellbogen.

»Hm-mmm. Es ist ein Feiertag.«

»Siebenundzwanzigster Mai ist Feiertag in Amerika?«

»Bei uns zu Hause ja.«

Er stand auf und begann den Hügel hochzustapfen.

»Hat er was mit dem Zweiten Weltkrieg zu tun?«

Luna und Lennon tauschten einen Blick aus.

»Wir feiern keine Jahrestage anlässlich kriegerischer Zerstörung oder Angriffen auf die Zivilbevölkerung. Unabhängig davon, ob sie technisch gesehen erfolgreich waren oder nicht«, sagte Lennon. »Jeder Verursacher menschlichen Todes hat bei uns automatisch schon verloren.«

»Erzähl das mal denen, die Stalingrad verteidigt haben«, murmelte Yuri, ging aber zurück, um die Griffe von Lennons Rollstuhl zu packen und ihn den Hügel hochzuschieben.

Luna lieferte sie am kleinen lila Haus der Collums auf seinem Stückchen Erde zwischen den heruntergekommenen Nachkriegshäusern ab. Die Paisley-Vorhänge waren nicht zugezogen, und Licht ergoss sich auf den Rasen im Vorgarten.

»Dad lässt an Feiertagen Woody Guthrie raus«, sagte Luna. »Pass also auf, wo du hintrittst.«

»Den Papageien«, sagte Lennon.

»Ach so.«

Sie wurden alle von Mr und Mrs Collum an der Tür umarmt. Yuri hielt den Atem an, als Mr Collum ihn an sich drückte. Er war nicht sicher warum, aber er glaubte, noch nie vorher von einem Mann umarmt worden zu sein, und das erschien ihm auch besser so.

Mr Collum schaltete den CD-Player ein, und die raue Stimme eines Mannes füllte den Raum mit so etwas Ähnlichem wie Musik. Alle versammelten sich um den Tisch, in dessen Mitte ein runder Kuchen auf einem Tortenständer aus Glas stand. Er hatte eine Schokoglasur, und aus weißem Zuckerguss war ein Kreis mit Speichen draufgemalt, der ein kunstvoll gemachtes Rad darstellte.

Luna fasste nach Yuris Hand. Er lief rot an. Dann ergriff Mrs Collum seine andere Hand, und als er aufblickte, bemerkte er, dass sie sich alle im Kreis an den Händen hielten. War das so etwas wie ein Hippie-Initiationsritus? Hoffentlich musste er sich nicht gleich eines dieser Tücher um den Kopf binden.

»Wir sind dankbar, wohlbehalten in diesem Kreis der Liebe zusammen zu sein«, stimmte Mr Collum an, »an diesem Jahrestag der Veröffentlichung von Bob Dylans Album *The Freewheelin' Bob Dylan*.« Yuri starrte ihn an. »Dessen Bedeutung, als es am 27. Mai 1963 herauskam, für Bob Dylans Karriere und die Protestbewegung unabsehbar war.«

Sie ließen die Hände los.

»Das ist das Album mit *Blowin' in the Wind*, *Masters of War* und *A Hard Rain's A-Gonna Fall*«, erklärte Mrs Collum. »Frohen ersten Freewheelin'-Tag, Yuri.«

»Das feiern Sie?«

»Wir halten uns nicht an den jüdisch-christlichen Kalender«, sagte Mr Collum. »Zu repressiv. Und auch nicht an staatliche Feiertage, die die Gesellschaft zu Konformismus erziehen und unabhängiges Denken unterbinden sollen.«

»Wir feiern Hippie-Tage«, sagte Luna.

»Die Aufstände in Greenwich …«, sagte Mr Collum.

»Aufstände?«

»… den Jahrestag des Marschs auf Washington für Arbeit und Freiheit. Selbst den Protestmarsch von den Veteranen der Bonus Army in Washington.«

»Bonus Army? Aber eine Armee …«

»Von ziemlich jedem, der nach Washington marschiert ist«, sagte Lennon.

»Richtest du dich nach dem jüdisch-christlichen Kalender?«, fragte Mrs Collum höflich und reichte ihm ein Stück Kuchen.

»Keine Sorge«, sagte Lennon. »Sie hat ihn in der Bäckerei gekauft. Luna hat ihn dann dekoriert. An Feiertagen dürfen wir raffinierten Zucker essen.«

»Es ist ein Rad«, sagte Luna. »Weißt schon, wegen Freewheelin'.«

»Ähm, also, an bestimmten Tagen ist Universität geschlossen, ich denke also, ich halte mich an staatliche Feiertage.«

»Da kann man nichts machen«, sagte Mr Collum mit Bedauern.

Bob Dylans Stimme leierte in immer höher werdenden Stimmlagen aus dem CD-Player.

»Was würden deine Eltern hiervon halten?«, fragte Mrs Collum.

»Ehrlich gesagt weiß ich das nicht. Na ja, mein Vater ist gestorben, als ich sehr jung war. Aber meine Mutter? Ich habe keine Ahnung.«

»Wie ist sie so?«, fragte Luna.

»Ähm … Sie ist Kardiologin. Sie ist immer auf Abruf oder im Krankenhaus, und ich bin für Schule weggezogen. Ich kenne sie nicht wirklich so gut.« Niemand sagte etwas, außer Dylan, der schmachtend etwas von hartem Regen sang, der fallen würde. »Sie ist sehr reinlich.«

Mrs Collum schnitt noch mehr Kuchen ab und lud ihn auf sein erstes Stück.

»Oh, das ist nett«, sagte sie.

»Ja«, sagte er. »Nett. Sie ist nett.«

Schweigend begannen sie zu essen.

»Ähm, tanzt man am Freewheelin'-Tag?«, fragte Yuri, um das Thema zu wechseln.

»Tanzen? Der Junge will tanzen, Delinda«, sagte Mr Collum.

»Nein! Nein, wirklich nicht. War nur Frage.«

»Luna könnte am Samstag tanzen, wenn sie wollte, aber sie hat keine Lust«, sagte Mr Collum.

»Dad.«

»Frag doch, ob Yuri mit dir hingehen möchte.«

»Dad!«

»Samstag ist der Abschlussball«, sagte Lennon. »Es ist die wichtigste Tanzveranstaltung des Schuljahres.«

»*Du* bist doch auch nicht hingegangen«, sagte Luna, dann wurde sie rot. »'tschuldige.«

»Ja, weil ich genau in der Woche abserviert wurde, Arschloch.«

»Ich habe Entschuldigung gesagt. Außerdem hättest du trotzdem hingehen können.«

»Es ist der gemeinsame Abschlussball der Elft- und Zwölftklässler. Dovie ist in der Elften«, sagte Mrs Collum. »Man zieht sich elegant an, macht sich schicke Frisuren und tanzt den ganzen Abend.«

Yuri nickte und grübelte über das kleine Haus und Lunas Klapperkiste von Auto nach. Er fragte sich, ob das Problem wirklich die fehlende Verabredung oder nicht eher das fehlende Geld für ein Kleid war.

»Willst du, dass ich mit dir hingehe? Ich kann bestimmt weg.«

»Nein, das musst du nicht tun«, sagte Luna errötend.

Yuri schaute an ihr vorbei zu Lennon, der lebhaft nickte. Ebenso ihre Eltern.

»Du musst mich abholen. Ist das okay?«

»Klar. Acht Uhr auf dem Parkplatz«, sagte Lennon.

Luna nickte, immer noch rot.

Einen Moment lang sagte niemand etwas.

»Ähm … könnte ich vielleicht einen Moment an Computer? Um etwas nachzuschauen?«

»Ja!«, sagte Luna erleichtert. »Hier hinten!«

Sie packte seine Hand und führte ihn den Flur runter zu einem kleinen Schreibtisch, der neben einen Turm aus Waschmaschine und Trockner gezwängt war. Eine Seite des Monitors berührte die Waschmaschine, die andere die Wand.

»Tut mir leid wegen eben«, sagte sie. »Du musst nicht mit mir dahin gehen.«

»Das macht bestimmt Spaß, und ich werde etwas über Amerika lernen. Und über dich.«

Jetzt wurde sie pink.

»Aber ich werde dich wahrscheinlich in Verlegenheit bringen, wegen meines Akzents. Und ich kann auch nicht tanzen.«

»Du kannst nicht tanzen?«

»Nein. Ich bin noch nie tanzen gewesen.«

»Noch nie?«

»Ich habe mit Uni angefangen, als ich zwölf war. Also nein.«

Sie lächelte. Wenn das Licht in ihren dunklen Augen tanzte, bestand es aus Teilchen und Strahlen zugleich. Würde sie so etwas poetisch finden und als Kompliment auffassen? Er entschied sich, das Risiko nicht einzugehen.

Er fuhr den Computer hoch und rief eine Karte der Vereinigten Staaten auf. Eifrig betrachtete er ihre Umrisse, und alle Gedanken an Poesie waren verschwunden.

»Siehst du? Da mittig hängt Teil von Kanada herunter. Ist südlicher als Vereinigte Staaten drum herum.«

»Ja, das ist der bevölkerungsreichste Teil von Kanada.«

Er zoomte näher heran, zog die Karte in Position und vergrößerte weiter.

»Detroit in Michigan teilt sich Brücke mit Kanada. Wenn das mit Asteroiden vorbei ist, könnte ich fragen, ob ich dort leben kann. Dann überquere ich einfach Brücke.«

»Detroit in Michigan ist furchtbar«, sagte Luna. »Niemand wird dir abnehmen, dass du da leben möchtest. Den Braten würden sie riechen.«

»Braten? Wie bitte?«

»Es würde nicht funktionieren. Es sei denn …« Sie streckte ihre Zunge zur Nasenspitze. Dabei entdeckte er einen Schlitz für ein Zungenpiercing und starrte gebannt hin. »Es sei denn, es gäbe einen Grund, dorthin zu fahren. Hey, schau mal, ob es da irgendwelche Konferenzen oder so was gibt.« Luna lehnte sich an ihm vorbei und tippte selbst etwas in das Suchfeld. Ihre Ringe schwebten über der Tastatur.

»Du hast eine gefunden.« Yuri beugte sich vor, nahm ihr die Maus aus der Hand und fühlte, wie seine Finger die ihren streiften. »Aber sie ist erst in zwei Wochen«, sagte er enttäuscht. »Ich muss früher zurück.«

»Was ist mit Ann Arbor? Da ist die Universität von Michigan. Wäre das nah genug für dich, um über die Brücke zu kommen?«

Mit dem Finger suchte er westlich von Detroit und der Brücke nach Ann Arbor.

»Nein. Nicht, wenn sie aufmerksam sind. Ich müsste ganz nah an Brücke sein, bevor sie bemerken, dass ich Möglichkeit habe rüberzugehen. Und von Ann Arbor wären es noch zwei Stunden Taxifahrt.«

Sie seufzte. »Was machst du eigentlich, wenn du bis nach Kanada kommst? Du hast ja keinen Pass.«

»Russische Botschaft anrufen, vermutlich. Sie könnten mich nach Hause bringen.«

Luna schwieg eine Weile.

»Weißt du über Dinge Bescheid, die unserem Land schaden könnten? Wegen der wir zerbombt würden?«

»Nein! Nein. Nur so was wie ›Wie viele Raketen haben wir von diesem Typ‹ oder ›Wie weit kann dieses Flugzeug wirklich fliegen‹. Und *ich erinnere mich an nichts*. Ich habe nicht länger als vielleicht eine Minute daraufgeschaut. In fünf Jahren wird sowieso alles veraltet sein, aber bis dahin habe ich alles verloren. Meine Wohnung, meinen Job.« *Meine Forschungsergebnisse.*

»Du hast eine Wohnung?«

Er nickte.

»Aber ich gehe in Restaurants. Ich bin schrecklicher Koch.«

»Meine Mum könnte dir bestimmt ein paar Tipps geben.«

Sie lachten und schwiegen für einen Moment.

»Wirst du das alles eines Tages deinen Enkelkindern erzählen?«, fragte Luna. »Wie du nach Amerika gereist bist, um einen Asteroiden zu zerstören?«

»Nein«, sagte Yuri. »Ich werde ihnen erzählen, wie ich Nobelpreis erhalten habe.«

Luna prustete los, dann sah sie, dass es ihm ernst war und starrte ihn an. »Könntest du ihn bekommen? Im Ernst?«

Er nickte. »Ich habe ausgezeichnete Aussichten.«

»Ist es das, was du willst?«, fragte sie.

Jetzt starrte er sie an. »Nobelpreis in Physik ist die größte Ehre der Welt! Ich habe mein ganzes Leben daran gearbeitet.«

»Für den Preis oder für die Arbeit?«

Er runzelte die Stirn. »Wie meinst du das?«

»Ich meine, wenn du nur eins machen könntest – wenn du dich entscheiden müsstest –, würdest du lieber einen großen Beitrag leisten, ohne dass es anerkannt würde, oder große Ehre einheimsen für eine Arbeit, die niemandem so wirklich viel bringt?«

Er zögerte.

»Aha«, sagte sie, als ob sie verstanden hätte.

Sie verstand es nicht, aber das war okay. Der Nobelpreis war sein persönliches Allheilpflaster – ihn zu erhalten, würde alles in Ordnung bringen.

Yuri stand auf, und Luna ging vor ihm her zurück ins Wohnzimmer. Sie kamen an der kleinen Veranda vorbei, die sie als Atelier nutzte. Dabei bemerkte er, dass sie sein Bild eingerahmt hatte. Vor Freude lief er rot an. In der Küche stellte Mrs Collum gerade die Überbleibsel vom Kuchen in den Kühlschrank. Mr Collum lag auf dem Sofa und las, während Lennon das Weltraum-Spiel spielte. Mit fragend hochgezogener Augenbraue hielt er Yuri einen Controller hin, aber Yuri schüttelte den Kopf. Bob Dylan sang, als würde sein Kehlkopf ein Schleifstein sein.

Yuri trat verlegen von einem Bein aufs andere.

»Ähm, in Amerika …«, begann er, ohne irgendjemanden anzuschauen, »… bezahlt hier der Junge für Kleid von Mädchen?« Er zog sein Portemonnaie hervor.

»Nein«, sagte Luna. »Natürlich nicht.«

»Ja«, sagte Lennon, »es sei denn, er ist ein Trottel und kauft ihr Blumen.«

»Du solltest ihr Blumen kaufen«, sagte Mrs Collum. »Luna, zieh doch das Kleid mit dem gelben Muster an. Es ist zwar nicht so elegant, aber es würde schon gehen.«

Lunas Finger gruben sich in ihre Oberschenkel.

»Oder du borgst dir eins von diesem Mädchen aus deiner Kunstklasse«, sagte Mr Collum.

Luna erstarrte.

»Charlie Sinclair?«, sagte Lennon. »Bist du … *Charlie Sinclair?* Die ganze Familie ist ein Haufen Idioten.«

»Idioten mit einer Menge Klamotten«, erwiderte Mr Collum.

Yuri rollte vier Einhundert-Dollar-Scheine in einen Fünfziger. Je nachdem wie er sie hielt, konnte man meinen, dass es zwei Fünfziger waren.

»Meine Regierung hat mir Geld gegeben, als ich gegangen bin. Ich weiß nicht, was ich damit machen soll, weil NASA für Essen und Unterkunft aufkommt. Ich brauche es wirklich nicht«, sagte er achselzuckend.

Er klemmte das Geld unter die leere Kuchenplatte.

»Ich weiß nicht, wie viel Geld Kleid in Amerika kostet …«

»Aber du weißt, wie viel ein Kleid in Russland kostet?«, fragte Lennon. »Du bist pervers.«

»Ähm …«

»Lennon, auch wenn Yuri gerne Frauenkleider trägt, mögen wir ihn deshalb nicht weniger«, sagte Mrs Collum, nahm die Scheine und drückte sie Yuri zurück in die Hand. »Wir feiern seine einzigartige Individualität.«

»Du hättest die Hose sehen sollen, die er vorhin anhatte«,

sagte Lennon. »So Baggy-Dinger, bei denen man seine Unterwäsche sehen konnte.«

»Ich bring dich hier raus«, sagte Luna, hakte sich bei Yuri unter und führte ihn zur Tür.

»Danke.«

Yuri verabschiedete sich winkend von den Collums. Lennon grinste und warf den Kopf in den Nacken.

Am Ablagetischchen bei der Tür schob Yuri die Scheine unter den Brieföffner. Luna würde sie später finden.

Als sie zum grün-gelben Auto gingen, glitten Lunas Finger seinen Unterarm hinunter in seine Hand.

»Oh Gott, tut mir so leid wegen meiner Familie – alles an ihnen.«

»Ich mag sie«, sagte Yuri. »Ich mag sie sehr.«

»Ich kann dein Geld trotzdem nicht annehmen. Das wäre falsch.«

»Warum nicht? Ich brauche es nicht und habe sowieso noch mehr. Abgesehen davon ist das meine Art freewheelin' zu sein. Du musst mich wichtigen Tag feiern lassen.«

Sie lachte.

»Wie fandest du Bob Dylan?«

»Er klingt wie verirrte Ziege in Hagelsturm.«

Sie lachte wieder, aber nicht lange, denn als sie das Auto erreichten, beugte er sich zu ihr hinunter und küsste sie. Das zweite Mal in seinem Leben küsste er ein Mädchen – zwei Mal in zwei Tagen. Es war, als ob der Himmel herabfallen würde.

Kapitel 12

HAMSTERRETTER

Luna ließ ihn vor dem Restaurant raus, sodass man sie vom Hotel aus nicht sehen konnte. Sie winkte und fuhr klappernd davon. Mit gesenktem Kopf ging Yuri zurück zum Hotel. Er verschwendete keinen Gedanken daran, dass man ihn aus dem Schatten heraus beobachten könnte. Stattdessen dachte er über den geringeren Wasseranteil in Frauenkörpern nach und fragte sich, ob es das war, was ihre Lippen so weich und gleichzeitig widerstandsfähig machte. Er kam zu dem Schluss, dass es vermutlich etwas mit dem Bindegewebe zu tun haben musste.

Er duschte, dann ging er schlafen und träumte von Luna in einem gelb gemusterten Kleid, wie sie einen Strauß Blumen hielt und ihn anlächelte. Plötzlich schossen kleine Asteroiden aus den Blumen und flogen wie Kampfbienen über die Tanzfläche. Sie hagelten auf die tanzenden Leute herab, während Bob Dylan vom harten Regen sang, der fallen würde. Die Tanzenden wurden zu Mäusen, gingen zu Boden und lagen reglos mit eingerollten Krallen da. Und Luna sah zu ihm hin, ein Tropfen

Blut rann ihre Schläfe hinunter, und sie sagte: »Du hast uns nicht gerettet.«

Er wachte schreiend auf.

Als er am nächsten Morgen ins JPL kam, sah Fletcher ihn forschend an, sagte aber nichts. Yuri ging in sein Büro und warf einen Blick auf das, was er am Tag zuvor erarbeitet hatte. Es war gut. Er wusste, dass es gut war. Die Berechnungen waren aufwendig, und er überprüfte alles noch einmal ganz genau. In einem Tag würde er seine Antwort auf das Problem haben. Dann würde er sie Simons und Pirkola erklären.

Ihm kam der Gedanke, dass ihm vielleicht einer der anderen Astrophysiker eine Hilfe sein und Einfluss auf seine Team-Mitglieder haben könnte. Er ging runter in die Cafeteria und überlegte, wen er ansprechen sollte. Jetzt wünschte er sich, er hätte mehr auf das soziale Miteinander der NEO-Angestellten geachtet. Wer mit wem aß, wer mit wem redete. Wo die Leute bei Sonnenuntergang standen und zusahen, wie sich ein weiterer Tag im Kondensstreifen der Zeit auflöste und zurückblieb, während sie in die Zukunft rasten. Aber von solchen Dingen hatte er einfach keine Ahnung.

Im Flur begegnete er einem der amerikanischen Wachmänner, nickte ihm im Vorbeigehen geistesabwesend zu und marschierte weiter in die Cafeteria ein Stockwerk tiefer. Sie war fast menschenleer. Er nahm sich einen Orangensaft und rückte sein Namensschild zurecht. Dann steuerte er zielstrebig auf zwei Experten für planetarische Dynamik zu, die sich an einem Tisch unterhielten. Einer von ihnen zog einen Stuhl heraus, als er näher kam.

»Yuri Strelnikov! Der russische Wunderknabe. Was bringt Sie hier runter?«

»Orangensaft«, sagte Yuri mit einem Lächeln und hielt wie zum Beweis die Flasche hoch.

Der Wachmann, den er oben gesehen hatte, patrouillierte an der Cafeteria vorbei. Er hielt nicht an, aber durchstreifte sie mit dem Blick, als er vorüberschritt.

Die Männer stellten sich vor, obwohl Yuri beide schon vom Namen her kannte. Er hockte sich auf die äußerste Stuhlkante. Der Mann hatte ihm den Stuhl zwar hingeschoben, aber Yuri war sich nicht mehr sicher, was die Regeln fürs Hinsetzen betraf.

»Ähm, ich habe mich gefragt, ob Sie sich mit Antimaterie auskennen?«

Die Männer schauten sich an.

»Natürlich«, sagte einer der beiden. »Nur die Grundlagen. Die Berechnungen, um sie im Griff zu haben, sind unglaublich komplex.«

»In Moskau habe ich dieses Jahr ein wenig daran gearbeitet. Theoretisch.«

»Theoretisch?«

»Na ja, es ist unveröffentlicht …«

»In diesem Jahr?«, fragte der andere Mann. »Es ist doch erst Ende Mai.«

»Meine Arbeit ist von Belang für das, was wir tun. Ich kriege Zach Simons nicht dazu, mir zuzuhören«, sagte er und bereute es augenblicklich, so damit herausgeplatzt zu sein.

Die Männer warfen sich einen Blick zu.

»Simons weiß, was er tut.«

»Natürlich, aber …«

»Wenn Sie mit seinem Ansatz nicht einverstanden sind, müssen Sie das mit ihm klären …«

»Richtig«, sagte Yuri und versuchte zu lächeln. Er nickte ihnen zu, bevor er sich zwischen leeren Tischen aus der Cafeteria schlängelte und die Treppen hochging. Als er sich umdrehte, fing er in der Glasfassade die Spiegelung desselben Wachmanns ein, der an der Cafeteria vorbeigelaufen war.

Drei Mal. Das war kein Zufall. Er wurde beobachtet.

Yuri blieb den Rest des Tages in seinem Büro, arbeitete und machte echte Fortschritte. Er ging nur für ein spätes Mittag- und Abendessen hinunter, und schaffte es, Menschenmengen, Gespräche und Augenkontakt zu vermeiden. Dreifacher Punktsieg.

Abends im Hotel knipste er den Fernseher an und stieß auf ein Entscheidungsspiel der nationalen Hockeyliga in der zweiten Halbzeit. Er hängte seinen Anzug auf und machte es sich auf dem Bett bequem, um es zu schauen. Als das Telefon klingelte, sprang er auf. Bevor er abnahm, wickelte er sich das Bettlaken um die Hüfte.

»War dein Tag okay?«, fragte Luna. »Denn meiner war es nicht. Und wenn ich jetzt anfange zu jammern, und es stellt sich heraus, dass du auch einen schlechten Tag hattest, steh ich wie ein Volltrottel da.«

Er lächelte. »Bisschen Frust, aber nichts Schlimmes, und ich habe viel erledigt.« Er setzte sich aufs Bett. »Erzähl mir von deinem Tag.«

»Spitzenmäßig.« Sie holte Luft. »Also, ich hab dir ja schon berichtet, dass mein Mathelehrer ein blöder A… ist, oder?« Sie machte eine Pause. »Darauf komme ich gleich noch mal zurück. Aber da ist dieses Mädchen, sie ist ein Idiot …«

»Es gibt viele Idioten an deiner Schule.«

»Yuri, die Highschool ist ein Idioten-Zoo. Du solltest mal vorbeikommen und dir die Exemplare anschauen.«

Er hielt mit einer Hand das Bettlaken fest und stellte sich an die Balkontür. Sein Zimmer zeigte zwar nicht in Richtung Lunas Zuhause, trotzdem fühlte er sich ihr näher, als er raus über die Stadt schaute.

»Also, ihr Name ist Kelly. Sie nervt, und sie ist heiß. Sie trägt immer diese tief ausgeschnittenen T-Shirts. In der Kleiderordnung steht, dass man die BH-Träger nicht sehen darf – tja, die Träger werden von den T-Shirts bedeckt, aber alles andere auf jeden Fall nicht.«

Yuri ließ einen Moment den Kopf sinken. Er sah sich einem heranrasenden Asteroiden und einer Unterhaltung mit Luna über die Brüste eines anderen Mädchens gegenüber. Eine der beiden Situation war brandgefährlich, und es war nicht der BR1019.

»Ich verstehe nicht, wo Problem für dich liegt, wenn dieses Mädchen zu viel hat, ähm, zeigt.« Sein Akzent verwandelte das *h* in ein kehliges *ch*.

»Mir ist egal, was sie chat, Yuri. Aber sie ist in meiner Kunstklasse, fabriziert nur Müll und bekommt eine Eins, weil der Lehrer die ganze Zeit nur auf ihr T-Shirt glotzt.«

»Du hast furchtbare Lehrer.«

»Nicht alle. Mein Spanischlehrer ist toll.«

»Okay. Aber bekommst *du* gute Note in Kunst?«

»Ja. Ich bekomme Einsen, weil ich *talentiert* bin.«

Er konnte hören, wie sie herumtigerte, und fragte sich auf einmal, ob sie in ihrem Zimmer war. Vielleicht hatte sie auch nur Unterwäsche an. Das wäre fast, als hätten sie Sex.

»Yuri? Bist du noch da?«

»Hmm? Oh, ähm. Ja.«

»Wie dem auch sei, ich muss morgen wieder aufstehen und zurück in den Zoo. Ich wünschte, ich könnte eine Peitsche mitnehmen, wie ein Löwenbändiger.«

Er war in Unterwäsche und sprach mit Luna über Brüste und Peitschen. Rückwärts ließ er sich aufs Bett sinken. Sie war einen Moment still, und als sie weitersprach, war es fast ein Flüstern.

»Und ich glaube, ich schaffe es nicht, morgen zum Matheunterricht zu gehen.«

»Ist Algebra immer noch nicht nett zu dir? Weißt du, ich könnte vielleicht helfen.«

»Nein, kannst du nicht.«

»Kann ich. Ich garantiere dir …«

»Nein, du verstehst nicht. Einmal im Monat macht Mr Reynolds diese Sache, bei der wir alle eine Aufgabe an der Tafel lösen müssen.«

»Okay.«

»Er hat eine Schlange in einem Terrarium neben seinem Schreibtisch und einen Käfig mit Zwerghamstern hinten im Raum. Sie vermehren sich wie die Karnickel. Und wenn man die Aufgabe falsch gelöst hat, muss man einen Babyhamster auswählen, ihn nach vorne bringen und ihn an die Schlange verfüttern.«

Er sagte nichts.

»Yuri?«

»Weil man Aufgabe falsch gelöst hat?«

»Ja.« Sie begann leise zu weinen. »Alle Babys sind immer

schon vor der letzten Reihe verfüttert. Aber wir sitzen in alphabetischer Reihenfolge.«

»Und dein Name beginnt mit C.«

»Ja.« Sie schniefte.

»Direktor erlaubt das?«

»Und ob. Du kennst die Direktorin nicht.«

»So motiviert man Schüler doch nicht.«

Kleine, leichte Schluchzer.

»Luna? Ich komme morgen mit.«

»Ähm, hallo? Asteroid?«, sagte Luna.

»Nein, ich habe heute viel geschafft. Das ist in Ordnung.«

»Du willst ernsthaft mit mir zur Schule kommen?«

»Ich kann Finger hochhalten, wenn Lehrer nicht schaut, und jeder löst Aufgabe richtig.«

»Er wird sie nur schwerer machen.«

Yuri schnaufte verächtlich.

»Schon klar.« Sie schwieg einen Moment. »Aber er wird sie später trotzdem an die Schlange verfüttern.«

»Aber du müsstest nicht zuschauen.«

»Ja. Das wäre schön.«

»Außerdem will ich diesen amerikanischen Idioten-Zoo sehen.«

»Hm.« Sie schwieg einen Moment. »Ich werde um sieben Uhr dreißig da sein. Zieh das Normalste an, das du hast.«

Yuri legte mit einem Lächeln auf. Er hatte eine Mission. Er war ein Hamsterretter. Dann drehte er sich zur Garderobe neben dem Badezimmer. Welcher Anzug war wohl normaler, der graue oder der schwarze?

Kapitel 13

IDIOTEN-ZOO

Yuri verließ das Hotel vor sechs Uhr morgens. Nur ein Wachmann war in der Lobby, der vertieft dem Nachtportier dabei zuschaute, wie er Schüsselchen voll Waffelteig zum Frühstücksbuffet brachte. Er aß im Restaurant auf der anderen Seite des Parkplatzes und stand schon draußen, als Lunas Auto um sieben Uhr vierunddreißig klappernd vorfuhr.

»Hüpf rein.« Das tat er. »Ich habe ein paar Klamotten mitgebracht.« Sie zeigte auf ein Bündel auf dem Rücksitz. »Ich hab mir schon gedacht, dass du nichts Normales hast.«

»Ich trage blaues Hemd und keine Krawatte«, protestierte er.

Sie lächelte ihn an. »Du wilder Kerl.«

Er zögerte, dann durchforstete er die Kleidung. »Wo hast du die her?«

»Die Frau gegenüber von uns hat einen Sohn in deiner Größe, der am College ist. Ich habe ihr gesagt, es sei für einen guten Zweck.«

»Ähm, keins von diesen Shirts hat Kragen.«

»Willkommen im Dschungel.«

Er mühte sich aus seinem Anzughemd, faltete es akkurat zusammen und legte es auf den Rücksitz. Es war das zweite Mal innerhalb eines Tages, dass er vor Luna so gut wie nackt war. Dann schlüpfte er in ein rotes T-Shirt, auf dem vorne ein Bandname prangte, und krabbelte nach hinten, um die Jeans anzuprobieren. Luna kippte den Rückspiegel nach oben. Schließlich fand er ein Paar, das einigermaßen passte, wenn er seinen Gürtel trug. Die schwarzen Anzugschuhe behielt er an. Kaum dass er angezogen war, bog Luna auf den Parkplatz einer Schule aus roten Backsteinen.

»Muss ich vorher zu Sekretariat?«, fragte Yuri.

Luna sah ihn entsetzt an. »Okay, Yuri, geh *auf keinen Fall* wegen irgendetwas ins Sekretariat. Wenn ein Lehrer dich dorthin schickt, verlass einfach das Gebäude. Sie können dir nichts vorschreiben.«

Sie gingen den Bürgersteig entlang zum Haupteingang.

»Halten sie bösartige Zoo-Tiere im Sekretariat?«

»Ja, tatsächlich – von denen gibt es da so einige. Aber wir wollen vor allem die Direktorin vermeiden.«

»Aha.«

Sie stiegen die Vordertreppe hoch und wurden angerempelt, als sie das Gebäude betraten. Die Wände waren beige. Flecken, Fingerabdrücke und anderer Schmutz verliehen ihnen den letzten Schliff. Der Fußboden bestand aus grünen und cremefarbenen Linoleum-Vierecken, und gräuliche Schließfächer reihten sich zu beiden Seiten des Flurs entlang. Aber was Yuri am meisten beeindruckte, war der Geräuschpegel: zuknallende Schließfächer, herunterfallende Bücher, Leute, die sich hinterherriefen und durch die Gänge schrien, Schritte und gemurmelte Beleidigungen oder Entschuldigungen. Ein Typ sang sogar, als er an ihnen vorbeiging. Er *sang*. In der Öffentlichkeit.

Luna bemerkte Yuris Blick.

»Das ist James. Wir mögen ihn.«

»Okay.«

Luna lebte in dieser wogenden, drängelnden, schließfachknallenden Welt, in der Typen mit kragenlosen Shirts singend an einem vorbeigingen. Und es war alles normal für sie.

Einen Moment stellte Yuri sich vor, wie er mit James zusammen ein Duett in der monumentalen Halle des Physikgebäudes der Staatlichen Universität Moskau sang – ein Schwarzer und ein Weißer und ein Dutzend fassungsloser Physiker. Bei dieser Vorstellung musste er lächeln.

Luna führte ihn zu ihrem Schließfach.

»Dreihundertsiebzehn. Sie haben dir eine Primzahl gegeben«, sagte er.

»Ja, dafür habe ich extra bezahlt.«

Nicht sicher, ob das ein Scherz sein sollte, sah er sie an. Sie zog einen Notizblock und ein Federmäppchen aus ihrem Rucksack, stopfte dann den Rest in ihr Schließfach und pfefferte die Tür zu.

»In der ersten haben wir Englisch, und wenn wir rennen, schaffen wir es sogar noch pünktlich.«

Luna joggte den Gang hinunter. Um hinterherzukommen, wechselte Yuri in einen Trab. Er kam sich affig vor und wollte eben protestieren, als die Schulglocke laut und schrill klingelte. In dem Augenblick verschwand Luna in einer offenen Tür. Yuri holte tief Luft und folgte ihr. Dreißig Schüler lümmelten auf Stühlen herum, an denen Tische angebracht waren. Die Lehrerin war eine asiatische Frau in Blümchenkleid.

»Du bist früh dran, Luna«, sagte sie, und alle lachten.

»Pünktlichkeit wurde der Bevölkerung gegen ihren Willen während der Industriellen Revolution als Teil der Entwicklung von Heimarbeit zu Fabrikproduktion aufgedrückt. Sie läuft unseren biologischen Bedürfnissen zuwider und ist Beleg für das Ausmaß an Kontrolle, die unsere industriellen Lehnsherren über uns haben. Ich bin zu spät aus Wut gegen das System, Mrs Lee.«

»Sei weiter wütend, Luna«, sagte Mrs Lee lächelnd.

Yuri blinzelte entgeistert. Das war kein normaler Umgang zwischen Schüler und Lehrer.

»Ähm, das ist Yuri Strelnikov. Er ist heute zu Besuch da.«

»Willkommen, Yuri.« Mrs Lee deutete auf die Stühle. »Wir sind froh, dich bei unserem Kampf gegen die industriellen Lehnsherren dabeizuhaben.«

Yuri hatte absolut keine Ahnung, was er darauf erwidern sollte.

Luna setzte sich hin und schlug ihren Collegeblock auf. Yuri ließ sich auf den einzigen freien Stuhl direkt hinter ihr nieder. Er nahm Blatt und Stift, die sie ihm nach hinten reichte.

Mrs Lee klatschte in die Hände. »Heute machen wir mit unserer Lyrik-Einheit weiter.«

Yuri versetzte Luna einen Tritt gegen ihren Fuß.

»Ihr werdet alle ein Haiku schreiben, und wir werden einige davon später in der Klasse hören.« Mrs Lee ging zur Tafel. »Ein Haiku ist ein Gedicht aus drei Zeilen zu je fünf, sieben und fünf Silben, das häufig von der Schönheit oder der Natur handelt.«

Yuri trat noch einmal nach Lunas Fuß. Sie drehte sich nicht um.

»Ich möchte, dass ihr über etwas schreibt, das ihr in der Natur gefunden habt und das euch bewegt.« Mrs Lee ging zur Tafel und nahm einen grünen Tafelstift. »Ich werde euch ein Beispiel anschreiben, damit ihr euch daran orientieren könnt, wenn ihr die Struktur vergesst.«

Sie nahm die Kappe vom Marker und schrieb in sauberer Druckschrift:

Ein Tautropfen glänzt
unter einem Blütenblatt
dann fällt er leise.

Sie wandte sich wieder zur Klasse. »Ich korrigiere hier vorne ein bisschen. Wenn ihr irgendwelche Schwierigkeiten habt, kommt einfach her, und ich versuche euch zu helfen.« Sie schenkte ihnen ein warmes Lächeln und setzte sich an ihren Tisch.

Yuri trat zwei weitere Male gegen Lunas Fuß. Sie bewegte sich kein bisschen. Er lehnte sich vor und fauchte: »Luna. Du hast mir nicht gesagt, dass auch Gedichte vorkommen.«

»Du wirst schon klarkommen, Tautropfen.«

Yuri lehnte sich in seinem Stuhl zurück. Er konnte jetzt nicht weg. Er musste Zwerghamster retten. Abgesehen davon wollte er unbedingt bis zur Kunststunde durchhalten, um die anstößigen Brüste von Lunas Mitschülerin zu sehen.

Er starrte auf das Papier. Etwas aus der Natur? Das ihn bewegte? Er verbrachte nicht viel Zeit draußen. Haikus waren eine Qual, mit der sich besser Botaniker abmühen sollten. Zum Glück hatten sie eine klare Form, wie eine Gleichung.

Und dann hatte er sie – seine erste Idee für ein Gedicht. Er lächelte in sich hinein. Nur noch das mit der Silbenanzahl musste er hinbekommen. Yuri beugte sich über sein Pult und schrieb die Zeilen. Dann holte er sein Handy heraus und schickte eine Nachricht an Fletcher: »Komme heute Morgen bisschen später. Habe verschlafen.«

Es arbeiteten Dutzende Leute im JPL. Er konnte sich ein paar Stunden freinehmen. Das war sicher in Ordnung.

Ein paar Minuten später stand Mrs Lee auf und ließ ihren Nacken kreisen. »Wie geht es mit euren Haikus voran?«

Die Klasse scharrte unruhig mit den Füßen. Mrs Lee rief mehrere Schüler auf, einschließlich eines Typen in der hintersten Reihe, der mit einem Gedicht über den Po seiner Freundin anfing. Die Lehrerin unterbrach ihn, bevor er es zu Ende bringen konnte. In Haikus steckte vielleicht doch mehr Potenzial, als Yuri anfangs geglaubt hatte.

»Luna?«

»Oh, ähm … *Gelb und rot und blau / Dreifaltigkeit der Schönheit / aus der alles ist.*«

»Natürlich. Farben bewegen dich«, sagte Mrs Lee. Ihr Blick glitt weiter nach hinten.

»Yuri, oder? Würdest du dein Gedicht mit uns teilen?«

Yuri holte tief Luft und erhob sich. Dann erst fiel ihm auf, dass bisher niemand für seinen Vortrag aufgestanden war. Aber jetzt konnte er sich nicht einfach wieder hinsetzen. Er räusperte sich.

»Gesamte Kraft gleich / Masse mal Beschleunigung / ist was mich bewegt.« Er setzte sich.

Mrs Lee lachte. »Drollig! Ich habe euch nach Dingen gefragt, die euch bewegen, und du lieferst mir die Bewegungsgesetze!« Sie klatschte.

Luna drehte sich auf ihrem Stuhl um und warf ihm einen finsteren Blick zu.

Als es klingelte und sie hintereinander das Klassenzimmer verließen, sagte Luna: »Ich fass es nicht, dass du damit davongekommen bist.«

»Du bist nur neidisch, weil ich Welt der Literatur genauso erobert habe wie Welt der Wissenschaft.«

»Es war eine Formel.«

»Ja, und es war *drollig*.«

Luna verdrehte die Augen.

»Ich hab's nachgeschlagen. Es ist gute Sache.«

»Okay, Newton. Bringen wir dich zur Band.«

Es dauerte einen Moment, bis er kapierte.

»Band? Luna, ich spiele kein Instrument.«

Sie bedachte ihn mit einem Haifisch-Lächeln. »Deine Chance, die Welt der Musik zu erobern.«

Der Band-Probenraum war eine Höhle, die bis unter die Decke mit schalldämpfenden Platten getäfelt war. Überall standen Instrumentenkoffer am Boden herum. Luna bahnte sich ihren Weg durch Stühle und Notenständer zur gegenüberliegenden Wand, wo sie einen schwarzen Kasten öffnete und eine Klarinette herausholte. Sie fischte die Noten unter ihrem Kasten hervor und führte Yuri nach vorne, vorbei an einem Jungen, der mit seinem Horn jeden antrötete, der vorbeiging.

»Mr Shekla? Heute ist ein Freund von mir dabei. Kann er nicht auch irgendetwas spielen?«

»Nein«, sagte Yuri. »Ich höre einfach zu.« *Ich bin nur hier, um die Hamster zu retten.*

»Das macht doch keinen Spaß«, sagte Mr Shekla. »Du spielst kein Instrument?«

Yuri schüttelte den Kopf. Der Musiklehrer sah ihn über den Rand seiner Lesebrille hinweg an. Er strich sich über seinen grauen Unterlippenbart.

»Kannst du zählen?«

Luna schnaufte.

»Ja«, sagte Yuri. »Ich kann zählen.«

»Prächtig! Einer unserer Schlagzeuger ist heute nicht da. Du kannst Triangel spielen.«

»Wenigstens hat es was mit Geometrie zu tun«, flüsterte Yuri Luna zu. »Das kriege ich schon hin.«

Luna zog ihre Augenbrauen hoch und führte Yuri mit der Klarinette in der Hand nach hinten in den Raum. Dort warteten eine Reihe kleinerer Trommeln, eine Basstrommel und zwei Chaoten, die sich gegenseitig Drumsticks in die Nase steckten.

»Das ist Yuri«, sagte Luna zu den Schlagzeugern. »Er wird Triangel spielen. Könnt ihr ihm die Noten geben?«

Die Schlagzeuger schauten sich an. Einer deutete auf seine aufgeschlagenen Noten auf dem Notenständer. »Er kann bei mir mit reinschauen.«

»Nein, ist okay«, sagte Yuri. »Ich kann keine Noten lesen.«

»Alter, du schlägst einfach immer auf die Triangel, wenn du ein kleines *x* siehst! Eins, zwei, drei, *ding*«, machte er mit dem Finger vor.

»Luna«, zischte Yuri. »Das ist schlechte Idee. Ich werde mich blamieren, wenn ich spiele.«

»Eigentlich ist es schon peinlich genug, überhaupt Triangel zu spielen«, flüsterte Luna zurück. Sie nahm dem Drummer das

Instrument ab und reichte es Yuri zusammen mit einem kleinen Metallstab. »Schlag von außen drauf. Viel Glück.«

Der Musiklehrer stieg auf ein hölzernes Podest, hob einen dünnen Taktstock und gab den ersten Schlag. Die Blechbläser fingen an, dann setzten die Klarinetten ein. Yuri beobachtete Luna. Einer der Schlagzeuger haute mit einem umhüllten Schlägel auf die Basstrommel, während der Typ neben ihm auf einen hölzernen Block schlug. Nachdem sie etwa eine Minute gespielt hatten, legte sein Sitznachbar einen Zeigefinger unter die Noten und bewegte ihn nach rechts. Eins, zwei, drei. Er nickte Yuri zu. Yuri schlug auf die Triangel, und Mr Shekla strahlte ihn an.

Treffer. Er hatte auch die Musik erobert.

Als der Holzblockspieler die Seite umblätterte, waren über die ganze Seite kleine *x* verteilt, aber Yuri hatte nun den Bogen raus. Er zählte in jedem Takt bis vier und schlug jedes Mal, wenn er ein *x* sah, auf die kleine silberne Triangel. Es war nur noch eine Seite zu spielen, als der Bassdrummer den Typen neben Yuri anstieß und mit dem Kopf zu den Becken auf ihrem Ständer wies.

Yuris Nachbar zögerte, dann beugte er sich zu Yuri und flüsterte: »Mist. Wir haben vergessen, dir die Becken zu geben.«

»Ich spiele Triangel«, sagte Yuri.

»Du musst am Ende zu den Becken wechseln«, sagte der Holzblockspieler. »Die Triangel kommt in den letzten Takten nicht mehr vor, deswegen sollst du dann an den Becken sein.«

Mr Shekla warf ihnen einen strengen Blick zu. Yuri war nicht sicher, ob es wegen des Flüsterns war, oder weil er das Instrument noch nicht gewechselt hatte. Er wollte Luna auf keinen Fall blamieren, oder sich selbst, also legte er die Triangel zur

Seite. Dabei hielt er einen Finger darauf, um ein Nachklingen zu verhindern. Dann hob er vorsichtig die Becken von ihrem Ständer. Er hatte bei einem Sinfoniekonzert gesehen, wie sie gespielt wurden – ein großer Krach am Ende und beide Becken nach außen gehalten zur Maximierung der Schallwellen. Wartend stellte er sie auf seinen Oberschenkeln ab, die Griffe fest in der Hand.

Das Stück wurde leiser, als die Blechbläser und die Schlagzeuger ausstiegen, dann hörten auch die Klarinetten und Fagotte auf. Die Musik war nun langsam und zart, wie Regentropfen. Yuri fragte sich, warum der Komponist sich entschlossen hatte, einen lauten Schlag am Ende des Stückes einzubauen. Vielleicht sollte es den wiederaufkommenden Sturm symbolisieren oder einen Donnerknall. Wer wusste schon, was im Kopf eines verrückten Musikers vor sich ging?

Der Drummer wendete die letzte Seite. Nur noch die Flöten säuselten und verklangen langsam. Der Finger des Schlagzeugers legte sich auf den letzten Takt, und Yuri zählte im Kopf, eins, zwei. Er hob die Becken hoch. Drei. Und schmetterte sie aus Leibeskräften zusammen. Schnell hielt er sie nach außen, damit die Schwingungen von den Wänden abprallen konnten.

Die Posaunisten in der Reihe vor ihm schreckten gesammelt auf, knallten mit ihren langen Instrumenten aneinander und warfen einen Notenständer um.

»Himmel Herrgott!«, rief einer von ihnen.

Die gesamte Band drehte sich zu Yuri um und starrte ihn an. Mr Shekla stand mit erschrockenem Gesicht da, seinen Taktstock direkt auf Yuri gerichtet. Im Raum wurde es still, was den letzten Nachhall des Beckens noch besonders hervorhob – und das Scheppern eines zweiten wackligen Notenständers, als dieser klappernd umfiel. Dann brachen alle in Lachen aus.

»Da seht ihr, wie schwierig Komponieren ist«, sagte Mr Shekla. »Man ändert eine Note, und das Stück bekommt einen ganz anderen Ausdruck. Ich denke, wir hören hier für heute auf.«

Yuri drehte sich zu den Schlagzeugern. »Ihr habt mich reingelegt.«

Sie prusteten los und krümmten sich vor Lachen. »Du solltest dein Gesicht sehen, Alter«, sagte der an der Basstrommel. »Du bist knallrot.« Er schlug seinem Freund auf den Rücken.

»Komm«, sagte Luna und packte ihn am Arm. »Lass uns abhauen.«

»Ich glaube, Welt der Musik habe ich nicht erobert«, sagte Yuri, während er wartete, bis Luna ihre Klarinette wieder verstaut hatte. Dann gingen sie zusammen aus dem Probenraum.

»Kommt darauf an, ob Lautstärke ein Kriterium ist«, sagte sie. »Och, schau mich nicht so an. Du musst zugeben, dass das eben ziemlich witzig war.«

Er atmete entrüstet aus. »Highschool ist Langeweile gespickt mit Erniedrigung.«

»Du hast es erkannt, Einstein.«

Er folgte ihr den Gang hinunter zu zwei großen Doppeltüren.

»So peinlich wie diese Stunde kann nächste Stunde gar nicht werden«, sagte er. »Was ist überhaupt als Nächstes dran?«

Luna drückte die Tür auf. »Sport.«

Kapitel 14

SCHLANGEN ALLER ART

Die Turnhalle hatte dünne honigfarbene Holzdielen, Basketballkörbe an beiden Seiten und eine trapezförmige Anzeigetafel, die über der Mitte des Feldes hing. Auf der gegenüberliegenden Seite der Halle gab es eine erhöhte Tribüne.

»Du musst dich bei Mr Pisotto anmelden«, sagte Luna. »Provozier ihn ja nicht. Er hat einem Jungen letztes Jahr ein Klemmbrett über den Kopf geschlagen.«

»Nein. Wirklich?«

Sie nickte.

»Er durfte Job behalten?«

»Der Schulrat hat ihn eine Woche suspendiert – mit Bezahlung.«

»Das nennt man Urlaub.«

Luna tippte sich an die Stirn. »Da ist die Jungsumkleide.«

Sie ging zur Mädchenumkleide und ließ ihn allein in der Turnhalle stehen. Yuri kämpfte gegen den Drang an, ihr hinterherzulaufen. Warum fühlte er sich hier mit Leuten in seinem Alter mehr fehl am Platz als bei der NASA?

Er holte sein Handy heraus und fand eine Nachricht von Fletcher: »Langsam wach?«

Sie war vor zehn Minuten gekommen.

»Ja. Werde bisschen im Hotel arbeiten, bevor ich ins Büro komme.«

Er drückte auf ›Senden‹ und ging durch die Schwingtür in die Jungenumkleide.

Er hatte sie hören und riechen können, noch bevor er durch die Tür getreten war. Der Meeresboden hätte ihm nicht fremder sein können als dieser Ort. Zwischen Reihen von Schließfächern zogen sich Jungen Sporthosen an. Der Lehrer stand an eine Wand gelehnt da. Er hatte ein Klemmbrett in der Hand. Yuri ging zu ihm.

»Ähm, ich bin heute zu Besuch in Schule. Ich werde einfach draußen sitzen und zuschauen.«

»Hast du ein Entschuldigungsschreiben, das dich vom Sportunterricht befreit?«

»Ein Entschuldigungsschreiben?« Yuri dachte einen Moment darüber nach, wie es wäre, Karl Fletcher zu bitten, ihm eine Entschuldigung für den Sportunterricht zu schreiben. »Nein, tut mir leid, habe ich nicht.« Sein Gesicht hellte sich mit einem Mal auf. »Ich habe aber auch keine Sportsachen mit. Vielleicht morgen.«

Morgen würde er wieder im JPL sein. Wenn er es sich recht überlegte, sollte er sogar sehr bald wieder dort aufkreuzen. Am Tag zuvor hatte er viel geschafft und konnte es sich leisten, ein paar Stunden freizunehmen. Trotzdem wäre es ziemlich peinlich, wenn irgendjemand beim JPL herausfinden würde, was er gerade tat und wo er war. Wenn nicht als Nächstes Mathe auf dem Stundenplan stand, musste er die Hamster irgendwie anders retten.

»Du kannst das anbehalten, was du heute trägst. Hast du Turnschuhe?«

»Nein.«

»Dann lass einfach deine Socken an.«

Yuri zögerte. Mr Pisotto verschränkte seine Arme. Er trug eine Jogginghose und ein Polo-Shirt, das sich über seine Brust spannte und dafür sorgte, dass jeder seine Muskeln sah. Das Klemmbrett ragte unter seiner Achselhöhle hervor. Yuri setzte sich auf eine Bank, öffnete die Schnürsenkel seiner Anzugschuhe und stellte sie unter sich. Er verbrachte viel Zeit damit, die Schuhspitzen ordentlich auf gleiche Höhe zu bringen.

»Okay, Ladys, raus hier«, brüllte Mr Pisotto und ging vorneweg in die Turnhalle.

Als Yuri in seinen schwarzen Anzugsocken heraustappte, hatte Mr Pisotto schon Dutzende niedriger Bretter mit Rollen über den honigfarbenen Boden geschubst.

»Jeder nimmt sich ein Rollbrett«, bellte er, dann pustete er mit Nachdruck in die Pfeife, die er um seinen Hals trug. Yuri sah sich suchend nach Luna um und erblickte sie auf der anderen Seite der Turnhalle bei den Mädchen. Sie winkte ihm unauffällig mit den Fingern neben ihren Oberschenkeln zu.

Aus orangen Verkehrshütchen, die er auf den Boden fallen ließ, baute Mr Pisotto einen ovalen Kreis.

»Ihr wisst, was zu tun ist«, brüllte er. »Auf den Rücken legen, Hände nach oben, nur die Füße benutzen. Fertig?«

Yuri setzte sich hastig auf den Rand eines Rollbretts und sah zu Luna hinüber. Sie band mit einer Art Haargummi die langen

Haare eines Mädchens neben ihr hoch. Er war auf sich allein gestellt. Mr Pisotto pfiff, und Yuri war auf einmal das einzige ruhende Objekt in einem Asteroidengürtel. Er legte sich auf den Rücken, kreuzte die Arme über der Brust und stieß sich ab.

Vielleicht konnte er Luna einholen, und sie könnten sich unterhalten, während sie mit diesen doofen kleinen Brettern herumeierten. Es war lächerlich, aber auch ein bisschen … unterhaltsam. Dachte er zumindest, bis die Mädchen an ihm vorbeischossen. Er stieß sich mit seinen Hacken ab, um die Schubkraft zu erhöhen, aber seine feinen Socken fanden keinen Halt auf dem glattlackierten Fußboden.

Und dann stand auf einmal, mit einem Gummiball in Farbe und Größe von Jupiters rotem Fleck, Mr Pisotto über ihm.

»Nicht auf den Boden kommen lassen«, grölte er und ließ ihn über Yuris Gesicht fallen. Yuri streckte reflexartig die Arme in die Höhe. Der Ball prallte ab und sprang auf dem Boden davon.

»Was für eine Glanzleistung, Herzchen«, sagte Mr Pisotto.

Gelächter erhob sich über dem Surren der Rollen auf dem Turnhallenboden.

Yuri wurde rot.

Er war eindeutig besser darin, Körper in Bewegung zu berechnen, als selbst einer zu sein. Er konzentrierte sich darauf, seine Geschwindigkeit zu halten und dem Ball auszuweichen, wenn er über ihn hinwegflog. Einige der Schüler schlugen ihn geschickt, andere verzweifelt, aber niemand ließ ihn den Boden berühren. Einmal wich er dem Ball aus und rempelte mit dem Ellbogen einen anderen Jungen an, der ihn wütend anstarrte und »Pass auf, Penner« murmelte.

In der nächsten Runde ließ der Typ eine Rolle über Yuris Fuß rumpeln. Yuri streifte die Socke ab und fuhr mit dem Finger über die rote Stelle, die die Rolle hinterlassen hatte.

James, der auf dem Flur gesungen hatte, parkte sein Rollbrett neben Yuris.

»Alles in Ordnung mit dir?«

»Dieser … Idiot … ist über mich drübergefahren. Mit Absicht.«

»Ja«, sagte James mit gedämpfter Stimme. »Vor dem musst du dich in Acht nehmen.«

Mr Pisotto schritt zu ihnen. »Gibt's einen Grund, dass du hier auf deinem Arsch rumsitzt?«

»Er ist über mich drübergefahren!«

»Wenn du ein bisschen schneller wärst, würdest du vielleicht nicht jedem im Weg stehen.« Er wollte schon wieder weggehen, als er sich erneut umdrehte. »Der Sportunterricht in deiner alten Schule muss beschissen gewesen sein.«

Yuri stutzte. »Ja, war er.«

Er zog sich die Socke wieder an, legte sich hin und stieß sich so kräftig ab, wie er konnte. Fast hatte er eine weitere Runde geschafft, als der Idiot ihn einholte, einen Fuß unter seine Knie hakte und Yuri von seinem Rollbrett zog. Yuris Kopf schlug auf dem Brett auf, als sein Hintern den Turnhallenboden küsste, und dann ein weiteres Mal auf den Dielen, als das Rollbrett wegflog.

»Hups«, sagte der Idiot im Vorbeifahren.

Yuri krabbelte wieder aufs Brett und starrte an die Decke. Er könnte einfach gehen. Aber er stellte sich Luna vor, wie sie einen Zwerghamster in ihre Hand bettete und zur Schlange trug. Er musste die Hamster retten, um Luna zu retten. Er sollte auch dringend zurück zum JPL, aber zuerst musste er mit diesem Typen fertigwerden.

Yuri mochte vielleicht kein besonders guter Athlet sein, aber er hatte ein ausgezeichnetes Verständnis von Drehmoment, Schwungkraft und Geschwindigkeit. Kraft gleich Masse mal Beschleunigung. Seine Masse war erhöht durch Frühstücksspeck und ein paar Pancakes aus dem Restaurant – sie hatten keinen *Kascha*, den russischen Buchweizenbrei, gehabt. Aber die Beschleunigung … Er atmete voller Frust aus, streifte sich im Rollen die Socken ab und ließ sich zurückfallen, bis seine Beute auf der anderen Seite des Ovals war. Er baute Geschwindigkeit auf, schwenkte dann um und schoss durch die Mitte der Turnhalle zwischen den orangen Hütchen hindurch, seine Fersen nach unten gehalten, die Oberschenkel fest zusammengepresst. Er hatte den Kopf nach hinten gebeugt, damit er den Idioten sehen konnte, korrigierte leicht die Geschwindigkeit, und sah, wie sich die Augen des Jungen weiteten, bevor er von der Seite in ihn hineinprallte und ihn durch die Schwingtür in die Mädchenumkleide beförderte.

Yuris Rollbrett knallte schlingernd gegen die Wand neben der Tür. Aber der Zusammenstoß hatte einen Großteil der Schwungkraft genommen. Er sprang auf und flitzte in die Jungenumkleide. Hinter ihm in der Turnhalle brach Grölen und Applaus aus. Er schlüpfte in seine Schuhe und suchte nach einem anderen Ausgang – laut den Brandschutzregeln musste es einen geben. Er fand die Tür und dahinter einen leeren Flur. Yuri grinste und stahl sich, zufriedener mit sich selbst als angebracht, durch den Korridor davon.

Als Luna ihn nach dem Sportunterricht bei ihrem Schließfach fand, riss sie die Augen auf, und ihr Glitzerlidschatten sandte ihm funkelnde Lichtblitze zu.

»Yuri, du steckst so dermaßen in der Scheiße. Und du bist ein Volksheld. Niemand weiß, wer du bist oder woher du gekommen bist.« Sie holte ein Buch und das Federmäppchen aus ihrem Schließfach und schlug die Tür zu. »Du bist in der Stadt aufgetaucht, hast Jake Bortell in die Mädchenumkleide befördert und bist in den Sonnenuntergang davongeritten.«

»Ich bin Cowboy«, sagte er. »Aber mein Pferd ist albernes Rollbrett.«

»Wo auch immer der Steppenläufer rollt, wird deine Geschichte weitererzählt werden. Außerdem solltest du für den Rest des Tages Mr Pisotto aus dem Weg gehen.« Sie ging vor ihm einen Flur entlang. »Denkst du, du schaffst es, dich von Schwierigkeiten fernzuhalten?«

»Ist nächste Stunde Kunst? Ich werde nur still dasitzen und zuschauen«, sagte er.

Sie warf ihm einen argwöhnischen Blick zu.

»Nein. Jetzt haben wir Mathe.«

Yuri grinste. »Wo geht's lang?«

»Wir warten auf meine Freunde. Keiner von uns geht da alleine rein.«

Er sah auf sein Handy. Er hatte eine Nachricht von Fletcher: »Hier werden Sie besser arbeiten. Ich schicke Ihnen einen Wagen.« Sie war vor fünfzehn Minuten angekommen – während er Runden auf einem Rollbrett gedreht hatte. *Mat'tvoyu.* Er zeigte Luna das Handy.

»Oh nein«, sagte sie. »Das Auto ist bestimmt schon da.«

Er nickte.

James tauchte auf und neben ihm das Mädchen mit den langen Haaren aus dem Sportunterricht – Mary. Yuri hatte ihr Foto auf Lunas Handy gesehen, als sie es am JPL liegen gelassen hatte. Luna stellte sie einander vor.

»Yuri hat ein Problem«, sagte sie. »Er muss zurück zur Arbeit.« Sie schluckte. »Ich schwänze den Unterricht und bringe dich hin.«

»Du kannst ihn jetzt nirgendwo hinbringen«, sagte Mary mit erschrockenem Blick. »Wenn du keine Entschuldigung hast, musst du bei Mrs Cronick antanzen.«

»Der Direktorin«, erklärte James. »Zerstörerin von Zukunften. Vernichterin von Zivilisationen. Wo sie langgeht, bleiben nur überflutete Felder, brennende Baracken und einsame Hunde zurück, die in Todesangst heulen.«

»Ich werde Taxi rufen«, sagte Yuri. Dann schrieb er Fletcher: »Ich habe Wagen verpasst. Habe entschlossen, zu Fuß zu gehen, weil so schöner Tag ist. Werde in 45 Minuten da sein.« Er schickte sie ab und rätselte, wie gut wohl der Blödsinn-Detektor der NASA war. Ihre anderen Detektoren waren ziemlich gut. »Ich werde mit zu Mathe kommen und gehen, wenn Taxi da ist.«

James bestellte ihm ein Taxi, weil Yuri seinen Datentarif nicht geändert hatte, bevor er aus Moskau abgereist war.

Dann gingen Yuri, Luna, James und Mary den Flur hinunter Richtung Matheraum. Es war an der Zeit, ein paar Hamster zu retten.

In fünfundvierzig Minuten würde der Asteroid 200 000 Kilometer näher sein.

Mr Reynolds war noch nicht im Klassenzimmer, aber neben seinem Schreibtisch, der ganz vorne thronte, stand der Glasbehälter mit der Schlange. Sie war schwarz mit unregelmäßigen weißen Flecken und größer, als Yuri erwartet hatte. Als er an ihr vorbeiging, starrte sie ihn aus ihren dunklen Augen an und ließ ihre gespaltene Zunge herausschnellen. Yuri zog sich einen freien Stuhl heran und setzte sich in die hinterste Ecke. Luna, Mary und James lehnten an einem Bücherregal neben ihm. Er schaute sich im Raum nach Jake Bortell um, aber er konnte seinen Rollbrett-Erzfeind nicht entdecken.

»Mr Reynolds kommt immer zu spät«, erklärte Mary. »Er quatscht mit dem Lehrer nebenan.«

Vor ihnen drehte sich ein Mitschüler zu ihnen um. »Hey! Das ist Crash!« Mehrere aus der Klasse grüßten ihn.

»Crash?«, fragte Yuri.

»Du hast schon einen Spitznamen«, sagte Mary und ließ ihren Stift auf ihrem Mathebuch tanzen.

»Wegen der Becken?«, sagte Yuri.

»Okay, das klingt nach einer guten Geschichte«, sagte Mary. »Aber nein. Weil du Jake Bortell in Sport gerammt hast.«

»Ach so.« Die Liste von Leuten, denen er lieber aus dem Weg gehen sollte, stieg exponentiell an. »Ich bin eindeutig kein Genie an Highschool.«

»Niemand ist das«, sagte Luna. »Man kann darin nicht besonders gut sein, man muss es nur überleben.«

Das erinnerte Yuri an etwas. »Ist Sache mit Rollbrettern eigentlich, wonach sie euch im Sportunterricht benoten?«

Die Mädchen zogen komische Trauermienen und nickten.

»Aber das ist dumm. Rollbrettfahren ist keine wichtige Kompetenz. Es hat weder theoretische Bedeutung noch gibt es praktische Anwendung.«

»*Wo* hast du den bloß aufgetrieben?«, fragte James.

»Halt«, sagte Mary und ließ den Bleistift kreisen. »Mein Urgroßvater war in der Normandie. Als die Truppen an den Stränden landeten, haben sie auf Rollbrettern im entgegengesetzten Uhrzeigersinn Kreise gedreht, während sie einen Ball in der Luft hielten. Wenn sie dazu nicht fähig gewesen wären, hätte Hitler gewonnen.« Luna prustete los. Mary zeigte mit dem Bleistift auf Yuri. »Der Preis der Freiheit ist ewiger Sportunterricht.«

Mr Reynolds kam herein. Ein dicker kräftiger Mann mit einem spöttischen Lächeln im Gesicht. Er war Yuri auf Anhieb unsympathisch. Luna, Mary und James stoben blitzschnell auf ihre Plätze. Der Lehrer nahm Yuri ins Visier.

»Und du bist wer?«

Yuri stand auf. »Ich schaue mir nur Schule an.«

Mr Reynolds ließ seinen Blick einen Moment auf ihm ruhen. »Man hat mir nicht mitgeteilt, dass jemand kommt.«

Yuri hielt den Atem an.

»Na ja, in Ordnung.« Der Lehrer wandte sich an den Rest der Klasse und rieb sich die Hände.

»Heute ist Tag der Schlangenfütterung. Wenn ihr eure quadratischen Gleichungen nicht lösen könnt, werdet ihr für den Tod eines der kleinen Flauschknäuel da hinten verantwortlich sein.« In der Klasse herrschte Totenstille.

Yuri schaute sich um und betrachtete den Zwerghamsterkäfig. Die Tierchen konnte er nicht sehen, aber aus den Augenwinkeln bemerkte er, wie Luna sich versteifte.

»Ich hoffe, ihr habt ordentlich gelernt«, sagte Mr Reynolds. Er ging zur Tafel, sah auf seine Notizen und schrieb $(1 - i)(\sqrt{-9})$.

»So, Devon Ayres. Komm nach vorne, vereinfache und rette einen Hamster.«

Ein großer Junge mit dunkler lockiger Haarpracht erhob sich von seinem Stuhl. Er begann die Aufgabe ohne Probleme zu berechnen, bis er auf halbem Weg ins Straucheln geriet. Yuri kam die Idee, dass er vielleicht eine Wette mit dem Lehrer abschließen könnte – er würde alle Aufgaben lösen, im Gegenzug für alle Hamster. Wenn der Lehrer jedoch nicht mitmachte, hätte er ihn auf dem Schirm.

Devon warf einen Hilfe suchenden Blick in die Klasse, Yuri hielt drei Finger hoch und formte danach mit Zeigefinger und einem o.k.-Zeichen dreimal ein i. Devon starrte ihn einen Moment an, dann schrieb er $3 + 3i$ an die Tafel. Man sah Mr Reynolds die Enttäuschung an, als er ihn wieder auf seinen Platz schickte.

Ayisha Billingsley schlug sich wacker und ermittelte Gebiet und Wertebereich für das gegebene Verhältnis von Aufgabe zwei, also betrachtete Yuri weiterhin Lunas Hinterkopf.

Als Nächstes ging ein Junge nach vorne, löste die Aufgabe und trat schulterzuckend wieder weg, bevor Yuri Kontakt mit ihm herstellen konnte. Sie hätten den anderen vor der Stunde Bescheid geben sollen, dass er helfen konnte. Warum hatten sie das nicht getan? Mr Reynolds betrachtete die Lösung eingehend, nickte aber letztendlich und rief ein Mädchen auf, das zitternd den Tafelstift in die Hand nahm.

$x^2 + 5x = 14$ stand an der Tafel.

»Nach x auflösen«, sagte Mr Reynolds.

Yuri runzelte die Stirn. Es gab zwei Antworten: $x = 2$ und $x = -7$. Wusste sie das? Begriff sie, dass es mehr als eine Antwort gab?

Das Mädchen schrieb die Gleichung in absteigender Ordnung an, aber als sie versuchte zu substituieren und zu vereinfachen, geriet alles aus den Fugen. Der Stift viel ihr aus der Hand.

»Da hinten zittert schon ein kleines Flauschknäuel«, rief Mr Reynolds.

Er trug immer noch das spöttische Lächeln im Gesicht. Am liebsten hätte sich Yuri die 2 auf die eine Faust und -7 auf die andere geschrieben und Mr Reynolds die Antworten in die Fresse gehauen. Als das Mädchen den Stift aufheben wollte, kickte sie ihn aus Versehen von sich weg. Endlich bekam sie ihn zu fassen und richtete sich mit rot geflecktem Gesicht wieder auf. Die Spur einer Träne war auf ihrer Wange zu sehen.

Luna zitterte schon, weil sie als Nächste an der Reihe war. Yuri hielt zwei Finger hoch. Aber das Mädchen verstand nicht. Mit einem schwachen Stöhnen wandte sie sich wieder zur Tafel.

Mr Reynolds drehte sich um und sah Yuris erhobenen Finger.

»Ja? Hast du eine Frage?«

»Ähm, ich strecke mich nur.«

Mr Reynolds verengte die Augen, dann drehte er sich wieder zur Tafel.

»Gibst du auf, Lupe? Bereit, die Schlange zu füttern?«

»Sie hatte Antworten da stehen«, sagte Yuri. »Sie hat zwei und minus sieben geschrieben. Das ist richtige Lösung, oder?« Mr Reynolds bedachte ihn mit einem langen Blick. Lupe ergriff die Gelegenheit, um die Lösungen an die Tafel zu schreiben. Mr Reynolds starrte auf das, was sie geschrieben hatte, anschließend zu Yuri. Der Lehrer war kein Schwachkopf, wie sich herausstellte.

»Ich denke«, sagte Mr Reynolds, »dass du gerade in meiner

Stunde geschummelt hast.« Er ließ den Stift kreisen. »Warum kommst du nicht nach vorne und löst eine Aufgabe für uns, wenn du so viele Antworten hast.«

»Klar«, sagte Yuri und versuchte nicht zu lächeln.

Er ging so langsam wie möglich nach vorne. Luna war die Nächste, und er musste irgendwie Zeit gewinnen. Mr Reynolds griff sich den Stift und attackierte die Tafel. Sein hastiges Gekritzel hinterließ einen schwachen chemischen Geruch in der Luft.

Während er die Aufgabe an die Tafel schrieb, blickte Yuri nach hinten zum Käfig. Ein flauschiger Hamster mit winzigem wuscheligem Schnäuzchen stand auf seinen Hinterbeinen und legte seine kleinen rosa Pfoten ans Glas. Luna saß mit verschränkten Armen und hängendem Kopf da und wippte mit dem Fuß. Yuri stellte Blickkontakt mit ihr her und lächelte ihr zu.

Mr Reynolds hielt ihm den Stift hin. »Hier – wie heißt du noch mal? «

»Sie nennen mich Crash.«

Yuri nahm den Stift und betrachtete die Aufgabe:

$-x^2 - 2x = -4$.

Yuri schrieb $x = -1 + \sqrt{5} \approx 1.24$ und darunter $x = -1 - \sqrt{5} \approx -3.24$. Er setzte die Kappe auf den Stift, legte ihn auf die Ablage an der Tafel und grinste Luna an. Hinten hob der Hamster eine rosa Pfote.

»Falsch«, sagte Mr Reynolds.

Yuri wirbelte herum, um seine Lösung zu begutachten. Er prüfte sie zwei Mal. »Nein, ist richtig.«

»Du hast die Rechenschritte nicht angegeben«, sagte Mr Reynolds. »Das ist Pflicht. Deswegen ist die Antwort falsch.«

Die Klasse stöhnte auf. Yuri starrte ihn an. *Sie sind die Schlange. Luna ist der Hamster, und Sie sind die Schlange.*

Mr Reynolds grinste spöttisch und sein Mund öffnete sich wie eine Falltür: »Geh bitte nach hinten und such dir zwei Hamster aus, da du ja die Rechenschritte für keine der Lösungen angegeben hast, *Crash*. Es ist Zeit, die Schlange zu füttern.«

Luna starrte auf die Tischplatte an ihrem Stuhl. Yuri ging nach hinten zum Hamsterkäfig. Er schaute die Tiere einen Moment lang an. Sie waren so groß wie seine kleinen Finger und zugegebenermaßen ziemlich süß. Wenn er wieder in Moskau wäre, sollte er sich so ein Fellknäuel als Haustier zulegen.

»Ich kann mich nicht entscheiden«, sagte er. »Könnte nächster Schüler Entscheidung treffen?«

Mr Reynolds' Grinsen wurde breiter. »Natürlich. Luna Collum, geh doch nach hinten und hilf ihm bei der Auswahl.«

Luna stand mit aschfahlem Gesicht auf und starrte ihn an. *Komm schon, Luna. Vertrau mir.* Sie ging nach hinten.

Als sie bei ihm war, flüsterte er: »Deckel klemmt.« Sie griff die Abdeckung, und er legte seine Hand auf ihre Finger, um sie davon abzuhalten, ihn hochzuheben. »Klemmt.«

»Ach so«, sagte sie.

»Ja.« Er zog sich vom Behälter zurück.

»Mr Reynolds?«, rief Luna. »Der Deckel klemmt. Ich kriege sie nicht raus.«

Der Lehrer atmete ungehalten aus und stolzierte nach hinten. Yuri huschte nach vorne. Er hievte den Schlangenbehälter hoch. Im Kopf hatte er vorher das Volumen berechnet und das Gewicht mit der Schlange auf unter dreißig Kilo geschätzt. Schwer, aber nicht unmöglich. Ein Typ, den er nicht kannte, stand auf, um die Tür für ihn zu öffnen. Er nickte ihm knapp zu, als Yuri sich im Seitwärtsschritt aus dem Klassenzimmer stahl. Yuri nickte zurück und sah noch, wie sich mehrere Schüler erhoben, um die Tür zu blockieren und ihm Zeit zu verschaffen.

Der beste Weg, einen Hamster zu retten, war, die Schlange loszuwerden.

Er kämpfte sich die Treppen hinunter und stellte sich vor, wie er fallen, der Glasbehälter kaputtgehen und die Schlange sich um seinen Hals schlängeln würde. Er wartete nur darauf, aufgehalten zu werden. Als er die Treppen geschafft hatte, zockelte er die grün-gelben Linoleumvierecke entlang, drückte mit dem Terrarium die Schultür auf und war gerade voller Adrenalin und keuchend vor Anstrengung am Straßenrand zum Stehen gekommen, als das Taxi vorfuhr.

Yuri bezahlte den Fahrer extra, damit er ihn zurück zum Hotel fuhr, um aus der geliehenen Jeans und dem roten T-Shirt herauszukommen. Dann gab er ihm noch einmal zwanzig Dollar, damit er die Schlange ins Tierheim brachte.

Im JPL ging Yuri direkt in sein Büro und fuhr den Rechner hoch. Er arbeitete zwar größtenteils ohne Computer, aber nichts sah verwaister aus als ein schwarzer Bildschirm. Vor sich breitete er die Berechnungen vom Vortag aus, und als Karl Fletcher seinen Kopf durch die Tür steckte, sah Yuri nicht nur so aus, als ob er arbeitete, er tat es tatsächlich.

»Sind Sie krank oder so?«

»Hmmm?« Yuri schaute hoch, den Stift in der Hand, seine Haare schon verwuschelt, weil er die Faust hineingegraben hatte. »Oh, ich habe gegen irgendwas angekämpft.« Gegen Jake Bortell, Scherzbold-Schlagzeuger und einen Python-Psychopathen. »Jetzt bin ich hier.«

Fletcher warf ihm einen langen unterkühlten Blick zu. »Richtig.« Er wandte sich zum Gehen, dann hielt er kurz inne. »Machen Sie das nicht noch einmal. Mein Sodbrennen nagt auch so schon an meinen Augäpfeln, ohne dass ich mich fragen muss, ob wir Russlands Wunderknaben verloren haben.«

Yuri schaute möglichst unschuldig drein. Sobald Fletcher weg war, ließ er sich in seinen Stuhl plumpsen. Er hatte es an der Highschool keinen ganzen Tag ausgehalten. Er hatte es nicht einmal bis zur Mittagspause geschafft.

Noch elf Tage bis zum Einschlag.

Kapitel 15

FLÜGEL

Am nächsten Morgen kam Yuri früh zur Arbeit, um die verlorene Zeit nachzuholen. Er arbeitete den ganzen Vormittag ununterbrochen und sah das erste Mal auf, als Karl Fletcher, ohne anzuklopfen, den Kopf durch die Tür steckte. Beim zweiten Mal ignorierte er ihn. Denn er war da und er arbeitete.

Nachmittags ging er runter in die Cafeteria, um sich einen Orangensaft zu holen. Vielleicht waren deswegen so viele Erwachsene übergewichtig. Man durfte eine Pause machen, um zu essen, aber keine, um einen Spaziergang zu machen. Wieder oben schloss er mit einem leichten Klicken seine Bürotür und setzte sich erneut an die Arbeit.

Es war vier Uhr, als sein Telefon klingelte. Er rechnete mit Simons, vielleicht Pirkola, aber es war Luna.

»Du musst heute Abend zum Essen zu uns kommen.«

»Okay. Warum?«

»Danke für die Einladung, Luna. Ich würde mich sehr freuen, Luna.«

»Schon«, sagte Yuri. »Aber im Ernst, warum?«

Luna seufzte hörbar. »Lennon ist schlecht drauf. Mum und ich denken, wir sollten ein paar Leute einladen. Also wird Dad grillen. Mary kommt vorbei und zwei Freunde von Lennon, und du solltest auch kommen. Hast du schon mal einen Hotdog gegessen? Da ist nicht wirklich Hund drin – eigentlich sind es Schweinelippen und Rinderanus. Du wirst es lieben. Ich hole dich in einer halben Stunde vom Hotel ab.«

Der Rinderanus verstörte ihn, und Luna legte auf, bevor er fragen konnte, warum Lennon so niedergeschlagen war. Vielleicht weil er wusste, was es zum Abendessen gab.

Yuri ließ sich vom Fahrer zurück zum Hotel bringen, nahm seine Krawatte ab und knöpfte sich den obersten Knopf seines Hemds auf. Ein kühner modischer Schachzug. Er grinste sich selbst im Spiegel an – er war zu etwas eingeladen worden.

Yuri stieg hinten ein, als Luna mit einer Vollbremsung auf dem Restaurantparkplatz zum Stehen gekommen war. Ihre Freundin Mary saß auf dem Beifahrersitz.

»Was ist mit Lennon?«, fragte er und legte sich hastig den Sicherheitsgurt an, während Luna den Bordstein streifte und mit quietschenden Reifen auf die Straße fuhr.

»In der Jugendbücherei arbeitet diese heiße Bibliothekarin«, sagte Luna. »Er hat gefragt, ob sie mit ihm ausgehen will, und sie hat Nein gesagt.«

»Oh.«

»Ja. Er hatte eine monatelange Charme-Offensive gestartet und sie am Ende gefragt. Jetzt ist er wirklich angefressen.«

»Ihr macht also Party, weil Mädchen ihn abgewiesen hat?«

Mary starrte ihn an. Sie konnte etwas mit ihren Augen machen, das ihm ein wenig Angst einflößte.

»*Nein*«, sagte sie. »Wir versuchen ihm *beizustehen.*«

Yuri ließ sich zurück in seinen Sitz sinken und beschloss, eine Weile lieber nichts zu sagen.

Als sie bei den Collums ankamen, ging Luna geradewegs in den Garten hinterm Haus. Mr Collum stand in kurzer Hose an einem kleinen runden Grill. Mrs Collum stellte Keramikteller auf einen Picknicktisch, um die Tischdecke am Wegwehen zu hindern, während Lennon zwischen zwei Jungs neben einer roten Kühlbox saß. Einer der Jungs schaute zu ihnen herüber, hob grüßend das Kinn und lupfte den Deckel der Kühlbox mit der Seite seines Fußes. Cooler Typ, cooler Move. Innerlich machte sich Yuri eine Notiz, das irgendwann einzusetzen – vielleicht nicht gerade wenn er Anzugschuhe trug.

In der Kühlbox befand sich Bier und eine Auswahl an Bio-Limonaden. Yuri griff sich eine Dose auf der »natürlich gesüßte Limonade« stand, schüttelte das Eiswasser aus der Kühlbox ab und machte sie auf. Natürlich gesüßt – verarschen konnte er sich alleine.

»Mike«, sagte Lennon und zeigte auf den Jungen neben der Kühlbox. »Paul.« Er zeigte auf den anderen Jungen. »Das ist Yuri, der russische Astrophysiker, der hier von Zeit zu Zeit rumhängt.«

»Hey«, sagte Paul. Yuri gab beiden Jungs die Hand.

»Dein Vater macht Hotdogs?«, fragte Yuri. »Hört sich nicht nach etwas an, was deine Eltern dir erlauben würden zu essen.«

»Sie verwenden Restefleisch dafür, wir sind nämlich gegen die Verschwendung von Lebensmitteln.«

»Ja, jedes Mal wenn sie ein Picknick machen, retten sie die Dritte Welt«, mischte Mike sich ein.

»Wir können jederzeit das haben, was andere nicht haben wollen«, sagte Lennon. »So ähnlich wie in meinem Liebesleben.«

»Essen ist fertig!«, rief Mr Collum.

Sie setzten sich um den Picknicktisch und aßen. Yuri sah Lennon, der am Kopfende saß, verstohlen an. Die Müdigkeit in seinen Augen hatte sich verstärkt. Aber die meiste Zeit beobachtete er Mike und Paul. Sie scherzten mühelos mit allen am Tisch, außer mit ihm – er war ihnen offensichtlich genauso fremd wie sie ihm.

Krampfhaft suchte er nach etwas, das er zu ihnen sagen konnte. In seinem Kopf herrschte jedoch absolute Ebbe. Er hatte den Eindruck, sie versuchten es ebenfalls. Einmal sah Paul zu ihm herüber, machte den Mund auf, dann wanderte sein Blick aber zu Mary, und er zeigte auf den Ketchup. »Ketchup.« Mary reichte ihm die Flasche, und Paul schaute ihn nicht noch einmal an.

»Es ist nett von euch, dass ihr vorbeigekommen seid und so tut, als ob ihr euch keine Sorgen um mich macht«, sagte Lennon, knäulte seine Serviette zusammen und schleuderte sie Mike ins Gesicht. »Aber mein Leben nervt, und es wird nicht aufhören zu nerven. Also darf der Freunde-von-Lennon-Club sich einvernehmlich auflösen.«

»Ich habe nicht viele Freunde«, sagte Yuri. »Aber ich bin mir ziemlich sicher, das ist es nicht, was sie tun.« Alle schauten ihn an. »Sich auflösen«, sagte er. »Ich dachte, das heißt, sich trennen. Habe ich Falsches gesagt?«

»Nein«, sagte Mrs Collum. »Du hast genau das Richtige gesagt.« Sie beugte sich über den Tisch, nahm seine Wangen zwischen ihre Hände und drückte sie gerührt.

»Nicht zu fest, Mum«, sagte Luna. »Quetsch das Gehirn nicht raus.«

Paul machte ein Geräusch, als ob Gehirn rausspritzen würde.

»Selbst bei meiner Mitleidsparty wird meinen Freunden mehr Aufmerksamkeit geschenkt.«

Freunde. Sie waren Freunde – das hatte Lennon gerade gesagt.

»Ich bin klug und witzig und ich kenne den Dialog von *Der Pate* in- und auswendig«, sagte Lennon. Mary und Luna tauschten einen Blick aus. »Sie wollte nicht mit mir ausgehen, weil ich im Rollstuhl sitze.«

»Was du nicht sagst«, sagte Paul. »Ist ja auch ein potthässlicher Rollstuhl.«

»Ja«, sagte Mike. »Ich würde auch nicht mit dir ausgehen. Er macht den ganzen Stylo-Effekt deines T-Shirts kaputt.«

»Weißt du was?«, sagte Yuri. »Ihm fehlen paar Extras.«

»Ein Becherhalter?«, stieß Lennon verächtlich hervor. »Du willst mein Leben mit einem Becherhalter verändern?«

»Ich dachte eher an Düsenantrieb«, sagte Yuri.

Lennon fielen beinahe die Augen aus dem Kopf.

»Warum sollte dein Rollstuhl nicht individuell sein? Das ist hier doch normal«, sagte er und deutete mit einer Hand auf das lila Haus. Dann wurde er rot. Das hätte er vermutlich nicht sagen sollen. Aber Mr und Mrs Collum strahlten.

»Alter«, sagte Mike und streckte ihm seine Faust hin. »Der Freunde-von-Lennon-Club hat eine Mission.« Yuri tippte mit seiner Faust gegen die hingehaltene. Er war zum ›Alten‹ aufgestiegen.

»Ich habe ein bisschen Zeug im Transporter«, sagte Paul. »Hey, Mrs C., können wir was von Ihren Bastelsachen benutzen?«

»Natürlich!«, sagte Delinda Collum. »Ihr wisst ja, wo alles ist. Bedient euch, Jungs.«

Paul grinste.

Jungs. Yuri war noch nie vorher einer der »*Jungs*« gewesen. Noch nie.

»Moment«, sagte Lennon argwöhnisch. »Was habt ihr vor?«

»Geht dich nichts an«, sagte Mike. »Du bist kein Mitglied des Freunde-von-Lennon-Clubs.«

»Weil ich *Lennon bin*!«

Mike zuckte die Achseln. Paul winkte Yuri zu sich, und sie gingen gemeinsam zu einem weißen Transporter, der vor dem Haus parkte. Paul zog eine Werkzeugkiste heraus und reichte sie Yuri, dann packte er ein bisschen Bauholz und ein paar Metallröhren und schleifte sie nach hinten in den Garten. Yuri trottete neben ihm her. Die schwere Werkzeugkiste schaukelte auf und ab und fühlte sich gut in seinen Händen an.

Sie luden das Material im Garten ab und begutachteten ihre Ausbeute. Lennon kam ebenfalls hinzugerollt.

»Aus dem Haufen Schrott kann man doch nichts machen«, sagte er.

»Das ist die richtige Einstellung!« Paul knuffte ihn in die Schulter.

»Au.«

Mike winkte Luna und Mary herbei, und sie drängten sich einen Moment flüsternd zusammen.

»Ihr wisst, dass das *mein* Rollstuhl ist?«, sagte Lennon.

»Du musst lernen zu teilen, Mann«, sagte Mike.

Luna machte sich mit einem Bleistift an einem dünnen Holzbrett zu schaffen, dann nahm Mike es mit in die Garage. Kurz darauf heulte eine Elektrosäge auf, und der Geruch von Sägemehl legte sich über den Garten.

»Bekomme ich einen Jetpack?«, fragte Lennon.

Yuri schüttelte seinen Kopf. »Wir haben nicht passende Ausstattung dafür. Aber wir machen andere Sache.«

»Kann sein, dass du es irgendwann abmontieren willst«, sagte Mary. »Aber für den Moment wird es lustig sein.«

»Ach du Scheiße«, sagte Lennon. Aber er lächelte.

»Ist die okay?«, fragte Luna und hielt eine kleine Farbdose hoch.

»Was ist das?«

»Leuchtfarbe«, antwortete Luna.

»Warum sollte ich Leuchtfarbe …«

»Das ist keine schlechte Idee«, rief Mr Collum aus der Garage. »Könnte ein nützliches Sicherheits-Extra sein.«

»Klar«, sagte Lennon. »Solange ihr nicht ›Lennon nervt‹ damit schreibt.«

»Na toll«, meinte Luna. »Plan geplatzt, Freunde!«

»Ha, ha«, sagte Lennon. Er beugte sich vor und sah Luna zu, wie sie seine Speichen anmalte. Mary krabbelte unter den Rollstuhl, Mike ging ihr von außen zur Hand, und Paul, Mr Collum und Yuri arbeiteten an der Rückseite.

Mrs Collum winkte sie alle für ein Foto zusammen, als sie fertig waren. »Tataa!«, rief sie.

»Will mir jetzt jemand erklären, was ihr mit meinem persönlichen Besitz gemacht habt, *während* ich darin gesessen habe?«, fragte Lennon.

»Okay«, sagte Mike. »Unser Equipment war etwas begrenzt, denk dran.«

»Und euer Können.«

»Autsch«, sagte Mike und schlug die Hände über seinem Herzen zusammen.

»Es ist sozusagen die Grundausstattung«, sagte Luna. »Leuchtspeichen, Fledermausflügel …«

»Und ein Bat-Signal!« Mrs Collum klatschte begeistert ihre Hände zusammen.

Lennon sah zu Yuri. »Nimm mich mit nach Moskau.«

Yuri grinste. »Schau dir erst mal deine Flügel an. Sind sehr genial.«

Mike drückte einen Hebel, und zwei Flügel aus schwarzem Stoff, die sich über einen Rahmen aus Röhren spannten, schwangen nach vorne. Lennon nahm den Hebel und zog ihn vor und zurück, sodass die Flügel flatterten.

»Irgendwie mag ich sie tatsächlich«, sagte er. »Ich meine, sie müssen weg, aber ich mag sie.«

»Für einen heißen Tag sind sie perfekt«, sagte Paul.

»Zeigt ihm das Bat-Signal!«, forderte Mrs Collum sie auf.

»Drück auf den Knopf hier«, sagte Mary.

Lennon warf ihr einen zutiefst misstrauischen Blick zu, bevor er ihn drückte. Ein Lichtkreis erschien schwach im Schatten der Bäume, mit dem Umriss einer Fledermaus dunkel in der Mitte.

»Abends sieht man es besser«, sagte Luna.

»Wir haben eine Taschenlampe unterm Stuhl montiert und sie nach vorne ausgerichtet«, sagte Mike. »Du kannst die Schablone auswechseln, wenn du willst, und verschiedene Bilder projizieren.«

»Stil ist was anderes«, sagte Lennon.

»Deine Worte sind wie Messerstiche.« Paul taumelte, mit der Hand über seinem Bauch, herum.

Lennon grinste und drehte mit wild flatternden Flügeln Kreise auf dem Rasen. »Ihr seid echt Spinner«, sagte er und rollte zu ihnen zurück. »Danke.«

»Hey, wollt ihr ins Kino?«, fragte Mike. »Es läuft ein …«

»Vampirfilm!«, sagte Paul. »Alter, nach der Hälfte könntest du …«

»Die Flügel aufspannen!«, rief Lennon. »Ha, ich bin dabei!«

»Kommst du mit, Yuri?«, fragte Mike.

Einen kurzen Moment überlegte Yuri tatsächlich, ob er mit den Jungs in einen Vampirfilm gehen sollte. Es könnte lustig werden. Möglicherweise kam er sogar mit einem Tattoo zurück.

»Oh, nein danke. Viel Spaß.«

»Du kannst mit, wenn du willst«, sagte Luna, aber die Jungs waren schon um die Hausecke gebogen.

»Nein«, sagte er. »Aber ich freue mich, dass du mich heute eingeladen hast.«

Sie legte eine Hand auf seinen Unterarm. »Danke, dass du gekommen bist. Manchmal mache ich mir Sorgen um Len. Er wird depressiv.«

»Wegen Rollstuhl?«

»Wegen des Rollstuhls, wegen der Lesegewohnheiten der heutigen Jugend, weil Hüttenkäse so schnell abläuft.« Sie zuckte mit den Schultern. »Er ist da ein bisschen wahllos. Sarkastisch, aber wahllos.«

Sie nahm einen Stapel Teller, und Yuri griff sich die Ketchupflaschen und Senftuben und folgte ihr ins Haus.

»Er wirkte zufrieden, als er eben gegangen ist.«

»Ja, für den Moment wird alles okay sein. Erwachsen werden ist halt einfach hart. Er will von zu Hause ausziehen, aber vorher braucht er einen besseren Job.«

Sie setzte die Teller auf der Küchentheke ab, Yuri stellte die Flaschen daneben. Mary kam mit ein paar Gläsern herein.

»Hey«, sagte Luna. »Kannst du Mum ablenken, wenn sie reinkommt? Ich möchte Yuri was in meinem Zimmer zeigen.«

»Klar.« Mary öffnete den Kühlschrank, um die Soßen wegzuräumen.

Luna ergriff Yuris Fingerspitzen und führte ihn den Flur entlang, am Computer bei der Waschmaschine vorbei. Noch nie hatte Yuri etwas erlebt, das verführerischer war als die leichte Berührung ihrer Haut. *Lunas Zimmer. War es vielleicht üblich, amerikanische Picknicks mit Sex zu beenden? Es wäre eine großartige Tradition.*

Sie traten durch die Tür. An die Wände waren von Hand übergroße Blumen gemalt, altmodische Dinger wie in zugewucherten Bauerngärten. Bei den Ausmaßen fühlte er sich wie ein Käfer. Ein äußerst scharfer Käfer. Lunas Bett stand in der Mitte. Ein weißes Gartengitter, das mit Papierblumen geschmückt war, wölbte sich darüber.

»Das ist wunderschön«, sagte Yuri.

»Ich wollte mich wie eine Fee fühlen«, sagte Luna. »Lennon meint, es ist der Albtraum eines jeden Feuerwehrmannes.«

Yuri drehte sich im Kreis, dann blickte er hoch. »Du hast kleine Sterne an Decke.«

»Ja, ich habe sie mit der Leuchtfarbe gemalt, mit der ich Lennons Speichen angestrichen habe.«

Yuri sträubte sich innerlich, er wollte kein Klugscheißer sein.

Es war ein hübsches Zimmer, absolut individuell, und Lunas Talent war offensichtlich – aber er konnte nicht anders. »Sternenanordnung ist falsch.«

»Was?«

»Nicht nur wegen falscher Hemisphäre. Es ist, als ob du sie willkürlich hingemalt hättest.«

»Habe ich auch. Ich habe nur auf Schönheit geachtet.« Er glotzte sie an. »Ja«, sagte sie. »Mein Feen-Prinzessinnen-Zimmer hat ein erschreckend niedriges Niveau an akademischem Anspruch.« Er nickte. Das stimmte.

»Setz dich.« Sie zeigte aufs Bett. Er setzte sich.

Luna ging zum Schrank und kam mit einem Ding aus Porzellan zurück, das über und über in strahlenden Farben glasiert war. Die Matratze federte, als sie sich neben ihm niederließ.

»Ich weiß nicht, was es ist, aber es ist wunderschön«, sagte er.

»Das ist eine Keksdose. Ich habe sie im Kunstunterricht gemacht. Schau, man kann den Deckel abnehmen.«

Die Dose hatte die Form eines Bettes. Am Kopfende rankten sich Blumen und Weinreben, ein ganzer Dschungel sprießte auf dem Bettlaken. Alles war aus Ton. Eine üppige, bebende Explosion von Leben, die Farben von Papageien und Südseefischen gestohlen. Luna hob die Bettdecke an und offenbarte einen Hohlraum, dann setzte sie den Deckel mit einem Klirren wieder darauf.

Yuri berührte den feuerroten, perfekten Flügel eines kleinen Vogels. »Sie ist wunderschön. Sie ist … wirklich gut, Luna. Du hast beträchtliches Talent.«

»Tja«, sagte sie. »Aber in die Kunstausstellung von der Schule habe ich es nicht geschafft.«

Er starrte sie an.

»Der Lehrer sagt, es ist zu bunt. Ich soll meine ›Farbpalette reduzieren‹ – so würden ein paar Elemente mehr hervortreten, und das Auge wüsste, wo es hinschauen soll.«

»Aber was du geschaffen hast, ist unglaublich.« Er begutachtete die Dose von Nahem, um sich die Details anzuschauen – die Staubgefäße einer Lilie, die sich um einen Bettpfosten ringelte, ein Marienkäfer, der eine Weinranke hochkrabbelte. »Andere Schüler haben bestimmt nichts Besseres gemacht.«

»Nein«, sagte Luna bissig. »Haben sie nicht. Übrigens habe ich der Arbeit den Titel ›Traumland‹ gegeben. Man sollte doch wild träumen, oder nicht?«

Yuri antwortete nicht. Er hatte keine Ahnung, was er sagen sollte.

»Ich hab dir doch von dem Mädchen aus dem Kunstunterricht erzählt, das ich nicht mag. Ihre Keksdose hat es in die Ausstellung geschafft, weil sie sich am meisten verbessert hat. Sie hat ein Kästchen gemacht. Ein *Kästchen*, Yuri.«

»Tut mir leid.«

Luna stellte die Keksdose wieder in den Schrank zurück und lehnte sich an die Tür.

»Ich bin in einem lila Haus mit Hippie-Eltern aufgewachsen. Hier fühle ich mich sicher, verstehst du? Es macht Spaß. Aber bald muss ich meine eigenen Wege gehen. Und schon jetzt sagt die Welt mir, ich soll weniger Ich sein. Meine *Farbpalette reduzieren.*« Ihre Augen waren feucht. »Das will ich nicht.« Sie lächelte matt, und eine Träne rann ihr die Wange hinunter. »Len will nicht hierbleiben, und ich glaube, ich will nicht weg.«

Sie drückte sich vom Schrank ab.

»Aber wenn der Meteor einschlägt, spielt es sowieso keine Rolle mehr, stimmt's?«

Er stand auf. »Asteroid wird nicht einschlagen.«

Sie wischte mit ihrer Hand über die Wange. »Dann muss ich wohl doch erwachsen werden.«

Sie gingen hinaus zu Lunas Auto, sammelten auf dem Weg Mary ein und verabschiedeten sich von Mr und Mrs Collum. Yuri ließ sich auf den verschlissenen Rücksitz fallen.

»Mary«, sagte er. »Ich will, dass Luna mir beibringt, wie man flucht, aber sie behauptet, ich bin nicht bereit.«

»Hmm.« Mary bedachte ihn mit einem nachdenklichen Blick.

»Es ist ein Sicherheitsrisiko zu wissen, wie man flucht, aber nicht zu wissen, wie man mit Menschen umgeht«, sagte Luna. »Als ob man mit geladener Waffe rumläuft und den Finger am Abzug hat.«

»Ja«, pflichtete Mary ihr bei. »Obwohl er sich heute gut geschlagen hat.«

Yuri strahlte und warf Luna einen triumphierenden Blick zu.

»Schon«, sagte Luna. »Arbeite weiter so an deiner Sozialkompetenz, und wir werden dir ein paar Schimpfwörter beibringen. Menschliches Miteinander ist eine Voraussetzung, verstanden?«

Sie gab Gas und fuhr zurück zum Hotel.

Kapitel 16

PROBLEME MIT STEINEN

Luna setzte Yuri auf dem Parkplatz des Restaurants ab, und er spazierte, die Hände in den Taschen, zum Hotel. Zu dieser späten Stunde hatte sich die Luft ein wenig abgekühlt, sodass er sie in seinem krawattenlosen Nacken spüren konnte.

Vor dem Hotel zog er seine Schlüsselkarte heraus und wollte sie schon durch das Lesegerät ziehen, als sich ein Schatten aus einem Busch löste und einer der amerikanischen Sicherheitsmänner zwischen ihn und die Tür trat. Es war ein massiger Kerl mit kurzen Haaren. Die Arme über der Brust gekreuzt starrte er Yuri an. Yuri stockte der Atem. Er wollte aber nicht zeigen, dass er erschrocken war. In der Hoffnung, dass der Typ zur Seite treten würde, lehnte er sich an ihm vorbei zum Lesegerät, aber der Sicherheitsmann bewegte sich kein Stück. Schweigen breitete sich aus.

»Ich würde gerne ins Hotel«, unterbrach Yuri die Stille.

»Schon klar. Wo waren Sie?«

Er zögerte. »Ich habe Spaziergang gemacht.«

»Wohin?«

»Nirgendwohin.« Er zuckte die Achseln.

»Aha. Haben Sie jemanden getroffen?«

»Ich kenne nicht viele Leute in Nordamerika.«

»Aha. Haben Sie einen Unterhändler?«

Yuri glotzte ihn aufrichtig erstaunt an. Er hatte gedacht, dass er vielleicht in Schwierigkeiten steckte, weil er freundschaftliche Beziehungen zu Ortsansässigen hegte, oder weil er überhaupt das Gebäude verlassen hatte. Es war ihm nicht in den Sinn gekommen, dass sie glaubten, er würde tatsächlich etwas im Schilde führen. Ihm fielen die Flugpläne ein, die er ausgedruckt hatte, und Yuri fragte sich, ob das wohl Fletchers Misstrauen geweckt hatte. In sein Büro einzudringen und zu versuchen, Fotos von geheimen Dokumenten zu machen, konnte natürlich etwas zu diesem Eindruck beigetragen haben.

Der Mann fixierte ihn, bis Yuri wegschaute. Dann zog er seine eigene Karte durch den Schlitz und hielt die Tür auf. Yuri nahm die Treppen bis in den vierten Stock, denn die Vorstellung, mit diesem Kerl allein in einem Aufzug zu sein, gefiel ihm ganz und gar nicht. Hinter sich konnte er den schweren Schritt des Mannes hören.

Die Schlüsselkarte für sein Zimmer hielt er griffbereit in Händen. Rennen kam nicht infrage. Es hätte so ausgesehen, als wäre er schuldig. Und es wäre armselig. Aber er wollte die Tür schließen, bevor der Typ noch etwas sagen konnte. Doch der Sicherheitsmann legte einen Arm quer in den Türrahmen, sodass seine Schulter direkt vor Yuris Gesicht prangte. Das Ding hatte die Größe einer Schinkenkeule.

»Es ist nicht vorgesehen, dass Sie sich außerhalb des Gebäudes aufhalten, Dr. Strelnikov.«

Yuri drehte sich zu ihm hin. Das Gesicht des Typen war direkt über seinem. Nicht sauer, nur sachlich.

»Das hat mir niemand gesagt«, murmelte Yuri, duckte sich unter dem Arm hindurch und schlüpfte in sein Zimmer. Noch bevor er sich umdrehte, gab er der Tür mit dem Fuß einen Tritt. Dann legte er das Türschloss um und schob die Türkette vor.

Es war nicht vorgesehen, dass er das Hotel verließ. Aber Samstag war der Abschlussball.

Die nächsten zwei Tage richtete Yuri seine Konzentration wie einen Laserstrahl auf seine Arbeit, aber Samstagnachmittag wurde er unruhig.

Er stand an seinem Schreibtisch und ließ den Bleistift auf dem Metallband hüpfen, in dem der Radiergummi gesteckt hatte, bevor er ihn abgekaut hatte. Schließlich ging er in die Cafeteria, holte sich einen Orangensaft und nippte daran, bevor er sich noch einmal alles ansah, was er am Morgen ausgearbeitet hatte. Er wollte checken, wie es sich in den Rest einfügte. Er war auf gutem Weg – eigentlich sogar fertig. Er musste nur noch einmal alles doppelt und dreifach prüfen und dann Simons und Pirkola überzeugen.

Seine Teamkollegen steckten noch mitten in den Berechnungen. Trotzdem war er derjenige, der das Hotel nicht verlassen durfte – und das obwohl heute Abend der Abschlussball war. Es blieb keine Zeit, Fletchers Vertrauen wiederzuerlangen und seinen Segen dafür zu bekommen. Das hieß, er musste sich entweder davonschleichen, oder Luna sitzen lassen, während sie alleine auf dem Parkplatz wartete. Keine Blumen, keine Verabredung. Er war sich ziemlich sicher, dass sie das nicht so leicht wegstecken würde.

Das Abendbrot mit Simons und Pirkola dauerte nicht lange. Sie unterhielten sich nur über das Nötigste. Yuri dachte darüber nach, wie er es aus dem Hotel herausschaffen sollte, falls er auch dort überwacht wurde. Vielleicht wäre es besser, einfach direkt vom NEO-Gebäude loszugehen. Dann wussten sie zwar, dass er weg war, aber sie würden ihn nicht finden – und ihn vor allem nicht auf einem Highschool-Ball suchen. Aber in Zukunft würde es bestimmt schwieriger sein, Luna zu treffen, wenn er ihnen die Angelegenheit einfach so aufs Brot schmierte.

Pirkola vergrub sein Gesicht in seinen Händen. Man konnte sehen, wie er dahinter rot anlief.

»Verflucht noch mal, mein Stein ist zurückgekommen.«

»Kann er denn zurückgekommen sein? Ich meine, es wäre doch ein neuer Stein, oder?«

»Ist mir egal. Ich hab 'nen verdammten Nierenstein, und er tut verdammt noch mal weh.«

»Ist Schmerz sehr schlimm?«, fragte Yuri.

»Ja, Schmerz ist sehr schlimm.«

Yuris Gesicht wurde heiß. Eines Tages würde er lernen müssen, wie man die Artikel benutzte.

»Dieser Schmerz ist 'ne verdammte Galaxie aus roten Riesen«, presste Pirkola hervor.

»Du hast echt Probleme mit Steinen jeglicher Größe«, sagte Simons und drückte eine grüne Bohne in seine Kartoffeln. Er sah horchend auf. »Etwas stimmt da nicht.«

»Ich werde noch einmal ins Krankenhaus müssen. Sie sollen dieses Ding erledigen.«

»Ich weiß nicht, was das Problem ist. Vor einer Stunde sind zwei Leute zu Fletchers Büro gerannt. Sie wollten ihn sofort sprechen, aber er war nicht da«, sagte Simons. »Er war weg, um mit irgendeinem hohen Tier vom Pentagon zu sprechen.«

»Was waren das denn für Leute?«, fragte Yuri, nur um interessiert zu klingen. Seine Gedanken waren nicht bei Fletcher. Sie waren bei Lunas Beinen, die sich minimal hoben und senkten, wenn sie angewinkelt neben ihm auf dem Sofa lagen.

»Irgendwer von der Spektralanalyse«, sagte Simons.

»Scheiße, tut das weh«, sagte Pirkola. »Ich werde von hier abhauen.«

»Ich auch«, sagte Yuri gähnend. »Ich gehe früh ins Bett, um bisschen Schlaf zu bekommen. Ich glaube, ich kämpfe immer noch gegen Virus.«

Drei Minuten später waren Simons und Pirkola aus seinem Büro verschwunden. Yuri rieb seinen Hockeypuck, damit er ihm Glück brachte, und schlich den hinteren Flur entlang, als er zwei Männer an Karl Fletchers Tür hämmern sah. Einer von ihnen hielt ein paar Blätter Papier zwischen Zeigefinger und Daumen. Als würde er sie am liebsten mit der Zange anfassen, wenn er nur könnte.

Yuri blieb stehen. Er wollte nicht, dass der Direktor ihn entdeckte. Über den Flur konnte er hören, wie Fletcher »Herein!« blaffte, und die Männer verschwanden in seinem Büro. Yuri wartete einen Moment, dann ging er weiter den Gang hinunter. Als er an der Tür vorbeikam, schnappte er einen Teil der Unterhaltung auf.

»Unsere Annahmen beruhten auf unvollständigen Daten,

und wir sind nur von der Wahrscheinlichkeit ausgegangen«, war die Stimme eines Mannes zu vernehmen. »Daher sollten wir nicht überrascht sein.«

»Wir sind aber ein bisschen überrascht«, sagte Fletcher. »Wir sind sogar ganz schön überrascht, verdammt noch mal.«

»Sie haben recht«, murmelte der Mann.

Yuri zögerte. Ein Problem mit dem Asteroiden? *Mat' tvoyu* – er musste bleiben.

»Wir konnten Sie nicht erreichen.« Es war der andere Mann. »Man wollte uns nicht auf Ihr Handy weiterleiten.«

»Ja, ich habe mit dem Pentagon gesprochen«, sagte Fletcher. Er klang besorgt.

Yuri hörte Papier rascheln. Fletcher sah sich vermutlich den Bericht an. Dann ein Klicken, als der Direktor den Hörer seines Telefons abnahm.

»Ja, verbinden Sie mich mit dem Weißen Haus.«

Ah, etwas Politisches. Das Pentagon, das Weiße Haus. Kein wissenschaftliches Problem.

Yuri ging in die Eingangshalle. Am Empfang rief man einen Wagen für ihn. Er wartete draußen an der Bordsteinkante, um ihn anzuhalten, öffnete dann selbst die Tür und ließ sich auf die Rückbank sinken. Er dachte an Luna und lächelte den Fahrer an.

»Hotel, bitte.«

Der Mann nickte und fuhr los, den Oak Grove Drive hinunter weg vom JPL.

Kapitel 17

TANZ UNTERM STERNENREGEN

Im Hotelzimmer rasierte sich Yuri, mehr als Ritual denn aus wirklicher Notwendigkeit, zog ein frisches weißes Hemd und seinen grauen Anzug an. Vor dem Spiegel übte er sein Ladykiller-Lächeln. Bisher hatte er noch kein großes Blutbad damit angerichtet, aber er gab die Hoffnung nicht auf. Er probierte es zusätzlich mit einer hochgezogenen Augenbraue und kam zu dem Fazit, dass es ihm etwas Weltmännisches verlieh. Wie würde sie da widerstehen können?

Er wusste nicht, ob er einen Smoking brauchte, aber besser ging es jetzt nicht. Ihm blieb ja noch die Augenbrauen-Sache. Er warf sich, ganz Mr Lässig, sein Jackett über die Schulter und fuhr mit dem Aufzug hinunter in die Lobby. Ein Sicherheitsmann stand wachsam, mit verschränkten Armen, an eine Säule gelehnt. Nicht bedrohlich, aber auch nicht einfach zu umgehen. Yuri griff eine Zeitung von einem Stapel und ging zum Treppenhaus bei der Hintertür.

»Guten Abend, Dr. Strelnikov.«

Es war ausgerechnet der Sicherheitsmann, der ihn vor ein

paar Tagen zur Rede gestellt hatte. Die Hintertür stand offen, und er hatte sich direkt davor platziert.

»Guten Abend.« Yuri hob erklärend die Zeitung und stapfte zurück nach oben. Durch die Lobby unbemerkt hinauszukommen war unmöglich.

Er pfefferte die Zeitung aufs Bett und ging direkt zum Balkon. Wenn er das jetzt nicht sofort durchzog, würde er es nie machen. Er stieg auf den einzigen Stuhl und schloss einen Moment die Augen, um seinen Atem in den Griff zu bekommen. Sein Bauch zog sich zusammen. Dann stellte er sich vor, wie Luna in ihrem gelb gemusterten Kleid am Auto stand und wartend über den Parkplatz schaute. Er kletterte auf die Balkonbrüstung.

Dann griff er nach oben. Die Dachkante war niedrig, und er hatte einen einigermaßen sicheren Halt. Das war nicht so schwer gewesen. Aber was nun? Er stieß sich mit den Beinen ab und zog sich gleichzeitig hoch. Nun schwang er frei herum, machte, was die Höhe betraf, aber keine großen Fortschritte.

Als er dort so hing, stellte sich Yuri vor, wie ein amerikanischer Regierungsvertreter seinen Kollegen am Physikinstitut der Staatlichen Universität Moskau seinen seltsamen Tod erklärte.

»Ja, als er die Fassade seines Hotels hochgeklettert ist«, würde der Gesandte sagen.

Yuri zog sich noch einmal hoch und ließ sich seitwärts schwingen wie ein Pendel. Er hoffte, dass der Sicherheitsmann aus der Lobby noch im Gebäude war. Schließlich bekam er seinen linken Fuß über die Dachkante und robbte sich weiter nach oben, bis er auf dem Dach des Hotels lag.

Unter ihm in seinem Zimmer klingelte das Telefon.

Er starrte auf die Dachpappe. Es konnte nur Luna sein. Im NEO war abends nicht mehr viel los. Rief sie an, um abzusagen? Nachdem er für sie vom dritten Stock eines Gebäudes gehangen hatte? Er würde später herausfinden, was sie wollte, denn noch einmal runterklettern, um ans Telefon zu gehen, kam nicht infrage.

Von unten hatte das Dach flach gewirkt. Als er jetzt auf ihm stand, sah er, dass es in Abschnitte unterteilt war. Jeder senkte sich leicht zu einer mit einem Gitter abgedeckten Rinne für Kondenswasser. Geduckt lief er zur anderen Seite, stolperte einmal über eine der Rinnen, konnte sich aber wieder fangen.

Am Rand ließ er sich langsam über die Brüstung rutschen und hing wieder drei Stockwerke hoch in der Luft. Schnell suchte er nach dem Balkongeländer der dritten Etage. Weil die Begrenzung vom Dach leicht überstand, musste er sich nach innen schwingen, um es zu finden. Dabei konnte er nicht sehen, was er tat. Sein Herz klopfte heftig in seinem Brustkorb. Er konnte den Pulsschlag im Nacken spüren, das Blut pochte in seinen Fingerspitzen. Seine Mutter würde ihm etwas über die tonische Regulation seiner vagalen Leitbahnen erzählen. Aber sie hing ja nicht an einem Dach.

Mit dem Fuß ertastete er das Geländer unter sich. Nie und nimmer würde er es schaffen, mit den Zehenspitzen auf der Balkonbrüstung zu balancieren – er würde garantiert in die Tiefe stürzen. Also ließ er sich direkt auf den Balkon fallen und rollte sich auf dem wenigen Platz ab. Er fand sich zu Füßen einer Frau im Bademantel wieder, die mit einer Tasse Kaffee und einer Zeitung auf dem Balkon saß. An den Knöcheln wurden ihre Beine nicht dünner – sie gingen direkt in die Füße über, die in lavendelfarbenen Pantoffeln steckten. Eine Farbe, die die lila Flecken auf ihrer Haut besonders gut hervorhob.

»Guten Abend wünsche ich Ihnen«, sagte er mit russischem Akzent. Sie starrte ihn an.

Er schwang sich über das Geländer, ließ sich mit den Händen an den Stangen hinuntergleiten und tastete mit seinen Füßen nach dem nächsten Geländer. Als er auf dem Balkon des Zimmers im zweiten Stock landete, hörte er aus einem Fernseher ein amerikanisches Baseball-Spiel dröhnen. Dann kletterte er weiter auf den Balkon vom ersten Stock.

Er wartete nur darauf, dass die Frau von oben zu schreien anfing. Bestimmt rief sie gerade die Rezeption an, und jemand würde genau dann aus dem Hotel treten, wenn er unten angekommen war. Dann wäre alles umsonst. Da auch aus dem Zimmer im ersten Stock das Baseball-Spiel drang, war er sich nicht sicher, ob er hören würde, wenn sie telefonierte.

Vom ersten Stock ließ er sich auf die Erde fallen. Er wankte kurz, blieb aber auf den Füßen stehen. Kein Sicherheitsmann. Entweder hatte sie nicht angerufen, oder er war schneller gewesen. Mit gesenktem Blick schlüpfte er zwischen den Autos hindurch zur Straße vor dem Restaurant.

Zwei erschöpfte Geschäftsmänner glotzten ihn an, gingen aber weiter Richtung Hotel. Vermutlich wollten sie einchecken – zumindest suchten sie in ihren Taschen nicht nach der Schlüsselkarte. Gerade hatten sie einen Typen im grauen Anzug die Hotelfassade runterklettern sehen. Sehr unwahrscheinlich, dass sie das an der Rezeption verschweigen würden.

Yuri überquerte die Straße und lief in die erste Seitenstraße, um außer Sichtweite zu gelangen. Dann bog er noch einmal ab. Er musste seine Spuren verwischen. Die Sicherheitsmänner konnten jeden Augenblick feststellen, dass er weg war. Und er musste Blumen auftreiben, bevor Luna ihn aufsammelte.

In einem grell beleuchteten Supermarkt einen Kilometer weiter fand er einen Strauß in steifer Plastikfolie, bezahlte bar und verließ den Laden so schnell wie möglich wieder. Er wollte Luna abfangen, bevor sie auf den Restaurantparkplatz fuhr, und ging zurück in Richtung Hotel. Gar nicht auszudenken, wenn ihr zweifarbiges Auto zum Hotel klapperte und womöglich im Blickfeld eines Sicherheitsmanns parkte. Dann wäre es unmöglich für Yuri, sich ihm zu nähern. Um seine Nerven zu beruhigen, murmelte er die Liste der Nobelpreisträger vor sich hin.

Luna sang, als er sie kommen sah. Sie schlug mit dem Handgelenk den Takt auf dem Lenkrad, und ihr Kopf wippte von einer Seite zur anderen. Er machte einen Schritt auf die Straße und winkte ihr mit den Blumen. Ihre Augen weiteten sich. Sie riss das Lenkrad herum, und er sprang von der Fahrbahn. Yuri hörte Reifen am Bordstein entlangschleifen, kurz darauf stieg ihm der Geruch von verbranntem Gummi in die Nase. Vor der Kurve wühlten die Reifen das Gras im Grünstreifen auf, verfehlten nur knapp einen Feuerhydranten und rumpelten in der Seitenstraße vom Bordstein herunter. Das Auto kam mit einem Ruck zum Stehen. Luna lehnte sich herüber und öffnete die Beifahrertür. Ihre Arme waren nicht lang genug, um sie ganz aufzustoßen.

»Du hast mich erschreckt!«

»Ich dachte, du würdest mich überfahren«, sagte Yuri und schwang sich auf den Beifahrersitz.

»Na ja, ich habe dich hier auch nicht erwartet.«

Er sah sie an. Luna hatte sich für den Abend ent-hippiet. Statt leuchtendem Glitzer trug sie weichen braunen Lidschatten um die Augen, und ihre Haare waren in einem ordentlichen Knoten hochgebunden, der sich an ihren Hinterkopf schmiegte. Ihr Kleid aus pastellfarbener rosa Seide ergoss sich über das Gaspedal.

»Du siehst wunderschön aus.« Er erinnerte sich plötzlich an den Augenbraue-Move und zog sie hoch, während er sie anlächelte. Besser spät als nie.

»Du klingst überrascht.«

Luna grinste ihn von der Seite an, als sie Richtung Highschool losfuhr. Dabei sah er den silbernen Glanz eines Zungenpiercings. Vielleicht trug sie es nur zu feierlichen Anlässen. Yuri streckte seine Beine aus und presste den Rücken in den Sitz. Er musterte sich und fand, dass er ganz gut aussah für das, was er gerade getan hatte. Er schmunzelte.

»Die sind für dich.« Das steife Zellophan knautschte in seiner Hand, als er ihr die Blumen am Stiel hinhielt.

Luna lachte.

»Die sind reizend. Danke.«

»Ähm. Ist es falsche Farbe?«

»Nein, wirklich. Sie sind schön. Nur normalerweise bringt der Junge ein Ansteck-Bouquet mit, keinen ganzen Blumenstrauß.«

»Oh. Was heißt Ansteck-Bouquet?«

»So etwas, was man am Anzug festmacht, oder für dein Handgelenk.«

»Ach so.« Er wurde rot. »Tut mir leid. Meine erste Aufgabe an amerikanischer Highschool habe ich wohl vermasselt.«

»Wenn du die Band nicht mitzählst«, sagte Luna. »Oder Sport. Oder …«

»Sag nicht Mathe«, fuhr Yuri dazwischen. »Ich habe alle Aufgaben richtig gelöst.«

Sie lachte. Er blickte auf die Blumen. Warum war er darauf nicht früher gekommen? Was sollte sie die ganze Nacht mit einem Blumenstrauß anfangen – herumlaufen und ihn halten? Ihre Freunde würden lachen. *Sie* hatte gelacht.

»Ich habe Idee.« Er zwickte ein Zweiglein rosa Schleierkraut ab. »Dreh deinen Kopf.« Er deutete mit seinem Finger zu ihrem Fenster.

Sie drehte den Kopf, sodass der Zopf, der an ihrem Hinterkopf hochgeschlungen war, zu ihm zeigte. Yuri steckte den Zweig zwischen zwei übereinandergezwirbelte Strähnen.

»Ist okay so?«

Sie nickte. Er kniff eine rosa Inkalilie ab und schob sie unter die nächste nach oben gewundene Strähne.

»Nimm auch ein paar gelbe«, sagte Luna, ihr Gesicht zum Seitenfenster gewendet. Mit einem Auge schielte sie auf die Straße.

»Kannst du gut fahren, wenn ich das mache?«

»Nein, aber ich kann auch nicht gut fahren, wenn du das nicht machst.«

Er lachte. Als sie auf den Schulparkplatz rumpelten und mit Blick aufs Gebäude parkten, war ihr Zopf ein ganzes Blumenmeer.

Sie stiegen aus dem Auto, und Luna steckte eine Inkalilie in Yuris oberstes Knopfloch. Beide schauten in den dunkler werdenden Himmel.

»Hast du dir als Kind in Russland beim ersten aufgehenden Stern etwas gewünscht?«

»Nein. Erster aufgehender Stern ist nämlich kein Stern, sondern eigentlich Venus. Ich würde bei Planeten wünschen.«

Sie lachte und wandte sich zur Schule. Ihr Blick wurde ernst. »Hast du dir das Gebäude letztens richtig angeschaut?«, fragte Luna. »Hast du all die Vierecke gesehen? Das Gebäude selbst, jeder Ziegelstein, die Türen, die Fenster, die einzelnen Scheiben in den Fenstern. Als ob der Architekt nur eine Form gekannt hätte.«

»Ja, stimmt«, sagte Yuri. »Ich verstehe, was du meinst.«

Licht ergoss sich aus den Fenstern und einer offenen Doppeltür, und Händchen haltende Pärchen liefen beschwingt die Eingangstreppe hoch. Luna hob mit einer Hand ihren Rock an, hakte sich mit der anderen bei Yuri ein und führte ihn die Treppe hinauf.

»Endlich ein paar Quadrate«, sagte Luna im Schulflur und zeigte auf die grünen und beigen Linoleum-Platten. »Man könnte meinen, der Typ macht Fortschritte – doch dann steht man auf einmal vor diesen ganzen Treppen, die hoch und wieder runter führen.« Sie deutete auf die gut frisierten Köpfe, die stoßweise vor ihnen hinuntergingen. »Für einen Rollstuhl unmöglich.«

»Ach ja, Lennon. Ist er hier zur Schule gegangen?« Natürlich war er das.

»Ja, es gibt einen Eingang für Rollstuhlfahrer an der Rückseite. Man kommt also rein. Aber gut fühlen tut man sich dabei nicht.«

Über die Treppen nach unten gelangten sie in einen rauschenden Aufmarsch bunter Kleider. Aufgeregtes Geschnatter prallte von den Wänden des Treppenhauses ab und überlappte sich in Echos. Man konnte sich nur schwer verstehen.

»Darf ich fragen? Warum Lennon, ähm …«

»Der Rollstuhl? Er ist drei Häuser weiter von einem Baum gefallen – bei dem weißen.«

Sie sah ihn an, aber er schüttelte den Kopf. Wer nahm schon ein weißes Haus wahr, wenn es in Nachbarschaft eines lila Hauses stand?

»Er war acht. Er erzählt den Leuten, es wäre ein betrunkener Autofahrer gewesen. So bekommt er mehr Mitleid.«

Am Fuß der Treppe waren sie einen Augenblick in feuchter, warmer Luft gefangen – ausgestoßen von unzähligen Möchtegern-Tänzern, die voller Energie in ihren prachtvollen Aufmachungen vor ihnen herumzuckten. Mehrere Mädchen stießen ihren Begleitern die Ellbogen in die Seite, wenn die auf ihre trägerlosen Kleider traten. Dann gelangten Luna und Yuri durch die Tür in die Sporthalle. Ihre Absätze klapperten auf polierten honigfarbenen Dielen. Eine Frau scheuchte sie zu einem frei stehenden Torbogen, der mit Krepppapier und baumelnden Foliensternen dekoriert war, ein Mann schoss ein Foto von ihnen und notierte sich dann ihre Namen. Die Frau winkte sie weiter und wandte sich zum nächsten Paar.

»Willst du ein bisschen Bowle?«, fragte Luna.

Yuri schaute sich in der Turnhalle um. Blaues und weißes Krepppapier wand sich von den Ecken bis in die Mitte der Decke, wo ein silberner Stern mit einem schlaff herabhängenden schwarzen Folienschweif angebracht war. Ein Banner mit der Aufschrift »Tanz unterm Sternenregen« hing an der gegenüberliegenden Seite.

»Was ist … dieser Stern, warum …«

»Oh ja. Beeindruckend armselige Themenwahl, oder? Der Schülerrat hatte sich eigentlich etwas anderes überlegt, aber Mrs Cronick hat ihn überstimmt. Die Direktorin«, sagte sie.

»Unglaublich. ›Tanz unterm Sternenregen?‹ Sie wissen es doch, oder? Das mit Asteroiden? Ist das Scherz?«

»Nein, das ist Schulverwaltung. Die Dekoration für dieses Motto war etwa achtzehn Dollar billiger als die vom Schülerrat.«

Er starrte sie an.

»Sie hat …«, mit einer ausladenden Armbewegung zeigte er durch den Raum, »*das* hier getan, um achtzehn Dollar zu sparen?«

»Versuch nicht, die Schulverwaltung zu verstehen. Dafür ist selbst dein Gehirn nicht groß genug«, sagte Luna und zog an seinem Arm. »Komm. Die anderen tanzen schon.«

Und das taten sie. Ein DJ in mittleren Jahren mit einem riesigen Schnurrbart lächelte liebenswürdig von der Bühne. Seine Playlist war ein bisschen veraltet, dachte Yuri. Ein paar der Lieder hatte er schon mal gehört – auch wenn er von den meisten weder Titel noch Interpret kannte. Luna führte ihn zu einem Klapptisch, der mit einer weißen Einwegtischdecke bedeckt war. Auf ihm befanden sich eine Bowle-Schüssel aus Plastik und ein Stapel durchsichtiger Plastikbecher.

Yuri nickte zu den Tanzenden hinüber, die sich hin- und herwiegten. »Sieht aus wie Spiralgalaxie.«

»Ja. Ist mir auch schon aufgefallen«, sagte Luna.

Der Sarkasmus ging an Yuri vorüber.

»Und der große Typ, um den alle Mädchen stehen, könnte Saturn sein, außer dass ihm ein Mond fehlt«, sagte Yuri.

Sie reichte ihm ein Glas alarmierend blauer Bowle.

»Ihm fehlt mehr als das. Das ist Kyle Davidson, der Quarterback vom Footballteam und ein Riesenidiot.«

»Was ist denn mit ihm?«

»Er ist ar-ro-gant.«

»Ist er gut?«

»Ja. Er ist richtig gut.«

»Dann hat er vielleicht Grund dazu.«

Sie warf ihm einen langen Blick zu.

»Trink deine Bowle«, sagte sie.

Er trank.

»Sie schmeckt ekelhaft«, sagte er und meinte es auch so.

»Aber sie ist blau. Das ist das Einzige, was zählt.«

Er drehte seinen Kopf. »Ist Mr Pisotto hier?«

»Nein, er war Aufsicht beim Herbstball, hat sich also gut aus der Affäre gezogen. Mr Reynolds ist auch nicht da.«

Yuri schmiss seinen Becher in die Blechtonne am Ende des Tisches. Luna legte ihm die Hand auf den Rücken und schob ihn sanft vorwärts. Er drehte sich um und ergriff ihren Ellbogen. Ihre Haut war warm unter seinen Fingern. Er konnte den Puls in ihrer Oberarmarterie spüren.

»Komm, wir tanzen«, sagte sie.

»Ich tanze nicht.«

»Nicht mal für mich?«

Er zögerte. Er kannte keinen dieser Leute und würde niemanden von ihnen je wiedersehen.

»Na ja, vielleicht könnte ich irgendwie seltsam hin- und herschwanken.«

Sie führte ihn an ein paar schlaksigen Jungs vorbei, die an

der Wand unter einem vergitterten Fenster lehnten. Man hätte fast meinen können, dass sie aus einem Bausatz uneinheitlicher Teile zusammengesetzt worden waren. Luna blieb dort stehen, wo die Menge dünner wurde und der Raum sich mit pastellfarbenen Tänzerinnen und ihren Begleitern im Smoking füllte. Alle in so unregelmäßigen Umlaufbahnen, dass Kepler verrückt geworden wäre.

Yuri legte seine rechte Hand gegen Lunas warme Finger, platzierte die linke auf ihrem unteren Rücken und zog sie nah genug an sich heran, sodass ihr Kleid über seine Schuhe streifte. Vor und zurück. Er wünschte sich, Sinnesrezeptoren an seinem Schuhwerk zu haben. Dann merkte er, dass er sie gar nicht brauchte. Es machte ihn schon an, wenn er nur daran dachte, wie ihr Saum rhythmisch über das Leder seiner Schuhe raschelte. Das konnte nicht normal sein.

Er wagte einen Seitwärtsschritt, und Luna folgte nach kurzem Zögern. Da ihre Beine von wallender rosa Seide bedeckt waren, sah jede ihrer Bewegungen anmutig aus. Niemand wusste, was ihre Füße darunter fabrizierten. Sie konnte mit praktisch allem davonkommen. Er machte einen Schritt zurück zum Ausgangspunkt. Mit dem Seite-zu-Seite-Ding konnte er vermutlich eine Weile auskommen.

»Ich darf nicht über meine Arbeit reden«, sagte er. »Aber ich habe Problem mit zwei Kollegen. Ich weiß nicht, was ich deswegen machen soll.«

»Der Typ, der will, dass du hierbleibst?«

»Nein. Typen, mit denen ich zusammenarbeite.«

»Hmm. Kannst du mir mehr erzählen?«

»Nicht wirklich. Ich hätte eigentlich gar nichts sagen dürfen.«

Sie biss auf ihre Lippe, die sich unter dem glänzenden Rand ihrer Zähne emporwölbte. Nachdenklich verengte sie die Augen und sah ihn an.

»Also soll ich dir einen Rat geben, ohne auch nur die geringste Ahnung davon zu haben, worüber du redest?«

»Ja.«

»In so einer Situation greife ich gerne auf Immanuel Kant zurück.«

Er blinzelte.

»Kant sagte: ›Tue, was recht ist, auch wenn dabei die Welt untergehen sollte.‹ Er hat es natürlich viel gebildeter ausgedrückt, was vermutlich cooler klang.«

»Welt war aber noch nie wirklich vor Untergang.«

»Die Welt geht für jeden unter, Genie. Das ist die Grundidee jeder Religion und der Schönheitschirurgie.«

Sie wirbelte von ihm weg, hielt aber weiterhin mit ihrer linken Hand die seine. Er drehte sie wieder zu sich und fing den Duft der Blumen in ihrem Haar ein.

»Ich habe über den anderen Typen nachgedacht«, sagte sie. »Den, der will, dass du hierbleibst.«

»Der mich *zwingt* hierzubleiben.«

»Genau.«

Von anderen Pärchen umgeben tanzten sie kleine Halbkreise. Yuri versuchte mit niemandem zusammenzustoßen. Er war nicht abergläubisch, aber er hielt es für das Beste, Kollisionen zu vermeiden.

»Wäre es denn so schlimm, hier zu leben? Ich mein ja nur … es ist ein großes Land. Und du würdest bestimmt einen guten Arbeitsplatz finden.«

»Ich habe früher über Leben in Amerika nachgedacht. Dass ich es eines Tages vielleicht gern tun würde. Aber sie sollten mich wenigstens *fragen.*« Er hatte sich Luna so weit genähert, dass er direkt in ihr Ohr sprechen konnte. »Es sollte *meine* Entscheidung sein.«

»Du würdest bleiben, wenn sie dich fragen würden?«

»Nein. Ich habe nicht viel Leben in Russland, aber es ist immer noch mein Leben.« Einen kurzen Moment dachte er an Fyodor Laskov in seinem Büro und verscheuchte das Bild sofort wieder aus seinem Kopf.

Als Luna nickte, strichen ihre Haare über seine Wange. Er fragte sich, ob er ihr Ohr küssen sollte. Ein weicher Haarflaum, beinahe unsichtbar, erhob sich von dessen rosa Rundung.

»Lunaaaa!« Mary und noch ein Mädchen standen plötzlich in schimmernden Stoffen neben ihnen, ihre Begleiter – James und ein anderer Junge – unbeholfen dahinter.

Luna umarmte die Mädchen, dann die Jungs. Yuri kam der Gedanke, dass er ein paar andere Gesichtsausdrücke im Badezimmerspiegel hätte üben sollen. Wie bewegte man zum Beispiel seine Augenbraue, um mitzuteilen: *Deine Hände sind ein bisschen zu nah am Hintern meines Dates, und diese Umarmung dauert auch ein bisschen zu lange*?

Immerhin hatten sie aufgehört zu tanzen. Das war ein kleines Trostpflaster.

»Yuri, Mary kennst du ja. Das ist Rique und das da Jen … ach so, und James natürlich.«

»Hey Crash«, sagte James und streckte seine Faust aus. Yuri stieß seine dagegen.

»Ich habe Sport mit Luna«, sagte Jen. »Und ich finde es so

schade, dass ich Jake Bortells Abgang verpasst habe. Ich habe geschwänzt, um zur Maniküre zu gehen.« Sie wedelte mit silbernen Nägeln vor ihren Gesichtern herum.

»Heißt das, du wechselst zu uns?«

Yuri brauchte einen Moment, bis er kapierte, was James meinte. »Oh. Ähm … nein.«

Wie sollte er erklären, was er machte und warum er hier war, ohne als Angeber dazustehen? James musste zwar unbedingt an seiner Umarmungs-Dauer arbeiten, trotzdem wollte Yuri vor ihm nicht mit seinen Qualifikationen protzen.

»Ach.«

»Ich bin froh, dass du Luna hergebracht hast«, sagte Mary. Sie ließ einen Finger kreisen, und Luna drehte sich folgsam um sich selbst, sodass man von allen Seiten ihr Kleid bewundern konnte. »Wir konnten nicht glauben, dass sie keine Verabredung hatte.«

»Konnte ich auch nicht«, sagte Yuri.

Luna zuckte die Achseln, und die rosa Seide raschelte. »Typen halten mich für seltsam.«

Yuri sagte nicht sofort etwas. Sie boxte ihn leicht gegen die Schulter.

»Oh Mist, wir müssen weg«, sagte Mary über Lunas Schulter schauend. »Vielleicht können wir ja alle später tanzen oder so.« Sie zerrte Rique davon, und auch Jen zog an James' Hand und verschwand.

»Luna Collum«, sagte eine Frauenstimme.

Luna erstarrte unter Yuris Handfläche, als hätte sie sich plötzlich in Stein verwandelt. Es war die Direktorin, auf die sie ihn vorher aufmerksam gemacht hatte. Eine kleine Frau mit einem strengen Mund. Yuri fragte sich, wie hoch wohl die

Reißfestigkeit ihrer Stimmbänder war. Vermutlich beeindruckend stark.

»Wer ist der junge Mann, mit dem du hier bist?«

Luna wand ihre Hand aus seiner und ließ sie fallen.

»Ähm, das ist Yuri Strelnikov. Er ist ein Freund.«

Mrs Cronick sah ihn an, sprach aber weiterhin mit Luna.

»Und ist er hier an der Schule?«

»Ähm, nein.«

»Aha. Und erlauben wir Schülern, die nicht an der Edmund Andros Highschool sind, auf den Abschlussball zu kommen?«

»Ähm, ich weiß, dass man ein Formular ausfüllen muss ...«

»Hast du das getan? Denn ich habe kein Formular von dir bekommen.«

»Hab ich wohl vergessen.« Lunas Stimme klang matt und geschlagen. Von seinem Platz bei der Bowle-Schüssel deutete Kyle Davidson auf sie. Die Mädchen um ihn herum tuschelten.

»Yuri, richtig? Sie müssen leider gehen.«

»Warum?«

»Mrs Collum hat die erforderlichen Dokumente nicht ausgefüllt«, sagte die Direktorin und neigte leicht ihren Kopf, als sie sprach. Yuri war fest davon überzeugt, dass sie ihn einmal ganz herumdrehen könnte, wenn sie wollte – mit ihrer Nase als Drehpunkt.

»Ich bin sicher, bei nächstem Mal weiß sie es«, sagte er. »Ich arbeite für NEO-Programm am JPL.« James musste das vielleicht nicht wissen, die Direktorin schon. »Wir haben uns erst vor Kurzem kennengelernt.«

In der Turnhalle breitete sich knisternde Neugier aus. Yuri nahm Lunas Hand und wollte gehen.

Jen warf ihre Arme in die Luft, ihre schwarzen Locken hüpften auf ihrem paillettenbesetzten aprikotfarbenen Kleid: »Luna hat sich einen Meteor-Mann geangelt! Whoo-hoo!«

Gelächter hallte durch den Saal.

Mrs Cronick versperrte ihnen den Weg. »Sie arbeiten nicht am JPL. Sie sind ein Teenager. Aber es ist mir egal, wer Sie sind oder was Sie tun. Miss Collum hat meine Regeln nicht befolgt.«

»Ich habe sie sehr spät wegen Ball gefragt. War mein Fehler«, sagte er und ließ ein, so hoffte er, charmantes Lächeln aufblitzen.

»Das ist unerheblich«, antwortete Mrs Cronick. »Raus.«

Er starrte sie an.

»Komm«, flüsterte Luna.

Nein, er würde nicht kommen. Es hieß, Amerika sei ein freies Land – dennoch beschatteten ihn Sicherheitsmänner auf der Arbeit, und diese kleinkarierte Direktorin ruinierte Lunas Abend. Er dachte an Lunas Bild, an das Mädchen, das in den Vierecken gefangen war. Diese Frau machte ihn langsam wütend.

»Auf diese Art leiten Sie Schule? Mit willkürlichem Bürokratismus?«

Der rote Lippenstift der Direktorin rollte sich langsam ein, wie ein abtauchendes U-Boot. Ihr Mund wurde zu einem schmalen Strich.

»Raus.«

Luna zerrte an seiner Hand.

»Sie sperren Hunderte von Teenagern in Gebäude, behandeln sie wie Kriminelle und fragen sich, warum Ihr Bildungssystem nicht funktioniert?« In der Turnhalle wurde es still. »Ernsthaft? Was erhoffen Sie sich davon?«

»Auf welche Highschool gehen Sie?«, fragte Mrs Cronick.

»Ich gehe nicht mehr zur Schule. Ich habe schon meinen Abschluss.«

Der schmale Mund der Direktorin zog sich nach oben.

»Sie sind über achtzehn? Das ist eine weitere Verletzung der Regeln, Luna Collum.«

»Ich bin siebzehn. Aber ich habe Abitur gemacht, als ich zwölf war.«

»Natürlich haben Sie das, Sie kleiner Hampelmann«, sagte Mrs Cronick.

»Whohoo!«, feuerte Kyle Davidson sie anerkennend an.

»Für Sie immer noch Dr. Hampelmann«, sagte Yuri, dann drehte er ihr seinen Rücken zu. »Luna, willst du noch tanzen?«

»Nein, danke«, quiekte sie.

»Dann lass uns noch bisschen Bowle holen, bevor wir gehen.«

Er nahm ihre Hand und schirmte Luna vor Mrs Cronick ab, als sie an ihr vorbeigingen. Ihre Schuhe klapperten auf den honigfarbenen Dielen des Turnhallenbodens. Yuri füllte blauen Punsch in einen Becher. Das Gluckern hallte durch die stille Turnhalle an den eisernen Ringen der Basketballkörbe vorbei. Luna nahm das Getränk, das er ihr hinhielt, mit beiden Händen entgegen. Als Yuri nach einem zweiten Becher greifen wollte, trat Kyle Davidson dazwischen und verstellte ihm den Weg.

»Du denkst, du bist ganz heißer Scheiß, oder?«

Unsicher, was er damit meinte, sah Yuri zu Luna.

»Ich kann einem Receiver über siebzig Meter direkt in die Hände treffen. Was sagst du jetzt?«

Yuri zuckte die Achseln. »Das ist gut.«

»Das ist verdammt noch mal richtig gut.«

»Kannst du bitte aus Weg gehen? Ich möchte weiteren Becher.«

»Ich gehe dir nicht aus dem Weg.«

»Warum?«

Kyle zögerte einen Moment.

»Ich muss nicht.«

»Nein, aber es wäre höflich.«

Kyle schielte zu den Mädchen, die ihn umringten, schwankte kurz, dann schob er kampflustig den Unterkiefer vor.

»Tja, ich gehe aber nicht aus dem Weg.«

Yuri zuckte mit den Schultern.

»Ich denke, Punsch hier ist sowieso Gift.« Er nahm Lunas leeren Becher und warf ihn in die Abfalltonne. »Wie sagt man noch? Ist jetzt euer Bier.«

Er umschloss Lunas Finger und steuerte auf den Ausgang zu. Ihre Absätze klapperten auf dem lackierten Fußboden. Bei der Tür hielt er noch einmal an.

»Hey, Kyle. Weißt du, was ich treffen kann?«

»Was?«

»Asteroid, der sich mit einundsiebzig Kilometern pro Sekunde fortbewegt. Und wenn ich es nicht schaffe, bist du erledigt.«

Und dann folgte er Luna die Treppe hinauf in Richtung Parkplatz.

Kapitel 18

HOFFNUNG AUF MORD

»Also, die Sache ist die«, sagte Luna mit einer Hand auf dem Lenkrad. »Meine Eltern wollen ein Foto von uns, was super uncool ist. Sie haben sich gewünscht, dass wir nach dem Ball bei mir zu Hause vorbeischauen. Wenn du Zeit hast.«

»Klar. Aber der Typ in Schule hat Foto gemacht.«

»Ich bin mir nicht sicher, ob ich das bekomme. Immerhin wurden wir rausgeschmissen.«

»Tut mir leid.«

»Nicht deine Schuld.«

Luna gab Gas, um noch bei Gelb über die Ampel zu kommen.

»Du, Yuri?«

»Ja?«

»Wird es schlimm werden, wenn der Asteroid die Erde trifft? Ich meine, so richtig schlimm?«

»Ja. Er wird Kalifornien verwüsten.«

Sie drehte sich zu ihm und starrte ihn an. Er wandte den Blick von ihren erschrockenen Augen ab auf die Straße.

»Tut mir leid. Das hätte ich dir nicht erzählen sollen.«

»Oh mein Gott.« Einen Moment sagte sie nichts. »Weißt du, wie es sein wird?«

»Ähm … Ich glaube, dass menschliche Wirbelsäule Erschütterung nicht aushält, also schätze ich, wird man ziemlich tot sein.«

Lunas Augen schimmerten.

»Wird er die Erde auseinanderbrechen?«

»Nein, das ist unmöglich.«

»Ich frage mich, ob das Wasser der Ozeane dann einfach über den Rand der Welt hinausfließt.«

»Der atmosphärische …«

»Halt den Mund, Einstein … Und Piratengold wird herausschwappen, Dublonen klimpern, und die Knochen von Tyrannosaurus Rex werden ins All purzeln und dort herumtreiben. Oh! Sie könnten von der Schwerkraft irgendeines Planeten angezogen werden, oder?«

»Na ja, schon, aber …«

»Und dann würden Tyrannosaurus-Rex-Skelette über den Planeten marschieren, unsterbliche Wachen einer ausgestorbenen Welt. Und eines Tages werden vorbeifliegende Aliens bei ihrem Anblick ausflippen. Sie werden ihre kleinen grünen Gesichter an die Windschutzscheibe pressen und sagen: ›Was zum Teufel, Zork?! Schau dir das an!‹«

»Weißt du eigentlich, dass du nicht so angestrengt versuchen musst, anders zu sein? Du *bist* anders.«

»Ähm, danke?«

Er zog eine leichte Grimasse. Eigentlich hatte er immer gedacht, er würde kein Problem haben, gegenüber Frauen charmant zu sein. Der Versuch widerlegte diese Hypothese.

»Ich meine, du bist Künstlerin. Das Leben ist deine Leinwand.«

»Wow, das ist tatsächlich ziemlich nett.«

Sie bog in ihre Straße ein.

»Ich bin sehr netter Typ. Und mach dir keine Sorgen, dass Planet auseinanderbricht, okay? Das würde nicht einmal mit größtem Asteroiden passieren, den man finden kann.« Er fügte nicht hinzu: *Er muss allerdings gar nicht erst auseinanderbrechen, damit wir sterben.*

Luna parkte mit drei Reifen auf der Straße. Ihre kleinen Finger ineinander verhakt, gingen sie zur vorderen Veranda. Die Tür war nicht zugeschlossen, und als Luna sie öffnete, strömte ihnen Wärme und Licht und der Duft von verbranntem Zimt entgegen.

»Hey, es ist Spockovskii!«, rief Lennon und spreizte seine Finger in einem Vulkanier-Gruß. Er hatte die Flügel von seinem Rollstuhl abgemacht, aber das Batman-Signal drangelassen.

Yuri nickte Lunas Eltern zu, die gemeinsam den Abwasch erledigten. »›Skii‹ ist Endung für Adjektive«, sagte er. »Ich bin Nomen.«

»Das zu wissen, ist der Beweis, dass du wirklich Spockovskii bist.«

Mr Collum trocknete sich die Hände ab und warf sich das Geschirrhandtuch über die Schulter. Er nahm die Kamera vom Küchentisch und winkte Luna und Yuri näher zusammen. Yuri legte leicht die Hand auf ihren Rücken. Jetzt fühlte er sich allerdings unwohl dabei – in ihrem Zuhause, vor ihrem Vater. Mr Collum schoss das Foto, dann drehte er die Kamera hochkant, sodass sein Ellbogen herausragte, und knipste noch eines.

»Hab's!« Er legte die Kamera wieder beiseite. »Ihr seid früh zu Hause.«

»Mrs Cronick hat uns rausgeschmissen«, sagte Luna.

»Ihr habt euch also tatsächlich amüsiert, oder wie?«, fragte Lennon, ohne den Blick vom Fernseher abzuwenden.

»So was in der Art«, sagte Luna. »Yuri hat ihr die Meinung gegeigt.«

»Gott segne dich«, sagte Mr Collum. »Vielleicht kriegst du es ja hin, dass der Asteroid nur auf ihr landet?«

»Hm, eher nicht.«

»Tja, das ist wirklich schade.« Lunas Vater griff nach der Zeitung und verschwand im Flur.

Yuri winkte Mrs Collum und Lennon, um sich zu verabschieden. Dann trat er mit Luna auf die Veranda. In der lauen Nachtluft konnten sie noch immer den Zimt riechen, der durch die geöffneten Fenster wehte. Er legte eine Hand auf ihren Rücken, dorthin, wo die weiche Seide Platz machte für noch weichere Haut, und glaubte, noch nie so glücklich gewesen zu sein.

»Ist es okay, wenn ich dich küsse?«

»Absolut.«

»Würde es dir etwas ausmachen, dein Zungenpiercing vorher rauszunehmen?«

Luna starrte ihn an. »*Was?*« Sie verengte die Augen.

»Ich könnte mich daran verletzen und Infektion bekommen.«

»Was interessiert es dich denn, ob du eine Infektion bekommst?«, rief Lennon aus dem Wohnzimmer. »Du wolltest dich umbringen.«

»Wollte ich nicht. Und Infektion könnte schmerzhaft sein oder unangenehme Flüssigkeit absondern.«

Luna schnaufte. »Wäre dir das vor dem Bestatter etwa peinlich?«

»Er würde auch deinen knochigen Arsch sehen«, rief Lennon. »Dieser Arsch ist ein guter Grund, sich nicht selbst umzubringen. Im Ernst, Alter, du musst trainieren, bevor du dich abmurkst.«

»Ich wollte mich nicht umbringen. Ich bin *ausgerutscht.*«

»Wie wär's mit Implantaten?«, rief Delinda Collum.

Yuri legte die Hände auf sein Hinterteil und schloss die Augen, um Luna zu küssen. Ihre Lippen schienen straffer, weniger nachgiebig, und als er versuchte, sie sanft auseinanderzudrücken, verschlossen sie sich fest. Er hob ein Augenlid und sah, wie sie ihn aus etwa zehn Zentimeter Entfernung finster anblickte. Er fühlte sich wie ein grasendes Tier in der Savanne.

»Ist das Moment, in dem ich mich entschuldige?«

»Jap.«

»Es tut mir leid, dass ich vor deinem Zungenpiercing Angst habe. Darf ich dich trotzdem küssen?«

Sie musterte ihn.

»Okay.«

Er beugte sich vor und küsste sie, und sie schlang die Arme um seinen Hals. Mit seinen Handflächen strich er über die Seiten ihrer Brüste, als er sie umarmte. Er würde behaupten, dass es ein Versehen war, falls sie protestierte. Aber sie war damit beschäftigt, an seinen Lippen zu knabbern, und er schmeckte den blauen Punsch. Dann hob sie ihre Zunge und tippte mit dem Piercing gegen die Rückseite seiner Schneidezähne.

»Hab dich.«

Er lächelte sie an. Als sie zum Auto gingen, hielten sie Händchen.

»Luna? Hat deine Tür andere Farbe, weil es preiswertes gebrauchtes Teil war?«

»Nein. Ich habe ein Experiment zur menschlichen Farbwahrnehmung durchgeführt. Ob ähnliche Farben in derselben Sättigung und Lackierung eine Angstreaktion hervorrufen, wenn sie in unerwarteten visuellen Umgebungen auftauchen.«

Er stieg ins Auto und schnallte sich an.

»Wirklich?«

»Nein, es war einfach die billigste passende Tür.«

»Ach so.«

Sie fuhr auf die Straße, und die Hinterräder polterten über den Bordstein der Nachbarn. Einen Augenblick beleuchtete das Vorderlicht die Schlaglöcher im Asphalt. Dann prallten sie auf die Fahrbahn und fuhren zurück zur Zufahrtstraße, die in eine Kreuzung auf eine Hauptverkehrsstraße mündete und wiederum in eine Autobahn überging, auf der sie zurück zu seinem Hotel gelangten.

Sie waren ein paar Minuten unterwegs. Yuri klopfte gedankenverloren mit den Fingern den Klapper-Rhythmus des Autos auf seinem Knie mit.

»Denkst du über diese Typen bei der Arbeit nach?«

»Hmm? Nein. Vielleicht.«

»Du wirkst so schwermütig.«

»Schwerkraft ist eben nicht so leicht.« Er grabschte nach dem Türgriff, als Luna ein Stoppschild bemerkte und voll in die Bremsen trat. »War das lustig auf Englisch?«

»Nein, nicht wirklich. Bist du auf Russisch lustig?«

»Nein.«

Sie lachte.

»Und das ist jetzt lustig?«

»Ja. Ja, ist es.«

Yuri seufzte. Die Fenster waren heruntergekurbelt. Während sie an ein paar Tankstellen, einigen 24-Stunden-Läden und einem Second-Hand-Shop vorbeifuhren, wehte die noch warme Luft über sein Gesicht und brachte den Geruch von Abgasen mit sich. Das grelle Licht der Straßenlaternen prallte von Lunas grüner Motorhaube ab.

Yuri dachte an Röcke in sattem Rosa, die Geometrie von Schulgebäuden, das Klimpern eines Zungenpiercings an seinen Schneidezähnen und … verdammt, wie konnte das nur so sexy sein? Luna beschleunigte, um noch bei Gelb über die Ampel zu kommen. Yuri griff nach seinem Anschnallgurt.

»Ich glaube, ich habe gerade etwas entdeckt, das noch schneller als Licht ist.«

»Mich?«

»Ja. Licht könnte unser gemeinsamer Nenner sein.«

»Ich probiere, es in Ölfarben einzufangen, während du mich mit den gesammelten Abenteuern des kleinen Photons erfreust?«

»So was in der Art.«

Als sie näher kamen, huschten rote und blaue Lichter über die Fassade des Hotels. Zwei Polizeiautos parkten mit den Kühlerhauben voneinander weg vor dem Gebäude.

»Das sieht nicht gut aus«, murmelte Luna.

»Vielleicht Mord«, sagte Yuri und versuchte nicht zu hoffnungsvoll zu klingen. Dann entdeckte er den schwarzen Wagen des NASA-Fahrdienstes, der zwischen den Polizeiautos stand.

Luna hielt auf dem Restaurantparkplatz an, und Yuri küsste ihre Hand, bevor er ausstieg. Mit den Gedanken war er jedoch schon bei den Blaulichtern. Etwas war passiert. Er sah ihr mit einem angespannten Lächeln in die Augen, dann schloss er die Tür und schlüpfte zwischen den Bäumen hindurch auf den anderen Parkplatz. Mit Unschuldsmine versuchte er möglichst zuversichtlich auf den Eingang des Hotels zuzugehen.

»Dr. Strelnikov?«

Es war der Fahrer. Derselbe, der ihn am Morgen zur Arbeit und vor vier Stunden zurück zum Hotel gefahren hatte.

»Ja?«

»Ich habe die Anordnung, sie sofort zum JPL zu bringen, Sir.«

Der Fahrer hielt die Tür auf. Yuri stieg ein, und der Mann trat aufs Gas. Ein Streifenwagen fuhr mit eingeschaltetem Blaulicht vor ihnen, der andere folgte.

»Was ist los?«, fragte Yuri.

Der Fahrer schwieg einen Moment, dann sagte er: »Ich weiß es nicht.« Er sah Yuri durch den Rückspiegel an, als könnte er es ihm vielleicht erklären.

Yuri wackelte den ganzen Oak Grove Drive nervös mit den Knien. Sie kamen am Eingangstor vorbei, die kalifornischen Hügel wurden höher, die Gebäude des JPLs tauchten hell vor ihnen auf. Sie waren voll erleuchtet, obwohl es später Abend war. Er konnte durch die Bürofenster sehen, wie sich Menschen dahinter bewegten. Alles brummte vor Geschäftigkeit.

Yuri murmelte zur Beruhigung Nobelpreisträger vor sich hin. Er war bei Arthur Holly Compton angekommen, als der Fahrer am Eingang vorfuhr. Ohne den Mann noch eines Blickes zu würdigen oder sich für die Fahrt zu bedanken, stieß Yuri die Autotür auf und sprang heraus. Er lief die Treppe hoch in die Lobby und von dort schnell weiter zum Konferenzraum.

Jemand hatte mit einem Klebestreifen ein Blatt Computerpapier neben die Whiteboards, auf denen die Berechnungen standen, geklebt. Oben stand hingekritzelt: »Wer jetzt hier sein sollte.« Darunter hatte derselbe »Isaac Newton« geschrieben, und ein anderer hatte »x^2« hinzugefügt. Von anderer Hand mit schwarzer Tinte verfasst, las Yuri darunter »Einstein«, darauf folgten »Niels Bohr«, »Aristoteles«, »Stephen Hawking« sowie »Galilei«. Und ganz unten in der akkuraten Handschrift des Direktors »Yuri Strelnikov«.

Yuris Gesicht glühte. Ihn mit Newton und Einstein auf diese Liste zu setzen, war kein Kompliment an seine Fähigkeiten. Es war eine sarkastische Bemerkung über sein unerlaubtes Entfernen von der Truppe. Yuri drehte sich um und ging schnellen Schrittes durch den Konferenzraum, auf direktem Weg zu Fletchers Büro. Er fing den feindseligen Blick zweier Experten für orbitale Dynamik auf. Es musste ein Treffen stattgefunden haben. Wahrscheinlich waren alle aus ihren Büros zusammengekommen, es war etwas angekündigt und seine Abwesenheit bemerkt worden.

Yuri zog den Kopf ein und erblickte die schlaffe Inkalilie in seinem Knopfloch. Er fischte sie behutsam heraus und steckte sie in seine Hosentasche. Als er auf den Gang trat, auf dem sich Fletchers Büro befand, sah er, wie die Hausmeister den Flur entlang Feldbetten aufstellten. Der älteste von ihnen erblickte ihn und zog den Kopf ein, als er, bedacht darauf, das Metallgestell nicht gegen die Wand klappern zu lassen, ein weiteres Feldbett auseinanderfaltete.

Etwas stimmte ganz gewaltig nicht.

Kapitel 19

MUTTER ALLER ALBTRÄUME

Yuri klopfte leise an Fletchers Bürotür.

»Wenn Sie nicht Yuri Strelnikov sind, können Sie mich mal!«, schnauzte Fletcher.

»Ich bin Yuri Strelnikov.«

Eine kurze Pause, dann flog die Tür weit auf.

»Sie können mich trotzdem mal. Wo waren Sie?«

Yuri wurde rot.

»Ich bin spazieren gegangen …«

»Gehen Sie nicht zu weit.« Dann lachte Fletcher. Es war ein angespanntes Geräusch, seine Stimmbänder vibrierten straff. »Gehen Sie nicht zu weit. Das ist gut.«

Yuri sah ihn neugierig an.

»Lassen Sie uns in Ihr Büro gehen, dann können Sie sich nach Ihrem ganz persönlichen Briefing gleich an die Arbeit setzen.«

»Es tut mir leid.«

Fletcher winkte ab.

»Wir haben mehr Daten erhalten.«

»Ach ja?«

»Es ist ein ungewöhnlicher Asteroid«, sagte Fletcher.

»Wegen Geschwindigkeit«, sagte Yuri, »die teilweise durch rückläufigen Orbit verursacht ist. Anstatt hinter Erde aufzutauchen, wie Asteroiden normalerweise tun, kommt er von vorne. Also addiert sich Geschwindigkeit von Erdumlaufbahn zu Gesamtgeschwindigkeit. Wie Frontalzusammenstoß bei Autos.«

»Schon«, sagte Fletcher, als sie um die Ecke bogen. »Darum ist dieser so viel schneller als die meisten Asteroiden. Wir steuern direkt auf ihn zu.«

»Das wussten wir bereits«, sagte Yuri.

»Aber darum ist er nicht so ungewöhnlich.«

Yuri sah ihn von der Seite an und blickte zu seiner hohen Stirn hoch. Fletcher hatte etwas Zerbrechliches an sich, als ob man ihn in flüssigen Stickstoff getaucht hätte, und sobald man ihn berührte, würde er auseinanderbrechen.

»Wir mussten erst seine Umlaufbahn berechnen. Herausfinden, ob er einschlagen würde, und wie schnell er sich bewegte, um zu wissen, wie viel Zeit wir noch hatten«, fuhr der Direktor fort.

Sie waren bei Yuris Büro angekommen und standen nun vor der Tür. Yuri war sich immer noch nicht sicher, worauf er hinauswollte.

»Wir haben gerade die Ergebnisse der Spektralanalyse zurückgekriegt.«

Yuri sah ihn an. Er begriff nicht.

»Er hat rote Banden.«

Yuri spürte, wie sich seine Nackenhaare sträubten.

»Nein. Er ist S-Typus. Silikathaltig. Sie können rötlich aussehen.«

»Wir haben die Analyse. Er hat rote Linien, aber sonst keine auffälligen spektralen Eigenschaften«, sagte Fletcher.

»Vielleicht hat er gemischte Zusammensetzung?«, seine Stimme überschlug sich, und er hasste sich dafür. »In Siliziumoxid kann Nickel-Eisen vorhanden sein.«

Fletcher sah ihn ernst an. »Es ist ein M-Typus. Metall. Da besteht kein Zweifel. Und er ist fast gleichförmig zusammengesetzt. Es sieht nach ein bisschen Palladium und Iridium aus, aber sonst ist er fast vollständig aus Eisen.«

Einen Moment lang sagten sie nichts. Yuri fühlte eine große Ruhe, Stillstand, als ob der Luftdruck abrupt gefallen wäre.

»Unser Plan, ihn in Staub zu verwandeln …«, wisperte er. »Wir können es nicht machen. Masse von diesem Ding muss … Es wird nicht funktionieren.«

»Nein«, sagte Fletcher. »Wird es nicht.«

Yuri starrte ihn an.

»Wir müssen uns einen neuen Plan einfallen lassen, aber die Zeit läuft uns davon. Außerdem wird das Waffenteam etwas von dieser wenigen Zeit benötigen, um das bereitzustellen, für was auch immer wir uns entscheiden.«

»Was werden wir tun?«

»Sterben«, sagte Fletcher. »Es sei denn, einem von euch fällt etwas Besseres ein.«

Yuri fuhr sich mit der Hand über den Mund. »M-Typus.«

»M-Typus in rückläufiger Umlaufbahn«, sagte Fletcher. »Die Mutter aller Albträume.« Er kratzte sich am Nacken. »Meeting im Konferenzraum in zwanzig Minuten. Wir müssen uns schnell auf eine neue Strategie einigen, weil wir den Rest der Zeit brauchen werden, um sie umzusetzen.«

Yuri starrte ihn an. Zwanzig Minuten?

Fletcher hatte sich schon wieder auf den Weg gemacht, dann drehte er sich noch einmal um.

»Noch etwas. Keiner verlässt das Gebäude. Essen während der Arbeit. Nicht duschen. Wenn Sie merken, dass Sie einschlafen, gehen Sie zu einem der Feldbetten, jemand wird Sie nach zwanzig Minuten wecken.« Yuri nickte. »Keine Spaziergänge.«

Noch eine ganze Weile nachdem der Direktor wieder um die Ecke gebogen war, blickte Yuri ihm hinterher. Dann trat er in sein Büro. Er fing den blassen Fleck seines Gesichts in der schwarzen Fensterscheibe ein und spürte die Scham bitter in ihm aufsteigen. Sie schmeckte nach Kotze.

Die Welt ging unter, und er war zu einem Abschlussball gegangen.

Er suchte auf seinem Schreibtisch nach Instruktionen, fand aber nichts. Sie fingen wieder bei null an. Hier, kurz vor Mitternacht, sechs Tage vor dem Einschlag. Es gab nichts, was sie berichten konnten. Ihre ganze Arbeit war gegenstandslos. Seine Auseinandersetzungen mit Simons und Pirkola – sinnlos. Nichts, was sie berechnet hatten, hatte je eine Chance gehabt. Denn etwas unfassbar Schnelles und Kaltes raste auf sie zu, und sie hatten es nicht erkannt. Sie hatten schon beim Verstehen versagt.

Schadete das seinen Chancen auf den Nobelpreis?

Es dauerte eine volle Sekunde, bis ihm klar wurde, dass auch das Nobelpreiskomitee betroffen wäre, wenn das Leben auf der Erde ausgelöscht würde. Noch eine weitere Sekunde, bis er merkte, dass es dann sowieso keine Bedeutung mehr hätte.

In diesen zwei Sekunden kam der BR1019 142 Kilometer näher.

Yuri nahm noch einmal die Aufzeichnungen seiner bisherigen Berechnungen zur Hand und durchsuchte sie nach Bruchstücken, die er verwerten konnte. Dann fegte er sie mit dem Handrücken von seinem Schreibtisch. Er zog ein leeres Blatt Papier hervor und schrieb auf Russisch: *Ihn zum Stehen bringen. Zur Seite schieben. Die Erde aus dem Weg befördern. Ihn sprengen. Ihn zum Verschwinden bringen.* Er machte einen Gedankenstrich hinter jede der ersten vier Möglichkeiten und kritzelte *unmöglich* dahinter. Dann starrte er auf die letzte und kaute auf dem Radiergummi seines Bleistifts.

Bis zu diesem Zeitpunkt hatte er keine Erschöpfung verspürt. Aber jetzt grub er seine Handballen in die Augenhöhlen. Vorher war genug Zeit gewesen. Er hatte seine Berechnungen fertiggestellt, ihm waren die Antworten eingefallen, die sein Team brauchte – und all das mit Leichtigkeit. Er hätte vielleicht sogar Zeit gehabt, Simons und Pirkola auf seine Seite zu ziehen. Nun spielten ihre unterschiedlichen Meinungen keine Rolle mehr. Denn während sie – gerade so – fähig gewesen wären, einen Felsbrocken von den Ausmaßen des BR1019 in die Luft zu jagen, würden alle Atomwaffen der Welt keinen Klumpen Eisen dieser Größe sprengen können.

Es brachte nichts, einfach ein paar Nummern auszutauschen, um eine neue Masse zu berechnen. Es würde einen komplett neuen Ansatz erfordern. Es könnte auch sein, dass es gar keine Lösung gab. Es könnte sein, dass nichts funktionierte.

Yuri war beim zweiten Radiergummi angekommen, als eine Frau durch den Flur rief, dass es Zeit für das Meeting war. Alle sollten sich im Medienraum versammeln. Yuri starrte auf seinen Schreibtisch. Er hatte fünf denkbare Ansätze auf ein Blatt Papier geschmiert, vier von ihnen waren unmöglich und einer davon verrückt. Er drehte das Papier um, beugte sich vor und legte mit zusammengekniffenen Augen seine Stirn darauf ab.

Dann stand er auf und folgte den anderen in den Medienraum. Er war groß, mit dunkelblauen Sitzen wie in einem Kino, aber ohne Becherhalter. Die meisten Sitze waren schon belegt. Yuri wurde von den drängelnden Wissenschaftlern hineingedrückt und landete neben einer jungen Frau, die Expertin für Sternhaufen war. Die Anspannung im Raum war förmlich greifbar.

Fletcher ging nach vorne und stellte sich dorthin, wo normalerweise die Leinwand heruntergelassen wurde.

»Ich werde weder mich noch irgendjemand anderen vorstellen«, sagte er. »Wer ich bin, wissen Sie alle, und mir ist es scheißegal, ob Sie Ihren Sitznachbarn kennen. Vor ein paar Stunden, nachdem wir die Ergebnisse der Spektralanalyse bekommen hatten, habe ich Sie gebeten, sich in Ihre Büros zurückzuziehen und sich Gedanken zu machen. Ich weiß nicht, wie wir dieses Ding besiegen sollen. Und falls wir mit einer Strategie aufwarten können, haben wir vielleicht keine Zeit, sie umzusetzen. Also fassen wir uns kurz und reden schnell. Was haben Sie?«

Einen Augenblick lang sprach niemand, aber es herrschte eine Art geräuschvolle Stille. Papier raschelte in zögerlichen Händen, Nacken rieben an Krägen, als die Leute einander ansahen und darauf warteten, dass jemand anderes das Wort ergriff.

»Einundsiebzig Kilometer die Sekunde, Leute!«, drängte Fletcher.

Links im Raum stand ein großer Mann mit der gebeugten Haltung eines Wissenschaftlers auf.

»Ich bin Dan Kilpatrick, normalerweise am Goddard College.« Er fing Fletchers Blick auf und stoppte schlagartig, sich vorzustellen. »Dieses Ding ist kilometerbreit. Bei einem Felsbrocken hätten wir die Chance gehabt, ihn in die Luft zu jagen, aber Eisen wird nicht auf dieselbe Art reagieren. Wir wissen alle, dass es nicht funktionieren wird. Und wenn wir es doch schaffen, ihn in ein paar Stücke zu zersprengen, werden sie immer noch zu groß sein, um bei Eintritt in die Erdatmosphäre zu verglühen. Wir würden nur eine Menge Einschläge mit katastrophalen Folgen herbeiführen.«

»Es gibt keine brauchbare Alternative«, rief ein älterer Herr von rechts, ohne sich die Mühe zu machen aufzustehen. »Wir müssen es trotzdem probieren – eine andere Möglichkeit haben wir nicht.«

»Dann können wir auch genauso gut nichts tun«, schnauzte Kilpatrick zurück. »Die einzige vernünftige Strategie ist, zu versuchen, den Asteroiden vom Kurs abzubringen und zur Seite zu stoßen, wenn er vorbeikommt.«

»Es wäre, als würde man mit der Faust an einen Wolkenkratzer hauen«, flüsterte die Frau neben Yuri ihm zu. »Man kann ihn schlagen, aber er wird sich nicht bewegen.«

Er nickte. Sie hatte recht.

»Dan, erläutern Sie uns Ihre Gedanken zum Abdrängungsverfahren?«, sagte Fletcher.

Kilpatrick spreizte ergeben die Finger.

»Wir nehmen alles, was wir haben, schießen es nach oben und lassen es gleichzeitig auf einer Seite detonieren.«

Allgemeines Murmeln erhob sich im Raum.

»Das wird nicht genug sein«, rief eine zierliche Frau von vorne. »Außerdem müssten die Raketen ihn berühren. Keine Luft im Raum, keine Erschütterung. Jede einzelne müsste mit dem Asteroiden in Kontakt kommen. Und wenn sie alle gleichzeitig detonieren, ist es genauso wahrscheinlich, dass sie sich nur selbst zerstören.«

»Was willst du dann tun, Amy?«, fragte Kilpatrick.

»Was ist, wenn wir sie hintereinander hochschicken, eine nach der anderen, und versuchen, so viel wir können, von ihm abzuschlagen? Die Detonationen so anordnen, dass wir absplittern, was wir können, und ihn so klein wie möglich machen.«

»Das würde die Kraft des Einschlags verringern, aber sie wäre immer noch katastrophal«, sagte Fletcher stirnrunzelnd.

Amy stand auf und schaute durch die Reihen. Die Frau war ein Kraftbündel. Yuri fragte sich, ob sie früher wohl Turnerin gewesen war.

»Wir werden ihn nicht zur Seite drängen können, nicht zu diesem späten Zeitpunkt, nicht mit dem, was wir momentan zur Verfügung haben. Wir werden ihn auch nicht in so kleine Stücke sprengen können, dass wir regionale Verwüstungen verhindern.« Jemand wollte etwas sagen, aber sie redete einfach weiter. »Kommt schon, das ist eine zehn auf der Turiner Skala. Was wir tun können, ist, die Katastrophe so klein wie möglich zu halten, sodass in Millionen von Jahren wieder Leben aus dem Permafrostboden erwachsen kann.«

Totenstille legte sich über den Raum, schwer und undurchdringlich. Sie füllte Yuris Mund und Nase und breitete sich in seiner Luftröhre aus. Seine Brust zog sich in flachen Atemzügen zusammen, die keinen Sauerstoff mehr hineinließ.

»Vielleicht schaffen wir es nicht, die Erde für uns selbst zu retten«, sagte Amy sanfter. »Vielleicht ist alles, was wir tun können, sie für jemand anderes zu retten.«

Ihre Worte schwebten durch den Raum und senkten sich langsam nieder wie Asche. Schließlich ergriff Fletcher das Wort.

»Definieren wir also unsere Aufgabe neu? Anstatt Leben zu retten, versuchen wir die Möglichkeit von Leben für einen unbestimmten Zeitpunkt in der Zukunft zu sichern?«

Yuri wurde übel. Die Zukunft sollte ihm gehören, nicht irgendjemand anderem. Er hatte noch nicht lange genug gelebt, um sein Leben wieder abzugeben – wie ein Stück Laborausrüstung, das man ausprobierte und dann zurückgab, damit andere es benutzen konnten.

Es herrschte Schweigen. Dann sagte Kilpatrick: »Ich bin noch nicht bereit aufzugeben. Genauso gut können wir versuchen, ihn abzudrängen.«

Fletcher seufzte, und aus seinem gesamten Körper schien die Luft zu entweichen.

»Hat irgendjemand eine Idee, die uns im Hier und Jetzt retten könnte? Und ich meine wirklich *retten*, Dan.«

»Er ist aus Metall«, rief ein Mann. »Was ist, wenn wir einen riesigen Magneten nach oben schicken und ihn wegziehen?«

»Und wo zur Hölle kriegen wir einen so großen Magneten her?«, fuhr Fletcher ihn an.

Der Direktor hätte vermutlich bessere Chancen, die Leute zum Reden zu bringen, wenn er sie nicht anschreien würde, sobald sie es taten, dachte Yuri.

»Okay, geben Sie mir kurz ein Handzeichen, welchen Vorschlag Sie für besser erachten: Dans Abdrängen oder Amys Idee, so viel von ihm abzubrechen, wie wir können. Die Sprengkörper werden jeweils anders platziert werden. Wir können also nicht beides tun.« Er gab ihnen einen Moment zum Überlegen. »Okay, heben Sie die Hand, wenn …«

Yuri stand auf.

»Ähm, es gibt weitere Möglichkeit«, sagte er. »Doktor …« – wie war noch mal ihr Nachname? – »Amys Idee, ihn zu sprengen, würde funktionieren, wenn Asteroid kleiner wäre.«

Fletcher hielt inne. »Sie wollen Ihre Antimaterie benutzen.«

Beim Wort »Antimaterie« erhob sich ein kollektives Stöhnen von den versammelten Wissenschaftlern.

»Es gibt keinen Weg, Antimaterie zu lagern«, rief jemand. »Das wissen Sie doch. Wenn sie in Kontakt mit ihrem Behälter kommt, lösen sich beide in Luft auf, puff.«

»Puff?«, kommentierte jemand.

»Berechnungen dafür sind äußerst komplex«, sagte Yuri. »Aber ich habe sie schon gemacht. Wir bringen Hochleistungs-Beschleuniger für Antimaterie nach oben, platzieren ihn neben Asteroiden und geben Antimaterie-Stöße ab, um Materie-Antimaterie-Reaktion herbeizuführen, in der Teilchen sich selbst aufheben. Dann ist Antimaterie weg – kein Verlust für uns –, und Teil von Asteroid verschwindet mit ihr. Nicht unsichtbar – einfach weg. Und jede Explosion verursacht Schub, der wie Düsenantrieb wirkt. Das wird Asteroiden mit jedem Schuss weiter wegdrücken.«

Simons stand auf. »Wir müssen die Antimaterie nicht nur irgendwie lagern. Vielleicht haben Sie ja herausgefunden, wie das funktioniert. Schön für Sie, wenn es wirklich klappen sollte. Wir haben keine Zeit herauszufinden, ob Sie wissen, wovon Sie sprechen.«

»In Russland gibt es schon Prototy…«, setzte Yuri an.

»Aber selbst wenn Sie sie lagern *können*«, sprach Simons einfach weiter, »müsste man sie in einem gebündelten Strahl über eine lange Distanz hinwegschießen. Denn den Beschleuniger müssten wir in einem guten Sicherheitsabstand platzieren, und das wären ein paar *Kilometer.*«

»Ja …«, sagte Yuri.

»Die Antimaterie wird sich ausbreiten wollen …«

»Ich weiß«, sagte Yuri. »War großes Problem. Ich kann Ihnen zeigen …«

»Sie können von mir aus alle verdammten Zahlen, die Sie wollen, in den Raum werfen«, sagte Simons und gestikulierte vage zur hochgefahrenen Leinwand. »Das heißt nicht, dass sie richtig sind, und es heißt nicht, dass es funktionieren wird.«

»Das ist unsere beste Chance zu überleben«, sagte Yuri, lehnte sich nach vorne und blickte alle an. »Das ist unsere *einzige* Chance zu überleben.«

Amy stand auf. »Wir haben noch ein größeres Problem, als den Strahl zu bündeln.«

Simons warf seine Arme in die Luft, als ob das seinen Standpunkt irgendwie beweisen würde.

»Was?«, fragte Yuri.

»Wir müssen den Beschleuniger in der Nähe des Asteroiden positionieren, richtig? Das heißt, die Geschwindigkeit anpassen?«

»Ja.«

Und dann verstand Yuri. »Asteroid bewegt sich mit Geschwindigkeit von 255 000 Kilometern die Stunde.« Er fühlte sich, als ob ihm jemand in den Magen geschlagen hätte. »Mensch kann nichts abfeuern, das dieser Geschwindigkeit nahe kommt.«

»Nein«, sagte Amy. »Das können wir nicht.«

Im Raum herrschte absolutes Schweigen. Konnte es das gewesen sein? Sie waren so nah dran, verloren aber ihre Chance, weil sie nicht die richtige Geschwindigkeit erreichen konnten?

Vielleicht war alles für diesen Moment gewesen. Das ganze Bedürfnis der Menschheit nach Geschwindigkeit, erst zu Fuß, dann mit Pferden und Autos. Warum schubste schon jedes Kleinkind ein Spielzeug und sagte Wrumm? Hatte sie etwa über Jahrtausende nur auf diesen Augenblick hingearbeitet? Und nun hatten sie versagt?

»Okay, Leute«, sagte Fletcher. »Denkt nach. Wie könnten wir es hinkriegen?«

»Wir schießen auf ihn, wenn er auf uns zukommt«, sagte Amy. »Wir bringen den Beschleuniger ins All und lassen ihn feuern, wenn der BR1019 in seine Nähe kommt und vorbeifliegt. Wie ein Cowboy aus der Hüfte.«

»Das ist krank«, sagte Simons. Er schob mit dem Daumen seine Brille hoch. »Wir haben keine Ahnung, ob ein Antimaterie-Ansatz überhaupt funktioniert. Wahrscheinlich wird er es nicht. Wir müssen das nehmen, von dem wir wissen, dass es eine Chance hat.«

»Und das wäre?«, fragte Fletcher. »Haben Sie vergessen, dass wir es mit einem M-Typus zu tun haben?«

»Wir bombardieren ihn mit allem, was wir haben«, sagte

Simons. »Und versuchen ihn in die Luft zu jagen oder abzudrängen.«

»Zach, Sie sind ein hochintelligenter Mann«, sagte Fletcher. »Also hören Sie auf, so dämlich zu sein.« Simons starrte ihn an. »Wir werden es mit Yuris Antimaterie versuchen.«

»Wenn es nicht klappt, wird der Asteroid uns frontal treffen.« Simons reckte mit ausgestrecktem Arm seinen Zeigefinder zur Decke. »*Keine* Reduzierung der Masse, *keine* Reduzierung der Geschwindigkeit. *Ohne* ihn zur Seite zu drängen. Ein Frontalzusammenstoß mit einem M-Typus.«

Niemand im Raum gab einen Mucks von sich.

»Unser Problem ist, dass wir so oder so einen Frontalzusammenstoß mit einem M-Typus hätten, auch mit den herkömmlichen Waffen und Ansätzen«, sagte Fletcher. »Schauen Sie, ich werde das nicht alleine entscheiden.« Er fuhr sich mit der Hand über seinen Schädel. »In diesem Raum ist eine Menge Verstand, und ich möchte meinen, auch ein Haufen Weisheit versammelt. Eine einzige Person kann diese schwerwiegende Entscheidung nicht treffen. Also, wie viele von Ihnen wollen den Hochleistungs-Beschleuniger für Antimaterie ins All schicken und auf den Asteroiden feuern, wenn er vorbeikommt?«

»Und es gibt keinen Plan B?«, fragte Simons.

»Nein«, sagte Fletcher. Er zögerte. »Nach dem finalen Beschuss mit Antimaterie könnten wir eine Ladung Atomsprengköpfe abfeuern. Sollte Dr. Strelnikovs Methode tatsächlich klappen, würden sie einfach im All explodieren.«

»Gute Nacht, Mond«, sagte jemand.

»Tja«, sagte Fletcher. »Das müssten wir wohl in Kauf nehmen.«

»Die Nuklearwaffen werden nichts bringen«, sagte Amy.

»Nein, da haben Sie recht«, sagte Fletcher. »Aber sie wären von der Erde aus sichtbar, zumindest für eine kurze Zeit. Das würde den Menschen für kurze Zeit Hoffnung geben. Dieses Spektakel wird nämlich auch mit Hobbyteleskopen zu sehen sein.«

»Aber die Geschwindigkeit«, sagte Dan Kilpatrick.

Fletcher seufzte. »Ja. Und deswegen werden wir auch keine Nuklearwaffen abfeuern. Wenn die Antimaterie nicht funktioniert, wird dieses Ding zu schnell bei uns sein.«

Yuri räusperte sich. »Ähm, da ist noch was …« Er deutete auf Amy. »Wir müssen auf BR1019 schießen, wenn er ankommt und wenn er vorbeifliegt. Aber das wird nicht reichen. Wir müssen auch letzten, gewaltigen Stoß abfeuern, wenn er vorbeigeflogen ist. Also fast einhundertachtzig Grad vom ersten zum letzten Schuss.«

Fletcher starrte ihn an. »Richtung Erde?«

»Sie sind doch verrückt.« Simons' Gesicht lief purpurrot an. »Sie sind doch vollkommen verrückt. Sie wollen eine volle Ladung Antimaterie auf die Erde abfeuern? Auf uns?«

»Das nennt man wohl Angriff auf die eigenen Stellungen«, sagte Kilpatrick.

Amy schaute mit abwesendem Blick zu ihm. Ihre Augen verengten sich. Sie sah den Schuss vor ihrem inneren Auge und gab ein leises Pfeifen von sich.

»Der Strahl wird den Asteroiden verfehlen und uns treffen«, sagte Simons. »Je weiter die Antimaterie vordringt, desto mehr wird sie sich ausbreiten. Wie ein Scheinwerferstrahl. Sie werden die Pazifikküste in Antimaterie baden, und sie wird einfach verschwinden. Bis auf den Grund«, richtete er sich mit anklagendem Zeigefinger an Yuri.

Fletcher schüttelte den Kopf. »Das ist zu gefährlich. Ich bin absolut dafür zu versuchen, die Größe des Asteroiden zu verringern, und wenn wir Glück haben, ihn ein bisschen zur Seite zu stoßen. Aber ich werde mich nicht für einen Schuss Antimaterie, der direkt auf uns zielt, aussprechen.«

»Asteroid wird zwischen Beschleuniger und Erde sein«, sagte Yuri. »Strahl wird Asteroid treffen.«

»Was, wenn er ganze Arbeit leistet und durch den Asteroiden hindurchgeht? Oder an der Seite vorbei?«

»Dann verlieren wir bisschen von Kalifornien, retten aber Erde«, sagte Yuri. »Aber er wird nicht …«

»Sagt einer aus Moskau«, kommentierte Simons.

Yuri stieg die Hitze ins Gesicht. *Svoloch.*

»Ich bin genauso hier wie Sie.« Er stieß wütend mit beiden Zeigefingern Richtung Boden. »Ich bin hier«, fuhr er fort und atmete scharf aus. »Hören Sie mir zu: Wenn wir das tun, dann lassen Sie es uns richtig tun. Wir brauchen letzten starken Schuss von hinten, um Asteroidenmasse zu verringern und Seitwärtsstoß zu verursachen. Vielleicht wird Asteroid Erde dann nur streifen oder ganz verfehlen.«

»Aber vielleicht erledigt der Beschleuniger seine Arbeit auch schon vorher«, sagte Simons. »Und wir wären aus dem Schneider. Und dann würden wir diesen unnötigen letzten Schuss abfeuern … Wissen Sie eigentlich, wie viel bei diesem Stoß schiefgehen könnte?«

Yuri sah zu Amy, aber sie starrte nur auf die Rückenlehne ihres Sitzes und schüttelte langsam den Kopf.

»Nur damit es allen klar ist: Wie Yuri schon angedeutet hat, haben die Russen einen Prototypen am Laufen. Russland zufolge ist er für die Produktion von Energie gedacht.« Fletcher warf Yuri einen kurzen Blick zu. Yuri nickte. Er *war* für die Produktion von Energie. »Wir wissen, dass die Berechnungen des Jungen funktionieren, zumindest unter diesen Voraussetzungen.«

»Diese Voraussetzungen sind verdammt noch mal anders als die Bedingungen im All«, sagte Simons.

»Schon«, sagte Fletcher. »Ich sage nur, dass Tests durchgeführt wurden und seine Berechnungen standhalten.«

Simons drehte sich zu Yuri. »Haben Sie jemals einen Hochleistungs-Beschleuniger für Antimaterie benutzt, um einen Asteroiden zu zerstören?«

»Nein«, sagte Yuri. »Haben Sie jemals M-Typus in rückläufiger Umlaufahn mit anderer Methode zerstört?«

Simons schnaufte verächtlich und drehte sich weg.

»Hören Sie«, sagte Fletcher. »Es ist toll, dass wir die Ausrüstung und Sie die Mathematik haben, die es möglich machen, dass wir dieses Ding, das da auf uns zuschießt, bekämpfen können. Aber ich werde auf keinen Fall einem Schuss Richtung Erde zustimmen.« Er schaute sich im Raum um. »Ist irgendjemand hier anderer Meinung?«

Keiner im Raum sagte etwas. Yuri fuhr sich mit den Fingern durchs Haar.

»Sie wissen, dass der Beschleuniger programmiert wird, bevor er ins All geschossen wird«, sagte Fletcher. »Wenn er einmal oben ist, liegt es nicht mehr in unseren Händen. Ist einer der ersten Stöße zu stark und bricht den Asteroiden auseinander, könnte ein letzter Schuss zwischen den Stücken hindurchgehen.« Er lächelte verzagt. »Zach hat recht. Zu viele Dinge könnten schiefgehen.«

Fletcher ging in die Hocke und schaukelte auf seinen Fersen vor und zurück, seine Finger über dem Kopf verschränkt. Er machte einen langen Atemzug. Schließlich stand er auf.

»Okay. Wir bringen den Beschleuniger ins All und programmieren ihn so, dass er auf den BR1019 schießt, wenn er in Reichweite ist und vorbeifliegt – aber nicht, wenn er vorbeigeflogen ist. Alle, die dafür sind, heben die Hände«, rief Fletcher, und im ganzen Raum gingen die Hände in die Luft. »Okay. Dann ist es beschlossene Sache. Sie«, sagte er und zeigte auf Yuri, »machen sich an die Arbeit. Sie sind der Einzige, der die Berechnungen durchführen kann. Der Rest von Ihnen beschäftigt sich mit Abschusszeit, Anzahl der Stöße, Entfernung, in der wir den Beschleuniger positionieren müssen und dem ganzen Rest … Sie wissen, was Sie zu tun haben.«

»Es wird nicht reichen, wenn Sie es so machen.« Yuris Stimme klang höher, als er wollte.

»Ich werde keinen Angriff auf uns selbst anordnen«, sagte Fletcher. »Wenn wir sterben, dann nicht durch meine Hand.«

Mit hängenden Köpfen machten sich die versammelten Wissenschaftler wieder in ihre Büros auf. Keiner sagte etwas. Yuri stand bloß da und sah zu, wie sie davongingen.

Er dachte immer noch anders, als jeder andere Physiker der Welt. Unglaublich.

Kapitel 20

MAGEN-TABLETTEN

Zurück in seinem Büro arbeitete Yuri in einem Koffeinrausch die Nacht durch bis zum Morgengrauen. Er kaute alle Radiergummis von seinen Bleistiften ab und wählte die Nummer Eins, um nach mehr zu fragen. Innerhalb von nur einer Minute tauchte ein Mann mittleren Alters mit drei Dutzend neuer Bleistifte auf – unter anderen Umständen hätte sich Yuri darüber gefreut.

Nur selten benutzte er den Computer. Die meiste Zeit schrieb er von Hand, mit einem Reservebleistift hinterm Ohr, den er hervorzog, um auf ihm herumzubeißen, wenn er nachdachte. Während er rechnete, streifte er seine Schuhe ab, dann die Socken und krallte die Zehen in den Teppich. Es war ein Kurzflorteppich, sodass er ihn kaum zu fassen bekam. Seine Fäuste vergrub er in die Haare, bis diese aussahen wie Hörner.

Er kam gut voran, obwohl er vom vielen Sitzen fast verrückt wurde. Die fehlende körperliche Bewegung war eine der härtesten Seiten seines Lebensstils und war es schon immer gewesen. Als er sich einmal darüber bei Gregor Kryukov beschwert hatte, hatte ihm sein Doktorvater geraten, ins Fitnessstudio zu gehen.

Als ob einmal am Tag auf dem Laufband rennen die Bewegungslosigkeit des Erwachsenenlebens wiedergutmachen würde. An manchen Tagen verspürte Yuri ein so dringendes Bedürfnis nach Bewegung, dass er vor seinem Schreibtisch auf der Stelle rannte. In manchen Nächten wachte er auf, wälzte sich im Bett und konnte erst wieder einschlafen, wenn ihm vom Schattenboxen mit dem Mond der Schweiß den Rücken runterrann.

Yuri besuchte die Männertoilette, nur um ein bisschen Abwechslung zu bekommen. Es war leise dort, selbst für eine Toilette. Aber auch sonst redete niemand – nicht auf dem Flur, nicht an den Tischen voller Essen im Konferenzraum. Als ob die Kraft der Sprache angesichts des drohenden Untergangs verloren gegangen wäre. Die Zivilisation brach in sich selbst zusammen, so wie es das Universum vielleicht eines Tages tun würde. Die Menschheit würde nicht mehr dabei sein, um zuzusehen.

Yuri arbeitete weiter. Manchmal stellte er sich hin und streckte ein Bein auf dem Schreibtisch aus, um die Rückseite seines Oberschenkels zu dehnen. Wenn er die Beine gewechselt hatte, rannte er auf der Stelle und wurde nur langsamer, um schnell etwas zu notieren.

Auf der linken Seite seines Schreibtischs reihte er Styropor-Kaffeebecher auf. Sie reichten schon bis um die Ecke. Ganz langsam zerstörte er den ersten, indem er seinen Daumennagel hineinbohrte und im Styropor zunehmende Monde hinterließ. Dann zerpflückte er einen Becher in so kleine Stücke wie möglich. Den nächsten zerfetzte er knurrend mit seinen Zähnen. Er rückte die Reihe Becher nach vorne, sodass sie immer an der vorderen linken Ecke seines Schreibtischs anfing.

Den ganzen Tag arbeitete er ohne Pause, zappelte dabei unruhig vor sich hin, kam mit seinen Berechnungen aber stetig voran. Als es Abend wurde, schlurfte niemand zum Treppenhaus an der Westseite, um den Sonnenuntergang zu betrachten. Yuri ging barfuß zum Konferenzraum. Irgendjemand hatte Essen aus der Cafeteria hochgeholt und auf die Tische gestellt. So sparten sie die Minute, die sie zum Runtergehen brauchten – es war die Mühe wert. Jede Minute kam der kalte Rumpf des Asteroiden 4260 Kilometer näher.

Yuri hatte immer noch die graue Anzughose an, die er zum Abschlussball mit Luna getragen hatte. Ihm wurde klar, dass er vermutlich in diesem Anzug sterben würde. Er entschied sich, das Jackett wieder anzuziehen, wenn es so weit wäre. Es war natürlich völlig unwichtig, aber es schien ihm richtig so. Es würde dem Anlass die angemessene Feierlichkeit verleihen. Warum hatte niemand eine *Anleitung eines Atheisten zum Weltuntergang* geschrieben?

Er schob seine Hand in die Hosentasche. Seine Finger berührten etwas Weiches, und er zog es hervor. Es war die verwelkte Inkalilie aus seinem Knopfloch. Matt, wie ein alter Mann, der sich an seine Kindheit erinnerte, lächelte er, steckte sie wieder zurück und nahm ein Sandwich in sein Büro mit.

Auf dem Weg bemerkte er, dass einige Leute auf den Feldbetten lagen und schliefen. Ein Wachmann mit einem Klemmbrett wanderte durch den Flur, kontrollierte, wann sie sich schlafen legten, und notierte die Zeit, zu der er sie wieder aufwecken sollte.

Als Yuri näher kam, rüttelte er gerade behutsam einen älteren Mann wach, der sich mühsam aufsetzte. Zwei Zentimeter haarlose weiße Haut zeigten sich unter dem Hosensaum, als er seine schwarz besockten Füße auf den Boden stellte. Der Mann schien einen Augenblick verwirrt, und seine Augen tränten. Und dann erkannte Yuri, dass er weinte. Schnell wandte er den Blick ab, peinlich berührt, und schaute nicht mehr auf, bis seine Bürotür hinter ihm klickend ins Schloss fiel.

Er war der Jüngste im ganzen Gebäude. Den Chinesen hatte er ein paarmal gesehen. Auch er war noch nicht so alt – Mitte Dreißig vielleicht und einer von drei oder vier Physikern in diesem Alter. Der Rest war aber mindestens ein Jahrzehnt älter, die meisten Mitte fünfzig oder sechzig.

Während er also mit großer Sicherheit der Einzige am NEO war, der sich wegen eines Abschlussballs verspätet hatte, war er auch der Einzige, der drei Tage am Stück wach bleiben konnte. Er konnte weiterarbeiten, während die anderen schliefen, ihre Hühneraugen rieben oder was auch immer sie sonst taten. Er musste vielleicht währenddessen hin und her rutschen, sich dehnen und auf der Stelle rennen, aber er konnte wach bleiben und den Abend wieder aufholen, den er vergeudet hatte.

Manchmal saß er, die meiste Zeit aber stand er zappelnd über die Arbeit gebeugt, rieb sich mit den Handballen die Augen, die vor lauter Zahlen brannten, und dachte über die Geschwindigkeit von Licht und Tod nach, als er auch die zweite Nacht an seinem Schreibtisch verbrachte. Gedanken drängten ungebeten in sein Gehirn. Er würde keinen Sarg haben. Keiner von ihnen würde das, und auch wenn niemand übrig bliebe, um es zu bemerken, erschien es ihm trotzdem nicht richtig. Er hätte gerne blaues Leinenfutter gehabt. Blau schmeichelte ihm.

Er blinzelte den Gedanken weg und konnte nicht aufhören zu rechnen – während er geblinzelt hatte, war der Asteroid seinem Nasenrücken vierundzwanzig Kilometer näher gerückt. Er blinzelte noch einmal, und noch einmal. Vierundzwanzig. Vierundzwanzig. Er riss sich wieder zusammen, hämmerte Zahlen in seinen Taschenrechner und bemerkte, dass er seine Berechnungen seit Stunden nicht noch einmal überprüft hatte.

Was, wenn er es verbockte, weil er vergessen hatte, die Eins zu übertragen? Das wäre eigentlich sogar witzig. Er fing an zu lachen und konnte nicht mehr aufhören. Er lachte und lachte, während Tränen seine Wangen herunterliefen und seine Bauchmuskeln anfingen zu brennen. Dann wurden echte Tränen daraus. Er weinte, schrieb weiter, tippte und wischte sich zwischendurch mit dem Handrücken die Tränen von den Wangen.

Er würde nie den Nobelpreis erhalten. Niemals das Gewicht der Medaille in seiner Hand spüren, niemals mit dem Finger über das eingeprägte Bild der Wissenschaft fahren, die den Schleier von Isis' Gesicht zog. Die Sterne standen nicht auf seiner Seite.

Er stellte zwei Styroporbecher verkehrt herum auf den Boden und sprang mit den Hacken auf sie drauf. Die zerquetschten Styroporschnipsel betrachtend dachte er an Luna und ihre Angst, dass die Erde zersplittern würde.

»Sie wird nicht auseinanderbrechen, Luna«, flüsterte er. »Aber sterben werden wir trotzdem.«

Nach sechzig schlaflosen Stunden hatte er alles berechnet, um die Antimaterie zu lagern, den Strahl zu bündeln und jeden Stoß so klein zu machen, dass der Asteroid nicht auseinanderbrechen und der nächste Schuss ihn verfehlen würde. Er hatte alles getan, was von ihm verlangt worden war.

Zur Feier des Tages gönnte er sich einen Obstbecher. Dann

beugte er sich wieder über seinen Schreibtisch. Eine Sache musste er nämlich noch berechnen: den letzten, langen Schuss auf die Rückseite des BR1019, wenn dieser am Beschleuniger vorbeigeflogen war. Der Schuss zielte Richtung Erde. Die ersten zwei Stöße Antimaterie würden die Größe des Asteroiden zwar verringern, aber nicht genug. Er wäre immer noch ein großer Körper, der auf sie runterraste – bloß auf einer Seite flacher und ein bisschen vom Kurs abgedrängt. Aber eben nicht genug. Ohne den letzten gewaltigen Schuss würde der BR1019 weiterhin ein Planetenkiller sein. Wenn sie wollten, dass es funktionierte, musste es auf seine Art erledigt werden. Und es würde keine zweite Chance geben.

Als er fertig war, nahm er die zwei Stapel Papier – einen dicken mit den Berechnungen zu den ersten Schüssen und einen dünneren mit krakeligen Notizen zum langen letzten Schuss – und ging zu Fletchers Büro. Der Leiter war wach, aber seine Augen waren rot und in den Augenwinkeln verkrustet. Er lächelte Yuri an und deutete auf die Papiere.

»Haben Sie's raus?«

»Ja.«

»Ich würde es ja jemanden prüfen lassen, aber es gibt niemanden, der das tun kann. Verdammtes Pech, dass es noch nicht veröffentlicht wurde.«

Yuri zuckte die Achseln und kratzte sich am Unterarm, der vom stundenlangen Lehnen gegen die Schreibtischkante eine tiefe Rille bekommen hatte. Er reichte Fletcher den oberen Stapel.

»Es ist richtig. Genau wie das hier.«

Er gab ihm auch seine letzten Berechnungen.

Fletcher runzelte die Stirn. »Was ist das?«

»Das wissen Sie.«

Fletcher ließ den Kopf in den Nacken fallen und blickte zur Decke. »Zum Teufel, ich dachte, wir hätten uns alle auf einen Ansatz geeinigt.«

»Ich habe alle Varianten durchgerechnet. Die ersten Schüsse werden nicht reichen.«

»Wir haben schon entschieden …«

»Sie wissen, dass es stimmt. Ich wette, Sie haben jemand anderes nachrechnen lassen. So gut werden deren Mathekenntnisse noch sein.« Er sah Fletchers Miene an, dass er recht hatte.

»Er war sich nicht sicher«, sagte Fletcher matt. Der Direktor hielt Yuri den zweiten Stapel wieder hin. »Wir benutzen Antimaterie überhaupt nur, weil wir keine andere Wahl haben. Trotzdem werde ich keinen Schuss auf die Erde anordnen – nicht direkt auf uns.« Fletcher lehnte sich vor und schaute Yuri aus seinen verkrusteten roten Augen an. »Ich werde nicht derjenige sein, der diesen Planeten zum Untergang verurteilt.«

»Das haben Sie gerade getan.«

Da Yuri die Blätter nicht entgegennahm, legte Fletcher sie an den Rand seines Schreibtischs. Yuri warf den Kopf in den Nacken und ballte die Fäuste. Am liebsten hätte er auf etwas eingeschlagen. Kurz erwog er, sich an Fletcher abzureagieren. Was machte es schon für einen Unterschied? Er würde mit einer gebrochenen Hand sterben und Fletcher mit einem verletzten Kiefer.

Yuri unterdrückte das Verlangen und öffnete die Augen. Fletchers Wanduhr hing direkt gegenüber. Der Sekundenzeiger tickte, zerteilte die Zeit in Sekunden, eine nach der anderen.

Wie ein Mann, der, ohne seinen Schritt zu verlangsamen, auf eine Klippe zusteuerte.

»Kommen Sie«, sagte Fletcher. »Die anderen sind bereits fertig. Ich habe die Ergebnisse an die Tafeln geschrieben.«

»Ich habe sie gesehen, als ich mir Sandwich geholt habe …« Yuri zögerte. »Gestern, glaube ich.« Oder war es vorgestern gewesen? Er nahm seine Blätter von Fletchers Schreibtisch.

»Ich werde Ihre Daten einfügen, sodass alle einen Blick darauf werfen können. Vielleicht springt irgendjemandem noch etwas ins Auge. Irgendein simpler Fehler. Das kann vorkommen – wir sind alle erschöpft.«

Fletcher ließ die Wissenschaftler wecken, die gerade ein Nickerchen machten, dann ging er mit Yuri zu den Whiteboards im Konferenzraum. Yuri reichte Fletcher die Blätter mit seinen Antimaterieberechnungen. Der Direktor übertrug die Gleichungen mit einem grauenhaft stinkenden Stift auf die Tafel. Dann hielt Yuri ihm die anderen Zettel hin, die mit den Berechnungen für den letzten Schuss.

Fletcher schüttelte den Kopf. »Netter Versuch.« Sein Blick hielt Yuris einen Moment stand. »Wenn Sie ich wären, würden Sie es benutzen?«

Yuri lehnte sich vor. »Ja.«

Fletcher schnaufte leise. »Sie denken, Sie sind hier der Klügste, nicht wahr?«

»Nein. Das bin ich nicht. Ich weiß nur, dass ich hiermit recht habe.«

Fletcher seufzte. »Es könnten zu viele Sachen schiefgehen. Und jede einzelne hätte katastrophale Folgen.«

»Wir müssen es versuchen.«

Fletcher setzte die Kappe auf den Stift, aber der Gestank hing weiter in der Luft. »Vielleicht haben wir gerade eine kreative Lösung für das Problem mit dem Frieden im Nahen Osten gefunden.«

Yuri nickte benommen. »Ich gehe zur Toilette. Ich glaube, mir wird schlecht.«

Fletcher packte seinen Oberarm. »Sie haben gute Arbeit geleistet.« Er schüttelte Yuris Arm, dann ließ er los. »Haben Sie schon gehört, dass die Jungs von den Teleskopen uns mit einer Live-Übertragung versorgen?«

»Wir werden es auch noch sehen?« Yuri fühlte, wie ihn eine neue Welle der Übelkeit überkam.

»Wenn wir sehen, dass die Antimaterie zu kleine Stücke aus dem großen Eisen-Apfel frisst, haben Sie ein paar Minuten Zeit, um uns zu sagen, dass Sie es uns ja gesagt haben.«

Yuri klammerte die Faust an seinen Hinterkopf, Haare stachen zwischen seinen Knöcheln hervor.

»Ist es okay, wenn ich ein paar Leute anrufe? Um mich zu verabschieden?«

»Natürlich.«

Yuri ging zurück in sein Büro und legte die Stirn auf den Schreibtisch. Er seufzte, setzte sich auf und rief die Dame auf der Nummer Eins an, damit sie ihn mit seiner Mutter verband. Am Empfang vom Krankenhaus wurde ihm gesagt, dass sie in einer OP war. Er lächelte, als er auflegte. Sie tat, was sie am besten konnte. So hatte er noch nie darüber gedacht.

Er versuchte es bei Gregor Kryukov, seinem Doktorvater, aber es nahm niemand ab. Yuri konnte das Telefon im Büro des alten Herren im Physikgebäude der Lebedev-Straße vor sich sehen, wie es neben Kruykovs Edelstahlstifthalter auf dessen Schreibtisch thronte und klingelte.

Kurz fühlte er Panik in ihm hochsteigen und fragte sich, ob sie Kryukov schon rausgeschmissen hatten. Ob sein Doktorvater Yuris Urheberschaft an dessen Arbeit verteidigt hatte und dafür bestraft worden war? Dann wurde ihm klar, wie spät es in Moskau war – Kryukov würde längst im Bett liegen. Das wiederum bedeutete, seine Mutter hatte eine Notfall-OP. Er kniff kurz seine Augen zusammen und stellte sie sich vor, das elektronische Skalpell in der Hand, wie sie die Welt von jemandem rettete. Er kannte sie nicht besonders gut, und mochte sie auch nicht immer, aber er war stolz auf sie.

Dann rief er Luna an.

»Hallo?«

»Ich bin's, Yuri.«

»Hey, alles in Ordnung?«

»Ähm, nein.« Er zögerte. Was sollte er sagen? Und warum hatte er nicht darüber nachgedacht, bevor er den Telefonhörer in die Hand genommen hatte? »Es tut mir leid, dass ich nach Ball nicht angerufen habe. Wir hatten ziemlich viel zu tun.«

»Ja, hab ich gehört. Sie haben gesagt, der Asteroid ist gefährlicher als gedacht, weil er aus Metall ist, aber ich verstehe nicht wirklich, warum.«

»Wer hat das gesagt?«

»Die Nachrichtenleute im Fernsehen. Es wird über nichts anderes mehr geredet.«

»Sie haben das veröffentlicht? Sie haben den Leuten erzählt, dass er aus Metall ist?«

»Ja.«

Er fragte sich, ob die Menschen in Russland es auch wussten. Wusste es seine Mutter, während sie mitten in der Nacht in einem kalten Krankenhausflur neben einem Regal mit Boxen voller OP-Nähzeug stand und sich den Kittel überstreifte?

Sie schwiegen.

»Mein Dad regt sich auf, weil sie diese T-Shirts verkaufen«, sagte Luna. »Auf ihnen steht ›Ich habe den BR1019 überlebt‹. Dad ist sauer, weil man sein Geld nicht zurückbekommen würde … Du weißt schon, falls wir nicht überleben.«

Yuri lachte. »Das klingt nach deinem Vater.«

Luna wurde wieder ernst. »Warum ist es jetzt so viel schlimmer als vorher?«

»Eisen ist sehr schwer. Es hat riesige Masse. Wenn dein Kühlschrank aus massivem Eisen wäre, würde er fast 15000 Kilo wiegen.«

»Hör auf!«

»Ähm, wie bitte?«

»Andererseits, vielleicht wiegt er tatsächlich so viel. Ein paar von Mums Bananen-Muffins sind drin.«

Yuri lachte.

»Dann kommt da jetzt also ein Riesending aus Eisen auf uns zu. Yuri, das ist eine Kanonenkugel!«

Er blinzelte. Das war ihm noch gar nicht in den Sinn gekommen.

»Wir werden von riesigen Weltraum-Piraten angegriffen!«

Yuri konnte Lennons Stimme im Hintergrund hören: »Weltraumpiraten? Ich bin ganz Ohr.«

»Ich muss in einer Minute los. Es gibt noch so einiges zu tun hier.«

»Okay«, sagte Luna, und ihre Stimme klang plötzlich ganz klein.

»Luna? Steht dein Pony hoch?«

»Ja. Hoch und in einem schnittigen Winkel zur Seite.«

Er stellte es sich vor und lächelte. Aber sein Mund krümmte sich nach unten, und er fuhr sich mit einer Hand übers Gesicht.

»Wird alles gut werden?«, flüsterte Luna.

»Ich bin nicht sicher. Ich versuche, später noch einmal anzurufen, okay?«, sagte er.

»Ja.«

Sie sagten nicht Lebewohl.

Ein paar Minuten später klopfte Karl Fletcher an Yuris Tür und schaute herein. »Nehmen Sie Ihre Berechnungen«, sagte er. »Es ist Zeit runterzugehen, in die Höhle des Löwen.«

»Ähm …«

»Zu den Programmierern.« Fletcher hielt ihm den Stapel Blätter hin, von denen er auf die Tafel abgeschrieben hatte. »Ich habe es fotokopiert«, sagte er. »Nur für den Fall, dass jemand Pizza drauffallen lässt und wir es nicht mehr lesen können. Das wär was, oder?«

»Ich werde keine Pizza in die Nähe kommen lassen«, sagte Yuri und konnte die Beleidigung in seiner Stimme nicht verbergen.

»Oh doch, werden Sie. Ab jetzt halten Sie sich in deren Revier auf, und glauben Sie mir, dort gibt es genug Pizza.« Yuri folgte Fletcher auf den Flur. »Kommunikation ist der Schlüssel – die Programmierer verstehen nichts von unserem Job und wir nichts von ihrem. Sie wissen, wie man die Mathematik in einen Algorithmus verwandelt, der unseren Beschleuniger steuern kann. *Wir* wissen das nicht. Aber dafür haben sie keine Ahnung, womit sie da arbeiten. Sie werden nicht kapieren, warum ihre Zahlen das sind, was sie sind.« Fletcher grinste Yuri schief an. »Ich übrigens auch nicht.«

»Sie werden nicht wirklich verstehen, was sie vor sich liegen haben?«, fragte Yuri.

»Auf keinen Fall. Wahrscheinlich werden Sie sie für einen Haufen Idioten halten. Um ehrlich zu sein, werden Sie sich bei ihren ersten Versuchen die Haare ausreißen wollen. Widerstehen Sie dem Impuls.« Fletcher fuhr sich mit der Hand über seinen glatten Schädel.

Er ging mit Yuri ein Stockwerk nach unten und blieb vor einer geschlossenen Tür stehen. »Übrigens, nennen Sie ihre Computer nicht ›Computer‹. Das sind ›Workstations‹.«

»Okay. Wo ist Unterschied?«

»Wenn Sie sie das fragen, springen sie vor Freude im Kreis und erzählen Ihnen alles über ihre technischen Spielzeuge. Natürlich in einem unglaublich herablassenden Ton. Üblicherweise langweilt man sich dabei zu Tode. Sie würden Zach Simons noch vermissen.«

»Workstations«, sagte Yuri. »Ich werde dran denken.«

Fletcher öffnete die Tür zu einem großen Raum voller Computer, die einmal in gegenüberliegenden Reihen abgetrennter Bürozellen gestanden hatten. Die Trennwände waren abmontiert und an der rechten Wand neben den Servern gestapelt.

Fletcher bemerkte Yuris Blick. »Die Barbaren haben sie zerlegt.«

Ein fleischiger Mann mit Brille kam auf sie zu und streckte seine Hand aus. »Mike Ellenberg«, sagte er. »Ich bin hier der Leiter.« Er nickte zu den Trennwänden und grinste. »Wir leben nach unseren eigenen Regeln.«

Fletcher seufzte.

Yuri sah sich um. Kabel quollen aus der Front der Metallregale für den Server und waren über den Flur und die Decke verlegt. Überall im Raum verteilt standen Laptops auf Tischen und in offenen Metallregalen, zusammen mit Druckern und nicht identifizierbaren Teilen veralteter Technik. Ein Flachbildschirm war an der Wand neben der Tür angebracht, und ein Whiteboard erstreckte sich auf der gegenüberliegenden Seite. In die rechte obere Ecke hatte jemand das WLAN-Passwort geschrieben und die Telefonnummer vom Pizzalieferservice.

»Wir haben die besten Programmierer des Landes hier versammelt«, sagte Fletcher mit einer Geste durch den Raum. »Es wird trotzdem hart sein, die Berechnungen in Programmiersprache umzuwandeln. Normalerweise braucht es haufenweise Meetings, bis man das raushat. Dafür haben wir keine Zeit.«

Mike Ellenberg ging wieder, und Fletcher flüsterte Yuri zu: »Sie werden die Berechnungen nie verstehen. Seien Sie trotzdem kein Spielverderber.«

Yuri nickte. Kein Spielverderber. Hatten diese Informatiker ernsthaft noch Zeit für Spiele?

Fletcher richtete sich mit lauter Stimme an den ganzen Raum. Er nickte zu den Blättern in Yuris Hand.

»Das hier ist, was wir haben. Verwandeln Sie es in etwas, das der Computer mag. Sie müssen es schnell machen, und wenn es nicht perfekt ist, sterben Sie. Also, ich lasse Ihnen unser Superhirn hier. Wenn Sie nicht wissen, was er mit einer bestimmten Sache meint, fragen Sie ihn.«

Fletcher schob einen gepolsterten Drehstuhl an die Wand und deutet darauf. »Ihr Thron.«

Yuri sah ihn an. »Ich soll hier einfach sitzen?«

»Oh, die werden genug Fragen haben. Sie werden sich schon nicht langweilen.«

Ellenberg ging zu ihm, und Yuri reichte ihm den Stoß Blätter. Fletcher schlug dem Chef-Programmierer auf den Rücken, nickte Yuri zu und verließ den Raum. Ellenberg sah sich die Aufzeichnungen durch. Die Programmierer warfen Yuri neugierige Blicke zu. In diesem Stuhl an der Wand fühlte er sich wie auf dem Präsentierteller und wünschte sich, er hätte einen Schreibtisch.

»Sie haben das von Hand geschrieben«, sagte Ellenberg.

»Ja.«

»Auf Russisch.«

»Ja, ich denke auf Russisch.«

»Das ist reizend«, sagte Ellenberg. »Aber ich spreche es nicht.«

»Ich habe es übersetzt«, sagte Yuri. »Sehen Sie? Ich habe kleine Anmerkungen an Rand gemacht, damit Sie es verstehen.«

»Aha. Das unleserliche Gekritzel da?«

»Ja.« Yuri lächelte.

»Ihre Graphen sind von Hand gezeichnet.«

»Die sind Pi mal Daumen«, sagte Yuri. »Gleichungen stehen alle da.«

Ellenberg kratzte sich am Kopf. »Na prima. Lassen Sie mich einen Augenblick mit meinen Leuten sprechen, okay?«

Yuri nickte und setzte sich auf den Stuhl. Ellenberg nahm die

Aufzeichnungen mit und steckte mit seinen Programmierern die Köpfe zusammen. Yuri sah ihnen zu. Eine seltsame Stille überkam ihn, als er daran dachte, dass sie nicht verstanden, was sie da sahen.

»Ähm, hat irgendjemand bis jetzt Frage?«

»Wir haben's gerade erst bekommen«, sagte eine Frau. »Geben Sie uns eine Minute, okay?«

»Heilige Scheiße, das ist komplex«, kommentierte ein Mann.

»Ich laufe vielleicht kurz zurück in mein Büro und hol mir etwas zu lesen«, erklärte Yuri.

»Nur zu«, sagte die Frau, ohne aufzuschauen.

Yuri ging schnellen Schrittes zurück in sein Büro. Dort nahm er einen Stapel Blätter von seinem Schreibtisch. Es waren die Berechnungen für den kräftigen letzten Schuss auf die Rückseite des Asteroiden, so wie er es wollte. Er rollte sie zusammen, steckte sie hinten in seinen Hosenbund und hatte sich gerade ans Bücherregal gestellt, auf der Suche nach etwas, das ihn wachhalten würde, als Fletcher den Kopf in sein Büro steckte. Schnell drehte sich Yuri zu ihm um.

»Was tun Sie hier? Sie sollen doch unten bei den Programmierern sein.«

»Ich wollte mir nur etwas zu lesen holen«, sagte Yuri.

»Sie erinnern sich an das, was ich über Kommunikation und das Schicksal der Welt und so weiter gesagt habe? Ihnen ist schon klar, dass Sie in dem Raum da sein müssen, damit das funktioniert, oder?«

»Richtig«, sagte Yuri errötend.

Der Direktor bewegte sich kein Stück. Yuri musst an ihm vorbeischlüpfen, als er aus dem Büro wollte. Damit die zusammengerollten Zettel nicht am Türrahmen hängen blieben, legte Yuri eine Hand darauf, holte sie dann nach vorne und versteckte sie unter dem Buch, das er aus dem Regal genommen hatte. Fletcher schien nichts bemerkt zu haben.

Yuri widerstand dem Drang, sich noch einmal umzuschauen. Beim Treppenhaus drehte er sich schließlich doch um. Fletcher stand immer noch in der Tür von Yuris Büros und beobachtete, wie er verschwand.

Als Yuri die Tür zum Informatikraum öffnete, konnte er hören, wie sich die Programmierer beschwerten. Aber sie schwiegen abrupt, als er in den Raum trat. Er schenkte ihnen ein knappes Lächeln, setzte sich auf den Stuhl und schlug das Buch auf irgendeiner Seite auf, sodass es seine Aufzeichnungen verdeckte. Dann blickte er hoch.

»Ähm, ich würde gerne etwas über ihren Arbeitsprozess erfahren. Machen Sie alle dieselbe Arbeit? Oder arbeiten Sie an verschiedenen Teilen?«

»Wir arbeiten zusammen«, sagte Ellenberg. »Jeder hat seinen Teil, aber wir arbeiten zusammen.«

Was hieß das nun wieder?

»Sie müssen sich aufteilen«, sagte Yuri. Ellenberg runzelte die Stirn. »Es gibt zwei Datensätze, für die wir Algorithmus brauchen.« Yuri zeigte ihm die anderen Blätter.

»Davon hat Fletcher nichts gesagt«, brummte Ellenberg. »Ich ruf ihn lieber an.«

»Er weiß darüber Bescheid. Er braucht zweiten Datensatz als Option.«

Ellenberg sah ihm in die Augen. »Ach du Scheiße. Ihr habt noch keine Entscheidung getroffen!«

Yuri hielt einen Moment inne. »Wir brauchen beide Datensätze in Programmiersprache.«

Ellenberg ging zur Tafel, auf deren Ablage eine Familienpackung Magen-Tabletten lag. Er drückte sich ein paar von ihnen direkt in den Mund, stopfte den Rest wieder in die Packung und legte sie auf ihren Platz zurück. Kauend kam er wieder zu Yuri zurück.

»Wir machen eins nach dem anderen«, sagte Ellenberg. »Es könnte sein, dass wir nicht genug Zeit für beide haben. Welcher ist der wichtigere Datensatz?«

Yuri zog die Blätter hervor, die er aus seinem Büro geholt hatte. »Der hier.«

Kapitel 21

REGENBÖGEN

Mike Ellenbergs Leute scharten sich um ihn. Yuri ließ sich auf den Stuhl an der Wand plumpsen und merkte plötzlich, wie furchtbar müde er war. Er überlegte, sich kurz schlafen zu legen, aber da begann der Schwall an Fragen.

»Hey«, sagte eine Frau. »Ist ›Lambda‹ dasselbe auf Russisch wie auf Englisch?«

»Ist ›Lambda‹ …?«, wiederholte Yuri. »Natürlich ist es das. ›Lambda‹ ist Griechisch.«

»Ah, okay«, sagte die Frau kein bisschen beschämt. »Wollte nur sichergehen.«

Und das war erst der Anfang. Nach einer Stunde hatte Yuri zwanzig Fragen beantwortet, und seine Frustration wuchs.

»Was heißt das?«, fragte Ellenberg.

Yuri ging zu ihm hinüber.

»Ich bestelle Pizza«, rief jemand.

Yuri ignorierte den Anruf beim Pizzalieferservice und konzentrierte sich auf Ellenberg. »Es ist … Sehen Sie … das ist, um Antimaterie zu lagern. Sehr schwierige Sache.«

»Schon klar. Aber ich kapier nicht …«

»Nehmen Sie es doch einfach«, sagte Yuri auf die Blätter in Ellenbergs Hand deutend, »verwandeln Sie es in Algorithmus, dann konvertieren Sie es in Computercode und lassen Code laufen, um Graphen zu generieren. Ganz einfach.«

Ellenberg sah ihn schweigend durch seine Brille an. »Wenn es so einfach ist, warum machen Sie es dann nicht selbst?«

Yuri wurde rot. »Ist nicht mein Gebiet.«

»Genau. Sie haben nämlich keine Ahnung. Wenn Sie das im Kopf behalten, bekommen Sie vielleicht auch ein Stück Pizza ab.«

Ellenberg zeigte auf die Aufzeichnungen. »Also diese krakelige kleine Gleichung hier ist eine bedingte …«

»Nein!« Yuri schritt zur Tafel. Er nahm einen Stift von der Ablage und fiel über das Whiteboard her, aber die Spitze des Stifts knarzte nur trocken über die glatte Fläche. Yuri schleuderte den Stift durch den Raum, woraufhin er klappernd in einem Papierkorb landete. Ein seltener sportlicher Moment, und Luna war nicht da gewesen, um es zu sehen. Er scheuchte sie aus seinem Kopf.

»Hier sind keine anderen Stifte mehr.« Er schaute sich frustriert um. »Wo haben Sie noch welche?«

»Ich glaube, es gibt keine mehr«, sagte ein Programmierer.

Yuri, Ellenberg und einige Informatiker suchten die Schreibtische ab, durchstöberten eine leere Kopierpapier-Kiste voll alter Fernbedienungen und leerer Batterien und sahen unter den Servern nach. Schließlich rief ein Programmierer triumphierend: »Hab einen!«, und warf Yuri den Stift zu, den er mit beiden Händen auffing.

»Orange?« Natürlich. Schwarz wäre auch zu viel verlangt gewesen.

In seiner Kritzelschrift begann Yuri auf der linken Tafelseite zu schreiben, wohl darauf bedacht, die wenigen Wörter, die vorkamen, ins Englische zu übertragen – auch das ›Lambda‹. Er wurde mit Fragen bombardiert. Einen Augenblick später nahm Ellenberg ihm den Stift aus der Hand, trat zur rechten Seite der Tafel und begann ein paar Kreise, Dreiecke und Vierecke anzumalen, die mit Linien und Pfeilen verbunden waren. Nichts davon ergab auch nur den geringsten Sinn.

Yuri stopfte die Hände in die Taschen und zischte leise. Ellenberg bemerkte es und fing an, Linien von den Formen zu jeder von Yuris Gleichungen zu ziehen. Ah. Das ergab schon ein bisschen mehr Sinn, außer dass Ellenberg alles verwechselt hatte. Yuri sah sich nach einem Schwamm um, fand aber keinen und wies Ellenberg auf einen Strich hin. »Das ist falsch«, sagte er. »Es sollte so sein.« Er nahm sich den Stift zurück und malte eine andere Verbindungslinie. Ellenberg spuckte auf seine Hand und wischte die erste Linie weg.

Die Pizzen kamen, und im Raum breitete sich der Geruch nach Oregano und Verzweiflung aus. Auch Yuri spuckte nun in die Hand und wischte die Hälfte von Ellenbergs Arbeit weg. Ellenberg spuckte und wischte Yuris Verbindungslinien weg. Es war ein erbittertes Duell. In Yuris Vorstellung ertönte schmetternde Tschaikowski-Musik. Nach einer halben Stunde traten sie beide zurück und starrten auf die Tafel.

»Ich denke, den Teil habe ich verstanden«, sagte Ellenberg. »Sie können sich ein paar Stunden ausruhen. In der Zwischenzeit arbeiten wir daran weiter.«

Yuri nickte und ließ die Schultern kreisen. Er gab Ellenberg den orangen Stift zurück und drehte sich um. Karl Fletcher stand in der Tür. Yuri hetzte in Gedanken über die Arbeit an der Tafel. War irgendetwas anders, das den Direktor stutzig machen könnte?

»Wie läuft's?«, fragte Fletcher.

»Ich brauche Desinfektionsmittel auf Alkoholbasis für Hände«, sagte Yuri und trat von der Tafel weg. »Dringend.«

Fletcher schnaufte belustigt. Sein Blick folgte Yuri. Er sah nicht an die Tafel.

»Sie können ihn haben«, rief Ellenberg. »Wir brauchen einfach ein bisschen Zeit, um es hiermit zu versuchen.«

»Gut«, sagte Fletcher lächelnd. »Denn da ist eine junge Dame, die Sie sehen will. Sie wartet in Ihrem Büro«, sagte er zu Yuri.

Yuri wurde rot. »Ist das in Ordnung?«

Fletcher zuckte die Achseln. »Na klar. Wenn Mike Sie für eine Weile entbehren kann, ist Besuch okay.«

»Das ist *nicht* okay«, sagte ein Mann in den Vierzigern und gestikulierte mit einer Scheibe Salami.

»Strelnikov ist seit wann hier, zwei Wochen? Und er hat schon eine Freundin? Ich arbeite hier seit siebzehn Jahren und *ich* habe *keine* Freundin.«

»Das sollten wir analysieren, Bill«, rief jemand. Gelächter und Schwatzen füllten den Raum.

»Sie brauchen Stifte«, sagte Yuri zu Fletcher, als sie die Treppen hochstapften.

»Die da unten haben ein Riesenbudget«, sagte der Direktor. »Kaufen das neuste Technikzeug und vergessen dabei, etwas für Papier und Stifte auszugeben.«

»Oh, und wir hatten keine Zeit für Spiele.«

Fletcher hielt ihm die Treppenhaustür auf, sein Kopf neigte sich zur Seite. »Sie zusammen mit diesen Jungs und ein Spiel? Das ist zu viel für meinen Verstand.« Fletcher schüttelte den Kopf, als könne er so den Gedanken wieder loswerden, und ging weg.

Yuri machte bei der Toilette halt und wusch sich die Hände. Dann knüllte er eine Handvoll nasse Papiertücher zusammen, um sich den Schweißgeruch unter den Armen wegzureiben. Er marschierte zu seinem Büro, holte tief Luft und öffnete die Tür.

Luna saß im Schneidersitz auf seinem Schreibtisch. Sie trug eine kurze gelbe Hose und ein weißes ärmelloses T-Shirt mit ein wenig Spitze. Ihr Pony war heute lila. Draußen vor dem Fenster war es dunkel, und Luna hatte das Licht nicht angemacht. Aber das Büro schimmerte im warmen Glanz von sechs Kerzen, die in … Roter Bete steckten? Er trat ein und schloss schnell die Tür.

»Hi«, sagte sie.

»Ähm …«

»Ich hoffe, es ist okay, dass ich vorbeigekommen bin. Ich habe angerufen und gefragt, und sie meinten, dass du eine Pause haben würdest.«

»Ja, es ist okay. Es ist gut.«

»Ich wollte dich noch einmal sehen. Du weißt schon, falls …«

Er nickte. »Ähm, ist das Rote Bete?«

Sie lächelte und deutete mit beiden Händen auf die Kerzen rechts und links von ihr. »Ich dachte, du hast vielleicht Heimweh. Ich habe überlegt, was wohl typisch Russisch ist, und mir ist Rote Bete eingefallen.«

»Als Kerzenhalter?«

»Ich habe den Boden abgeschnitten, damit sie nicht umkippen.«

»Es wäre ganz gut, NASA jetzt nicht in Brand zu setzen.«

»Stimmt. Ach so, und ich habe Essen mitgebracht.« Sie zeigte auf einen Picknickkorb, der auf dem Boden auf einer Decke stand. »Und sie haben mir einen Fernseher gebracht, dann können wir die Wiederholung vom LA Angels-Spiel anschauen.«

»Ist das Hockey?«, fragte Yuri hoffnungsvoll.

»Baseball. Das hier ist eine russisch-amerikanische Kulturvereinigung. Du hast die Rote Bete. Und ein paar Kohlköpfe habe ich auch mitgebracht. Was anderes ist mir nicht eingefallen.«

»Wir haben auch ziemlich unhöfliche Beamte.«

»Wenn ich das nur gewusst hätte.«

Sie winkte ihn zu sich. Er trat näher, und sie schlang die Arme um seinen Hals und küsste ihn. Während er vor ihr stand und sanft an ihren Lippen knabberte, legte er seine Arme um sie, erstaunt von der Wärme ihrer Haut. Dann zog sich Luna zurück.

Er half ihr vom Schreibtisch, und sie machten es sich, auf ihre Ellbogen gestützt, auf der Decke gemütlich.

Luna schaltete mit der Fernbedienung den Fernseher an, der zu ihren Füßen auf dem Boden stand, dann schaufelte sie Brathähnchen und Kartoffelbrei auf ihre Teller. Sie aßen, während sie sich das Spiel ansahen.

Yuri wischte sich den Mund mit seiner Serviette ab und zeigte auf den Bildschirm. »Ich verstehe nicht, warum Amerikaner Baseball mögen. Es scheint mir unamerikanischster Sport überhaupt zu sein.«

»Wieso das denn?«

»In Amerika geht es immer um Gleichberechtigung, oder? Aber auf Feld sind es neun gegen einen. Das ist nicht fair.«

Sie setzte sich auf. »Willst du mich veräppeln? Baseball ist das einzige Spiel ohne Zeitlimit. Es ist nicht vorbei, bis man nicht alles getan hat, was getan werden muss.«

»Habe ich bemerkt. Ihr braucht Zeitanzeige oder so was.«

»Nein! Außerdem kommt jeder dran. Beim Hockey könnte theoretisch nur der beste Spieler jedes Mal schießen, oder?«

»Klar.«

»Aber beim Baseball reißt niemand das Spiel an sich. Im entscheidenden Augenblick könnte es sein, dass der schwächste Spieler schlagen muss. Und er muss den Ball treffen. *Jeder hat die Chance, ein Held zu werden.*«

»Wozu sollte man dann bester Spieler sein?«

Luna seufzte übertrieben. »Iss dein Hähnchen.«

Er zuckte die Achseln und angelte sich noch einen Hähnchenschenkel. Das Spiel zog sich in die Länge. Der Trainer der Gastmannschaft ging schon zum zweiten Mal in der Runde zur Abwurfstelle und zeigte einen Pitcher-Wechsel an.

»Das ist einzige Qual«, sagte Yuri. »Kein Wunder, dass ihr euch so gut in Weltkriegen schlagt. Ihr seid ausgeruht.«

Luna schnaufte entrüstet.

»Und übrigens: Euer rautenförmiges Spielfeld steht für Geometrie, und Ansager liefert viele statistische Daten, aber Rechnen scheint unterrepräsentiert zu sein.«

Luna lachte. »Niemand anderes auf der Welt würde Baseball wegen vernachlässigten Rechnens kritisieren.«

Er zuckte mit den Schultern. Der Ersatz-Pitcher machte seine Aufwärmwürfe.

Luna tippte auf Yuris Brust. »Bei Baseball geht es um Hotdogs und warme Sommerabende.«

»Ach so. Ich dachte, es ginge um Grenzen menschlichen Durchhaltevermögens.«

Der Schlagmann trat aufs Feld und grub seine Fußspitzen in den dreckigen Sand. Zum Wurf zog der Pitcher sein Bein hoch, drehte sich und pfefferte den Ball in die Strike Zone, wo dieser vom Schlagmann bis über die Wasserfontänen im linken Außenfeld geschlagen wurde. Die Kameras schwenkten zu den Fontänen, um das emporschießende Wasser ins Bild zu bekommen, das anschließend die künstlichen Felsen hinablief. Einen Moment lang bildete sich in den Wasserspritzern ein Regenbogen, der in der Wüstensonne schimmerte. Yuri hatte immer seine Freude an Regenbögen gehabt, sich besonders gefühlt, als er als Kind zwei Lehrern die Mechanismen der Lichtreflektion erklärt hatte, und die wissende Blicke ausgetauscht hatten. Er fragte sich, ob Luna jemals über diese Mechanismen nachdachte.

»Luna, magst du Regenbögen?«

»Ja.«

»Warum?«

Sie sah ihn eine Sekunde an. »Weil sie bei uns anfangen, sich nach oben erstrecken bis zu Gott und dann doch wieder zu uns kommen, um bei uns zu sein. Der Schatz ist nicht am Ende des Regenbogens. Der Schatz ist, dass wir dem Regenbogen so wichtig sind, dass er wieder zurückkommt.«

»Du bist Poetin.«

»Und ein Prisma«, sagte sie mit ihren Fingern wackelnd. Ihre Ringe fingen das Kerzenlicht ein. Sie schwieg einen Moment, und als sie weitersprach, klang in ihrer Stimme ein

Hauch Melancholie mit. »Yuri? Das hier wird in ein paar Tagen auf die ein oder andere Weise alles vorbei sein, oder?«

»Ja.« Er zögerte kurz. »Da ist dieser Typ in Russland. Er ist furchtbar schlechter Physiker, aber sein Vater ist sehr einflussreich. Er behauptet, er hat an meiner Arbeit als Co-Autor mitgewirkt. Ich muss zurück.«

»Wow. Tut mir leid.«

Er zuckte die Achseln.

»Würde das deine Chancen auf den Nobelpreis verringern?«

»Ich müsste ihn vielleicht teilen.«

»Mit diesem Typen, der ihn absolut nicht verdient hat?« Er nickte. »Wow. Die allerhöchste Ego-Befriedigung verschlungen mit der allerhöchsten Ego-Beleidigung.«

Er kniff leicht die Augen zusammen und blickte sie an.

»Hast du dir jemals ganz genau die Pietà angeschaut? Michelangelos Skulptur von der Jungfrau Maria, die den toten Christus hält?«

»Kenn ich nicht.«

Luna seufzte. »Es ist die beste Skulptur, die jemals geschaffen wurde. Im Ernst. Und Michelangelo wusste das. Ein paar Tage nachdem sie aufgestellt worden war, lungerte er in der Nähe herum, um zu belauschen, wie die Leute sein Werk lobten. Und da stand jemand, sah sie an und sagte dem Typen neben sich doch glatt, dass einer von Michelangelos Rivalen sie gemacht hätte.«

»Das ist furchtbar«, sagte Yuri. »Michelangelo hatte Anerkennung für sein Werk verdient.«

»Tja«, sagte Luna. »In der Nacht hat er sich heimlich mit einem Meißel zu seinem Werk geschlichen und auf die Schärpe über Marias Brust ›Michelangelo Buonarroti aus Florenz hat diese Statue gemacht‹ gemeißelt.«

»Ha!«, stieß Yuri aus. »Damit hat er's ihnen gezeigt.«

Luna sah ihn nüchtern an. »Damit hat er ihnen mehr gezeigt, als er wollte. Er hat das Größte entstellt, das er je vollbracht hat. Nur wegen seines Egos. Er bedauerte es sofort, aber es war nichts mehr zu machen.«

Yuri rutschte unangenehm berührt auf der Decke hin und her.

»Es ist noch da, für jedermann sichtbar – die großartigste Skulptur der Geschichte, verschandelt von einem der größten Egos der Geschichte.«

»Er hatte verdient, dafür gewürdigt zu werden«, sagte Yuri. »Er hat sie schließlich gemacht. Nicht anderer Typ.«

»Schon«, sagte Luna. »Es war sein Werk. Aber es hätte für sich alleine sprechen können.« Sie schwiegen ein paar Minuten.

»Also«, sagte Luna, »du gehst wieder nach Hause, wenn wir das überleben?«

»Ja. So schnell ich kann.«

»Dann zieh deine Socken aus.«

Er blinzelte. »Was?«

»Deine Socken, Einstein. Zieh sie aus.«

Sollte das ein romantisches Vorspiel werden? Er fühlte kurz Panik in sich hochsteigen. Gab es in Amerika etwa eine Art Fußsex, von der er nichts wusste? Er streifte sich die Socken ab. Luna rollte sich auf die Seite und griff nach ihrer voluminösen Tasche, stellte sie neben den Picknickkorb und kramte ein Fläschchen Nagellack hervor. Dann winkte sie ihm damit zu. Oh. Doch kein amerikanischer Fußsex.

Er zögerte kurz, bevor er seine Ferse in ihren Schoß legte. Auf der Liste der Dinge, die er seinem Körper auf gar keinen Fall antun wollte, musste Zehennägel lackieren irgendwo unter den Top Fünf stehen. Aber sein Fuß lag in Lunas Schoß, seine Ferse gebettet auf der sanften Furche, die sich zwischen ihren Oberschenkeln bildete. Und sie dort zu berühren, stand definitiv ganz oben auf der Liste von Dingen, die er mit seinem Körper machen wollte. Seine Ferse, dieser *ublyuodok*, war ein verdammter Glückspilz.

Luna schüttelte das kleine Glasfläschchen, dann malte sie mit drei sicheren Strichen seinen rechten großen Zehennagel tiefblau an. Sie drehte den Deckel auf den Nagellack, zog ein anderes Fläschchen hervor und malte seinen zweiten Zeh lila an. Yuri schloss die Augen. Er konzentrierte sich auf das Gefühl ihrer Hand auf seiner Haut, wie sie behutsam seine Zehen auseinanderbog und seinen Fuß in die richtige Position legte. Als sie fertig war, öffnete er die Augen.

»Du hast sie angemalt wie Regenbogen.«

»Ja. Ich musste noch mal von vorne anfangen mit den Farben. Entweder das, oder drei Zehen abschneiden.«

»Richtige Wahl getroffen.« Er wackelte mit den Zehen und bestaunte den Nagellack – Rot, Orange, Gelb, Grün, Hellblau. Dunkelblau, Lila, dann Rot, Orange und Gelb.

»Damit du dich an mich erinnerst«, sagte Luna. »Damit du eines Tages zurückkommst.« Sie fing leise an zu weinen, und er zog sie an seine Brust und legte sanft seine Hand an ihren Kopf.

»Regenbögen kommen zurück«, sagte er. »Und jetzt sind meine Füße Regenbogen.«

Sie lächelte ihn an, und er küsste ihr eine salzige Träne von der Wange.

»Du hast es verstanden.«

Er nickte. Sie schwiegen einen Augenblick.

»Ich glaube, man hat mir Kohl versprochen.«

»Ach ja!« Luna zauberte zwei frische Kohlköpfe aus dem Picknickkorb und blinzelte die letzten Tränen weg, während sie sie hochhielt.

»Hattest du Plan für sie?«

»Nein. Sie wirkten nur so Russisch.«

»Sind sie«, sagte er und nahm sie ihr ab. »Wir Russen werden mit Kohl betrieben. Er gibt uns Kraft, neben Wänden zu stehen, ohne uns anzulehnen.«

Er riss ein Blatt ab und platzierte es auf Lunas Kopf. Sie musste lächeln. Dann zupfte er eins nach dem anderen ab und verstreute sie über Luna, über sich und den Picknickkorb. Der Schein der Kerzen flackerte sanft auf den blassgrünen Blättern. Luna legte sich auf den Rücken, und er bettete behutsam zwei gewölbte Blätter auf ihre Brüste. *Ich werde nie wieder durch die Gemüseabteilung gehen können.*

Luna zog an seinem Hemd, bis es aus der Hose rutschte, dann rollte sie sich auf ihn und knöpfte es auf. Er schlang die Arme um sie, und sie küssten sich. Ihre Hände glitten über seinen Nacken und seine Schultern, strichen sanft über seinen Bauch. Als er sie zur Seite drehte, knackten Kohlblätter unter ihnen. Er umfasste ihre Brüste mit seinen Fingern.

Einen Moment lang lagen sie so da, ineinander verschlungen im Schein der Kerze. Dann schlief er ein.

Kapitel 22

DAS LEBEN DAFÜR VERWETTEN?

Yuri wachte von einem lauten Klopfen an der Tür auf.

»Mike Ellenberg braucht Sie wieder.« Es war Fletchers Stimme.

Im ersten Augenblick hasste er sie beide, weil sie ihn aus Lunas Armen rissen. Dann kam er vollends zu sich und wusste, dass sie weg war, noch bevor er sich umschaute. Die Rote-Bete-Kerzen waren verschwunden und auch ihre, voller Nagellackfläschchen und anderer geheimer Schätze, klimpernde Tasche. Der Picknickkorb war nicht mehr da, und irgendwie hatte sie es geschafft, die Decke unter ihm wegzubekommen, ohne ihn aufzuwecken. Sie hatte zerdrückte Kohlblätter schützend über ihn gelegt.

Fletcher pochte noch einmal gegen die Tür, diesmal eindringlicher. »Strelnikov? Sind Sie da drin?«

»Ja.«

Er stand auf, streckte sich und knöpfte sein Hemd zu.

»Erinnern Sie sich? Ellenberg! Schicksal der Welt!«

Er sammelte die Kohlblätter auf und verstaute den Stapel in einer Schreibtischschublade.

»Krawumm!«, rief Fletcher.

Yuri steckte sein Hemd in die Hose und öffnete die Tür.

»Es ist an der Zeit, dass …«

Yuri knallte die Tür wieder zu. Er suchte nach seinen Socken, zog sie an, und hatte gerade einen Fuß in einen Schuh gezwängt, als Fletcher die Tür öffnete. Er schaute sich argwöhnisch um. »Hier drin riecht's nach Bauernhof.«

»Schweiß und Kohl«, sagte Yuri. »Sie haben recht, es riecht nach Bauernhof.« Er lächelte.

Fletcher verengte die Augen und deutete Richtung Treppen.

»Ellenberg sagt, er braucht Sie. Er sagt, er ist bereit für den zweiten Teil?«

Yuri lief rot an. »Richtig. Ich gebe es ihnen Stück für Stück.«

»Hm«, grunzte Fletcher.

Yuri griff sich eine Vorratsbox Desinfektionstücher aus seinem Regal und schob sie unter seinen Arm, während er zurück in den Informatikerraum ging.

Ellenberg grinste ihn an, als er hereinkam. »Wir haben's. Kein Scherz. Wir sind fertig mit dem ersten Teil.«

Yuri sah in argwöhnisch an. Ellenberg ließ die Modelle und Graphen für ihn auf dem Computer laufen. Er lag falsch, sie waren noch nicht fertig, aber nach weiteren vier Stunden gemeinsamer Arbeit an der Tafel hatten sie es schließlich doch geschafft. Einer der Programmierer, ein fülliger Mann mit Pizzasoße-Flecken auf seiner hellen Stoffhose, rannte durch den Raum und gab jedem High five.

»Er kommt nicht so oft raus«, sagte Ellenberg erklärend.

Dann nahmen sie den zweiten Datensatz in Angriff – die Daten, die Fletcher benutzen wollte. Yuri musste beide parat haben – vielleicht schaffte er es doch, den Direktor für den letzten Schuss zu gewinnen.

Sie hatten zwölf Stunden durchgearbeitet – Yuri mit gelegentlichen Nickerchen auf dem Stuhl –, als er Ellenberg fragte: »Wie sicher sind Sie sich mit dem ersten Datensatz?«

»Wie meinen Sie das?«

»Ist er perfekt? Würden Sie Ihr Leben dafür verwetten?«

»Warum sollte irgendjemand jemals sein Leben für etwas verwetten? Aber ja, wenn Sie es unbedingt wissen wollen, er ist perfekt.«

Yuri schenkte ihm ein knappes Lächeln, und sie arbeiteten weiter.

Stunden später, erschöpft und voller Salami und Zwiebeln, waren sich Yuri und Mike Ellenberg schließlich einig, dass sie auch den zweiten Datensatz fertig hatten.

Ellenberg ließ die Computersimulation auf dem Whiteboard laufen, ohne sich die Mühe zu machen, die Leinwand herunterzuziehen oder die orangen Kritzeleien von der Tafel zu wischen. Es funktionierte fehlerlos. Es war zwar der falsche Ansatz, aber die Modelle liefen. Yuri bedankte sich bei Ellenberg. Dann ging er durch den Raum und schüttelte jedem einzelnen Programmierer die Hand. Er kannte die meisten immer noch nicht beim Namen, aber er hatte gelernt, sie alle zu respektieren.

»Danke für Ihre Arbeit.«

Die Programmierer schlurften abgekämpft durch den Raum, um ihre Sachen zusammenzusuchen und nach Hause zu gehen. Yuri nahm seine handschriftlichen Notizen und den Programmiercode sowie die Graphen, die Ellenbergs Leute generiert hatten, und schleppte sich hoch zu Fletchers Büro.

Die Tür stand offen. Fletcher saß in tadelloser Haltung auf seinem Stuhl, aber sein Kopf war nach vorne gesunken, sodass sein Schädel im Deckenlicht glänzte. Zuerst dachte Yuri, er wäre tot.

»Dr. Fletcher?«

Der Kopf des Direktors hob sich, bevor er die Augen öffnete. Er knurrte.

»Ich bin wohl weggedämmert. Haben Mikes Leute es geschafft?«

Yuri stand in der Tür, die Zettel fest umklammert. »Ja. Sie haben Modelle für beide Ansätze auf Computer laufen lassen.«

Fletcher brauchte kurz, bis er verstand. Und als er es tat, lief er dunkelrot an.

»Was meinen Sie mit ›beide Ansätze‹? Ich werde dem Pentagon nämlich ganz sicher nicht sagen, einen Strahl Antimaterie auf uns zu schießen, verdammt noch mal. Wenn wir sterben, dann wegen des Asteroiden, nicht wegen mir.«

Yuri traute sich nicht zu sprechen. Fletcher winkte ihn ungeduldig heran, und Yuris Beine bewegten sich wie von allein. Er fühlte sich losgelöst von seinem eigenen Körper, als würde er sich selbst von der Decke aus zuschauen. Würde Fletcher es überhaupt merken, wenn er ihm den falschen Datensatz gab? Den *richtigen* Datensatz? Fletcher sah Yuris Zögern und zog eine Augenbraue hoch, und Yuri reichte ihm die Daten, die er wollte. Die, für die Schüsse auf den Asteroiden, wenn er auf den Beschleuniger zukam, und nicht nachdem er vorbei war.

Fletcher legte sie neben Yuris handgeschriebene Aufzeichnungen und begann sorgfältig zu vergleichen, ob Yuri sie auch nicht ausgetauscht hatte. Schließlich nickte er zufrieden und sah auf. »Nehmen Sie es nicht persönlich. Hab nur nachgeschaut.«

Yuri brachte immer noch kein Wort hervor.

»In einer Stunde ist ein Meeting im Konferenzraum angesetzt. Alle sollen es sehen.«

»Okay.«

Er ging hinaus. *Eine Stunde. Ich habe eine Stunde, um die anderen von meinem Ansatz zu überzeugen und sie auf meine Seite zu ziehen. Um Fletcher zu zwingen, dem Pentagon die richtigen Modelle zu schicken. Und ich habe nicht den blassesten Schimmer, wie ich das anstellen soll.*

Kapitel 23

SUKIN SYN

Yuri ging hinunter in die Cafeteria. Sie war fast menschenleer. Weit und breit keine Kollegen, die er auf seine Seite ziehen konnte. Also angelte er sich einen Apfel und stapfte wieder die Treppen hoch. Die Geräusche vom Apfelessen hallten im leeren Treppenhaus wider. Er überlegte, Luna anzurufen, um sie um Rat zu fragen. Aber was konnte sie – oder irgendjemand anderes – schon sagen? Er brauchte Charisma, und er brauchte es jetzt.

Übernächtigte Wissenschaftler mit blutunterlaufenen Augen, die den Großteil der Woche im JPL-Gebäude verbracht hatten, füllten langsam den Konferenzraum. Der Geruch ließ ihn die Nase rümpfen. *Eau de Physik* würde in keine Frühjahrskollektion Einzug finden.

»Hi«, sagte er, um die Aufmerksamkeit eines Spezialisten für den Sunjajew-Seldowitsch-Effekt zu bekommen. »Haben Sie über unseren anderen Ansatz zu Antimaterie-Stößen nachgedacht?«

»Den mit dem rückwärtsgelenkten Schuss, den Sie vorgeschlagen haben? Wir haben doch beschlossen, es mit dem sichereren Ansatz zu probieren.«

»Schon. Aber verstehen Sie, dass rückwärtsgewandter Schuss … «

»Verdammt riskant wäre, ja. Setzen Sie sich immer noch dafür ein? Es ist zu spät. Fletcher hat die Daten schon eingegeben.«

»Was? Nein. Er will Meeting abhalten, um Computermodell allen zu zeigen.«

»Ja, aber nur, damit wir es uns anschauen können«, sagte der Mann. »Er war vor einer Minute hier und hat gesagt, dass er es schon eingegeben hat.«

Yuri war für eine Sekunde starr vor Schock.

»Hat er es schon abgeschickt? Zu Pentagon?«

»Hmm? Nein. Er will uns zeigen, dass es läuft – auch Mike Ellenberg und ein paar von seinen Leuten. Nur um sicherzugehen. Sie wissen schon. Dann muss er nur noch auf ›Senden‹ klicken.« Er schüttelte den Kopf. »Ich beneide ihn nicht darum.«

Yuri hatte es plötzlich eilig. »Er war gerade hier, haben Sie gesagt? Wohin ist er gegangen?«

Der Mann nickte zum hinteren Teil des Raumes, und Yuri sah Fletchers hohe Stirn aus der Menge herausragen. »Er ist auf dem Weg in sein Büro, aber er wird sicher bald zurück sein. Sagen Sie, Ihre Forschung …«

Yuri nickte und drängelte sich auf der Jagd nach Fletchers Kopf durch die Menge. Die Leute wandten sich ihm zu, erkannten ihn, klopften ihm anerkennend auf die Schulter und wollten mit ihm über seine Forschungsarbeit und die Speicherung von Antimaterie sprechen, aber er ließ die Augen nicht von Fletcher. Als dieser schon fast in seinem Büro war, hatte Yuri ihn eingeholt.

Fletcher drehte sich um.

»Brauchen Sie noch etwas?«

Yuri glotzte ihn an.

»Ähm, ich wollte zum Klo.« Er wies auf die Tür der Männertoilette. »Kommt mir vor, als müsste ich alle fünf Minuten gehen.«

»Versteh schon«, sagte Fletcher. »Wir sind alle nervös.«

Yuri ging ein paar Meter Richtung Männertoilette, drückte die Tür auf und tastete nach seinem Handy. Er hatte bisher kein Telefonat innerhalb der USA geführt – und wollte sich gar nicht vorstellen, wie teuer das wohl war –, trotzdem trug er es immer mit sich herum. Die Tür öffnete sich nach links. Perfekt.

Yuri betrat den Raum, stellte sicher, dass er allein war und rief die Videofunktion seines Handys auf. Fletcher hatte sich ein Feldbett vom Flur geschnappt und stand nun, das Gestell auf der Fußspitze balancierend, vor seinem Büro. Von der teilweise geschlossenen Tür verborgen, hob Yuri sein Handy und filmte den Direktor, wie er den Code ins Schloss neben der Tür eintippte. Als Fletcher schließlich mit dem Feldbett darin verschwand, ließ sich Yuri zurücksinken. In einer der Kabinen sah er sich das Video mindestens dreizehn Mal an, bis er ganz sicher war, dass er die richtige Zahlenkombination kannte.

Dann schlenderte er unauffällig zum Konferenzraum zurück. Simons stand direkt in der Tür. Er stand einfach nur da, drängelte nicht, um sich die Berechnungen auf der Tafel anzusehen, unterhielt sich nicht in gedämpftem Ton.

»Hi«, sagte Yuri. »Wissen Sie, wo Direktor Fletcher ist?«

»Er ist in seinem Büro. Aber stören Sie ihn nicht. Er schläft eine Runde, während wir einen letzten Blick auf das hier werfen. Er wollte einen klaren Kopf bekommen.«

»Ach so. Wissen Sie vielleicht, wann er wiederkommt?«

»Er hat mich gebeten, ihn in einer halben Stunde zu wecken.« Simons warf einen Blick auf seine Uhr. »Noch neunzehn Minuten.«

Neunzehn Minuten?

Yuri schaute auf die Wanduhr und nickte stumm.

»Ähm, ich fühle mich nicht so gut. Ich glaube, ich lasse Meeting sausen und leg mich in meinem Büro hin.«

»Einen Teufel werden Sie tun«, sagte Simons in scharfem Ton. »Sie sind der Mann der Stunde. Wenn irgendwelche Fragen aufkommen, sind Sie derjenige, der sie beantworten muss. Sie sind der Letzte, der sich jetzt verdrückt.« Simons warf ihm einen Blick von der Seite zu. »Wenn Sie wieder verschwinden, wird Fletcher ein Spezialkommando auf Sie ansetzen. Kein Scherz.«

Yuri nickte. »Dann geh ich wohl nur auf Toilette.«

Seine Blase würde bald ihren Ruf weghaben.

Auf dem Flur im zweiten Stock war niemand, und er konnte es nicht riskieren, noch länger zu warten. Ob Fletcher schon schlief? Er musste erschöpft sein. Das waren sie alle. Yuri tippte den Code ein, den er mit seinem Handy gefilmt hatte: 170555. Er könnte wetten, dass es Fletchers Geburtsdatum war. Sicher war etwas anderes, aber der Direktor sah es vermutlich als reine Formalität an.

Mit einem leichten Klicken sprang die Tür aus dem Schloss, Yuri drückte sie vorsichtig auf und schlüpfte hinein. Fletcher lag auf dem Feldbett, den Rücken zu Yuri gedreht, das Gesicht zum

Computer. Hatte er die Augen zu? Yuri schloss die Tür hinter sich und ließ ganz langsam den Knauf los. Der einzige Lichtschein kam von den elektronischen Geräten – grüne Leuchtdioden am Computer und am Drucker, eine rote an einer Steckdose.

Yuri ging an Fletchers Füßen vorbei. Er hatte den Computer zwar vorher schon einmal gesehen, aber nicht darauf geachtet. Das letzte Mal, als er in Fletchers Büro eingebrochen war, hatte er nach Akten gesucht.

Es war ein stinknormaler Desktop-PC. Keine schimmernde weiße Hülle mit unnützen Lichtern. Auch keine biometrische Zugangssicherung. Der Bildschirm war schwarz, und als Yuri die Leertaste drückte, erhellte sich der Raum augenblicklich. Er schielte zu Fletcher, aber der regte sich nicht.

Yuri klickte auf ein Icon, und ein Passwortfenster poppte auf. *Sukin syn – dieser Mistkerl*, dachte er, sagte es aber nicht laut. Er versuchte es mit dem Türcode 170555. Rote Worte leuchteten auf, die ihm mitteilten, dass er noch zwei Versuche hatte. *Mat'tvoyu*. Er überlegte kurz. Dann versuchte er es mit der Fibonacci-Folge, 11235813, weil sie etwas mit Mathe zu tun hatte, leicht zu merken und eines der am häufigsten verwendeten Passwörter auf der Welt war. Rote Buchstaben leuchteten auf. Nur noch ein Versuch.

Seine Finger schwebten über der Tastatur. Fletcher war ein gradliniger Mann, nicht ausgefuchst. Der Typ Mensch, der seine Aktenschränke beschilderte und sie auch benutzte, der Typ, der sein Geburtsdatum als Bürotürcode verwendete. Yuri ließ seine Finger auf die Tastatur sinken und gab »BR1019« ein, dann klickte er mit seinem rechten kleinen Finger auf ›Enter‹.

Eine Liste mit Dateien öffnete sich. Erleichtert schloss Yuri die Augen und atmete aus. Er klickte auf das Dokument mit dem Namen »Programmcode Final«, und da war ihre Arbeit: elegant, schön sogar, ein Ganzes, das so viel mehr oder so viel weniger war als seine einzelnen Teile. Er scrollte nach unten, fand die Zielvorgaben und drückte mit seinem Zeigefinger die Backspace-Taste, um das Ende des Codes zu löschen.

Aus seiner Gesäßtasche zog er die zusammengefalteten Zettel mit Ellenbergs Programmcode hervor, derjenige, der einen letzten erdzugewandten Schuss vorgab. Langsam faltete er die Blätter auseinander. Ihr Rascheln war quälend laut. Fletcher grunzte, und Yuri machte sich hinter dem Bildschirm ganz klein. Er wartete reglos, bis der Direktor wieder tief und gleichmäßig atmete. Dann zählte er bis dreißig, bevor er sich wieder ans Tippen machte. Was er eingeben musste, war nicht wenig. Er widerstand dem Drang, auf seine Uhr zu schauen.

Als er die Daten eingegeben hatte, drückte er ›speichern‹ und machte sich daran, sich aus dem Raum zu schleichen. Noch sechs Minuten übrig. Yuri erlaubte sich ein selbstzufriedenes Grinsen.

Auf einen Schlag wurde ihm klar, dass es eine redundante Datei geben musste. Auf keinen Fall würden sie die Daten ohne Ausfallsicherheit übermitteln. Man musste ja schon sein Passwort zweimal eingeben, nur um online einzukaufen. Der Computer würde die beiden Dateien vergleichen, um sicherzustellen, dass sie übereinstimmten, und damit einen menschlichen Fehler zu verhindern. Da war er sich sicher.

Er kroch zurück zum Computer, fand die zweite Datei in kürzester Zeit und löschte ein weiteres Mal die letzten Zeilen des Codes. Diesmal konnte er schneller vorgehen. Er öffnete das

Original, markierte seine Eingaben, drückte ›copy‹ und fügte sie in die redundante Datei ein. Dann überprüfte er Anfang und Ende, um sicherzugehen, dass nichts fehlte und er womöglich irgendwo eine Zahl übersehen hatte. Schließlich schaute er noch nach, ob es eine dritte Datei gab, aber es waren nur die zwei.

Yuri schloss alle Fenster und schlüpfte an Fletchers Füßen vorbei zur Tür. Doch als er die Hand auf den Türgriff legte, hörte er Stimmen auf dem Flur. Von jemandem, den er nicht kannte, und von Simons.

»Ich soll ihn in einer Minute aufwecken«, sagte Simons gerade.

»Ja«, wollte Yuri ihm entgegenschreien. »In einer Minute! Sie sollten erst in einer Minute hier sein.«

Natürlich könnte er einfach aus dem Büro spazieren, aber sie würden ihn sehen. Es würde Fragen geben, und Fletcher würde auf dem Computer nachsehen, ob alles unverändert war. Yuri warf einen Blick zurück und sah den Bildschirm schimmern. Was, wenn Fletcher bemerkte, dass der Bildschirmschoner eigentlich laufen müsste?

Yuri kroch noch einmal zurück, ging in die Bildschirmschoner-Einstellungen und veränderte sie so, dass er sofort ansprang. Dann tat er das Einzige, was ihm übrig blieb: Als der Bildschirm schwarz wurde, kauerte er sich hinter dem Schreibtisch zusammen, wo eines der Schubladenelemente bis zum Boden reichte.

Hatte der Direktor irgendetwas auf dem Schreibtisch gelassen?

Seine Brille.

Fletchers Brille lag auf dem Tisch neben der Maus. Yuri

streckte eine Hand nach oben und schubste sie an den vorderen Rand. *Es besteht kein Grund herumzukommen, Sie können sie von dort aus nehmen.*

Es klopfte leise an der Tür. Fletcher grunzte. Dann klopfte es noch einmal, diesmal ein bisschen lauter.

»Karl? Es ist so weit.«

Fletcher ächzte, und Yuri hörte, wie seine Gelenke knackten, als er aufstand. Es musste die Hölle sein, alt zu werden. Er fragte sich, ob er jemals die Chance dazu haben würde.

»Ja, ich komme, muss nur grad meine …«

Ein leichtes Kratzen war zu vernehmen, als Fletcher nach seiner Brille griff, dann öffnete er die Tür, und das Büro füllte sich mit Licht.

»Ist Strelnikov unten?«

»Wehe, wenn nicht. Ich hab ihm gesagt, dass wir ihn brauchen«, sagte Simons.

Fletcher gähnte, und der Lichtstreifen im Raum wurde schmaler, bis er nur noch ein Strich war. Dann verschwand er komplett.

Yuri atmete erleichtert aus. Erst da bemerkte er, dass er die ganze Zeit die Luft angehalten hatte. Er wartete fünfzehn Sekunden, dann rannte er den Flur entlang zum Westtreppenhaus, um von der anderen Seite nach unten zu gelangen.

Zwei Stockwerke tiefer spazierte er schließlich, die Hände in den Taschen, in den Konferenzraum. Alles, was er fühlte, war Erleichterung, dass er nicht entdeckt worden war. Und eine schreckliche Müdigkeit.

Fletcher stand vorne bei den Whiteboards und wollte wissen, ob es Fragen gab. Er sah Yuri ganz hinten im Raum stehen und nickte ihm leicht zu. Yuri nickte zurück. Es gab bemerkenswert wenig Sicherheitsvorkehrungen für den Computer, dachte Yuri, vor allem wenn man bedachte, was auf dem Spiel stand. Offensichtlich war es niemandem in den Sinn gekommen, dass irgendjemand versuchen würde, sich unerlaubt Zugriff zu verschaffen – schon gar nicht irgendein Mitarbeiter. Aber er hatte nur ein Handy und fünfzig Sekunden zum Einhacken gebraucht. Nicht weil er ein Genie war, sondern weil er ein Teenager war.

Kapitel 24

ICH BIN EIN AFFENARSCH

Yuri bahnte sich einen Weg nach vorne zu den Sandwiches, die jemand besorgt hatte, schnappte sich eins mit Roastbeef und ging wieder zu seinem Platz. Er stand an der Rückwand des Konferenzraums und spürte, wie sich sein Puls langsam wieder normalisierte. Seinem Sandwich zollte er mehr Aufmerksamkeit als dem, was Fletcher sagte, während dieser auf den Bildschirm zeigte, der aufgestellt worden war. Es gab nicht viele Fragen. Dafür war es sowieso zu spät.

»Ich habe über die enorme Arbeit, die Sie hier geleistet haben, nachgedacht«, sagte Fletcher. »Sie kennen mich ja, ich bin kein großer Freund von Reden. Aber ich will, dass Sie wissen, dass ich stolz auf Sie und auf Ihre selbstlosen Anstrengungen bin, egal was geschieht. Und ich bin froh, dass wir einen Physiker in unseren Astrophysik-Club aufgenommen haben.« Er zeigte auf Yuri. »Wird spannend werden, was da oben passiert.«

Alle wandten sich kurz zu Yuri um. Es gab sogar ein wenig Applaus. Senf tropfte von Yuris Sandwich auf den blauen Teppich. Mildes hellgelbes Zeug, das in Russland niemand essen würde. Er musste über Missgeschicke und Fehler nachdenken und schob seinen Fuß über den Fleck, um ihn zu verdecken.

»Ich werde nun die Modelle abschicken«, sagte Fletcher. Yuri hob ruckartig den Kopf. »Sie werden ein bisschen Zeit brauchen, um alles einzugeben und die Raketen fertig zu machen. Gnade Gott uns allen.«

Die versammelten Wissenschaftler machten Platz und klatschten leise, als der Direktor durch den Raum nach draußen ging. Er neigte leicht den Kopf, um sich zu bedanken, fing Yuris Blick ein und bedachte ihn mit einem fahlen Lächeln.

Yuri fragte sich, ob er sich die Daten noch einmal anschaute, bevor er sie abschickte. Es war ganz sicher zu lang und zu komplex. Aber wenn er es doch tat, würde er die Änderung bemerken? Und wenn der Asteroid einschlug, was würde zuerst ausgelöscht werden? Yuri überlegte, ob seine Mutter bemerken würde, dass die Welt außer Kontrolle geraten wäre. Vermutlich nicht. Sie hatte es auch nie zuvor getan.

Würde der Aufprall so heftig sein, dass den Menschen die Kleider vom Leib gerissen wurden? Er wusste, dass ein zu stark aufgeblasener Reifen mit genug Kraft explodieren konnte, sodass er Stoff zerriss. Nicht von irgendeiner praktischen Erfahrung mit Autos, sondern von einem schlecht durchdachten Grundschulprojekt im Sachkundeunterricht und einem sehr verärgerten Lehrer. Würde es die Mädchen wohl heiß machen, wenn die Erde auf ihrer Umlaufbahn beben würde? Möglicherweise gäbe es stundenlange Orbit-Orgien? Und wäre es falsch, darauf zu hoffen?

Fletcher kam wieder in den Konferenzraum.

»Erledigt.«

Eine beängstigende Stille legte sich über den Raum. Irgendwo im Pentagon schrie gerade irgendjemand Befehle herum. Um irgendeine Anlage würden sich Ingenieure drängeln, um mit ihren Computer-Codes die Steuerung des Hochleistungs-Beschleunigers zu programmieren. Irgendwo hatten Menschen gerade sehr viel zu tun bekommen. Aber nicht im JPL.

Die meisten blieben im Konferenzraum, machten lahme Witze, um die Anspannung erträglicher zu machen und die Zeit bis zum Start herumzukriegen. Yuri ging zurück in sein Büro, setzte sich mit dem Rücken am Schreibtisch auf den Boden und rief Luna an.

»Sprich.«

»Ähm. Wie bitte?«, sagte Yuri.

»Hey, es ist Spockovskii! Wie geht's dir, Kumpel?«

»Hey, Lennon. Wir sind hier fertig mit Arbeit. Ich dachte, ich rufe mal an.«

»Ja? Und, werden wir's überleben?«

»Es wird atemberaubendes Spektakel, aber ja, ich denke schon.«

»Krasser Scheiß. Spockovskii sagt, es wird alles gut.«

»Krasser Scheiß?«

»Das nennt man fröhliches Fluchen, Kumpel. Weißt du etwa nicht, wie man in Amerika fröhlich flucht?«

»In meinem Englischunterricht wurde nicht viel Fluchen unterrichtet, und deine Schwester hat sich geweigert, es mir zu erklären.«

»Du hast wirklich Bildungslücken, mein Freund.«

»Das stimmt. Ich habe mich spezialisiert. Ich hatte nie Kunst- oder Literaturunterricht.«

Kurze Stille am anderen Ende der Leitung.

»Nie? Nicht *Hamlet*? Nicht mal Puschkin?«

»Nein.«

»Puschkin ist euer Nationaldichter, Alter. Selbst ich weiß das.«

»Ich weiß. Ich kenne nur nichts, was er geschrieben hat.«

»Okay, das verlangt nach wirklichem Fluchen. Sprich mir nach: ›Verfluchte Scheiße noch mal, ich bin ein verfickter Affenarsch, der seinen Nationalpoeten nicht ehrt.‹«

Yuri streckte sein Bein aus und schubste mit der Fußspitze die Tür zu.

»Das sind böse Wörter, oder?«

»Ja.«

»Ich möchte das vielleicht lieber nicht sagen. Kann ich mit Luna sprechen?«

»Nicht solange du nicht zugibst, dass du ein verfickter Affenarsch bist, der seinen Nationalpoeten nicht ehrt.«

»Ich habe nicht gesagt, dass ich ihn nicht e…«

»Sag es.«

»Ich bin, scheinbar, ein verfickter Affenarsch, der seinen Nationalpoeten nicht ehrt.«

»Hmm. Okay, Entschuldigung vonseiten normaler Menschen überall angenommen.«

»Ich habe mich nicht entschul…«

»So. Im Englischen gibt es drei Basiswörter zum Fluchen. ›Verdammt‹, ›Scheiß‹ und ›zum Teufel‹. Das vierte ist das f-Wort oder auch ›fuck‹. Das ist fieses Zeug, Alter. Du solltest das nicht zu jedem sagen.«

»Musste ich nicht gerade …«

»Nein, du hast ›verfickt‹ gesagt, das ist nur ekelhaft und niemals passend. Schäm dich, Alter! Geh dir mal den Mund auswaschen!«

»Nicht jetzt.«

»Okay. Ich denke, jemand, der seine Unterwäsche nicht zeigen möchte, sollte sich lieber an den klassischen Fluch-Stil halten. Wenn dir jemand sagt, du sollst etwas tun, was du nicht tun möchtest, dann sagst du: ›Nein, zum Teufel!‹, wenn etwas Schlimmes passiert, sagst du so halb depri ›Scheiße‹. Und wenn die Situation zu keinem der Wörter passt, nimmst du einfach ›verdammt‹. Das ist einfach und elegant. ›Verdammt‹ ist ein Alleskönner. Da kannst du dich wirklich nichts falsch machen.«

»Ich werde dran denken.«

»Und wenn du wirklich überrascht bist oder die Stimmung ein bisschen auflockern willst, kannst du ›Heilige Scheiße‹ sagen.«

»Was ist daran heilig?«

»Keine Ahnung. Vielleicht ist es Engel-Scheiße.«

»Ich bin Atheist.«

»Also glaubst du an die Scheiße, aber nicht an die Engel?«

»So was in der Art«, murmelte Yuri. »Ist Luna da?«

»Benutz deine neu erlernten Fähigkeiten, um mich nach ihr zu fragen.«

»Wie bitte?«

Yuri konnte Lennon atmen hören.

»Verdammt, könnte ich bitte mit deiner Schwester sprechen?«

»Okaaay. Du kannst es noch nicht fließend, aber es ist immerhin ein Anfang. Lunaaaa«, rief er. »Telefon für dich.«

Yuri drückte seine Schultern an den Schreibtisch, während er wartete, und schnüffelte an seinen Achselhöhlen. Wie viele Tage hatte er jetzt nicht geduscht?

»Yuri?«

»Hey.« Mehr fiel ihm nicht ein. Alles, was ihm in den Kopf kam, war ›verdammt‹, ›Scheiße‹ und ›zum Teufel‹. Luna rettete ihn.

»Lennon hat dir also beigebracht zu fluchen?«

»Ja.«

»Das ist gut. Jetzt oder nie, stimmt's?«

»Wir sind fertig, Luna. Alles wird gut werden.«

»Hoffentlich, dieses Ding wirft mittlerweile nämlich wirklich einen Schatten.«

»Ah ja? Ich hab mir schon gedacht, dass er das machen würde.«

»Du hast es dir *gedacht*? Bist *du* nicht derjenige, der es vom Himmel schießen sollte?«

»Na ja, einer von denen. Aber ich war tagelang nicht draußen. Nicht seit Abschlussball. Ich habe vergessen zu fragen, ob du Ärger wegen mir bekommen hast.«

»Nein – jetzt sind Ferien.«

»Oh, was machst du so?«

»Ich habe ein bisschen gemalt und mit Lennon sein Videogame gespielt. Mum hat einen zuckerfreien Tofu-Käsekuchen gemacht.«

»Autsch.«

»Ja, wir sind nicht sicher, ob wir lang genug überleben, um vom Asteroiden zerquetscht zu werden.«

»Luna, sag mal, wenn es nicht funktioniert – wenn wir Asteroiden verfehlen –, willst du dann Sex mit mir haben? Ganz schnell, bevor es zu kalt wird?«

»Nein, du Perversling.«

Er seufzte. »Das ist furchtbar deprimierend.«

Sie lachte und ließ ihr Zungenpiercing gegen den Hörer klacken.

Um Viertel vor zehn versammelten sich alle Wissenschaftler vom Near-Earth-Object-Programm der NASA, die im Jet Propulsion Lab untergebracht waren, im Medienraum mit seinen ansteigenden Sitzreihen. Yuri setzte sich neben Simons.

»Pirkola ist im Krankenhaus. Er hatte jetzt keinen Grund mehr zu bleiben«, sagte Simons.

»Oh.«

Die Leinwand vorne im Raum war so groß wie in einem Kino. Auf ihr war in der Totale ein schwerer Raketensilo zu sehen, der von riesigen Scheinwerfern beleuchtet wurde. Ein paar winzige Menschen in Overalls waren im Bild, aber es wirkte nicht so, als ob sie viel zu tun hätten. Yuri vermutete, dass sich das eigentliche Geschehen unter der Erde abspielte, im Inneren des Silos. Fletcher saß stumm in der ersten Reihe. Irgendwie hatte Yuri eine Rede erwartet. Zumindest irgendetwas.

Um fünf vor zehn ging der Ton an, und Stimmen aus dem Silo füllten den Raum. Eine Minute später sagte eine Männerstimme: »Ich habe gehört, dass das NEO zugeschaltet ist. Hoffe, ihr habt uns in die richtige Richtung gelenkt.« Dann unterhielten sich die Stimmen wieder miteinander.

Der Countdown begann bei sechzig Sekunden. Er schien sich endlos hinzuziehen. Bei zehn Sekunden lehnte Yuri sich vor, zusammen mit allen anderen, als ob die Massenverteilung im Raum sich zum Bildschirm verlagerte.

Sechs.

Fünf.

Vier.

Drei.

Zwei.

Eins.

Einen Augenblick schien nichts zu passieren, dann war der Hochleistungs-Beschleuniger im Himmel. Glatt und schmal, wie er war, wirkte er ganz zerbrechlich. Yuri hatte die Spitze nicht aus dem Silo kommen sehen. Er war einfach plötzlich in der Luft gewesen, ein weißes Feuer hinter sich, das ihn nach oben stieß, um der Schwerkraft der Erde zu trotzen und aus deren Umlaufbahn zu entkommen.

Die versammelten Wissenschaftler applaudierten, aber es war ein müder Applaus, fast schon eine Art Anstandsapplaus, wie bei einem Klavierkonzert. Yuri versuchte sich dem Rhythmus des Klatschens anzupassen, und nach einer Weile merkte er, dass die Amerikaner gar nicht in einen gemeinsamen Rhythmus übergingen. Sie klatschten alle, wie sie wollten. Er gab auf und ließ die Hände sinken.

Die Kamera zoomte heraus, um den Beschleuniger zu filmen, wie er über den Nachthimmel zog. Sterne lieferten die Orientierungspunkte für sein Vorankommen.

»Das ist es nun«, sagte ein etwa sechzigjähriger Astrochemiker hinter ihm, und Yuri drehte sich zu ihm herum. »Von allem, womit Menschen je ihre Schlachten gekämpft haben – alte skandinavische Berserker, Zulu-Speerwerfer, Infanteristen in Schützengräben –, das ist es nun. Das letzte Bataillon. Die letzte Armada. Die letzte Waffe für den endgültigen Kampf.«

Yuri starrte ihn an.

»Es wird weitere Kriege geben, wenn wir überleben«, sagte der Mann neben ihm. »Niemand wird hieraus irgendetwas lernen.«

»Ja, vermutlich schon«, sagte der Astrochemiker. »Ich weiß nicht, welches Szenario deprimierender ist.« Er machte eine Pause. »Irgendwie kommt es mit falsch vor, dass ein Beschleuniger alleine in diese Schlacht zieht. So ein verlorener Anblick.«

Der andere Mann zuckte die Achseln. »Er hat uns alle hinter sich. Jeder Einzelne hier hat mit angefasst. Alle unsere Hände führen ihn gemeinsam.«

Nein, dachte Yuri. Nur ich. Nur eine Hand, nur eine Waffe. Nur eine Chance.

»Die letzte Armada«, flüsterte Yuri zu sich selbst, als sie alle wieder die Treppen hochstiegen. Lennon würde sagen, dass sie sich auf den Weg gemacht hatten, um Weltraumpiraten zu bekämpfen, aber der Gedanke brachte ihn nicht zum Lächeln.

Kapitel 25

ICH BIN DER ASTEROID

Yuri zerrte ein Feldbett in sein Büro und fiel sofort in einen tiefen Schlaf. Wie ein Stein, der im Wasser versank, oder ein Fels, der durchs All taumelte. Sein Schlaf war traumlos, aber immer wieder wachte er auf, und in seinem Kopf wiederholte sich ein und derselbe Satz: *Ich bin der Asteroid. Ich bin der Asteroid.*

Es klopfte an der Tür, und ihm wurde klar, dass es schon das zweite Mal war. Er stand auf und streckte sich. Draußen war es bereits hell – der Morgen des 9. Juni. Einschlag war bei Sonnenuntergang, was bedeutete, dass er gerade den letzten Sonnenaufgang verschlafen hatte. Er öffnete die Tür. Ein Wachmann stand da, und hinter ihm konnte er Lennon in seinem Rollstuhl sitzen sehen, ein Buch in der Hand.

Dem Wachmann schien die Situation nicht zu gefallen.

»Dieser junge Mann hier behauptet, dass er vom Buchladen ist und Sie ihn gebeten haben, Ihnen ein Buch vorbeizubringen.«

Lennon zog eine Augenbraue hoch und nickte Yuri zu.

»Ähm, ja. Bringen Sie es rein«, sagte er und winkte Lennon zu sich.

Der Wachmann ließ ihn vorbei, und Lennon schleuderte das Buch auf den Schreibtischstuhl.

»Ich begleite ihn wieder hinaus«, sagte Yuri zum Wachmann, der zögernd aufs Buch blickte, dann zu Lennon und sich schließlich achselzuckend umdrehte.

»Ich musste mich registrieren«, sagte Lennon.

»Wie bist du hierhergekommen? Hat Luna dich gefahren?«

»Nein, ich habe ein Taxi genommen. Ach übrigens, du schuldest mir 37,50 Dollar.«

»Für kleines Taschenbuch?«, fragte Yuri empört.

»Du solltest auch die Taxikosten übernehmen«, sagte Lennon. »Das scheint mir das einzig Richtige, nach meiner fürsorglichen Geste.«

Yuri starrte ihn an, dann holte er zwei Zwanziger hervor.

»Das ist nicht besonders viel Trinkgeld.«

»Ich habe kein Buch bestellt«, zischte Yuri.

Lennon zuckte die Achseln, dann sah er sich im Büro um.

»Hier arbeitest du also?«

»Ja.«

»Riecht nach Schweiß.«

Yuri zuckte die Achseln.

»Keine Zeit zu duschen.« Er beschloss, das Thema zu wechseln. »Warum hat Luna dich nicht gefahren?«

»Ich wollte irgendwie nicht, dass sie weiß, dass ich hier bin. Es ist ein Besuch vertraulicher Art.«

»Oh.« Er wartete.

»Du musst mir einen Gefallen tun«, sagte Lennon schließlich. »Deswegen habe ich das Buch gekauft. Um dir auch einen Gefallen zu tun. Na ja, und als Alibi, damit sie mich reinlassen.«

»Du hast Geld von mir dafür verlangt«, sagte Yuri.

Lennon zuckte die Schultern. Yuri seufzte und wartete.

»Es ist so«, fing Lennon schließlich an. »Ich habe über den Asteroiden nachgedacht. Wenn er einschlägt, wird es doch ziemlich schlimm werden, oder?«

»Ja.«

»Und alles wird durch die Gegend geschleudert?«

»Ja, halt dich von Glas fern.« *Als ob das noch einen Unterschied machen würde.*

Lennon starrte auf den Streifen blauen Teppichs zwischen seinen Fußstützen. Er flüsterte: »Ich habe Angst, dass ich aus dem Rollstuhl gerissen werde.«

Yuri brauchte einen Moment, um zu verstehen. Dann nahm er das Buch von seinem Schreibtischstuhl, ließ es auf den Boden fallen und setzte sich. Er rollte zu Lennon, sodass sie sich auf Augenhöhe gegenübersaßen.

»Vom Einschlag?«

»Ja. Ich bin total aufgeschmissen ohne Rollstuhl, Mann. Ich stell mir die ganze Zeit vor, wie ich auf meinen Ellbogen robbe, Häuser stürzen um mich ein, Steine fallen vom Himmel, jeder rennt, und ich schleife mich am Boden lang.« Er wischte sich ärgerlich über die Augen. »Es wäre erniedrigend.«

Yuri nickte. Ein Gespräch unter Männern, beide starrten auf ihre Füße.

»Mir ist schon klar, dass ich nicht über Trümmer klettern kann. Falls das Haus abbrennt oder so. Ich werde dasitzen und geröstet werden. Aber ich will dabei wenigstens in meinem Rollstuhl sein.«

»Ja, leuchtet ein.« Yuri räusperte sich. »Ähm, was soll ich tun? «

»Ich habe gedacht, du könntest vielleicht eine Art Anschnallgurt für mich bauen. Was mit Qualität, NASA-geprüft oder so.« Er wagte einen Blick in Yuris Augen.

»Klar«, sagte Yuri und dachte an den Raketenstuhl, den Simons für seinen Enkel konstruiert hatte. »Ich habe so was zwar noch nie gemacht, aber ich glaube, wir können da was zusammenbasteln.«

Lennon nickte.

Yuri zog seine Schuhe an und holte bei der Dame mit der Nummer Eins telefonisch ein paar Erkundigungen ein. Dann begleitete er Lennon hinaus. Sie überquerten die Straße und gingen ein paar Gebäude weiter. Es war seltsam, draußen zu sein, die Sonne auf der Haut zu spüren. Wie lang war es her, dass er an der frischen Luft gewesen war?

»Hast du den Schatten gesehen?«, fragte Lennon.

»Von Asteroid? Nein, ich war letzte Tage nur drinnen.«

»Es war, als ob dir der Tod mit der Hand übers Gesicht streicheln würde«, sagte Lennon, und Yuri lief ein Schauer den Rücken runter.

Niemand fragte, was sie im Labor-Gebäude zu suchen hatten. Es gehörte nicht zu den Einrichtungen des Near-Earth-Object-Programms, aber keinen interessierte es. In ein paar Stunden würde der Beschleuniger den Asteroiden zerstören, oder auch nicht. Alle waren zu Hause bei ihren Familien. Das Gebäude war menschenleer. Die Labore waren zwar nicht zugänglich, aber es gab eine Rumpelkammer, die vollgestopft war mit allem möglichen Zeug – einschließlich zweier Dreipunktgurte, die Dummys bei Geschwindigkeitsexperimenten an ihrem Platz halten sollten. Yuri nahm den kleineren, löste die schwarzen

Laschen und betrachtete ihn eingängig. Es sah für ihn nach normalem Gurt-Material aus, wie das, womit man Kinder im Kindersitz festschnallte.

Er hielt es hoch.

»Aus extra starkem Einsteinium in NASA-Qualität mit Titanium-Fasern für maximale Strapazierfähigkeit.«

Lennon pfiff anerkennend.

Yuri streifte den Gurt über Lennons Arm und versuchte die Bänder zurechtzurücken, dann nahm er ihn wieder ab und unternahm einen zweiten Versuch über den Kopf.

»Bist du sicher, dass du weißt, was du tust?«

»Natürlich. An Staatlicher Universität Moskau habe ich Masterkurs zu biometrischer Arretierung belegt«, log Yuri.

Die Vorderseite funktionierte nun. Über Lennons Schultern spannten sich zwei Riemen in Y-Form, die mit einem Gürtel um seine Hüfte verbunden waren. Aber hinten gab es keine Befestigungsmöglichkeit. Yuri kramte in einem Pappkarton und fand eine Ersatzschnalle, fädelte die Riemen ein, legte sie um den Rollstuhl und zog sie fest.

»Kannst du vorne raus, wenn du vordere Schnalle aufmachst?«

Lennon versuchte es und grinste.

»Ja.«

Er machte sie wieder zu.

»Yeah, Mann, es funktioniert.« Er boxte Yuri in die Schulter. »Danke«

»Kein Problem.«

Yuri stöberte in der Kiste.

»Wonach suchst du jetzt?«

»Ähm. Das ist alles vertraulich, oder?«

»Ja«, sagte Lennon.

»Auch vor Luna?«

»Ja, sie braucht nicht alles zu wissen.«

Yuri fand, was er suchte, und zog ein langes Stück von einem dünnen schwarzen Gummischlauch hervor. Er machte sich daran, ihn durch seine Gürtelschlaufen zu ziehen.

»Ich musste vorhin darüber nachdenken, dass Leuten durch Erschütterung vielleicht Kleider vom Leib gerissen werden.«

Lennon machte große Augen.

»Kein Scheiß? Das wird passieren? Denn dann muss ich schnell nach Hollywood.«

»Nein, tut es nicht, aber …«

»Werden dort dann nackte Schauspielerinnen durch die Luft gewirbelt?«

Yuri hielt einen Moment inne und stellte es sich vor. »Nein. Aber man wird wohl noch träumen dürfen.«

Er zog den Schlauch fest und steckte den Knoten hinter eine Gürtelschlaufe. Er wusste, dass der Gürtel länger halten würde als seine Hose – oder seine Haut. Aber er war an den Punkt gelangt, an dem sein wissenschaftliches Fachwissen vor der Angst, sich zu entblößen, in den Hintergrund geriet. »Ich weiß, dass es nicht mein größtes Problem sein wird, aber falls Gürtel reißt, möchte ich nicht, dass meine Hose runterfällt.«

»Aha, du willst nicht, dass die nackten Schauspielerinnen deinen knochigen Hintern sehen.«

»Genau.«

»Gib mir auch was davon.«

»Du sitzt doch.«

»Trotzdem«, sagte Lennon.

Yuri durchstöberte die Kisten und fand noch ein Stück Schlauch. Lennon zog es sich durch die Gürtelschlaufen seiner Jeans und grinste. »Auf alle Eventualitäten vorbereitet.«

»Ja«, sagte Yuri.

Er ging neben Lennon zum NEO-Gebäude zurück.

»Ihr habt vermutlich ein ziemlich gutes Teleskop, um zu beobachten, wie das Ding auf uns zukommt, oder?«, fragte Lennon.

Yuri sah ihn von der Seite an. »Wir werden kein Teleskop brauchen. Er kommt direkt auf uns zu. Wir werden ihn am Himmel sehen. Schon bald.«

»Ja«, sagte Lennon. »Aber die Antimaterie lässt ihn einfach verschwinden, stimmt's? Also sehen wir vielleicht einen kleinen Fleck da oben, und dann ist er ganz weg.«

Yuri lächelte reumütig. »Antimaterie wird ihn nicht komplett auflösen. Es ist einfach viel zu viel Eisen.«

»Uns wird trotzdem etwas davon treffen? Er wird immer noch einschlagen?« Lennons Augen sprangen fast aus seinem Kopf. Er tastete nach den Schnallen seines neuen Gurts.

»Wir versuchen, so viel wie möglich von ihm zu vernichten. Antimaterie-Explosion wird ihn auch ein bisschen zur Seite drängen. Bei letzter starker Explosion wird großer Teil zersetzt werden. Und er wird so heftig weggestoßen, dass er Erde nur schrammen wird – nicht treffen. Vielleicht.«

»Ich mag die Er-verschwindet-bevor-man-ihn-sehen-kann-Version lieber«, sagte Lennon.

»Tut mir leid«, sagte Yuri. »Gab keine andere Wahl.«

»Wie nah wird uns dieses Ding also kommen?«

Yuri atmete tief ein. »Dass du sitzt, ist schon mal Vorteil.«

»Ein Rollstuhl-Witz?«, sagte Lennon. »Im Ernst?«

Yuri hielt seinem Blick stand. »Kein Witz.«

»Oh, Mist.«

»Sie haben Flugverbot erlassen. Das weißt du, oder? Asteroid wird so nahe kommen, dass er Flugzeuge zerschmettern könnte. Und auch wenn nur äußerste Hülle von ihm mit Atmosphäre in Berührung kommt, wird es ganz schön stürmisch.« Yuri hielt Lennons Blick stand. »Er wird riesig am Himmel zu sehen sein. Und er wird sehr, sehr schnell sein.« Sie blieben vor dem NEO Gebäude stehen. »Du kennst doch Hubble-Weltraumteleskop, oder? Es fliegt quer über Vereinigte Staaten in zehn Minuten mit acht Kilometern pro Sekunden.« Yuri blickte in den Himmel. »Asteroid kommt mit einundsiebzig Kilometern pro Sekunde auf uns zu.«

»Ach du Scheiße«, sagte Lennon.

»Oh ja. Ich muss jetzt langsam zurück.«

»Ohne Witz, ich will mich im Keller verkriechen«, sagte Lennon.

Sein Taxi wartete in einer Parklücke die Straße runter. Der Wachmann, der Lennon zu Yuris Büro gebracht hatte, stand vor dem Gebäude und vermied es, sie anzuschauen.

»Soll ich Taxifahrer Bescheid sagen?«, fragte Yuri.

»Nein, das krieg ich hin«, sagte Lennon. »Allerdings wartet der Fahrer schon eine ganze Weile. Ich sollte ihm wahrscheinlich mehr Geld geben.«

Yuri zog sein Portemonnaie hervor und fächerte es seufzend vor Lennon auf. Der ließ seine Finger über die Scheine gleiten, dann fischte er zwei Zwanziger heraus.

»War teures Buch«, grummelte Yuri.

»Du wirst es lieben«, sagte Lennon, »und du wirst Jahre etwas davon haben.«

Yuri warf Lennon einen argwöhnischen Blick zu, während dieser sich zum Taxi rollte und der Fahrer ihm aus dem Rollstuhl half. Yuri winkte, wartete aber nicht, bis Lennon weggefahren war. Er ging zurück in sein Büro, hob das Buch vom Boden auf und drehte das Cover zu sich. *Techniken zur Selbstbefriedigung für den Mann. Eine Anleitung mit Bildern.* Er würde Lennon umbringen.

Kapitel 26

SHOWTIME

Yuri erhielt die Erlaubnis, ins Hotel zu fahren und sich zu duschen. Er nahm den Fahrdienst. Immer wieder sah der Fahrer ihn durch den Rückspiegel an. Er wollte bestimmt ein paar beruhigende Worte von jemandem hören, der wirklich wusste, dass alles gut werden würde. Aber er war erschöpft und hatte keine Ahnung, was er sagen sollte. *Verdammt, ich habe mich schon mit der Mathematik herumgeschlagen, soll sich doch jemand anderes um die Worte kümmern.* Er stieg aus, ohne den Mann anzusehen.

Er duschte ganz lange. Es hatte fast schon etwas Zeremonielles. Sogar als er schon sauber war, blieb er noch unter dem Strahl stehen und ließ das Wasser auf seine Haut regnen. Yuri wurde die Augen des Fahrers nicht los, die ihn immer wieder mit derselben Frage quälten: *Hast du mich gerettet oder hast du mich getötet?*

Schließlich drehte er das Wasser ab. Als er sich mit dem Handtuch den Kopf rubbelte, hörte er das Telefon im Zimmer klingeln. Er hechtete hinaus, um abzunehmen.

»Ich bin's«, sagte Luna, und er lächelte. »Ich wollte mich entschuldigen, dass ich dir das mit Michelangelo erzählt hab. Du weißt, dass ich will, dass du den Nobelpreis kriegst, oder? Denn das ist es doch, was du willst? «

»Ja«, sagte Yuri, stapelte die Kissen auf und ließ sich tief in sie zurücksinken. Er zögerte kurz. »Mein Vater ist gestorben, als ich noch ganz klein war. Wenig später hat meine Mutter in Zeitung über damalige Nobelpreisträger gelesen und gesagt ›Sie sind nun unsterblich‹. Ich dachte, wenn ich Nobelpreis erhalten könnte, würde mein Vater vielleicht nicht tot sein – da wir gleichen Namen haben, verstehst du? Als ob ich Tod austricksen könnte. Irgendwann habe ich herausgefunden, dass es so nicht funktioniert. Aber ich kann immer noch seinen *Namen* unsterblich machen.«

»Oh«, sagte Luna. »Wow.« Er konnte sie durch das Telefon atmen hören. »Glaubst du an ein Leben nach dem Tod?«

»Nein.«

»Aber du hast deine Kindheit damit verbracht, eines für deinen Vater zu erschaffen. Sein Leben nach dem Tod zu sein.«

»So sind Kinder halt, vermute ich mal«, sagte Yuri.

»Es wäre vielleicht leichter, an das Paradies zu glauben, als den Nobelpreis zu erhalten.«

»Nicht für mich. Nächstes Jahr, wenn kleine Kinder die Liste der Nobelpreisträger aufsagen, wird Strelnikov daraufstehen.«

»Du weißt schon, dass normale Kinder so etwas nicht tun, oder?« Sie schwieg einen Moment. Yuri war kurz davor einzuschlafen, als sie weitersprach. »Willst du ihn immer noch deswegen? Für deinen Vater?«

»Nein. Ich werde an ihn denken, wenn ich unseren Namen auf Liste sehe. Aber ich kann mich nicht einmal mehr an ihn erinnern. Ich will Preis für mich.«

»Ja«, sagte Luna. »Das nennt man wohl erwachsen werden. Man lässt ein paar Dinge hinter sich.«

Sie legten auf, und Yuri vergrub sich in den Kissen und schloss die Augen. Er hatte den Überblick verloren, wie viele Stunden, wie viele Nächte Schlaf er nachzuholen hatte. Ein Kissen an seine Brust gedrückt, fiel er auf der Stelle in einen tiefen Schlaf.

Stunden später träumte er, dass Hitler mit polierten Stiefeln in sein Zimmer marschierte. Sein Gesicht mit diesem lächerlichen kleinen Schnurrbart war ein Wecker, und er versuchte, Yuri mit steif ausgestrecktem Arm aus dem Bett zu bekommen.

»Hau ab, Hitler«, murmelte Yuri, aber das Gesicht des Führers klingelte weiter.

Schließlich hob Yuri den Kopf. Es war nicht der Wecker, sondern das Telefon, das den Lärm verursachte. Er blickte sich kurz um, ob Hitler auch sicher weg war, schüttelte einmal kräftig den Kopf, um zu sich zu kommen, und nahm den Hörer ab.

»Hallo?«

»Dr. Strelnikov, wir haben Ihnen einen Wagen geschickt, der unten vorm Hotel wartet. Es ist Showtime.«

Es war die Einser-Dame. War es schon so weit? Wie lange hatte er geschlafen? Yuri zog sich schnell an und lief hinunter. Er hoffte, der Fahrer von heute Morgen würde ihn abholen. Dann würde er mit ihm reden können, etwas Tröstliches sagen. Und es war tatsächlich derselbe Mann, in denselben Kleidern, sein Gesicht abgespannter, seine Augen groß und glänzend. Bis jetzt hatte Yuri solche Augen nur auf Bildern von Holocaust-Opfern gesehen. Es war eine gute Tat von diesem Mann, seine Familie allein zu lassen und seinen Job zu tun, an dem Tag, der sein letzter sein könnte. Yuri wollte ihn nicht nur trösten, sondern ihm auch Danke sagen.

Der Fahrer fuhr durchs Eingangstor und hielt vor dem NEO-Gebäude. Yuri stieg aus. Er zögerte, seine Hand auf dem Rand des offenen Fensters liegend. »Danke fürs Mitnehmen.«

»Alles klar«, sagte der Mann und fuhr davon.

Yuri stand da und sah zu, wie er wegfuhr. *Vielleicht bin ich nicht so der soziale Typ.*

Der Klang seiner Absätze schallte durch die leere Eingangshalle. Es war auch niemand im Konferenzraum, obwohl er Kaffeekannen und lauwarmes Wasser für Tee vorfand. Auf dem Weg in sein Büro wurde ihm klar, dass dies wohl mit der einzige Ort war, an dem niemand anderes sein würde, daher bog er zum Medienraum ab. Im Treppenhaus traf er auf ein paar andere, die hinuntergingen. Auch auf Karl Fletcher, der da stand und durch die hohen Glasfenster in das schwächer werdende Licht schaute. Er drehte sich um.

»Hey. Sie sind wieder da.«

»Klarer Himmel heute«, sagte Yuri. »Ich weiß nicht, ob das gut oder schlecht ist.«

Fletcher schnaufte leise. »Er ist vor zwanzig Minuten am Mond vorbeigeflogen.« Sie standen für kurze Zeit schweigend da und blickten in den Himmel.

»Dr. Fletcher?« Yuri zögerte, dann gab er sich einen Ruck: »Glauben Sie an Paralleluniversen?«

»Ja«, sagte der Leiter. »Tue ich.«

»Hätten Sie in anderem Universum gleiche Entscheidung getroffen, nicht letzten Schuss zu machen?«

»Nein«, sagte Fletcher und sah ihm in die Augen. »In einem anderen Universum hätte ich Ihre Version gewählt. Das macht es ja zum anderen Universum.«

»Wenn wir uns also hier retten, bringen wir uns dort um? Haben wir die Erde in Schrödingers Katze verwandelt?«

»Es ist schon kompliziert genug, so wie es ist«, sagte Fletcher. »Machen Sie es nicht noch härter.«

»Ich würde einfach in keinem Universum gerne zerquetscht werden.« *In einem Universum habe ich die Modelle nicht ausgetauscht. In einem Universum lag ich falsch,* dachte er, als er Fletcher zugenickt hatte und weiterging.

Jemand hatte vor dem Medienraum Kühler mit Wasserflaschen aufgestellt. Yuri nahm sich im Vorbeigehen eine Flasche und klemmte sie unters Kinn, als er sich in seine Anzugjacke kämpfte. Es war der Moment gekommen, sie anzuziehen.

Die Zeit rannte mit dem Asteroiden um die Wette. Er hatte nur ein kurzes Nickerchen machen und nicht stundenlang schlafen wollen, um dann noch einmal einen Blick auf seine Berechnungen zu werfen. Um sich zu versichern, dass er recht hatte, dass es notwendig gewesen war, die Daten auszutauschen. Um zuversichtlich zu sein, wenn er den Medienraum betrat, in dem sie sich den Abfangeinsatz anschauen würden. Panik stieg seinen Hals hinauf wie eine rote Quecksilbersäule. Er fühlte sich schwach und zitterte, als er in den Medienraum schritt. Er war bestimmt nur unterzuckert, sagte er zu sich selbst. Unmöglich, dass es Angst war.

Die Augen auf den Teppich gerichtet, ging er in den Raum

und setzte sich ganz weit nach hinten, weit weg von Simons. Ein Kameramann hatte seine Kamera auf einem schwenkbaren Stativ aufgebaut. Kein Logo irgendeines Fernsehsenders war auf dem Equipment zu sehen. Die Aufzeichnungen sollten wohl für die Nachwelt sein, falls es eine Nachwelt geben würde.

Auf der Leinwand war bereits etwas zu sehen. Sie war in zwei Bilder geteilt. Auf der linken Seite konnte man den Hochleistungs-Beschleuniger für die Antimaterie sehen. Sein gleißender Feuerantrieb verlor sich fast im Glanz der Sonne. Auf der rechten war der Kontrollraum, vom dem aus er abgefeuert worden war. Yuri hatte einen riesigen Raum mit Dutzenden von Leuten erwartet. Nachdem die Marssonde gelandet war, hatte er ein Video mit jubelnden Wissenschaftlern gesehen, die sich gegenseitig auf ihre einheitlichen Poloshirts schlugen. Dieser Raum war kleiner mit weniger Leuten.

Yuri betrachtete die Wissenschaftler um sich herum. Es gab zwei Sorten Menschen im Raum – die, die nicht das Dasein jedes Lebewesens auf dieser Erde mit ihrer eigenen ungetesteten Theorie in Gefahr brachten, und ihn. So würde es von nun an immer sein, wo auch immer er hingehen würde.

Er blinzelte. Der Asteroid schoss vierundzwanzig Kilometer vorwärts.

Fletcher ging nach vorne und ließ sein Handy in die Tasche gleiten. Das Bild der Abschussbasis verschwand, und der Präsident der Vereinigten Staaten an seinem Schreibtisch im Oval Office füllte die rechte Seite der Leinwand aus.

»Guten Abend«, sagte der Präsident. »Ich möchte Direktor Fletcher für die Beaufsichtigung des Projekts danken und Ihnen allen für die geleistete Arbeit. Als Winston Churchill einmal sagte, dass nie zuvor so viele so wenigen so viel zu verdanken hätten, sprach er über die Kampfpiloten der Royal Air Force, die die Flugzeuge der Nazis über Großbritannien abwehrten. Aber *Sie* haben diese Jungs übertroffen. Nie zuvor in der Geschichte war der Einsatz so hoch. Nie zuvor haben Einzelentscheidungen und besonnenes Urteilsvermögen eine so große Rolle gespielt. Noch nie hat das Schicksal der Geschichte in den Händen so weniger gelegen.«

Yuri rannte zum Mülleimer an der Rückseite des Raums und übergab sich. Sein Magen zog sich in Krämpfen zusammen, Magensäure brannte in seiner Kehle. Er hatte seit Stunden nichts gegessen. Ein grüner Fleck Galle landete auf dem Boden des Abfallbehälters, bei dessen Anblick er wieder würgen musste.

»Ich kann Ihnen nicht genug danken«, kam der Präsident zum Ende. Yuri hoffte inständig, dass die Liveübertragung nur in eine Richtung stattfand. »Und Gott segne, was Sie vollbracht haben.«

Mit einem Schnitt wurde zurück in den Kontrollraum geschaltet. Yuri spülte seinen Mund aus und spuckte das Wasser in den Mülleimer. Dann nahm er wieder Platz, ohne irgendjemanden anzusehen. Aber der Mann zu seiner Rechten packte ihn an der Schulter. Yuri sah auf. Er war mindestens siebzig, und Yuri erkannte ihn. Es war ein Experte auf dem Gebiet der Feinstrukturkonstante, ein brillanter Physiker, und Yuri hatte sich gerade vor ihm übergeben. Eigentlich hatte er sich sogar gerade vor den hundert klügsten Köpfen der Welt übergeben. Und einer Fernsehkamera.

»Wie bekommen sie Video vom Hochleistungs-Beschleuniger?«, fragte Yuri, nur um etwas zu sagen. Sein Hals war gereizt. Die forschenden braunen Augen des Mannes bohrten sich noch eine Sekunde in seine, dann ließen die alten Finger seine Schulter los.

»Sie haben ein im All stationiertes Teleskop umgeschwenkt und auf ihn gerichtet. Es war wohl nicht einfach, aber das war es wert. Deshalb treffen wir uns hier unten. Einige von uns wollten vom Parkplatz aus zuschauen, aber es würde so schnell gehen, dass wir keine wirklichen Erkenntnisse hätten. Hier kriegen wir eine Wiederholung.«

»Ich glaube, ich hätte es trotzdem lieber mit eigenen Augen gesehen.«

Der Mann lächelte.

»Ich auch. Aber das ist das wichtigste Filmmaterial aller Zeiten. Wir wären dumm, es nicht zu filmen. Es wird mehr Klicks auf YouTube bekommen als ein Elch auf Wasserskiern.« Er machte eine vage Handbewegung. »Außerdem wäre es nett zu wissen, ob wir sterben werden oder nicht.«

»Oh. Absolut.«

Auf dem rechten Ausschnitt erschienen schwarze Zahlen, die sich über das Bild lagerten. Ein stiller Countdown, der bei fünf Minuten startete. Was müsste alles passieren, damit man einen roten Countdown bekam? Yuri war schwindelig. Geistesabwesend sah er sich im Raum um und schob die Ärmel seines Jacketts hoch. Seine Unterarme waren ihm so vertraut. Wie viele Stunden hatte er mit hochgekrempelten Ärmeln an Schreibtischen verbracht, seine Unterarme auf der Kante abgestützt? Er liebte seine Arme. War das seltsam? Er liebte seine *Arme*. Wenn es irgendwo im Universum fremdes Leben gab, würde es Arme haben? Würde es sich selbst lieben und sich selbst hassen können?

Der ganze Raum schnappte nach Atem, und Yuris Blick schoss wieder zur Leinwand. Der BR1019 war hinter dem Beschleuniger sichtbar geworden. Natürlich war er das. Er war Kilometer breit.

Yuri hatte die Geschwindigkeit erwartet, hatte alles vom Kopf her verstanden, aber nicht wie es in Wirklichkeit war. Es war, als würde man auf eine Pistolenkugel in der Größe von Manhattan blicken, außer dass sie sich mit dem Vielfachen der Geschwindigkeit einer Kugel vorwärtsbewegte. Die ideale Ausgangslage wäre gewesen, wenn sie den Beschleuniger neben dem Asteroiden verankert hätten, bei gleicher Geschwindigkeit. Aber das war unmöglich.

Der Beschleuniger würde feuern, sobald der BR1019 in Reichweite war. Es würde nicht lange dauern. Mit jedem Stoß würde die Gefahr bestehen, dass der Asteroid auseinanderbrach. Und der Beschleuniger musste die Antimaterie entladen, ohne in Kontakt mit ihr zu kommen. Nur eine Berührung zwischen ihm und seiner Ladung und beide würden verschwinden – was bedeutete, der Asteroid würde es nicht tun.

Yuri hatte die Stärke jedes Stoßes berechnet, und alle im Raum wussten es. Wenn er sich vertan hatte und zu viel Antimaterie auf einmal verschossen wurde, würde der Asteroid auseinanderbrechen, und es würde mehr als einen katastrophalen Einschlag geben. Wenn er splitterte, könnte es jeder sehen, und alle wüssten, wessen Schuld es war. Wurde es eigentlich auf der ganzen Welt übertragen? Erfuhr seine Mutter davon im Krankenhaus vor dem Fernseher? Sah Kryukov es und starb voller Enttäuschung über seinen Lieblingsstudenten?

Oder der Plan ging auf und der Asteroid hielt, während er Stück für Stück an der Seite kleiner wurde. Seine Masse würde reduziert, aber vielleicht nicht weit genug von seiner Bahn abgebracht werden, sodass er immer noch auf Los Angeles zuraste. Dann wäre er zwar kleiner, aber immer noch ein Planetenkiller.

Doch es war vor allem die letzte Vorstellung des Versagens, die Yuris Hände zum Schwitzen brachte und seine Augen pochen ließ. Was wäre, wenn alles funktionierte und so der letzte Schuss Richtung Erde den Asteroiden verfehlen und die Pazifikküste auslöschen würde? Was wäre, wenn Fletcher und Simons recht gehabt hätten und die ersten Antimateriestöße genug wären? Wenn kein Asteroid den letzten Schuss aufhielt, würde sich die Antimaterie auf ihrem Weg zur Erde ausbreiten und beim Erreichen der Erdoberfläche, verstreut und schwach, alles in ihrem Umkreis verschwinden lassen – Menschen, Häuser, Bäume, Berge, die Oberfläche des Pazifischen Ozeans.

Oder sie verfehlten den Asteroiden komplett, und die Geräte blockierten irgendwie. Dann würden mehr als zwei Millionen Kilo Eisen mit einer unvorstellbaren Geschwindigkeit auf die Erde prallen.

Verdammt Scheiße zum Teufel.

»Ist was anderes, ihn zu sehen, nicht wahr?«

Yuri sah hoch in die warmen braunen Augen seines Nachbarn. »Ja, ist es.«

Der Mann lächelte.

Von links hörte Yuri das Prasseln von Flüssigkeit. Als er hinüberschaute, sah er einen Mann in seinen Trinkbecher pinkeln. Er hatte sich wohl nicht aufraffen können zu gehen. Yuri wandte sich ab. Eine der letzten Sachen, die er sehen würde, war also der *chlen* irgendeines alten Amerikaners, der seinen stechenden Pepsi-Urin-Geruch im Raum verbreitete. Ganz toll.

Der schwarze Countdown lief. Er war schon unter einer Minute. Hunderte von Sekunden einfach weg. Yuri hielt den Atem an. Vermutlich taten das alle. Er fragte sich, was Luna wohl machte. Die letzte Minute wurde immer kleiner. Er versuchte nicht zu blinzeln.

Fünf.

Vier.

Drei.

Zwei.

Eins.

Augenblicklich schoss der Beschleuniger in einem stumpfen Winkel einen Stoß Antimaterie auf den näher kommenden Asteroiden ab. Yuri war sich vorher nicht sicher gewesen, ob man sofort erkennen würde, ob die Antimaterie getroffen hatte oder nicht. Aber die Form des Asteroiden sprach Klartext. Er sah aus, als ob ein Riesenkrokodil mit seinem runden Maul ein Stück aus seinem Körper gebissen hatte.

Die Physiker schnappten nach Luft, aber der Beschleuniger schoss bereits ein zweites Mal und noch einmal. Bei jedem Stoß drohte der Körper auseinanderzubrechen. Wenn das passierte, würde der Beschleuniger ins Leere schießen. Narben erschienen auf der Oberfläche des Asteroiden. Die Antimaterie war dabei, sich und die Materie, auf die sie traf, zu vernichten. So viel war nun klar. Es war jedoch unmöglich zu sagen, ob sie den Asteroiden von seiner Bahn abbrachte.

Der Beschleuniger drehte sich, während er feuerte, schoss zuerst auf den Asteroiden, als er näher kam, dann als er vorbeiflog. Das nächste Stück des Asteroiden löste sich in Luft auf. Yuri schlug die Hände über dem Mund zusammen und beugte sich vor. Hatte sich der Asteroid bewegt? War er zur Seite gestoßen worden? Der Beschleuniger wirbelte herum wie ein Revolverheld, als der Asteroid passiert war und weiter auf die Erde zuraste.

Fletcher war mit starrem Blick aufgestanden. In einem langen spitzen Winkel schoss der Beschleuniger noch einmal auf die Seite des Asteroiden. Die Wissenschaftler blickten direkt in den Lauf, der auf sie gerichtet war. Antimaterie wurde ausgestoßen, kratzte die eiserne Seite des Asteroiden entlang, während der zur Erde raste. Allgemeines Stöhnen war zu hören, als die Wissenschaftler auf einmal begriffen. Fletcher drehte sich suchend nach Yuri um. Dann blickte er zurück auf die Leinwand, gerade noch rechtzeitig, um das große Finale zu sehen. Eine gewaltige Antimaterieexplosion, als der Beschleuniger eine enorme Menge Energie freisetzte. Und in die Luft flog.

Die Trümmerteile schossen nach oben und sanken in anmutigen Bögen hinab. Es sah aus wie ein Feuerwerk.

Die komplette Seite des Asteroiden verschwand. Das hieß, dass sich die Antimaterie unbegrenzt weiterbewegen konnte. Der Winkel war so schmal gewesen, dass sie lediglich die Seite gestreift hatte und nun auf die Erde zusteuerte.

Yuri versuchte verzweifelt sich zu konzentrieren: Würden sie zuerst vom Asteroiden oder von der Antimaterie getroffen werden? Denn er war es gewesen, der die Daten ausgetauscht hatte, damit die letzten Schüsse Richtung Erde abgefeuert wurden. Vor allem der letzte gewaltige Stoß, der an seinem Ziel vorbeigeschossen war.

Er hatte falschgelegen.

Er hatte die Welt getötet. Er hatte das Leben getötet. Er war der Asteroid.

Seine Augen brannten, als er auf die Leinwand starrte, auf den unübersehbaren Beweis seiner Gräueltat. Er hatte die arroganteste Tat in der Geschichte der Welt überhaupt begangen. Keine Zweifel. Kein zweiter Platz. Er war die arroganteste Person der Welt. Ein Massenmörder. Stalin konnte einpacken.

Verdammt. Scheiße. Zum Teufel.

Fuck.

Er begann in sich zusammenzubrechen, schwankte. Tränen stiegen in ihm hoch. Die schwarzen Umrisse, die sich über den Bildschirm ausbreiteten und das Licht abschnitten, als sie sich bis zu den Ecken ausdehnten, sah er nur noch verschwommen.

Auf einmal wurde der Rand der Erde auf dem Bild sichtbar. Der ganze Raum stöhnte auf. Der Asteroid war zu nah. Er war kurz davor, die Atmosphäre zu durchbrechen und die Erde zu zertrümmern. Es war nur noch eine Frage von Sekunden.

Wie viele Atemzüge waren ihm noch geblieben? Vier? Drei? Yuri wollte den letzten Atemzug auskosten, aber sein Brustkorb weitete sich nicht. Er würde mit einer hohen Konzentration an Kohlendioxid in der Lunge sterben. Dann wurde ihm klar, dass dies sein letzter Gedanke sein würde, und es schien so unendlich traurig. Er suchte krampfhaft nach etwas, an dem er sich festhalten konnte, irgendetwas, und er sah Luna, inmitten von Kohlblättern liegend. Sie blickte ihn an und lächelte. *Das.*

Die zerklüftete und von Antimateriestößen abgeflachte Eisenseite des BR1019 bebte, als sie die Atmosphäre traf und durch die Stratosphäre schnitt. Der Raum erzitterte, dann herrschte absolute Ruhe.

Der Bildschirm war leer.

Die Leute im Medienraum schnappten erneut nach Luft, standen synchron auf und glotzten an die Decke. Hatte es doch funktioniert?

Fletcher sprang auf seinen Stuhl, sein Handy ans Ohr gedrückt. Und nur einen Augenblick bevor er sprach, begriff Yuri.

»Die vom Teleskop sagen«, Flechter machte eine Pause, »sie können uns keine Ergebnisse liefern …«

Ein langes und breites Aufstöhnen ging durch den Raum.

»… weil es nicht schnell genug mitschwingen kann, um den Resten des BR1019 zu folgen, während er sich von uns fortbewegt!« Er rief: »Er hat uns nur gestreift!«

Aber niemand hörte mehr zu. Die Leute weinten, packten sich an den Schultern und schlugen sich gegenseitig auf den Rücken. Vor Yuri drehte sich ein Planetenbewegungs-Experte um, küsste ihn auf den Mund und lachte laut auf.

Der Herr mit den sanften Augen neben ihm grabschte mit vollen Fäusten nach seinem Hemd, und Yuri umarmte ihn. Sie sanken zusammen auf den Boden und schluchzten. Yuris Haare in seinen Augen. Der alte Mann murmelte ein paar Worte auf Hebräisch, und Yuri wiederholte sie. Zwei Atheisten bei dem Versuch, in einer Sprache zu beten, an die sich der eine nicht erinnerte und die der andere niemals gelernt hatte.

Yuri hatte keine Ahnung, wie lange sie sich so in den Armen lagen, weinten und dem anderen auf den Rücken klopften, aber irgendwann rollte jemand Champagner herein, und sie sprühten ihn durch den Raum wie Hockeyspieler, die gerade den Stanley Cup gewonnen hatten.

Der Raum roch nach ungewaschenen Körpern und Trauben, und jemand goss eine Flasche über seinem Rücken aus. Der kühle Glashals berührte seinen Nacken, der Champagner sprudelte kalt seine Wirbelsäule hinunter. Yuri sah nicht, wer ihn packte, aber er fühlte, wie er schwankend in die Luft gehoben wurde. Dann reichten die Astrophysiker ihn über ihren Köpfen herum, Champagner tropfte von seinem Hemd.

Es war ein berauschender Moment – besser als einheitliche T-Shirts es je gewesen wären – und erschreckend, als er über das Alter und die Knochendichte der Menschen nachdachte, die ihn hochhielten. Und dann war er wieder unten, unbeholfen mit einem Bein auf einem Stuhl abgelegt, und er fragte sich, ob Luna es schon wusste. Sie waren gerettet. Er hatte sie gerettet.

Er schlüpfte aus dem Medienraum und hielt an der Tür inne. Der Raum war komplett verwüstet. Er grinste.

In seinem Büro packte Yuri seine Tasche. Er stopfte die vollgekritzelten Blätter mit seiner eckigen Handschrift hinein. Die, mit denen er frustriert vor Mike Ellenbergs Gesicht herumgefuchtelt hatte. Nicht dass die Amerikaner die Aufzeichnungen noch für sich beanspruchten. Oder die Russen. Dann würden sie wahrscheinlich irgendwo in einem Museum enden. Aber er wollte sie einrahmen und in seinem Büro aufhängen, sodass Fyodor Laskov sie so oft wie möglich zu Gesicht bekam. Außerdem hatte Yuri das Gefühl, dass er sie noch oft im Mondlicht vieler schlafloser Nächte lesen würde.

Es gab nicht wirklich viel zu packen. Er schaute sich in diesem kleinen spärlichen Büro um, in dem er die intensivsten Momente seines Lebens verbracht hatte. Es war der Raum von jemand anderem. Die Bücher von jemand anderem standen in den Regalen. Und nun war es an der Zeit, es wieder zurückzugeben. Er setzte sich einen Moment auf das Feldbett. Dann legte er sich hin und starrte an die Decke. Es war seltsam zu wissen, dass er nicht hierhin gehörte.

Bis jetzt hatte er sich kein einziges Mal gefragt, wer normalerweise in diesem Büro saß. Hatte der eigentliche Nutzer gerahmte Familienfotos auf dem Schreibtisch stehen? Oder trug er ein ungerahmtes Foto seines Doktorvaters in der Tasche mit sich herum? Yuri seufzte. Letzteres war ziemlich unwahrscheinlich.

Er stellte sich den Asteroiden jenseits des Daches vor, wie er mit seiner platten Seite weiter durchs All raste. Sie hatten seine Umlaufbahn geändert, als sie ihn von der Erde weggeschmettert hatten. Vielleicht würde er sich jetzt in einen weit entfernten Planeten graben oder sich in die Sonne stürzen. Aber das sollte jemand anderes herausfinden.

Dann schlief er ein.

Von einer Hand auf seiner Schulter wurde er geweckt. Es war ein Sicherheitsmann. Yuri war erleichtert, dass es nicht derjenige war, der Lennon zu ihm gebracht hatte.

»Direktor Fletcher will Sie sehen. Sofort.«

Yuri nickte und stand auf. Er nahm seine Tasche, ließ einen letzten kurzen Blick durchs Büro schweifen und wünschte, er hätte diesen Augenblick für sich. Vermutlich würde Fletcher ihm jetzt mitteilen, dass er nicht mehr aus den Vereinigten Staaten ausreisen durfte. Yuri spielte mit dem Gedanken, Fletcher zu sagen, was er getan hatte – dass es seine Hand gewesen war, die sich schützend über die Erde gelegt hatte. Fletcher würde blöd gucken und im Computer nachprüfen, ob es stimmte. Dann würde er Yuris Hand schütteln, ein Foto von ihnen beiden machen lassen und ihn in einem Luxusflugzeug voller Kaviar und … Luna nach Hause schicken.

Der Mann vom Sicherheitsdienst klopfte leicht an Fletchers Bürotür.

»Kommen Sie rein.«

Der Mann öffnete die Tür und nickte Yuri zu, dann schloss er sie hinter ihm. Fletcher stand mit dem Rücken zur Tür. Er drehte sich langsam um. Seine Augen waren zwei Flammenwerfer. Yuri fühlte sich, als würde er unter seinem Blick austrocknen. Sie hätten genauso gut Fletchers Augen nehmen können, um den Asteroiden zu schmelzen. Warum hatte er nicht früher daran gedacht?

»Die Antimaterie-Strahlen haben es über die Distanz geschafft, die notwendig war. Sie sind eng gebündelt geblieben. Der Hochleistungsbeschleuniger hat auch schnell gefeuert, während er sich gedreht hat – und er hat weitergemacht, als er auf die Erde gerichtet war.«

»Oh.«

In seiner Erschöpfung hatte er vergessen, dass Fletcher den letzten Schuss ja gesehen hatte. Dass er es wusste.

»Und dieses Verhalten hätte ihrem Modell entsprochen, wenn ich es eingegeben hätte. Habe ich aber nicht, oder? Das heißt, der Beschleuniger hätte mit dem Feuern aufhören müssen, als der Asteroid an ihm vorbeigeflogen war. Es hätte niemals auf uns geschossen werden sollen. Es hätte niemals ein so riesiger Schuss *abgegeben werden sollen, dass er den gottverdammten Hochleistungs-Beschleuniger der Vereinigten Staaten zum Explodieren bringt.*«

Yuri befeuchtete seine Lippen.

»›Wie hat das passieren können?‹, habe ich mich gefragt. ›Er hätte sich nicht so verhalten sollen‹, habe ich mir gesagt. Also habe ich, während Sie geschlafen haben, die Modelle angeschaut, die ich an die Leute weitergeleitet habe, die den Beschleuniger programmiert haben. Und wissen Sie, was ich entdeckt habe?«

Er machte einen Schritt auf Yuri zu. Yuri trat einen Schritt zurück.

»Ich habe Zeile um Zeile Daten gefunden, die ich niemals eingegeben habe«, zischte er.

Yuri schaute sich zur Tür um.

»Sie haben die Gleichungen ausgetauscht. Auf eigene Faust, ohne meine Erlaubnis und gegen meinen Willen.«

»Entschuldigung.« Yuris Stimme klang zu hoch, die Entschuldigung komplett unzureichend.

»Ein zweiter Code hätte nicht einmal existieren sollen.«

»Ähm …«

»Sie haben mit dem Leben meiner Kinder gespielt. Mit allem.« Yuri starrte auf den Boden, spielte nervös mit dem Gummischlauch hinter seinem Gürtel. »Haben Sie etwas dazu zu sagen?«

»Entschuldigung.«

Letztendlich hatte ihm der Asteroid doch seine Kleider weggepustet. Er stand nackt vor der Welt, bloßgestellt als genau das, was er war – abgrundtief arrogant. Würde Gregor Kryukov, sein Doktorvater, sich für ihn schämen? Am liebsten hätte er losgeheult. Er wollte, dass Fletcher seinen Arm um seine Schulter legte und ihm sagte, dass alles gut wäre, dass er richtig gehandelt hatte. Dass es weiterhin möglich sein würde, jeden Tag aufzustehen, auch mit dem Wissen um das, was er getan hatte. Aber er konnte nichts von all dem sagen, also sagte er, was er konnte.

»Haben Sie mich hergerufen, um sich zu entschuldigen, dass Sie an mir gezweifelt haben? Oder um mir zu danken, dass ich ihr Leben gerettet habe?«

Lange stierten sie sich an.

Dann sagte Fletcher: »Mein Gott, Sie haben vielleicht Eier.« Er lächelte unmerklich. »Machen Sie das nicht noch einmal.«

Yuri drehte sich zum Gehen um und sah den Schatten des Sicherheitsmannes im Gang. Er erinnerte sich wieder daran, was er eigentlich tun wollte.

»Wegen meiner Rückkehr nach Hause«, sagte er und bemerkte, wie Fletchers Miene sich verhärtete. Bis zu diesem Moment hatte er noch daran gezweifelt, dass sie ihn wirklich hierbehalten wollten. Nichts von dem, was er durchgemacht und geleistet hatte, machte also irgendeinen Unterschied. Er brauchte einen kurzen Moment, um seinen Atem wieder in den Griff zu bekommen. »Ich habe mich gefragt, ob ich meine Rückkehr verschieben könnte.«

Fletcher hob die Augenbrauen.

»Da ist Konferenz in Detroit, zu der ich gern gehen würde. Es findet Forum über Antimaterie statt.«

»Ach so, klar. Das klingt logisch.«

»Aber wenn Sie mich in nächstes Flugzeug nach Moskau setzen wollen, versteh ich das.«

»Nein, nein«, sagte Fletcher ein bisschen zu schnell. »Wir können Sie nach Detroit bringen. Das wird schon klappen.«

Der Sicherheitsmann brachte ihn zu einem Wagen der NASA, bahnte sich den Weg durch eine Horde Reporter, die sich um das Jet Propulsion Labor versammelt hatten, und fuhr ihn zum Hotel. Yuri machte einen Stopp in dem kleinen Laden der Hotellobby und kaufte ein Prepaidhandy, das er zwischen die Seiten einer Zeitung gleiten ließ. Zurück auf seinem Zimmer rief er Luna an und sagte ihr, dass er zur Konferenz nach Detroit fahren würde.

»Du weißt schon, dass ich zum großen Fluchtversuch mitkomme, oder?«

Er kauerte sich hin, seinen Kopf nach vorne gebeugt, und fühlte eine tiefe Erleichterung. »Das solltest du nicht tun. Wie willst du denn dort hinkommen?«

»Ich fahre natürlich, was sonst?«

»Ist weite Strecke, Luna. Würde zwei oder drei Tage dauern.«

»Wann fängt die Konferenz an?«

Er zögerte einen Moment. »In vier Tagen.«

»Perfekt.«

»Aber ich weiß noch nicht einmal, wie ich überhaupt über Grenze kommen soll.«

»Na, über die Brücke nach Kanada. Und ich bringe dich.«

»Deine Eltern werden das nicht erlauben.«

»Erlauben? Du brauchst dringend Nachhilfe, was das Hippie-Sein angeht.« Sie gab ihm einen Kuss durchs Telefon und legte auf.

Er lächelte und stellte sich vor, wie Luna in ihrem Auto saß, eine Hand auf dem Lenkrad, und durch das Land fuhr. Und dann stellte er sich vor, wie Luna in dieser Klapperkiste saß, eine Hand auf dem Lenkrad. Und durch das Land fuhr. Er rief noch einmal an.

»Ich komme mit. Also still jetzt. Übrigens. Hast du gut gemacht mit dem Weltretten.« Sie legte auf.

Er starrte aufs Telefon. Kein Hallo, kein Tschüs. Nur ›Ich komme mit‹.

Er duschte lange und heiß, um den getrockneten Champagner abzuwaschen. Das Wasser, das über seine nackte Haut dampfte, war vermutlich vor hundert Millionen Jahren durch einen Asteroiden zur Erde gebracht worden. Die Situation triefte vor Ironie.

Er rubbelte sich mit dem dünnen Hotelhandtuch über den Kopf und wickelte es um die Hüfte. Dann schaltete er das Licht aus und ging zum Fenster. Eine Sternschnuppe zuckte über den Himmel hinter dem Restaurant nebenan – kein Stück vom Asteroiden, nur ein normaler Meteorit. Der Himmel war noch da, und die Erde und der Mond. Über eine Stunde schaute er in die Dunkelheit und blickte in den Sternenhimmel.

Er hatte die Welt gerettet. Jetzt war es an der Zeit, sich selbst zu retten.

Kapitel 27

GLEICHUNG DER EINSAMKEIT

FÜNF TAGE BIS ZUM AUFPRALL

Während er darauf wartete, zur Konferenz nach Detroit gebracht zu werden, verbrachte Yuri drei Tage im Hotelzimmer und versuchte, nicht an seine Speichersticks in Fyodor Laskovs Wurstfingern zu denken. Es musste unbedingt nach Hause.

Er überlegte, Luna anzurufen, aber sie war schon auf dem Weg nach Detroit. Und er wollte auf gar keinen Fall, dass sie während der Fahrt ans Telefon ging. Dass Luna quer über den Kontinent flitzte, könnte mehr Schaden als der BR1019 anrichten.

Yuri holte den verlorenen Schlaf nach und googelte sich selbst, fand aber nur die üblichen Verweise auf seine akademische Arbeit. Außerdem eine Erwähnung, dass er Teil des Asteroiden-Teams beim JPL war. Offensichtlich wusste die Öffentlichkeit über die Tragweite seiner Rolle bei dieser Sache nicht Bescheid. Dann schaute er sich in einer Talkshow an, wie ein amerikanischer Senator für die Kürzung des Budgets der NASA argumentierte, da die Gefahr ja nun vorbei war.

Am dritten Tag sah er sich Fernsehreportagen über ausgelassene Straßenpartys in Städten der ganzen Welt an. Unterbrochen wurden sie immer wieder von Werbespots für billige NASA-Merchandising-Produkte. Am meisten beeindruckten ihn die Aufnahmen von drei Jungs in seinem Alter. Sie tanzten in Paris in einem Brunnen mit einem Mädchen ohne Top, dessen Brüste vom Zensurbalken zu einem unscharfen Rechteck geformt wurden. Die Jungs hatten alle dasselbe T-Shirt an, auf dem das NASA-Logo prangte.

Sie durften mit einem nackten Mädchen und gleichen T-Shirts in einem Brunnen tanzen? Das war unglaublich unfair.

Er sprang von der Hotelmatratze und überprüfte, ob der Sicherheitsriegel vorgeschoben war. Danach schnappte er sich einen Hosenbügel, um die Vorhänge lückenlos zusammenzuklemmen, zog sich bis auf die Unterhose aus und tanzte zusammen mit den verrückten Parisern. Seine Arme wirbelten über seinem Kopf. Die Berichterstattung wechselte zu einer Feier in Iowa City, in die ein gruseliges Hühnchen verwickelt war. Es musste das Maskottchen des ansässigen Sportteams sein. Yuri flatterte mit seinen Armen und gackerte und sprang zwischen Bett und Stuhl. Das große Hühnchen wedelte mit seinen Schwanzfedern in die Kamera, und Yuri drehte sich um und wackelte mit seinem Hintern zurück.

Er war sich nicht sicher, ob ihm einfach nur die Decke auf den Kopf fiel oder er komplett verrückt wurde. Er schaltete den Fernseher aus und ließ sich aufs Bett plumpsen. Luna und Lennon hatten bestimmt schon ihren Stopp für die Nacht eingelegt, darauf hatte Lennon hundertprozentig bestanden. Länger konnte man ihren Fahrstil nämlich nicht ertragen.

Luna hob beim zweiten Klingeln ab.

»Fährst du gerade?«, fragte er.

»Nein, wir sind in einem billigen kleinen Motel ohne Behindertendusche.«

Über so etwas hatte er noch gar nicht nachgedacht. »Ist Lennon okay?«

»Oh, er hat viel herumgeschrien.« Yuri lachte. »Und was das Hotel angeht: Ich habe ihm gerade geholfen, sich zu waschen. Er rasiert sich jetzt.«

»Man hat mir Hotelinformationen zu Detroit gegeben«, sagte er und teilte ihr mit, wo er untergebracht sein würde. »Ich habe mir dich auf Fahrt dahin vorgestellt. Wie sich Sonnenlicht in deinen ganzen Ringen spiegelt.«

»Träumst du in Farbe, Yuri?«

Er zögerte eine Sekunde. Normalerweise erinnerte er sich nicht an seine Träume. »Ich weiß nicht.«

»Ich träume in Farbe und ich erinnere mich in Farbe und ich hoffe in Farbe.«

»Welche Farbe hat Hoffnung?«

»Ich hoffe in allen Farben«, sagte Luna. »Das macht es zu Hoffnung.«

»Versteh ich nicht ganz.«

»Tut niemand.« Sie schwieg einen Moment, aber Yuri konnte sie atmen hören. »Ich fühle mich, als ob ich als Kind die ganze Farbpalette gewesen wäre. Und erwachsen werden bedeutet, einige davon zu verlieren.«

»Wie dein Kunstlehrer gesagt hat?« Yuri dachte an ihre Traumland-Keksdose, und wie sich der Lehrer beschwert hatte, dass sie zu farbenfroh sei.

»Genau. Deswegen trage ich die Ringe. Ich versuche bei den

Farben zu bleiben, im wörtlichen und im übertragenen Sinn.« Er konnte ihren schwachen Seufzer ganz nah an seinem Ohr hören. »Wenn man nur ein paar behalten kann, wie wählt man dann aus?«

»Vielleicht nach Verfallsdatum?«, schlug Yuri vor.

»Wir reden nicht über Ölfarbe!«

Yuri kratzte sich am Kopf. »Worte sind so unberechenbar. Sie sind einfach nichts für mich.«

Luna schnaufte sanft. »Ich will alles von mir behalten, aber ich glaube, das ist nicht zu schaffen. Ich glaube, erwachsen werden heißt, einen Teil von sich zurückzulassen.«

Er schwieg. Er wusste nicht, was er sagen sollte. Aber er hatte endlich verstanden, dass sie nicht über Ölfarben sprachen.

»Ich weiß nicht, wie ich gleichzeitig ein Erwachsener und ich selbst sein soll«, sagte Luna.

Yuri starrte auf seine nackten Beine. »Ich weiß nicht, wie ich Kind sein soll.«

»Ja, das haben wir ja schon bemerkt«, sagte Luna.

»Hey, hast du Computer mit? Ich möchte dir Gemälde zeigen«, sagte Yuri.

»Im Ernst?«

»Ja!« Er war unglaublich stolz auf sich. »Kopie davon hängt bei uns in Gebäude auf Campus.«

»Len! Yuri sagt, du sollst mir dein Handy geben.« Yuri konnte Lennons Stimme hören, aber nicht verstehen, was er sagte. »Er ist ein Genie, und er will, dass du mir deine Sachen gibst. Komm damit klar.«

»Such in Bildern nach Gemälde von Kandinsky, *Quadrate mit konzentrischen Ringen.*«

»Ich hab's«, sagte Luna. »Das kenne ich.«

»Kandinsky hat mit vielen Farben gemalt, und er war erwachsen. Du solltest alle Farben behalten, Luna.«

»Du hast etwas gefunden, das wirklich eine Inspiration für mich ist. Danke.« Yuri strahlte. »Auch wenn ich unbedingt diese Kreise befreien möchte.«

»Nein! Es ist so symmetrisches Bild. Darum mag ich es.«

»Wow«, sagte Luna. »Diskutieren wir etwa gerade über Kunst?«

»Ja«, sagte Yuri. »Ich bin vielseitig einsetzbar.«

Luna lachte. Sie sprachen noch ein paar Minuten. Dann reichte sie das Telefon weiter, und Yuri hörte sich Lennons Highway-Leidensgeschichten an. Schließlich mummelte er sich ins Bettlaken und schlief ein.

Am nächsten Tag holten ihn zwei Sicherheitsleute vom Hotel ab.

»Kevin Decker«, sagte der Mann und gab ihm die Hand.

»Azenet Linares«, sagte die Frau. »FBI.«

Yuri stellte sich vor, auch wenn es ihm sinnlos erschien. Sie wussten ja, wer er war.

»Wir sorgen für Ihre Sicherheit, während Sie in Detroit sind«, sagte Decker. »Dr. Fletcher hat uns gebeten, beim JPL vorbeizuschauen, bevor wir zum Flughafen fahren.«

Yuri zuckte die Achseln und folgte ihnen zu ihrem Auto. Niemand sprach auf dem Weg ins JPL. Eindeutig würden weder Decker noch Linares es ins olympische Small Talk-Team schaffen.

Karl Fletcher stand mit gekreuzten Armen gegen sein Auto gelehnt auf dem Parkplatz des JPL. Keiner seiner neuen Leibwächter sagte etwas, also stieg Yuri aus und ging zum NEO-

Direktor. Fletcher streckte ihm seine Hand entgegen. Yuri zögerte kurz, bevor er sie schüttelte.

»Wenn Sie hier jemals einen Job wollen, haben Sie ihn. Das wissen Sie, oder?«

»Ich habe meinen Job hier schon getan. Jetzt will ich nach Hause.«

Der Direktor zuckte die Schultern und wandte den Blick ab. »Einen Versuch war's wert. Er griff durch das offene Fenster in sein Auto und nahm etwas von seinem Sitz. »Hier, ich habe ein Andenken für Sie.« Er reichte es Yuri.

Yuri drehte es in seinen Händen und konnte es nicht richtig einordnen. Es war eine kleine Scheibe mit Nummern auf der Vorder- und ein paar abgeknipsten Kabeln und freigelegten Elektrobauteilchen auf der Rückseite.

»Ist das …«

»Ja, es ist das Codeschloss von meinem Büro. Anstatt es neu zu programmieren, habe ich es abmontiert und ein neues bestellt.« Er grinste. »Ich wollte Ihnen etwas geben, von dem Sie wissen, wie man es benutzt.«

Yuri lachte. »Ich werde es in Ehren halten. Es erweitert meine Souvenirkollektion um das Doppelte.« Er drehte das Codeschloss in seinen Händen und schüttelte den Kopf. »Ich habe nichts für Sie, tut mir leid.«

»Machen Sie Witze? Abgesehen vom Überleben der Erde habe ich dank Ihnen nun Sodbrennen, von dem ich Jahre etwas haben werde.«

Decker und Linares fuhren Yuri zum Flughafen und brachten ihn mit einem kurzen Vorzeigen der Dienstmarke durch die Sicherheitskontrolle. Im Flugzeug ergatterte Yuri einen

Fensterplatz und schaute während des gesamten Fluges auf Amerika hinunter, wie es sich unter ihm bog. Die Perspektive eines Asteroiden. Am Flughafen von Detroit brachten ihn seine Bodyguards zügig zu einem Mietauto und dann in ein Hotel an einer Highway-Auffahrt.

Eigentlich hatte er sich eine Shoppingtour als Notlösung aufsparen wollen, um sich zur Ambassador Bridge abzusetzen, die nach Kanada führte. Aber er hatte nichts Vorzeigbares dabei, außer seinem schwarzen Anzug, den er in Pasadena noch schnell in die Reinigung gegeben hatte. Alles andere war dreckig. Seinen champagnergetränkten grauen Anzug hatte er in den Mülleimer gestopft.

Also fuhren seine Bodyguards ihn zu einem Kaufhaus und ließen ihn mit ein wenig Anstands-Abstand einen neuen grauen Anzug, drei Hemden, eine Jeans und ein blaues T-Shirt, Socken sowie Unterwäsche kaufen. Yuri besorgte sich außerdem ein Paar schwarze Turnschuhe, für den Fall, dass er nachts irgendwo herumturnen musste. Er war schon einmal in Anzugschuhen über ein Dach gelaufen, diese Erfahrung musste er nicht noch einmal machen.

Im Hotel zog er sich Jeans und T-Shirt an und setzte sich einen Moment auf den Rand des Bettes, um zu entscheiden, welche Sockenfarbe man wohl zu schwarzen Alltagsschuhen trug. *Ein normaler Teenager würde so etwas wissen. Oder einen normalen Teenager würde es vielleicht erst gar nicht interessieren.* Er warf alle Bedenken über Bord und entschied sich für Marineblau.

Decker und Linares hatten die Zimmer rechts und links von seinem. Ab und zu konnte er dumpfe Geräusche hören, wenn sie sich bewegten, Stühle schoben, Schranktüren zumachten. Er knipste den Fernseher an und stieß auf die Schlusspartie eines Hockeyspiels. Dann bestellte er beim Zimmerservice Abendessen und ließ dabei den Fernseher lautlos laufen. Nicht so gut wie Gregor Kryukov, aber immerhin Gesellschaft. Er aß an einem kleinen runden Tisch neben dem Fenster. Die Vorhänge waren offen, und Yuri sah auf die Stadt hinunter. Sein Blick folgte den Menschen auf dem Gehsteig. Es fühlte sich fast so an, als würden sie ihn alleine zurücklassen, wenn sie hinter Türen oder im Labyrinth eines Parkhauses verschwanden.

Nach dem Essen zog Yuri einen Block Papier aus seiner Tasche und klatschte ihn auf den Tisch. Er beugte sich darüber und schrieb eine einzelne saubere Gleichung. Auf der Westhalbkugel lebte eine Milliarde Menschen. Er hatte zwei Freunde: Luna und Lennon. Er schrieb es als Verhältnisgleichung auf seinen Block: Einer von 500 Millionen Leuten würde sich mit ihm unterhalten. Es war eine Gleichung der Einsamkeit. Aber keine Lösung. Gab es Dinge, die nicht mathematisch gelöst werden konnten?

Yuri fuhr sich mit der Hand durchs Haar. Er fühlte sich, als ob er kurz vorm Durchdrehen wäre. Die Arbeit, die Schwierigkeiten mit Simons, in einem fremden Land mit einer fremden Sprache zurechtzukommen, das alles war ein so starker Druck.

Zum Teufel, nicht mal Russisch war seine Muttersprache. Seine Muttersprache war Mathe.

Er sehnte sich nach dem Nobelpreis. Er hatte ihn *verdient*. Der Asteroid hätte ihm die Chance beinahe vermasselt. Aber seine Theorien hatten die Konkurrenz zerschlagen und seine Antimaterie den Asteroiden. Für das Nobelpreis-Komitee musste er der sichere Gewinner sein.

Und in Moskau wühlte sich Fyodor Laskov durch seine Speichersticks.

Wann würde das Leben einfach werden?

Immer wieder malte er die Verhältnisgleichung, die er aufgeschrieben hatte, nach. Die Wiederholung machte die Zeilen nur noch deutlicher. Er war einsam. Er war immer einsam gewesen. Vielleicht war er zu beschäftigt gewesen, um es vorher zu merken. Vielleicht hatte er sich auch einfach daran gewöhnt.

»Ich bin einsam«, sagte er laut und zu sich selbst, denn es war niemand anderes da, dem er es hätte sagen können.

Er drehte sich zum Fernseher und sah, wie Fletcher und der amerikanische Präsident sich die Hände schüttelten. Als die Kamera zu einer blonden Nachrichtensprecherin zurückschnitt, und sein eigenes Gesicht in der oberen Ecke des Bildschirms auftauchte, grabschte er nach der Fernbedienung und machte lauter. Es war das Mitarbeiter-Foto von der Staatlichen Uni Moskau, und für einen winzig kleinen Augenblick hatte Yuri sich selbst nicht erkannt.

»Dies ist der Wissenschaftler aus Russland, der einen entscheidenden Teil zur erfolgreichen Abwehr des Asteroiden beigetragen hat.«

Yuri starrte sprachlos in den Fernseher.

»Laut Direktor Fletcher hätte der Asteroid ohne die Arbeit dieses einzelnen Wissenschaftlers Los Angeles getroffen. Niemand anderes im Near-Earth-Object-Programm der NASA war mit Dr. Strelnikovs Analyse der Situation einverstanden, der aber unerschrocken auf seinem Standpunkt beharrte. Und – ist es zu fassen? – er ist erst siebzehn Jahre alt.«

»Unglaubliche Geschichte, Caitlyn«, sagte der männliche

Nachrichtensprecher, als die Kamera zurückzoomte und man sie in zwei Einstellungen nebeneinander im Bild sah. Sie begannen darüber zu scherzen, vom Asteroiden plattgemacht worden zu sein.

Dass Yuri sich eingehackt hatte, wurde mit keiner Silbe erwähnt. Vermutlich dachte Flechter, es würde kein gutes Licht auf ihn werfen. Yuri drückte auf stumm, starrte aber weiter in den Fernseher. Die Nachrichtensprecherin hatte alles in einem positiven Licht dargestellt. Vermutlich war dies die offizielle Version vom NEO, und vielleicht war sie dazu da, einer Untersuchung zu Fletchers Sicherheitsvorkehrungen vorzubeugen. Oder es war eine Drohung: Wenn Yuri sich widersetzte, in Amerika zu bleiben, würden sie aufdecken, was er wirklich getan hatte. Das Hacken, die Täuschung, das Risiko, das er eingegangen war. Aber Fletcher hatte sich große Mühe gegeben hervorzuheben, dass es Yuris Werk gewesen war. Als ob er versuchen würde, ihm zu helfen.

Warum?

Yuri checkte seine E-Mails auf dem Handy und fand eine Nachricht von Gregor Kryukov, die schon vor Stunden gekommen war. *Yuri, man hat mich in den Ruhestand versetzt. Ich kann dir nicht helfen. Es tut mir leid.*

»Verdammter Laskov«, sagte Yuri auf Englisch. Dass Laskov sich in Yuris Ruhm sonnen wollte, war eine Sache. Aber Kryukov zu Fall bringen, weil der Yuris Urheberschaft seiner Arbeit verteidigte? Kryukov besaß einen außerordentlichen Verstand und verwandelte sogar ein Seminar zum Quantenphasenübergang in ein Vergnügen. Er war Gehirn, Augenbrauen und Güte in Person. Und nun hatte er seinen Job verloren, weil er

Fyodor Laskovs Ambitionen und politischen Beziehungen zum Opfer gefallen war. »Verdammter Laskov«, sagte er noch einmal.

Yuri raffte sich auf, nahm seine Schlüsselkarte und ging aus seinem Zimmer. Er war gerade mal einen Meter den Flur hinuntergegangen, als Linares aus ihrem Zimmer stürmte und fast mit ihm zusammenstieß.

»Wohin gehen Sie?«

»Ins Kino.«

»Ins Kino? Sie wollen einen Film sehen?«

»Wir sind an Kino vorbeigefahren, paar Blocks weiter, oder? Ich gehe Film schauen.«

»Welchen?«, fragte Decker hinter ihm.

»Spielt das Rolle?« Herausfordernd streckte Yuri sein Kinn vor.

Decker und Linares tauschten einen Blick aus.

»Vermutlich nicht. Also okay, wir können einen Film anschauen.«

Erste Person Plural: Wir.

Yuri stolzierte am Fitnessraum vorbei zum Treppenhaus. Kurz überlegte er, vielleicht besser ein paar Runden auf dem Laufband zu drehen. Aber der Fernseher über den Geräten lief, und sein Foto prangte auf dem Bildschirm. Anderer Kanal, gleiches Bild. Russlands junger Heldenexport. Yuri wollte nur noch im Dunkeln sitzen, ganz hinten, zwischen Fremden. Denn er brauchte Gesellschaft, und Kino war so nah dran wie möglich.

Plötzlich wurde im Fernsehen ein Foto von Fyodor Laskov – hinterhältige Schlange und Sohn des Präsidenten der Russischen Akademie der Wissenschaften – gezeigt. Er konnte nicht hören, was gesagt wurde, aber das brauchte er auch gar nicht. Am unteren Rand wurde ein Balken eingeblendet, auf dem stand: »Laskov-Strelnikov-Theorie zur Lagerung von Antimaterie.«

Die Russen wussten also schon, dass er nicht wieder zurückkommen würde. Jedem war es gesagt worden außer ihm. Laskov hatte freie Bahn. Aber Yuri würde zurückkommen. Und wenn er wieder da war, würde er seinen Anspruch auf die alleinige Urheberschaft für seine Arbeit geltend machen. Er konnte es beweisen, denn er war derjenige, der es verstand. Und dann würde er dafür sorgen, dass Kryukov seinen Posten zurückerhalten würde.

Yuri trat drei Mal kräftig gegen die Wand. Beim dritten Mal sank sein Fuß in die Trockenbauwand. Er warf Linares einen bösen Blick zu. Sie schien von der Zurschaustellung seiner Wut vollkommen unbeeindruckt, und das machte ihn nur noch wütender. Er zog die Schultern nach hinten und ging erhobenen Hauptes zum Kino.

Es war hell erleuchtet, mit Messingleisten und dunklem Teppich in Weinrebenmuster. Im Tickethäuschen saß ein Junge seines Alters. Er trug ein weißes Hemd und eine schwarze Hose. Yuri erkannte sich selbst in ihm – das Alter, der blonde Haarschopf, die Kleidung. Er lachte laut auf. Was war wohl das größte Problem dieses Jungen? In welchen Film er sich reinschleichen sollte, wenn sein Chef gerade nicht hinschaute?

»Welcher Film?«, fragte der Junge.

»Der da.« Yuri zeigte auf das Plakat eines Films, in dem sein Lieblingsschauspieler mitspielte und der nach Verfolgungsjagden aussah.

Der Junge nickte, nahm sein Geld entgegen und druckte ein

kleines Ticket aus. Decker trat vor, um die zwei Tickets für die Bodyguards zu bezahlen. Linares wich nicht von Yuris Seite.

»Ich brauche keine Hilfe, um Film zu schauen«, sagte Yuri, ohne sie anzusehen.

»Wollen Sie Popcorn?«, fragte Linares.

Er war kurz davor, Nein zu sagen, aber dann änderte er seine Meinung. Warum eigentlich nicht? Wen interessierte es schon, wenn seine Arterien verstopften und er in einer Woche einen Herzinfarkt hätte? Sein Lebenswerk hatte er vollbracht. Nach dieser Geschichte gab es nichts mehr. Egal was er die nächsten siebzig Jahre machen würde, sein Nachruf war schon geschrieben. Von hier an ging es nur noch bergab.

»Geben Sie mir größtes Popcorn, das Sie haben, extra Butter, bitte, und großes Getränk.«

Das Mädchen an der Snackbar lächelte ihn an und griff nach einem weiß-rot gestreiften Pappeimer, der groß genug war, um einen Pulli darin zu waschen. Er bezahlte und schritt in den Saal.

Er setzte sich ganz nach hinten in die schmale Reihe neben der Tür, auf den Platz direkt am Gang, und blockierte den Weg zu den anderen Plätzen. Decker und Linares zögerten. Yuri machte eine ausladende Geste durch den Raum. Die Hälfte der Plätze war schon besetzt, und immer mehr Leute kamen herein. Linares setzte sich mit den Beinen im Gang an den Rand der langen Rückreihe in der Mitte, sodass sie Yuri links neben sich sehen konnte. Decker besetzte den Platz am anderen Ende der Reihe. Er konnte Yuri nicht sehen, aber er saß direkt neben der anderen Tür.

Yuri schaufelte wild Popcorn in seinen Mund. Ihm blieb

schleierhaft, wie er sich gleichermaßen so sehr nach Privatsphäre und Gesellschaft sehnen konnte.

Der Saal war dreiviertel voll, als die Lichter ausgingen. Auf der Leinwand leuchtete ein Hinweis auf, dass die Handys ausgeschaltet werden sollten. Dann folgte eine Werbung mit attraktiven jungen Menschen in den Hauptrollen, die neben offenen Kühlboxen voller Bier Volleyball spielten, und Mädchen in Bikinis, die Pick-ups wuschen. Als die Trailer für andere Filme über die Bildfläche flimmerten, tippte Yuri bereits nervös mit dem Fuß auf dem Leuchtstreifen am Boden. Wie ein Stern, der um ein schwarzes Loch kreiste, wirbelten seine Gedanken um die Frage, die er die ganze Zeit versucht hatte zu vermeiden.

Nicht die Frage, was er mit Fyodor Laskov machen würde. Die Antwort darauf kannte er.

Aber was, wenn er falschgelegen hätte?

Die Welt wäre zerstört worden. Luna und ihre farbbekleckten Finger und ihre verrückten Haare und Hippie-Feiertage. Aber auch Moskau, die Stadt, in der er geboren war. Die meterhohen Reihen von Fliederbüschen im Gorky Park, die Eisverkäufer auf der Straße, der wunderbare, störrische Gregor Kryukov, der ihm so viel beigebracht hatte. Der ihn zum ersten Mal mit zum Essen genommen hatte, als er vierzehn Jahre alt gewesen war, und ihn wie einen Kollegen behandelt hatte. Mit dem er das Hockeyspiel besucht und seinen Puck bekommen hatte. Auch seine Mutter wäre nicht mehr da. Sie waren sich zwar seit Jahren nicht mehr nahe, aber trotzdem – sie war seine Mutter. Andererseits wäre auch Fyodor Laskov nicht mehr da. Yuri schnaufte leise.

Er hätte sich nicht einhacken dürfen, auch wenn er richtiggelegen hatte. Das wusste er nun. Es war zu viel für eine Person. Zu viel Verantwortung. Wenn die anderen Physiker mit ihm übereingestimmt hätten, wäre es eine andere Sache gewesen. Aber die Art und Weise, wie er es getan hatte? Unentschuldbar. Er hatte Mist gebaut. Laut Kant sollte man tun, was recht war, auch wenn dabei die Welt unterging. Yuri hatte getan, was falsch war, damit die Welt nicht unterging. Kant hatte ihm einen unerwarteten Schlag versetzt.

Vor ihm beugten sich drei Teenagermädchen zueinander und tuschelten. Eine hatte ihr Handy an und suchte etwas im Internet. Der Lichtschein lenkte Yuri ab. Auf der Leinwand rannte Matt Damon durch Häuserfluchten und wich Pistolenschüssen aus.

»Ach, Klappe! Es war Liam Neeson, nicht Mel Gibson.«

»Mel Gibson ist doch schon tot!«

Yuri rutschte unruhig in seinem Kinosessel hin und her.

»Oh Mann, du bist so strohdumm! Echt jetzt. Es war Indiana Jones.«

»Indiana Jones ist eine Figur, kein ein Schauspieler, Mann.«

»Und du bist 'ne blöde Tussi, Britney. Egal, es war nicht Indiana Jones, es war Samuel L. Jackson.«

»Samuel L. Jackson ist schwarz!«

»Bist du jetzt rassistisch, oder was?«

Yuri räusperte sich dezent.

»Nein. Ich habe nur gesagt, er ist schwarz, und Indiana Jones ist weiß, und das im Film war ein weißer Typ. Oder etwa nicht?«

»Wenn du nicht so dumm wärst …«

Yuri stülpte seinen Popcorn-Eimer über den Kopf des Mädchens in der Mitte. Die Ellbogen an den Köper gepresst, hob sie mit gespreizten Fingern ihre Hände. Yuri stand auf.

»Matt Damon rennt da gerade in Anzug. Niemand rennt in Anzug wie Matt Damon. Ich wollte das sehen.« Der ganze Saal drehte sich zu ihm. »Und ihr streitet euch über Schwachsinn und beschimpft einander. Dabei *hättet ihr jetzt tot sein können.*« Das Mädchen nahm den Eimer vom Kopf, und das Popcorn rieselte ihr wasserfallartig über die Schultern.

Als Yuri sich zu ihnen beugte, griffen die Mädchen verängstigt nach den Unterarmen der anderen und kauerten sich zusammen. »Kapiert ihr das? Riesiger M-Typus-Asteroid *ist mit einundsiebzig Kilometern pro Sekunde* auf Erde zugerast. Er war kurz davor, Erde mit unvorstellbarer Kraft zu rammen. Ihr wärt jetzt tot oder würdet gerade sterben. Im Staub ersticken oder erfrieren.« Er ging los Richtung Leinwand. Aber Linares war aufgestanden, um ihm den Weg zu versperren. Er drehte sich wieder zu den Mädchen. Ihre aufgerissenen Augen glänzten weiß im dunklen Saal. »Und Indiana Jones ist nicht Schauspieler. Er ist Figur.«

»Siehst du«, sagte eins der Mädchen. »Hab ich dir doch gesagt.«

Yuri drehte sich zu Linares um, stieg auf die Armlehne eines Sitzes und rannte über die Rückenlehnen durch den ganzen Saal nach vorne.

»Ihr würdet alle gerade sterben! Ihr würdet erfrieren und Ernte würde eingehen. Sie«, sagte er und zeigte auf einen übergewichtigen Mann, dessen Hand über einem Popcorn-Eimer schwebte. »Sie wären tot ohne mich. Ich habe Ihr Leben gerettet. Ich habe Ihre schmierigen Fettfinger gerettet.«

Linares warf einen alarmierten Blick zu Decker, der den anderen Gang herunterlief.

»Ich habe Ihren Mann gerettet! Ich habe Ihr Leben gerettet! Und Ihres! Und Ihres! Ich habe alle Leben gerettet.« Mit den Fußspitzen balancierte er auf den Rückenlehnen der ersten Reihe, breitete die Arme aus und lachte. Sein breiter Schatten fiel auf die Leinwand. »Ich habe Matt Damon gerettet! Ich habe seinen Anzug gerettet!« Er lachte wieder und sprang auf den klebrigen Boden, stolperte und rannte weiter durch den Notausgang neben der Leinwand hinaus.

Hinter ihm hörte er Linares »Scheiße« sagen.

»Verdammt, zum Teufel«, rief Yuri, als die Tür hinter ihm zufiel.

Er rannte den Häuserblock hinterm Kino entlang und schrie erschreckte Passanten an.

»Ich habe Ihr Leben gerettet!« *Ich werde niemals jemanden treffen, dem ich das nicht sagen kann: Ich habe Ihr Leben gerettet, und ich hätte es nicht tun dürfen.*

Menschen hielten an und drängten sich zusammen, grabschten nach den Armen der anderen, packten sich an den Händen. Yuri lächelte grimmig. Er brachte die Menschen zusammen. Vielleicht war er am Ende doch ein sozialer Typ.

Er lief in einen Mini-Markt. Der mittelalte Mann an der Kasse griff unter die Ladentheke.

Yuri schlug auf die Kunststoffplatte. »Ich habe Ihr Leben gerettet!« Er kam dem Gesicht des Mannes ganz nah und sagte noch einmal: »Ich habe Ihr Leben gerettet.« Er drehte sich um. »Ich habe Ihr Baby gerettet!«, rief er einer Frau zu, die mit einer Hand den Griff ihres Kinderwagens umklammerte und mit der anderen ein Paket Batterien an ihre Brust drückte.

Als das Glöckchen an der Ladentür ertönte und Decker und

Linares hereinkamen, verschwand er durch die Tür bei den Toiletten.

Ein Hund war in der Gasse.

»Ich habe deine Pfoten gerettet.«

Der Hund wedelte mit dem Schwanz.

»Gern geschehen.«

Yuri drückte die Tür einer Eckkneipe auf und platzte hinein. Sie war dunkel. Vorne gab es Sitzgelegenheiten, hinten standen Billardtische, ein Fernseher hing über der Bar an der Seite des Raumes. Die Gäste waren Männer in schwarzen Lederwesten und ein paar Frauen mit dickem Eyeliner und hochhackigen Stiefeln. Yuri schritt bis nach hinten.

»Ich habe Ihr Leben gerettet«, brüllte er einen Mann mit einem Harley-Davidson T-Shirt an. Der Mann strich sich über seinen geteilten Vollbart und sah ihn mit unverwandtem Blick an. Yuri drehte sich zu einem Mann mit vernarbtem Gesicht. »Ich habe Ihr Leben gerettet!« Er drehte sich zu den anderen Spielern. »Ich habe Ihren fetten Arsch gerettet! Ich habe Ihr Schlangen-Tattoo gerettet! Ich habe Ihre hässliche Freundin gerettet!«

»Das ist dieser russische Junge«, sagte der Bärtige und zeigte mit einer fleischigen Hand zum Fernseher. »Der Physiker.«

»Wirklich?«, fragte der Mann mit der hässlichen Freundin und stützte sich interessiert auf seinen Billardqueue. »Hier in unserer Bar?«

»Ja. Ich bin russischer Physiker, der ganze Welt gerettet hat«, schrie Yuri und breitete die Arme aus. So war er vollkommen ungeschützt, als der Mann seiner Freundin den Billardqueue hinstreckte und seine Faust in Yuris Magen grub.

Das Universum explodierte vor Schmerz. Ein großer Knall, der in Yuris Innerstem begann und sich endlos ausbreitete. Galaxien voller Lichter blitzten hinter seinen Augen auf. Yuri brach auf dem Boden zusammen, roch Bier und das Eisen seines Blutes, als er sich auf die Zunge biss. Er konnte kaum atmen. Asteroiden trafen sein Gesicht, immer und immer wieder. Richtig, dachte er. Kosmische Kollisionen waren in der Zeit nach der Entstehung des Universums sehr häufig. Dann schrie eine Frau, und er konnte hochhackige Stiefel durch die Sterne sehen, die trippelnd von ihm weggezerrt wurden. Sein Zwerchfell zog sich zusammen, und er sog ein wenig Luft in seine Lungen.

Deckers Gesicht tauchte über dem seinen auf.

»Alles okay mit Ihnen?«

Yuri machte mehrere tiefe Atemzüge und blickte auf. Hinter Decker stand die hässliche Freundin, die ihm unter dickem Eyeliner hervor einen selbstzufriedenen Blick zuwarf und die Fäuste erhoben hatte wie ein alter Boxer. Der Typ mit dem Billardqueue hatte ihn zwar zu Boden gestreckt, aber danach war er von einer Frau verprügelt worden.

Er nickte, betastete sein linkes Auge und zuckte zusammen. Decker ergriff seinen Arm und zog ihn hoch. Yuri streckte eine Hand zu den Billiard-Spielern aus.

»Habe ich erwähnt, dass ich Ihr Leben gerettet habe?«

»Sie haben im Fernsehen darüber geredet«, sagte der Typ mit dem Queue. »Babyheld. Aber du hast kein Cape.«

»Reflexe hat er auch keine«, sagte der Bärtige und gluckste.

Linares stand neben dem Eingang und sicherte den Raum mit einer Pistole. Niemand achtete auch nur im Geringsten darauf. Als Decker Yuri durch die Tür schob, war bereits wieder das Aneinanderschlagen von Billardkugeln zu vernehmen, und jemand rief dem Barkeeper eine Bestellung zu.

»Das war unglaublich dumm«, fauchte Linares und schob ihre Pistole in den Pistolenhalter an ihrer Hüfte. »Was haben Sie sich dabei gedacht?«

»Ich habe gedacht«, sagte Yuri und leckte sich Blut vom Mundwinkel. »Da ich mir Aufwand gemacht habe, Welt zu retten, könnten die Leute im Kino vielleicht Mund halten.«

»Schon klar«, sagte Decker. »Bringen wir Sie nach Hause.«

»Oh!«, sagte Yuri mit übertriebenem Interesse. »Nach Moskau?«

»Ich meinte Ihr Zimmer.«

Bis neun Uhr am nächsten Morgen blieb Yuri in seinem Zimmer und kühlte regelmäßig sein Gesicht mit Eis. Dann begleiteten Decker und Linares ihn drei Blocks weiter zur Konferenz, die in einem anderen Hotel stattfand. Alle hatten davon gehört, wer sich so spät noch angemeldet hatte. Ein Beifallsturm empfing ihn, als er in die Lobby trat. Er nickte, wurde rot und suchte nach seinem Namensschild.

»Sie brauchen doch gar kein Namensschild, oder?«, sagte die Frau hinter dem Tisch lächelnd. Benommen nickte er wieder.

Er hatte vorgehabt, sich in die erste Podiumsdiskussion über neutrinolosen Doppel-Betazerfall hineinzuschleichen und sich nach ganz hinten zu setzen. Er interessierte sich kein bisschen dafür, aber es wäre der perfekte Ort, um ungestört herauszufinden, wie weit er von der Ambassador Bridge entfernt war und wie er gegebenenfalls dorthin kommen könnte.

Aber auf dem Gang wurde er durch Beglückwünschungen

aufgehalten, sein Kommen durch Applaus angekündet. Und jede einzelne Person musste unbedingt einen Kommentar über seine Blutergüsse und die geplatzte Lippe abgeben, nachdem sie sich vorgestellt und ihre Bewunderung für seine Arbeit ausgedrückt hatten. Er erzählte immer wieder dieselbe Geschichte von einem gestörten Mann, der ihn angegriffen hatte. Decker und Linares, die ihm nicht von der Seite wichen, schwiegen, und Yuri gab nicht zu, dass der einzig gestörte Typ, in dessen Nähe er sich am Abend zuvor befunden hatte, er selbst gewesen war.

Er schlüpfte in den Konferenzraum. Auch dort erkannte ihn jemand und begann zu klatschen. Der Rest des Raumes stimmte mit ein. Also hob Yuri dankend die Hand, wandte sich aber sofort zum Erfrischungstisch, um sich eine Tasse Tee zu holen. Decker und Linares, in ihren dunklen Windbreakern mit der Aufschrift FBI auf dem Rücken, flankierten ihn. Als er im JPL angekommen war, hatte er einen Koffer mit sich herumgeschleppt und gedacht, das wäre peinlich gewesen. Jetzt klebten zwei FBI-Agenten an seinem Hintern.

Er ließ sich auf einem Stuhl nieder. Obwohl Yuri noch mit Tee und Notizblock beschäftigt war, grabschte ein Mann hinter ihm über seine Schulter nach seiner Hand und schüttelte sie heftig. Der Moderator trat ans Rednerpult und klopfte aufs Mikrofon, sodass es in den Ohren wehtat. Warum machten Menschen, die etwas von Verstärkung verstanden, so etwas? Aber im Raum wurde es still, und die Leute hörten auf, ihn anzustarren. Er war erleichtert.

»Dann machen wir mal weiter«, sagte der Mann. »Als nächsten Sprecher hätten wir Thomas Kroc auf dem Programm, aber unerwarteterweise ist heute auch Yuri Strelnikov unter uns.«

Der Mann grinste. »Es ist mir eine Freude, Dr. Strelnikov.« Yuri nickte und versuchte ein Lächeln. »Thomas«, wandte sich der Moderator an den nächsten Sprecher. »Es macht dir doch nichts aus, wenn wir vorher Yuri auf die Bühne holen, oder?«

Ein großer Mann mit rotem Schopf winkte zustimmend ab. »Könnten Sie uns ein wenig von Ihrer Arbeit erzählen?«, fragte der Moderator. »Wir würden liebend gerne hören, was ihr Jungs am JPL gemacht habt.«

Yuri stand mit seinem Tee in der Hand auf. »Danke, ich möchte Konferenz aber nicht unterbrechen, und ich habe auch nichts vorbereitet.«

»Das ist doch egal. Ein paar Worte aus dem Stegreif reichen uns«, sagte der Moderator, trat vom Rednerpult weg und deutete einladend mit dem Arm darauf.

Yuri zögerte, dann schleppte er sich nach vorne. *Eigentlich bin ich nur auf dieser Konferenz, weil ich abtauchen und an die kanadische Grenze will*, dachte er. Er klammerte sich an den Rand des Rednerpults, räusperte sich und haspelte durch eine Erklärung zur Antimaterie-Lagerung. Was er sagte, war holprig und ungelenk, teilweise undeutlich durch seine geschwollene Lippe und hätte dringend visueller Unterstützung bedurft.

Und er musste es in vier aufeinanderfolgenden Diskussionsrunden wiederholen.

Trotzdem war er beim Mittagessen von einer ganzen Reihe Menschen umringt, die ihm auf den Rücken klopften und ihm die Hände schüttelten. *Das muss man also machen, um das beliebteste Kind in der Cafeteria zu werden.*

Nach dem Abendessen ließ Yuri den Vortrag über Spin-Bahn-

Kopplung bei kalten Atomen sausen und machte sich aus dem Staub.

»Na, das war mal ein Erfolg«, sagte Decker. Er schien es tatsächlich so zu meinen. Yuri starrte ihn an.

Hinter Decker und vor Linares trat er in die Lobby. So sah keiner der FBI-Agenten, wie sein Blick durch die Empfangshalle schnellte und an einem Jungen im Rollstuhl und einem danebensitzenden Mädchen hängen blieb. Das Mädchen stand auf und ging auf ihn zu. Yuri streckte ihr abwehrend seine Hand entgegen.

»Tut mir leid, keine Autogramme.« Er drehte sich zu Linares. »Das wird langsam nervig.«

Linares lächelte, und Yuri ließ die Schlüsselkarte aus seiner Hand in den Topf einer Zimmerpalme fallen. Um sicherzugehen, dass Lennon es gesehen hatte, stellte er kurz Blickkontakt mit ihm her.

»Ähm, halt«, sagte Yuri zu Decker und Linares. Er ging zur Rezeption, die nur fünf Meter von Luna und Lennon entfernt war. »Entschuldigung, ich habe meinen Schlüssel für Zimmer 410 vergessen. Ich habe mich also selbst aus Zimmer 410 ausgeschlossen. Ist es möglich, noch einen Schlüssel zu bekommen? Meiner liegt in meinem Zimmer – in 410 –, aber ich kann nicht rein, um ihn zu holen.« Er zuckte hilflos mit den Achseln. Die Frau an der Rezeption lächelte.

»Kein Problem, Sir.«

Kurz darauf hatte er eine Ersatzkarte. Als er zum Fahrstuhl ging, konnte er hören, wie Lennons Räder leise auf dem Teppich raschelten, als er sich den anderen Schlüssel holte.

Kapitel 28

KALLIMACHOS UND AFTER-EIGHT-EIS

ZWÖLF STUNDEN BIS ZUM AUFPRALL

Während Yuri im Zimmer auf und ab ging, wurde ihm klar, dass er vermutlich nicht mit den Collums sprechen konnte, ohne dass Decker und Linares es mitbekommen würden. Wenn er hören konnte, wie sie Schranktüren zumachten, würden sie mit Sicherheit mitkriegen, wenn in seinem Zimmer getuschelt wurde. Die nächste halbe Stunde hoffte er, dass Luna und Lennon nicht bei ihm auftauchten. Denn selbst wenn sie sich leise hereinschleichen würden, würde seine Leibgarde mit Sicherheit nachforschen, sobald sie hörten, dass er mit jemandem sprach. Für seine Fluchtpläne nach Russland wäre das nicht gerade förderlich. Aber er musste abhauen, um seine Forschungsergebnisse als seine Arbeit zu verteidigen. Wenn er nicht nach Hause zurückkehrte, würde Laskov offiziell sein Co-Autor werden. Besser gesagt würde er Laskovs Co-Autor werden, bei dem Einfluss, den Laskovs Vater hatte.

Es klopfte an der Tür.

»Pizza.«

Yuri schaute durch den Spion, konnte aber niemanden entdecken. Lennon. Er öffnete die Tür genau in dem Moment, als Decker und Linares auch die ihren öffneten.

»Ich bin noch im Wachstum«, sagte er achselzuckend in ihre Richtung. »Bringen Sie sie rein, bitte. Ich muss nur Geld holen.«

Mit einer kleinen Pizzaschachtel auf den Beinen rollte Lennon herein. Sein Gesicht war von einem Baseballcap verdeckt. Er trug ein »Ich habe den BR1019 überlebt«-T-Shirt. Decker und Linares warfen sich einen Blick zu und zogen sich wieder in ihre Zimmer zurück.

»Wie viel schulde ich Ihnen?«, fragte Yuri laut und flüsterte dann: »Wenn du wieder mit Buch aufgetaucht wärst, hätte ich dich umgebracht.«

»Habe ich mir gedacht«, flüsterte Lennon. »Deswegen die Pizza. Außerdem ist Pizzaessen eine glaubwürdige Teenager-Aktivität.« Er sprach lauter: »Zwanzig Dollar.«

»Zwanzig Dollar? Für kleine Pizza?«

»Tja«, flüsterte Lennon. »Und das Beste ist, ich habe sie auf dem Weg hierhin gegessen.« Er hob den Deckel hoch und zeigte ihm eine leere Schachtel mit ein paar Käseresten und Soßenschlieren.

»Das ist Skandal«, sagte Yuri grinsend.

»Was ist überhaupt mit dir passiert? Haben Sie dich verprügelt?«

»Hier sind zwei Zwanziger …«, sagte Yuri und flüsterte: »Nein, ich habe paar harte Typen in Bar wütend gemacht.«

Lennon sah Yuri mit einem skeptischen Blick an. »Das klingt nicht nach dir.«

»Ich war im Stress.«

Lennon steckte die Zwanziger in die Tasche.

»Mein Wechselgeld«, sagte Yuri.

»Mein Trinkgeld.«

Yuri seufzte.

»Dein Gesicht hat Luna einen ganz schönen Schrecken eingejagt.«

»Hab ich schon öfter von Frauen gehört.«

Lennon prustete.

»Kannst du irgendwie aufs Dach? Wir haben gedacht, dass wir uns da oben treffen und deine Flucht planen könnten.«

»Das ist oberster Stock. Ich kann vom Balkon hochklettern, wenn Sie mich nicht sehen.«

»Beknackte Idee, Alter. So was geht nicht immer gut.«

Yuri sah ihn an, dann seinen Rollstuhl. Lennon hatte recht, und er hatte den besten Beweis dafür.

»Du fährst mit meinem Rollstuhl über den Flur zum Fahrstuhl. Sie werden denken, dass ich es bin. Und denk dran, ihn mit rauf aufs Dach zu nehmen, sodass ihn niemand sieht.«

»Verdammte Scheiße, zum Teufel, Lennon. Du bist genial.«

»Stimmt«, gab Lennon zu. »Stimmt vollkommen. Ich bleibe ein paar Minuten auf deinem Zimmer, falls deine Zoowärter hellhörig werden sollten, und zappe mich durch ein paar Kanäle, spüle einmal – verfeinere deine Antimaterie-Theorie, wenn du hier irgendwo einen Stift hast.«

Yuri grinste. Dann fiel ihm etwas ein: »Wie wirst du nach oben kommen?«

»Luna hat einen Zimmerservicewagen aufgetrieben. Sie räumt das ganze Putzmittel unten drin raus und kommt mich einfach holen.«

»Das könnte tatsächlich funktionieren.«

Er wartete, dass Lennon sich aus dem Rollstuhl erhob, bis ihm klar wurde, dass er das nicht konnte. »Ähm, wie machen wir …«

»Du wirst mich aufs Klo setzen müssen.«

»Was?«

»Auf die Toilette, verdammt. Auf den Deckel, damit ich spülen kann. Was denkst du denn, wie ich da sonst rankommen soll?«

Yuri nickte. Lennon streckte seine Arme hoch, Yuri packte ihn am Oberkörper und hievte ihn auf die Toilette. Er reichte ihm die Fernbedienung und drehte den Fernseher so, dass Lennon ihn durch die offene Badezimmertür sehen konnte.

»Danke«, flüsterte Yuri und nahm die Baseballmütze, die Lennon ihm hinhielt.

Er schob den NASA-Anschnallgurt, der noch am Stuhl war, zur Seite und setzte sich. Es fühlte sich seltsam intim an. Als er am Türknopf gedreht hatte, merkte er, dass er die Tür mit einem Reifen behinderte. Er rollte zurück, verlor den Griff aus der Hand und musste alles noch einmal wiederholen. *Zu wissen, dass Lennon ständig damit klarkommen muss, ist definitiv nicht das Gleiche, wie es selbst zu machen.* Lennon schüttelte nur seinen Kopf.

»Danke fürs Trinkgeld, Mann«, rief er, als Yuri sich vorbei an Deckers Tür und runter zum Fahrstuhl rollte. Hinter ihm schnappte die Tür ins Schloss.

Der Fahrstuhl fuhr bis nach ganz oben, aber als er anhielt, gingen die Türen nicht auf. Das Hotel wollte vermutlich vermeiden, dass Gäste vom Dach sprangen – wäre wahrscheinlich schlecht fürs Geschäft. Yuri stöhnte frustriert und schlug mit der Faust auf die Knöpfe.

Eine Haarspange mit limettengrünem Glitzer fiel auf den Boden. Er hob sie auf und steckte sie in das Schloss neben dem Knopf fürs Dach. Die Tür glitt auf, und er klemmte die Haarspange wieder hinter das Bedienpanel. Sie hatte die Form eines Peace-Zeichens. Es musste Lunas sein, und sie würde sie brauchen.

Er ließ sich auf das Flachdach des Hotels rollen. Als Allererstes stand er aus Lennons Rollstuhl auf. Es war zu persönlich. Anders als die Jacke von jemand anderem zu tragen. Eher so als würde man in dessen Unterwäsche herumlaufen. Er blickte auf die abendliche Skyline von Detroit, bis er die Fahrstuhltüren zischen hörte und sich umdrehte.

»Du gibst keine Autogramme?«, sagte Luna und schob den Servicewagen beiseite. »Hey«, rief Lennon von innen.

Yuri lächelte, schob Lennons Rollstuhl zum Wagen und zog die Bremsen an. Luna griff nach unten und hob die Beine ihres Bruders heraus. Dann hievte sie ihn hinein, während er sich auf die Armlehnen des Rollstuhls stützte.

»*Ich* will ein Autogramm«, sagte Lennon grinsend und angelte einen Edding aus der Tasche an seinem Stuhl. Er tippte auf seine Schulter, und Yuri beugte sich zu ihm herunter, um das T-Shirt zu signieren. »Es ist auf Russisch«, sagte Lennon, als er daraufschielte. »Du hast auf Russisch unterschrieben.«

»Ich habe nicht darüber nachgedacht. Macht es dir was aus?«

»Vielleicht hast du ja ›Lennon riecht wie Hamsterfürze‹ geschrieben. Ich mein, wie soll ich das wissen?«

Yuri grinste. »›Wie Meerschweinchen‹ habe ich geschrieben, aber du warst nah dran.«

Luna seufzte und ließ einen Finger über Yuris geschwollenes

linkes Auge gleiten. »Wir haben mitgekriegt, was du getan hast. Wir haben es auf der Fahrt hierher im Radio gehört. Sie haben gesagt, dass du es ganz allein gemacht hast.«

»Nicht nur ich allein. Es waren Hunderte von Leuten, und wir haben jeden gebraucht.«

»Sie haben gesagt, ohne dich hätte er uns getroffen.«

Er zögerte und blickte auf die Konturen der Dächer, als er es ihr schließlich sagte. »Ich habe ihren Computer gehackt und wichtige Daten geändert. So wurde zusätzlicher großer Antimaterie-Strahl abgegeben. Er hat Seite von Asteroiden weggekratzt und ihn endgültig von uns weggestoßen. Strahl war aber auch direkt auf uns gerichtet.«

Sie starrte ihn lange an.

»Mein Gott, Yuri.«

»Ja.«

Irgendwann sagte sie: »Ich habe Eiscreme gekauft. Sie ist vermutlich schon halb geschmolzen.«

Sie holte das Eis vom Zimmerservicewagen. Dann setzten sie sich auf die Teerpappe, die Dose After-Eight-Eis zwischen ihnen. Drei hölzerne Löffel ragten daraus hervor wie Antennen.

»Es gab sonst nur noch kleine Plastiklöffel, und die wären abgebrochen«, sagte Luna.

»Diese hier sind super.«

Sie aßen die kalte süße Eiscreme. Über ihnen begannen die Sterne zu schimmern.

»Es ist wirklich schön«, sagte Luna. Sie wandte sich zu Yuri. »Siehst du Schönheit darin?«

Yuri sah sie erschrocken an. Dann blickte er in den Himmel. »Ja, ich denke, das tue ich.«

»Was ist so schön daran?«, fragte Luna.

Yuri rang um Worte. »Das Präzise. Und das Unpräzise. Und unser Kampf, es zu verstehen.«

»Hallo!«, stieß Lennon bewundernd hervor. »Da hat jemand fast seine Gefühle zum Ausdruck gebracht.«

Ein paar Minuten saßen sie da und aßen schweigend ihr Eis.

»Es tut mir leid«, sagte Yuri.

»Was? Unser Leben gerettet zu haben?«, fragte Lennon. »Oder einen Moment fast so etwas wie redegewandt gewesen zu sein?«

»Meine Arroganz. Ich habe versucht zu tun, was recht war. Wie Kant gesagt hat.«

»Ich glaube, das hast du gemacht«, sagte Luna mit dem Löffel Richtung Himmel wedelnd.

»Aber ist das Rechte zu tun Frage von Vorgehen oder von Inhalt?«

»Ich bin draußen, Großer«, sagte Lennon und wackelte mit dem Löffel. Yuri hielt ihm die Eispackung hin.

»Hätte ich es auf richtigem Weg machen sollen? Also durch bestes Vorgehen, selbst wenn Ergebnis schlimm gewesen wäre?«

»Nein«, sagte Lennon. »Nein, hättest du nicht.«

»Oder hätte ich richtiges Ergebnis erzielen sollen mit falschem Vorgehen.«

»Habe ich schon beantwortet«, sagte Lennon. »Meinen Arsch zu retten, ist immer das Richtige.«

»Das war wirklich hart für dich, oder?«, sagte Luna.

»Ja.«

Dann weinte Yuri, seine Knie fest umklammert. Und Luna schlang ihre Arme um ihn und hielt ihn. Lennon legte seine Hand auf seinen Kopf. Als Yuri sich wieder beruhigt hatte und nur noch verlegene kleine Schluchzer von sich gab, fragte Lennon: »Erinnerst du dich an die Geschichte von Kallimachos? Aus dem antiken Griechenland?«

»Natürlich nicht«, sagte Yuri. »Sehe ich aus wie Historiker?«

»Nein, Historikern läuft normalerweise nicht der Rotz das Kinn runter. Die haben Würde.«

Yuri wischte sich mit dem Ärmel übers Gesicht.

»Die Perser fielen in Griechenland ein. Sie hatten ungefähr hundertachtzigtausend Mann. Und die Griechen hatten vielleicht fünftausend an der Küste zusammengetrommelt, die zusahen, wie die Perser von ihren Schiffen gingen. Es waren ungefähr eine Millionen von ihnen.«

»Ihre Streitkräfte sind gerade fast um fünfhundert Prozent gewachsen.«

»Mach aus meiner Geschichte bloß keine statistische Analyse«, sagte Lennon. Yuri zuckte die Achseln.

»Egal, weil sie ja Griechen waren, stimmten ihre Generäle ab, ob sie bleiben und kämpfen oder zügigst abhauen sollten. Es gab zehn Generäle, und die Abstimmung ging fünf zu fünf aus. Also wandte sich der Hauptgeneral an Kallimachos und …«

»Er hatte in seiner Position die entscheidende Stimme«, sagte Luna. »Aber niemand hatte gedacht, dass er sie jemals benutzen müsste. Und schon gar nicht, als die westliche Zivilisation auf dem Spiel stand.«

»Danke, dass du meine Geschichte erzählst, Luna.«

»Gern geschehen.«

»Egal, der General dreht sich auf jeden Fall zu ihm um und sagt: ›An dir, Kallimachos, liegt es nun.‹«

»Und Kallimachos stimmte für Abhauen?«

»Nein, er stimmte dafür zu kämpfen, und auf unerklärliche Weise schlugen sie die Perser und retteten die Demokratie. Das war die Schlacht bei Marathon, Alter.«

»Nie davon gehört.«

Lennon glotzte ihn ungläubig an.

»Wenn ich meine Zeit mit Geschichte verbracht hätte, würde dein blaugefrorener Arsch jetzt ungefähr um Pluto kreisen.«

»Gutes Argument«, sagte Lennon. Er blickte Yuri weiter an. »Ich habe immer gedacht, dass kein anderer Mensch jemals einem größeren Druck ausgesetzt gewesen war. Ich meine, die Perser gingen schon von ihren Schiffen. Sie waren schon da. Aber jetzt gibt es dich.«

Sie aßen.

»Ihr glaubt an Gott, oder?«, fragte Yuri.

Lennon und Luna blickten sich an.

»Schon irgendwie«, sagte Luna.

»Wenn Gott existiert, warum hat er Asteroiden nicht aufgehalten?«, fragte Yuri.

»Vielleicht hat er das ja«, sagte Lennon. »Vielleicht bist du das Werkzeug, das er benutzt hat. Also nicht, dass du ein Werkzeug bist.«

»Man könnte doch meinen, als Atheist hätte man mich aus Sache rausgehalten«, sagte Yuri. »Egal, ich hatte eher an riesigen mittelalterlichen Schild gedacht. Hätte tolle Sonnenfinsternis gegeben.«

»Wäre es die Apokalypse gewesen, wenn er eingeschlagen hätte?«, fragte Luna. »Glaubt ihr, die Wiederkunft Christi wäre eingetreten?«

»Na toll, genau das wollte ich hören«, sagte Yuri. »Jesus war auf Erde, und ich habe seine Pläne vermasselt. Jetzt wird fünf Meter großer, angepisster Jesus hinter mir her sein.«

»Vergiss nicht seine Todesstrahl-Augen«, sagte Luna.

Sie reichten das Eis herum.

»Glaubt ihr an seine Wiederkunft?«, fragte Luna.

Yuri leckte die Rückseite seines Löffels ab. »Vielleicht hat es das schon gegeben. Vielleicht ist er 1943 wiedergekommen, und sie haben ihn in Viehwagen nach Dachau gebracht, in gestreiften Sträflingsanzug gesteckt und ihn schließlich in Dusche vergast?«

Sie starrten ihn an.

Yuri zuckte die Achseln. »Was denn? Genau solche Sachen passieren ihm doch.«

»Das ist das Deprimierendste, das ich je gehört habe«, sagte Luna.

»Er wird richtig sauer sein, wenn das tatsächlich der zweite Versuch für seine zweite Ankunft gewesen ist«, sagte Lennon. »Und auch wegen dem, was seinen Verwandten passiert ist.«

»Nehmt euch in Acht vor Godzilla-Jesus und schaut euch um, bevor ihr über die Straße geht«, sagte Luna.

»Ihr lebt in so einer dreidimensionalen Welt«, sagte Yuri.

»Ähm, ja. Das tue ich.«

»Gib mir lieber noch mal das Eis, bevor Jeszilla sich blicken lässt«, sagte Lennon.

Yuri hielt die Dose hoch, während Lennon eine riesige Kugel herauskratzte.

»Wie auch immer, wir haben auf jeden Fall einen Fluchtplan für dich«, sagte Lennon, dann steckte er sich den Löffel in den Mund.

»Ja? Und der wäre?«

»Wir waren uns erst nicht sicher, ob wir dich überhaupt rausbringen sollen«, sagte Lennon mit einem Mund voll Eis. »Wäre ja irgendwie unpatriotisch.«

»Wir wollen ja helfen«, sagte Luna rechtfertigend. »Wir mussten nur darüber nachdenken, ob wir es auch sollen.«

»Du hast nichts aufgeschnappt, was den Russen helfen könnte, einzumarschieren oder so, stimmt's?«, fragte Lennon.

»Eigentlich schon. Wenn wir eure Pizzaversorgung kappen, könnten wir euch in Knie zwingen.«

»Das könnte stimmen«, sagte Lennon. »Aber ich glaube nicht, dass das ein großes Geheimnis ist. Egal, da du unser Leben gerettet hast, und auch, na ja, du weißt schon, Amerika, kam es uns falsch vor, nicht zu helfen.«

»Wo ich lebe, ist meine Entscheidung«, sagte Yuri. Er kratzte mit dem Löffel um den Rand der Dose, wo das After-Eight-Eis zu einer blassgrünen Flüssigkeit geschmolzen war. »Was werden wir also tun?«

Lennon erklärte es. Yuri hörte stirnrunzelnd zu und hatte gelegentlich Einwände. Als Lennon fertig war, tippte Yuri mit dem hölzernen Stiel seines Löffels auf seinen Schuh.

»Das ist nicht besonders guter Plan.«

»Nein«, sagte Luna. »Fällt dir ein besserer ein?«

Yuri seufzte.

»Wenn es nicht klappt, werden sie wissen, dass ich versuche zu fliehen. Sie werden Wachschutz wahrscheinlich verstärken. Zweiter Versuch würde noch härter werden.«

»Das gilt für alles, was wir probieren«, sagte Luna. »Es muss beim ersten Mal klappen.«

Kapitel 29

ICH BIN KEIN AFFENARSCH

ZEHN STUNDEN BIS ZUM AUFPRALL

Sie ließen die leere Eisverpackung auf dem Dach zurück. Die drei Holzlöffel steckten in ihr wie griechische Speere im Sand.

»Ich wünschte, ich hätte genauere Vorstellung davon, ob es funktioniert«, sagte Yuri auf dem Weg zum Aufzug. »Ich würde gerne Wahrscheinlichkeit ausrechnen.«

»Manche Sachen sind nicht mathematisch kalkulierbar«, sagte Lennon.

»Die, die man wissen sollte, schon.«

»Willst du wissen, wie ich mich anfühle, wenn ich mich an dich drücke?«, fragte Luna.

»Ähm, ja bitte.«

»Aber du kannst es nicht berechnen.«

»Doch, könnte ich eigentlich schon. Wenn ich Dichte deines Gewebes wüsste, und Kraft, die es auf meine Mechanorezeptoren ausübt …«

»Yuri, das ist die Stelle, an der du deinen Mund hältst und mich in den Arm nimmst.«

»Okay. So kann man es auch machen. Ich bin halt einfach mehr theoretischer Typ als experimenteller.«

»Zeit fürs Labor, Einstein.«

»Du hast recht.« Er räusperte sich und legte einen Arm um sie.

»Braucht man nicht immer einen Kontrollversuch? Du solltest mich auch umarmen«, sagte Lennon, während er auf den Aufzugknopf drückte.

»Kannst du die Kraft berechnen, mit der ich ihm eine knallen werde?«, fragte Luna.

»Das werden zum Teufel viele Newtons pro Quadratmeter sein«, sagte Yuri.

»In dieser Situation hättest du auf ›verdammt‹ setzen sollen, aber du machst Fortschritte«, sagte Lennon.

»Ignorier ihn einfach und bring deine Lippen lieber an meine Mechanorezeptoren. Oder so ähnlich«, sagte Luna.

Also küsste Yuri sie.

»Erst hatte ich meinen tragischen Unfall«, sagte Lennon. »Und jetzt muss ich mir auch noch das ansehen.«

Der Aufzug hielt im vierten Stock, und Lennon drückte mit dem Daumen den Knopf zum Öffnen der Tür.

»Übrigens, es könnte sein, dass du auf der Rechnung sitzen bleibst, wenn die Regierung nicht für die Pornofilmchen zahlt, die du bestellt hast.«

Yuri starrte ihn an.

»Ich habe deinen Fernseher angelassen. Hab mir gedacht, dass dich deine Zoowärter viel wahrscheinlicher in Ruhe lassen, wenn sie das lustvolle Stöhnen von *Bambi und die Feuerwehrmänner* hören. Vor allem jetzt, wo du eine bebilderte Geschichte der Selbstbefriedigung besitzt«, sagte Lennon und tat so, als öffnete er ein Buch.

»Wir sehen uns um fünf«, sagte Luna. Sie legte ihre Fingerspitzen auf Yuris Brust und schob ihn sanft aus dem Aufzug. Die Türen schlossen sich, während er Lennon mit Blicken tötete.

Yuri nahm seinen Stift aus der Jackentasche und ließ ihn auf den Flur rollen. Er blieb zwischen Deckers und seiner Tür liegen. Geduckt rannte er unter dem Türspion hinterher und steckte vorsichtig seine Schlüsselkarte ins Schloss. Die Tür sprang auf. Er schlüpfte ins Zimmer und schaute hinaus, um nach dem Stift zu greifen, als Decker seine Tür einen Spalt öffnete.

»Gefunden.« Yuri hielt den Stift hoch, lächelte Decker zu und schlüpfte zurück in sein Zimmer.

Einen Moment später hörte er, wie Deckers Türschloss wieder zusprang. Yuri stand mit dem Rücken an der Tür und stieß die angehaltene Luft aus.

DREI STUNDEN BIS ZUM AUFPRALL

Die Weckfunktion von Yuris Armbanduhr fing um vier Uhr dreißig an zu piepen. Er drückte sie sofort aus und lag mehrere Minuten reglos da, für den Fall, dass das Geräusch in eines der Zimmer der FBI-Agenten gedrungen war. Dann sprang er aus dem Bett, zog sich den neuen Anzug an und schnappte sich die Sachen, die er am Abend zuvor gepackt hatte: ein einzelner Koffer und seine Tasche.

Er hatte zwar vor dem Schlafengehen die Tür nicht mit der Kette gesichert, aber als Bewohner einer der größten Städte der

Welt hatte er aus Gewohnheit den Riegel vorgeschoben. Nun ließ er ihn ganz langsam zurückgleiten. Es klickte, als er in die Ausgangsposition schnappte. Yuri stand noch einmal fünf Minuten ganz still und spähte durch den Spion. Schließlich drehte er ruhig und gleichmäßig den Türknauf, dankbar, dass es kein Griff zum runterdrücken war. Als er den Knauf bis zum Anschlag gedreht hatte, steckte er den zusammengefalteten Flyer eines örtlichen Restaurants in den Schlitz vom Schloss. Er schob mit einem Fuß den Koffer auf den Flur und zog die Tür hinter sich zu. Die Karte hinderte die Tür am Zuschnappen. Nicht das leiseste Geräusch war zu hören.

Yuri hob den Koffer an und duckte sich – sicher war sicher – unter Linares' Spion hindurch. Dann ging er, so hoffte er zumindest, mit dem selbstsicheren Schritt eines typischen amerikanischen Physikers im Teenageralter, der um vier Uhr fünfundvierzig aus einem Hotel auscheckte, den Flur entlang. Er lief die Treppen hinunter, die sich am nächsten bei der Lobby befanden. Diese waren sicher der letzte Ort, den seine Leibgarde kontrollieren würde, wenn er sie doch geweckt haben sollte. Er verließ das Hotel durchs Schwimmbad. Es roch nach Chlor, der Beton war noch feucht von den letzten Schwimmern am Abend. Yuri fühlte sich lebendig, sein Bauch und seine Fingerspitzen prickelten vom Adrenalin. Er war frei und bereit, dafür zu kämpfen, frei zu bleiben.

Und dann war er draußen und allein.

Im Osten wurde der Himmel heller, als er den Treffpunkt an einer Tankstelle einen Block weiter erreichte. Lunas grün gelbes Auto stand schon da und wartete mit der Kühlerhaube Richtung Tankstellenhäuschen. Yuri schmiss sein Gepäck auf den Rücksitz neben Lennon und blieb draußen mit den Händen an der Tür stehen.

»Ich laufe nur schnell rein, um Toilette zu benutzen. Bin gleich zurück.«

»Wir müssen hier weg«, sagte Luna. »Steig schon ein.«

»Du hättest im Hotel gehen sollen, Junge«, sagte Lennon.

»Ich konnte nicht spülen, das hätte Zoowärter aufwecken können.«

»Ja, aber du hättest trotzdem gehen können«, sagte Lennon.

»Und nicht spülen?« Yuri setzte einen bestürzten Blick auf.

»Klar. Unter den Umst…«

»Hör zu, ich habe Welt nicht gerettet, damit Leute herumspazieren und nicht spülen.« Er schlug die Tür zu und verschwand in der Tankstelle.

»Unglaublich«, sagte Lennon.

Drei Minuten später brauste Luna auf die Straße, die sie vom Hotel wegführte. Nach fünfzehn Minuten kamen sie schwungvoll über eine Abfahrt auf den Highway gen Ambassador Bridge, hinter der Kanada lag. Yuri spähte zusammengekauert durch die Windschutzscheibe. Er war nervös, aber es ging vorwärts, und das hatte etwas Berauschendes.

»Mum hat uns ein paar Muffins für dich mitgegeben«, sagte Luna. »Gib sie mal nach vorne, Lennon.«

Lennon reichte eine Schachtel nach vorne. Yuri klappte den Deckel hoch und schaute hinein. Er hob einen Muffin hoch.

»Schokolade?«

»Kohle«, sagte Luna.

»Sagt eurer Mutter Danke. Aber die kann nicht einmal ich retten.« Er legte die Schachtel auf den Sitz.

Die Strecke vom Hotel bis zur Brücke führte dreißig Kilometer an Einkaufszentren und Fast-Food-Läden vorbei. Yuri stachen etliche Straßen ins Auge, die nicht zu Ende gebaut worden waren und ins Nichts führten – wie das Gehirn eines Demenzpatienten, dachte er. Es begann leicht aber stetig zu regnen, und Luna schlingerte zwei Mal.

»Ich glaube, meine Reifen sind hinüber«, sagte Luna.

»Du solltest ihr neue Reifen spendieren«, sagte Lennon. »Und mir 'ne Psychotherapie. Wir sind den ganzen Weg von Pasadena hierher gefahren, Mann. Weißt du, wie das ist, mit Luna den ganzen Weg von Pasadena hierher zu fahren?«

»Das war 'ne super Fahrpraxis«, sagte Luna. »Ich glaube, ich bin jetzt bereit, die Führerscheinprüfung zu machen.«

Yuri rieb sich die Stirn und entschied sich dann für einen Themawechsel.

»Wir fahren also einfach über Brücke? Und wenn wir zu Grenzkontrolle am anderen Ende kommen, erklären wir, dass ich zur russischen Botschaft muss, dass es Notfall ist?«

»Jap«, sagte Luna.

»Und was ist, wenn sie uns nicht durchfahren lassen?«

»Werden sie wahrscheinlich nicht«, sagte Luna. »Vermutlich wirst du alleine rüber müssen.«

Yuri sah durch das Fenster, auf dem der Regen in Streifen herunterlief.

»Ich werde euch beide vermissen.«

»Wär ja auch noch schöner, wenn nicht.«

»Die Wahrscheinlichkeit ist relativ hoch, dass sie dich mitnehmen und eine Weile befragen«, sagte Lennon. »Verlang einfach weiter nach dem russischen Botschafter. Er müsste in

Otawa sein. Das ist nicht so weit weg. Es sollte also nicht allzu schwer sein.« Yuri nickte. »Wichtiger ist ja, dass du auf kanadischem Boden sein wirst.«

Yuri zog ein zusammengefaltetes Konferenzprogramm aus seiner Jackett-Tasche und notierte seine Adresse, Telefonnummer und die E-Mail-Adresse. Er reichte Lennon Blatt und Stift, damit er ihre Kontaktdaten daraufschrieb. Lennon riss das Blatt entzwei. Yuri warf ihm ein schmales Lächeln zu und schob das gefaltete Blatt in seine Hosentasche.

»›Yuri‹ heißt ›George‹, oder?«, fragte Lennon und schaute auf das Blatt.

»Nein, ›George‹ heißt ›Yuri‹.«

Lennon lächelte.

»Gibt es einen Spitznamen?«, fragte Luna. »Für ›Yuri‹?«

»Yura.«

»Yura, wie ein Mädchen?«, fragte Lennon.

»Sagt man halt so in Russland.« Yuri zuckte die Achseln. »Aber die meisten nenne mich ›Yuri‹.«

»Yura? Ernsthaft?« Lennon lachte. »Yura, wo ist mein Lippenstift? Yura, kann ich mir deinen Rock leihen? Ha! Da fallen einem gleich so viele Sachen ein!«

Eine Hupe ertönte, als Luna auf die Nebenspur kam.

»'tschuldigung«, murmelte sie undeutlich. »Ist echt grad viel Verkehr hier. Ich war mir sicher, dass die Leute noch schlafen und wir nicht in den Berufsverkehr kommen. Aber scheinbar fangen sie hier früh an.«

Sie rumpelte um eine Kurve. Vor ihnen war ein Stück Highway zu sehen, auf dem der Verkehr nur so vor sich hinkroch. Und die Brücke.

Die Ambassador Bridge erstreckte sich mehr als drei Kilometer über den Detroit River. Es war eine Hängebrücke mit zwei Türmen aus gekreuzten blauen Trägern, die wie drei x übereinandergestapelt waren. Hier waren sie also. Der Highway wurde zu einem Gewirr aus Auffahrten und Abfahrten, durch die sich der Verkehr rauf- und runterschob. Kurz vor der Brücke scherte im großen Bogen die Hauptspur der Straße nach rechts ab, als ob sie Kanada gesehen und es sich noch mal anders überlegt hätte.

Luna folgte der Straße. Das Regenwasser zischte unter ihren Reifen.

»Grenzkontrolle ist auf dieser Seite«, sagte Yuri. »Auf *dieser* Seite, Lennon!«

»Hups. Na ja, das sollte kein Problem sein. Ich meine, Kanada wird Papiere sehen wollen, damit man reinkommt, aber man braucht bestimmt keine, um aus einem Land auszureisen.«

Yuri drehte sich zu ihm um.

»Ich schon. Ich brauche Papiere, um auszureisen.«

»Aber sie wissen ja nicht, wer du bist.«

»Genau deswegen werden sie Papiere sehen wollen. Um sicherzugehen, dass sie niemanden rauslassen, der bleiben soll. Wir haben darüber gesprochen.«

»Er hat, glaube ich, nicht ganz unrecht, Len.«

»Das habe ich nicht gesehen, als ich recherchiert habe, okay? Ich hatte nicht alle Zeit der Welt.« Lennon klopfte mit den Fingern auf die Fensterscheibe. »Wir fahren einfach durch, als ob es kein Problem gäbe. Tut einfach ganz selbstsicher. Das ist ja eine eurer Stärken.«

»Und wenn das nicht funktioniert?«

»Dann springst du aus dem Auto und rennst wie der Teufel nach Kanada«, sagte Lennon.

Yuri legte den Kopf in den Nacken und atmete aus. »Diese große Schleife ist bestimmt einen Kilometer lang. Und Brücke ist locker noch mal zwei Kilometer. Du willst, dass ich drei, vier Kilometer nach Kanada renne?«

»Schau, der Regen lässt nach«, sagte Lennon. »Vielleicht wirst du nicht mal nass.«

Luna musste eine weitere Kurve nehmen, und die Reihe Kontrollhäuschen war wieder außer Sicht.

»Wann werden sie überhaupt bemerken, dass du weg bist?«, fragte sie.

»Vermutlich gegen halb sieben. Vielleicht um sieben, wenn ich Glück hab.«

»Halb sieben?« Luna wandte sich zu ihm. »Oh Mann. Das ist wirklich knapp.«

»Sie werden vermutlich Geräusche von Dusche erwarten. Und ich habe Stück Papier in Tür gelassen. Wenn sie genau schauen, sehen sie es.«

»Es ist schon sieben«, sagte Luna.

Yuri sah auf seine Uhr.

»Sie werden aber nicht wissen, wo ich bin. Sie werden überall im Hotel suchen, dann bei Konferenz – vielleicht denken sie, ich bin früh hingegangen. Russischer Botschafter könnte mich schon in Flugzeug nach Moskau gesetzt haben, wenn sie Suche so ausweiten.«

»Außer wir stecken im Verkehr fest«, sagte Luna.

Yuri blickte auf die verstopfte Verkehrsader, die zur Brücke führte.

»Nächstes Mal, wenn ich Welt rette, lasse ich Detroit aus.«

»Ich war schockiert, dass du es nicht schon dieses Mal gemacht hast, Mann«, sagte Lennon.

Ein Helikopter kam angeflogen und blieb mit dröhnenden Rotorblättern über der Brückenauffahrt schweben. Sie krochen ein Stück vorwärts, dann hielten sie wieder. Yuri kurbelte das Fenster herunter und stützte sich mit gerecktem Hals auf die Tür, um zu sehen, ob es vor ihnen einen Unfall gegeben hatte. Der Regen hatte sich in einen feinen Nebel aufgelöst, der in der Luft hing und sein Gesicht benässte. Yuri ließ sich wieder auf den Sitz plumpsen, Federn quietschten protestierend unter ihm.

»Da vorne stehen Polizeiwagen, aber ich sehe keinen Krankenwagen. Vielleicht ist es kein schlimmer Unfall.«

Luna biss sich konzentriert auf die Lippen, ihre Hände umklammerten das Lenkrad weit oben. Ihre Ringe warfen farbige Reflexe in alle Richtungen, als die Sonne hervorbrach und sich über sie ergoss.

Yuri beugte sich vor und spähte durch die Windschutzscheibe. Ein Regenbogen wölbte sich über ihnen. Yuri wackelte mit den Zehen. Wenn die Kanadier eine Körperkontrolle verlangten, bevor sie ihn ins Land ließen, würde er auf jeden Fall seine Socken anbehalten.

»Oh, ich habe noch etwas für euch.«

Yuri griff in die Tasche zu seinen Füßen und holte ein Buch heraus. Er gab es Lennon. »Ist Buch von Puschkin – gesammelte Werke. Ich habe auch eins für mich gekauft. Um es im Flugzeug nach Hause zu lesen. Das gehört auch zum Geschenk.«

Lennon blickte ihm in die Augen. »Ernsthaft? Du wirst Puschkin lesen?

»Ich werde es zumindest versuchen.«

Lennon schlug das Buch auf und las laut die Widmung auf der ersten Seite: »Ich bin kein Affenarsch. Yuri Strelnikov. PS: Ich habe dein Leben gerettet.« Lennon schaute zu Yuri. »›Er stand da, erfüllt von einem großen Plan.‹ Solange du die Zeile nicht gefunden hast, bist du immer noch ein Affenarsch.«

Yuri lächelte. »Herausforderung angenommen.« Dann kramte er ein weiteres Mal in der Tasche und wandte sich an Luna. Sie trat aufs Gas, kam eine Autolänge voran und stoppte unsanft auf dem verstopften Highway. Frustriert schnaufte sie, dann drehte sie sich zu ihm.

Yuri öffnete seine Hand und enthüllte einen kleinen Steinhammer.

»Wow«, sagte Lennon. »Was für ein Romantiker.«

»Halt die Klappe, Len.«

»Yes, Ma'am.«

»Ist, damit du aus Rechtecken ausbrechen kannst«, sagte Yuri. »Du kannst ihn in deinem Schließfach aufbewahren. Denk dran, dass es Leben nach Schule gibt. Dinge, die du malen, Leute, die du besuchen kannst und die auf dich warten.«

Luna riss ihm den Hammer aus der Hand und schlang die Arme um ihn.

»Danke«, flüsterte sie ihm ins Ohr. »Das ist genau das, was ich gebraucht habe.«

Ihr Fuß rutschte von der Bremse, und sie machten einen Satz nach vorne. Schnell zog sie sich aus seinen Armen und legte eine Vollbremsung hin. Nur Zentimeter entfernt von der Stoßstange des Autos vor ihnen, kamen sie mit einem Ruck zum Stehen.

»Mir ist gerade was eingefallen«, sagte Lennon. »Die beiden, die dich überwachen?«

»Ja?«, fragte Yuri.

»Was ist, wenn du nicht der Einzige bist, der gut in seinem Job ist?«

»Was meinst du damit?«, fragte Luna.

»Was ist, wenn sie gemerkt haben, dass er weg ist, und es gemeldet haben? Ich glaube nämlich, das da vor uns ist eine Straßensperre.«

Kapitel 30

KOLLISION

Yuri starrte gebannt auf das Highway-Gewirr vor ihnen, während Luna sich ihren Weg hindurchbahnte. Ein Straßenstrang ging wie ein durchgebranntes Kabel nach links ab und nahm einen Teil des Verkehrs mit sich. Luna folgte in einer Kurve den Beschilderungen zur Brücke. Blaurotes Licht huschte über die Motorhaube und wurde vom nassen Asphalt reflektiert. Etwa hundert Meter vor ihnen reihten sich an der Auffahrt zur Brücke sieben Kontrollhäuschen aneinander. Ein Wachmann stand hinter der Markierung aus Regen, der vom Überstand eines Wachhäuschens tropfte. Neben ihm ein uniformierter Polizist. In der Nähe hatte ein Polizeiauto geparkt, weitere warteten mit laufendem Motor eins hinter dem anderen am rechten Straßenrand.

»Wir werden dir dein Zeug schicken, wenn du rennen musst …«, sagte Lennon.

»Ich werde auf keinen Fall schneller als Autos auf Brücke sein«, sagte Yuri.

»Lennon, du Idiot, das sind nur Mautstellen.« Luna fuhr auf die mittlere zu.

»Warum macht das einen Idioten aus mir?«, fragte Lennon.

Luna zuckte die Schultern. »Standardeinstellung.«

»Es sind Mautstellen mit viel Polizei«, merkte Yuri an.

Fünf Autos waren noch vor ihnen.

»Sie kontrollieren jeden Kofferraum«, sagte Luna.

»Von uns dürften sie keine Beschreibung haben«, überlegte Lennon. »Sie wissen ja nicht, mit wem er unterwegs ist.«

»Du solltest irgendwo ranfahren. Ich werde alleine weitergehen«, sagte Yuri.

»Und wie weit willst du so kommen?«, fragte Luna.

»Keine Ahnung. Aber man wird es auf Planck-Skala messen können.«

Ein rotes Hybridauto wurde durchgewunken.

Noch zwei Autos vor ihnen.

»Wir sagen einfach, dass du ein Anhalter bist«, sagte Lennon.

Yuri schnaufte. »Sobald ich spreche, hören sie meinen Akzent.«

»Lennon, ist dein Rollstuhl festgeschnallt?«, fragte Luna.

»Er ist im Fußraum eingekeilt.«

»Schnall ihn an.«

Eine Frau in einem roten Van suchte aufgelöst nach ihrem Geld. Während beide Beamten warteten, schaute sich der Polizist um. Er blickte zu den verengten Spuren vor den Mauthäuschen und dem fließenden Verkehr auf der Straße dahinter. Lennon befestigte mit einem Klick den Anschnallgurt um seinen Rollstuhl. Die Frau reichte schließlich einen Schein hinüber, der Kassierer nahm ihn, gab das Wechselgeld heraus und winkte sie weiter.

Noch eines.

Ein schwarzer Camry fuhr vor. Luna nahm einen tiefen Atemzug und ließ ihre Schultern kreisen. Dann trommelte sie angespannt mit den Handflächen auf dem Lenkrad. Der Camry-Fahrer bezahlte passend, und einen Moment später war der Weg über die Brücke für ihn frei, und er fuhr durch die Mautstelle auf die dahinterliegende Straße.

Luna ließ das Auto heranrollen.

Sie gab dem Kassierer einen Fünf-Dollar-Schein. Der Polizeibeamte machte einen Schritt vorwärts und beugte sich herunter, um einen Blick ins Auto zu werfen. Er sah zu Yuri und winkte mit einer Hand auf dem Autodach einen anderen Polizisten aus seinem Wagen am rechten Straßenrand herbei.

»Woher haben Sie das blaue Auge, Sir?«

Yuri starrte versteinert geradeaus. Ein amerikanischer Grenzbeamter war nur eine Handbreit von seinem Gesicht entfernt und blickte ihn an. Yuri fragte sich auf einmal, ob ein Fluchtversuch etwas war, für das er ins Gefängnis kommen konnte. Das würden sie doch nicht machen, oder? Aber vielleicht war es ja illegal? Eine Woge der Panik überkam ihn und das dringende Verlangen, sich zu bewegen. Er verkrampfte sich und blieb regungslos sitzen. *Röntgen, Lorentz, Zeeman, Bequerel, Curie, Curie, Rayleigh, von Lenard, Thomson …*

»Oh, er ist taub«, sagte Luna. »Er ist unser tauber Cousin.«

»Ich werde Sie nun bitten, aus dem Wagen zu steigen, Sir«, sagte der Polizist zu Yuri.

Der andere Cop schlängelte sich durch die Autos an den rechten drei Kontrollhäuschen vorbei und näherte sich der Beifahrertür.

Luna trat aufs Gaspedal.

Yuri duckte sich und schlug die Hände über seinem Kopf zusammen, als die rot-weiße Grenzschranke die Windschutzscheibe zertrümmerte.

»Scheiße, Luna!«, rief Lennon.

… Michelson, Lippman, Marconi, Braun …

Eine Kaskade runder Glasbrocken fiel ins Auto und verteilte sich gleichermaßen auf dem Asphalt. Luna schlängelte sich am schwarzen Camry vorbei und gab Vollgas. Einen kurzen Augenblick reagierte das Auto nicht, dann zuckte der Motor, und sie schossen rasselnd an zwei Polizeiautos am Straßenrand vorbei. Das vordere schaltete die Sirene ein, setzte sich in Bewegung und heftete sich an ihre Fersen. Auch der Hubschrauber neigte sich und schwenkte herum, um ihnen zu folgen.

Yuri klammerte sich an den Türgriff.

»Ich glaube, ich werde ihnen sagen müssen, dass du mir eine Knarre an den Kopf gehalten hast«, sagte Luna und passierte haarscharf einen Pick-up. »Also sorg lieber dafür, dass du es über die Brücke schaffst.«

Er starrte sie an.

»Oje«, sagte sie, als sie das Lenkrad wieder nach rechts riss.

… van der Waals, Wien, Compton …

Sie waren nun auf der riesigen Auffahrt, die sich in einer Schleife um einen Duty-free-Shop und eine Tankstelle krümmte, bevor die Straße von Pfeilern gestützt anstieg, und sich auf geradem Weg bis zu den gestapelten blauen x-en der Ambassador Bridge erstreckte.

Yuri ließ seinen Kopf in die Hände fallen. »Wir werden sterben«, sagte er.

Die Reifen quietschten bekräftigend.

»Ja«, sagte Luna. »Aber nicht heute. Es wird alles gut, Einstein.«

»Du musst anhalten.«

Sie stoben am Duty-free-Shop vorbei, Luna hielt das Lenkrad starr nach rechts eingeschlagen, um der Straßenbiegung zu folgen. Der Hubschrauber platzierte sich in der Mitte der Schleife. Das ramponierte Auto pulsierte im dröhnenden Rhythmus der Rotorblätter. Yuri konnte das Blut in seinen Ohren rauschen hören. Es schien sich dem Takt des Hubschraubers anzupassen. Vor ihnen schalteten zwei geparkte Polizeiautos ihre Sirenen an und steuerte auf den Teil der Straße zu, der bei den Brückenpfeilern anzusteigen begann.

»Wir sind fast da«, sagte Luna, als das Auto mit fehlender Windschutzscheibe, aber vibrierendem Rahmen die Straße hochfuhr.

Die Polizeiautos vor ihnen verlangsamten Seite an Seite ihre Geschwindigkeit und zwangen sie so, das Tempo zu verringern.

»Sie werden uns stoppen«, sagte Luna. »Es sei denn …«

Sie ließ das Lenkrad locker, bis es in gerader Position war, und scherte so aus der großen Rechtskurve nach links aus. Eine Reihe Funken stob auf, als sie sich seitlich am Polizeiauto vorbeidrückte. Mit wutverzerrtem Gesicht blickte der Polizist zu Yuri. Ihre Köpfe nur einen halben Meter voneinander entfernt. »Fahr ran!« Er formte die Worte mit dem Mund. Yuri hob hilflos die Hände. Wie sollte er ihm erklären, dass das Lunas ganz normaler Fahrstil war?

Sie drängelten sich an dem einen Streifenwagen vorbei. Der

andere hielt auf der großen Kurve aber mit ihnen Schritt und blieb auch gleichauf, als sie das letzte gerade Stück in Angriff nahmen. Die Ambassador Bridge lag vor ihnen. Yuri überkam eine Woge der Begeisterung und schlug mit der Faust auf das Armaturenbrett. Es würde klappen!

… Dalén, Omnes, von Laue, Bragg, Bragg …

Luna fädelte sich durch den Verkehr. In einem Moment lag die Brücke noch vor ihnen, dann waren sie schon auf ihr. Lennon pumpte grölend mit der Faust in der Luft, und Yuri drehte sich grinsend zu ihm. Sie sausten an einem der Türme mit den gekreuzten blauen Trägern vorbei. In der Mitte der Brücke hingen zwei Flaggen, eine amerikanische und eine kanadische. Es fehlten nur noch ein paar Hundert Meter. Das Polizeiauto neben ihnen wurde langsamer und drängte sie hinter einen dunkelblauen Sedan. Luna schwenkte nach links aus, um auf der anderen Seite vorbeizufahren.

»Das ist Gegenspur, nicht Spur zum Überholen!«, schrie Yuri.

»Ja, aber es kommt kaum jemand.« Luna scherte knapp vor dem dunkelblauen Sedan wieder ein.

Der Streifenwagen beschleunigte und verschaffte sich auf diese Weise Platz. Dann bremste er so scharf, dass er sich querstellte und die Straße vor ihnen versperrte. Ein Sattelschlepper tuckerte auf der linken Seite des Gegenverkehrs heran, ein SUV war zu ihrer rechten. Es blieb ihnen keine Ausweichmöglichkeit. Luna trat heftig in die Bremsen und riss das Lenkrad nach links, das Auto drehte sich auf abgefahrenen Rädern, die sich verzweifelt an den nassen Asphalt klammerten. Riesige Reifen füllten plötzlich das Fenster aus, als der Sattelschlepper neben ihnen vorbeirollte. Dann krachten sie seitwärts ins Polizeiauto und kamen mit einem Ruck zum Stehen.

Yuri starrte Luna an. Aber nur kurz, denn sie schrie »Lauf! Lauf schon!«, und scheuchte ihn mit der Hand nach draußen. »Uns geht's gut! Lauf!«

Er öffnete die Tür, aber sie ging nicht weit genug auf, um herauszukommen. Der Polizist krabbelte schon über den Beifahrersitz, um auf der anderen Seite des Polizeiwagens auszusteigen. Yuri stürzte sich über seinen eigenen Sitz nach hinten, landete auf Lennons zusammengeklapptem Rollstuhl und stieß die Tür auf. Er konnte sich gerade so herauszwängen. Mit einem flüchtigen Blick sah er, wie Lennon lächelnd die Daumen nach oben streckte, dann berührten seine Schuhsohlen schon den Boden über den Großen Seen, und er rannte mit vollem Körpereinsatz an dem Polizisten vorbei. Seine Lungen brannten. Er hatte vor nichts mehr Angst. Er rannte und er war frei.

»Strelnikov«, flüsterte er, alle Gewinner seit 1915 überspringend. *Strelnikov.*

Das Tragseil zwischen den beiden Türmen verschwand unter dem Brückengeländer und schwang sich wieder empor, als Yuri unter der kanadischen Flagge hindurchrannte. Ein umgekehrter Regenbogen. Hinter ihm lag mehr als die Hälfte der Brücke.

Er war in Kanada.

Er hatte es geschafft.

Er würde nach Hause fliegen und seine Arbeit schützen. Laskov konnte die Urheberschaft nicht für sich beanspruchen, wenn er da war, um sie zu verteidigen. Yuri würde den Nobelpreis für Physik erhalten. Der neunte Nobelpreisträger sein, der von der

Staatlichen Universität Moskau kam. Er würde Gregor Kryukov stolz machen. Und seinen Vater unsterblich.

Bremsen quietschten, Metall traf ächzend auf Metall, Elektronen wurden freigesetzt. Yuri schaute zurück und sah, wie der dunkelblaue Sedan von Lunas Wagen abprallte und sich querstellte, die Motorhaube an Lunas Motorhaube, als ob die Autos miteinander tuschelten. Yuris Gesicht sah genauso zerknautscht aus wie die Autos, als er stehen blieb. Der Fahrer war bestimmt nicht allzu schnell gefahren. Er würde das andere verunglückte Auto vor sich gesehen haben. Bestimmt.

Ob mit Luna alles in Ordnung war?

Eine Frau stolperte aus dem Wagen, ging an den verkeilten Kühlerhauben der Autos vorbei und beugte sich zum Beifahrerfenster, um mit Luna zu sprechen.

Er musste laufen, und zwar jetzt. Der Polizist, der ihn verfolgte, wurde gerade von den Unfallautos abgelenkt. Yuri musste laufen. Aber er stand nur da und wartete darauf, Luna aus dem Wagen steigen zu sehen.

Irgendetwas passierte auf dem Rücksitz des grünen Autos. Dann hopste sie, halb über den Rollstuhl strauchelnd, durch die hintere Tür heraus. Wahrscheinlich hatte sie die Fahrertür nicht aufbekommen. Mit einer heimlichen Geste scheuchte sie Yuri weiter. Yuri grinste und wollte sich schon wieder umdrehen, da blieb sein Blick an etwas hängen.

Beim blauen Sedan hatte sich eine Tür geöffnet. Ein kleiner Junge rutschte heraus. Er war vielleicht zwei Jahre alt. Es fehlte ihm nichts. Seine Mutter hatte bestimmt erst nach ihm gesehen, bevor sie zu Luna gegangen war. Aber er wollte zu seiner Mutter, und die sprach mit Luna und dem Polizisten auf der anderen

Seite der zusammengeknautschten Autos. Mit ausgestreckten Armen rannte er zu ihr. Und um zu ihr zu gelangen, musste er auf die rechte Spur.

Der Verkehr auf der rechten Seite hatte nicht angehalten.

Der Polizist wandte sich wieder zu Yuri und lief auf ihn los. Aber der weinende Junge rannte mit weit ausgebreiteten Armen und den unbeholfenen Bewegungen eines Kleinkinds weiter zu seiner Mutter. Um die zerquetschten Autos herum. Dort wo Platz war.

Ein Bus näherte sich. Es war einer dieser Reisebusse, die Rentner zu Wasserfällen und Kasinos brachten. Er war noch weit weg. Der Fahrer würde den Jungen sicher sehen und anhalten. Yuri machte ein paar Schritte zurück, tiefer nach Kanada hinein.

In seinem Kopf wurden die aufsteigenden Abgase des Busses zu Dampf, der aus einer Schüssel Borschtsch vor Gregor Kryukovs Gesicht bis zu seinen enormen Augenbrauen aufstieg. Kryukov schenkte ihm ein trauriges Lächeln. Dann vernebelte der Dampf sein Gesicht, und er war weg.

Die Mutter sah ihren Jungen nicht. Luna sah ihn nicht.

Das Kind war klein, aber der Busfahrer würde es sehen und anhalten. Ganz sicher.

Und wenn nicht, was sollte Yuri schon tun? Er hatte das Leben des Jungen schon einmal gerettet. Das Kind war von nun an auf sich alleine gestellt.

Yuri blinzelte bei der Brutalität dieses Gedankens.

Etwas bewegte sich hinter den Rädern von Lunas Auto. Es war Lennon, der auf seinen Händen vorwärtsrobbte. Nutzlose Beine schleiften hinter ihm her. Seine Füße holperten seltsam über den Asphalt. Er versuchte zu dem Jungen zu gelangen.

Yuri hatte Lennons Beine zuvor nie wirklich wahrgenommen. Sie waren dünn und sonderbar lang, und sie passten nicht zum Rest von ihm. Wie ein Tier, das man vielleicht in Australien finden konnte. Es lag etwas Groteskes in seiner Verzweiflung. Schrecklich anzusehen, unmöglich sich abzuwenden.

Es hatte Lennon am Ende also doch aus seinem Rollstuhl gerissen.

Lennon packte den Jungen. Das Kind kreischte, und Yuri war sich sicher, dass sich nun jemand anderes um die Sache kümmern würde. Aber Luna und die Fahrerin unterhielten sich immer noch aufgeregt, der Polizist rannte auf ihn zu, und die Augen des Busfahrers schnellten zum ersten Mal von den Unfallautos zu den Leuten unten auf der Fahrbahn vor ihm.

Er hatte den Jungen nicht gesehen. Er hatte nicht verlangsamt. Yuri sah das Gesicht des Mannes in dem Moment, in dem sich seine Augen erschrocken weiteten.

Distanz, Winkel, Kraft, Geschwindigkeit. Yuri kannte sich aus mit dem Zeug. Er rannte los, auf die Vereinigten Staaten zu. Der verwirrte Polizist wurde kurz langsamer. Dann berappelte er sich und hechtete zur Seite. Aber er erwischte Yuri nicht auf seinem Weg zurück zu den verunglückten Autos.

Lennon rollte sich auf seine Hüften, um mit der so erlangten Hebelkraft das Kind Richtung Brückengeländer zu stoßen. Eine irrwitzige Sekunde dachte Yuri, der Junge würde hindurchfallen. Aber er schlug gegen die Abgrenzung, fiel hart auf den Hosenboden und fing an zu heulen. Seine Mutter drehte sich um und schrie.

Die Bremsen des Busses quietschten.

Yuri rannte zu Lennon, der sich gedreht hatte, um sich hinter den zerknautschten Autos in Sicherheit zu bringen. Als er bemerkte, dass er es nicht schaffen würde, wendete er sich panisch zurück Richtung Geländer. Er warf seine Hände nach vorne, als ob er kraulen würde, krallte sich mit den Fingern in den Boden, um sich zum Brückenrand zu ziehen. Vor den Bus.

Blasse Gesichter starrten mit offenen Mündern aus den getönten Fenstern, während der Bus heftig zu schlittern begann. Vielleicht noch drei Sekunden bis zum Aufprall.

Yuri beugte sich zu Lennon und packte ihn unter den Achseln.

Zwei Sekunden.

Er riss ihn hoch, zog Lennons Oberkörper vor den dicken in Sicherheit. Der Busfahrer kreuzte die Arme vor dem Gesicht.

Yuri stemmte sich nach oben, und Lennons Hüfte machte die Fahrbahn frei.

Eine Sekunde bis zum Aufprall.

Durch die ungleich verteilte Masse folgten Lennons Beine ganz leicht. Yuri und Lennon fielen um. Yuris Wange schrammte über den Asphalt, das Kleinkind schrie wie am Spieß, die Busreifen rutschten quietschend an ihnen vorbei und hinterließen eine Bremsspur, von der ein beißender Geruch in der Luft hängen blieb.

Yuri lag da und hielt Lennon. Der Himmel über ihnen klärte sich auf. Regenwasser saugte sich durch sein Jackett. Es war ihm egal.

Die Mutter des Jungen kam zu ihnen, packte ihr Kind und

wiegte es weinend in den Armen. Luna tauchte keuchend über ihm auf. Ihr Pony stand stramm. Auch der Polizist kam atemlos angerannt. Er blieb mit den Händen in den Hüften stehen, während er darauf wartete, dass die anderen Streifenwagen sich bis zu den Unfallautos am ersten blauen Turm durch den Verkehr gefädelt hatten.

»Die Leute werden einen völlig falschen Eindruck von uns bekommen«, sagte Lennon.

Yuri streckte eine Hand nach oben aus. Luna ergriff sie, um ihm zu helfen, sich aufzurichten. Lennons Hintern blieb mit ausgestreckten Beinen auf der Straße liegen, aber Yuri behielt einen Arm um Lennons Brust geschlungen.

»Wir sind kein Liebespaar«, sagte Lennon dem Polizisten. »Ich steh nicht auf Blonde.«

»Das war knapp«, sagte Yuri, seine Augen waren plötzlich feucht. »Das war wirklich knapp.«

Lennon versetzte ihm unbeholfen einen dumpfen Schlag auf den Rücken.

»Wenn ich nicht gewesen wäre, hättest du es geschafft«, sagte Lennon.

»Danke«, sagte Luna zu Yuri und strich ihrem Bruder übers Haar.

Sie begann zu weinen.

»Lass ihn nicht diese Muffins essen«, sagte Yuri. »Ich will nicht, dass ich mich umsonst geopfert habe.«

Luna lachte und wischte sich über die Augen, dann setzte sie sich hin. Sie tippte mit ihren lila Turnschuhen auf den nassen Asphalt, während sie an ihn gelehnt dasaß.

Zwei weitere Polizeiautos kamen angefahren, die Polizisten

stiegen aus, eilten herbei und berieten sich mit dem Officer, der den Unfallort sicherte. Einer von ihnen wandte sich an die Mutter des Jungen, ein anderer sprach in sein Funkgerät. Niemand kam zu ihnen.

»Mir ist etwas klar geworden«, sagte Luna. »Der Asteroid ist nur auf dir gelandet. Du bist der Einzige, der sein Leben verloren hat. Dein altes Leben, meine ich.«

Yuri nickte. »Ironie von Schicksal. Und vielleicht ist es recht so.«

Sie sah ihn an. »Kant wäre stolz auf dich, weißt du das?«

»Sollte er auch besser sein«, sagte Yuri. »Meine Welt ist gerade untergegangen.«

»Er lebt nur, um tote Deutsche zu beeindrucken«, erklärte Lennon dem Polizisten, der einen Meter entfernt stand.

Luna küsste Yuri auf den Nacken.

»Bau sie wieder auf«, wisperte sie.

Yuri sah, wie Decker und Linares in einheitlichen schwarzen Windbreakern zügig aus ihrem Auto stiegen.

Luna blinzelte die Tränen weg. »Du hast deinen Namen nicht auf die Schärpe geritzt.«

»Nein«, sagte er. »Es war wichtiger, etwas Gutes zu tun, als Ehre dafür zu bekommen. Das habe ich gelernt.« Sie nickte. »Es wäre wunderbarer Tag, um über Großen Seen und unter Regenbogen Mädchen mit grünem Pony zu küssen.«

»Hmm«, sagte Luna. Sie beugte sich vor und gab ihm einen Kuss auf den Mund.

»Hilfe!«, rief Lennon. »Officer, das ist grausam und nicht normal.«

Der Polizist legte einen starken Arm um Lennons Brust und

zog ihn vorsichtig aus Yuris Armen. Dann ging er zum Auto, um Lennons Rollstuhl zu holen.

»Weißt du, warum Regenbogen schön ist?«, sagte Yuri. »Weil er alle seine Farben hat.«

Luna legte eine Hand auf Yuris Hinterkopf und knabberte noch einmal sanft an seiner Unterlippe, als sie ihn küsste.

»Behalt all deine Farben, Luna.«

Im Küssen warf sie ihre Arme um ihn, riss ihn mit sich und landete mit ihm auf der Fahrbahn. Sie rollte von ihm herunter, sodass sie nebeneinander auf dem nassen Asphalt lagen. Hand in Hand schauten sie in den Himmel.

Wenn er in Amerika leben würde, würde er sich einen Cowboyhut kaufen müssen. Und einen Pick-up. Er würde mit einer großen Gruppe von Freunden vor einer offenen Kühlbox mit Bier Volleyball spielen, und Mädchen in Bikinis würden sein Auto waschen. Er hatte die Bilder gesehen, er wusste wie diese Leute lebten. Und es wäre gar nicht so furchtbar. Aber wie genau brachte man die Mädchen dazu, das zu tun?

»Luna, wenn ich Pick-up kaufe, wirst du ihn dann waschen?«

»Nein. Abgesehen davon kannst du nicht fahren.«

»Stimmt. Kannst du mir dann wenigsten sagen, wo man Cowboyhut kaufen kann?«

Sie drehte ihren Kopf, um ihn anzusehen. »Na, in Texas, Cowboy.«

Als Decker und Linares näher kamen, zogen sich die Polizisten zurück und beobachteten aus einer angemessenen Distanz. Die Agenten blieben vor Luna und Yuri stehen und schauten auf sie hinunter. Ihre Jacken flatterten im Wind, blauer Himmel erstreckte sich hinter ihren Köpfen.

»Hi«, sagte Yuri.

»Haben gehört, was passiert ist«, sagte Linares. »Geht's Ihnen gut?«

»Ja«, sagte Yuri. »Mir geht's tatsächlich gut.«

Linares ging neben ihm in die Hocke.

»Ich nehme an, Sie haben dem entnommen, dass Ihr Aufenthalt in den Vereinigten Staaten verlängert wurde?«

»Ja.«

»Sie wissen, dass es hier ein paar spannende Möglichkeiten für Sie gibt. Sie haben die freie Wahl, was eine Stelle angeht.«

Luna setzte sich auf und zog Yuri mit sich hoch. Sie umarmte ihn.

»Es tut mir leid. Es tut mir so leid, dass du es nicht geschafft hast.«

»Nein, ist schon okay. Es war meine Entscheidung. Ich habe entschieden zurückzukommen.« Er lächelte, küsste sie sanft auf den Mund und stand auf. Linares erhob sich mit ihm und nickte dem Polizisten zu.

»Das alles sieht stark nach einem Unfall aus, oder nicht, Officer?«

Der Polizist zögerte einen Moment und blickte auf die kaputten Autos.

»Ich vermute schon. Sagen Sie, ist er wirklich der Meteor-Junge?«

Decker nickte.

»Asteroid«, brummte Yuri.

Lennon streckte ihm seine Hand hin, und Yuri schüttelte sie. Zwischen Decker und Linares ging er zurück zu den blauen x-en, hinter denen Michigan lag. Er winkte Luna noch einmal zu, dann drehte er sich wieder um. Die Vereinigten Staaten lagen vor ihm.

»Haben Sie gesehen, wie ich im Anzug gerannt bin? Ziemlich gut, was?«

»Ja«, sagte Decker. »War schon okay.«

»Ja, zum Teufel verdammter Scheiß, ja.«

Anmerkungen der Autorin

Ein paar Erläuterungen müssen sein.

Erstens: Der Name eines Asteroiden beginnt mit dem Jahr, in dem er entdeckt wurde. Da die Ereignisse in diesem Buch auf das Jahr fallen, in dem man auf den BR1019 gestoßen ist, habe ich den Asteroiden anders benannt, um das Buch nicht auf ein bestimmtes Datum festzulegen. Ich habe mich für den Geburtstag meiner Tochter entschieden, weil es in meinem Himmel nichts Helleres und Schnelleres als sie gibt.

Die Abkürzungen verwirren. Das Near-Earth-Object Program (Erdnahe-Objekte-Programm, kurz NEO) ist im Jet Propulsion Lab (JPL) auf dem Gelände des California Institute of Technology (CIT) untergebracht und Teil der Aeronautics and Space Administration (NASA). Nichts davon ist meine Schuld.

Mir ist bewusst, dass Strelnikov eigentlich Strel'nikov geschrieben werden sollte, aber es erschien mir zu sperrig. Trotzdem wollte ich Yuris Nachnamen nicht ändern, weil ich dessen Bedeutung mag. Nein, die verrate ich euch nicht. Lernt Russisch.

Wir wissen nichts Genaues über die Größe der Persischen Streitkraft bei Marathon, nur dass die Eindringlinge den Griechen zahlenmäßig stark überlegen waren. Schätzungen zufolge sollen es zwischen 20000 und 1,7 Millionen gewesen sein. Lennon darf seine eigenen Schätzungen anstellen.

Immanuel Kant argumentierte nach der Maxime: »Tue was recht ist, auch wenn dabei die Welt untergehen sollte«, zitiert dabei aber einen früheren lateinischen Leitsatz unbekannten Ursprungs. Da der Spruch allgemein jedoch mit Kant in Verbindung gebracht wird, dachte ich, es ist nur logisch, wenn Luna ihn auch Kant zuschreibt.

Ich habe viel recherchiert, um dieses Buch zu schreiben, aber wenn ihr versucht, einen Asteroiden aufzuhalten, solltet ihr es vermutlich besser nicht als Anleitung dazu nehmen.

Zum Schluss: Wenn ihr einen herannahenden Asteroiden bemerkt, gebt bitte dem ersten Astrophysiker in eurer Nähe Bescheid, denn tatsächlich suchen nur ein paar Hundert Leute in der Welt nach diesen Objekten, und der Himmel ist wirklich groß.

DANKSAGUNG

Eine der besten Sachen beim Schreiben eines Buches ist, wenn man schließlich dazu kommt, den Leuten zu danken, die einem auf dem Weg geholfen haben.

Dieses Buch hat deutlich an Qualität gewonnen durch Dr. Robert A. August Jr., der mir vieles erklärt hat, einschließlich, dass der Stift orange sein würde und dass man einen Asteroiden nicht ohne Pizza aufhalten kann. Danke, Bob.

Dr. Pablo Muchnik hat großzügig und schnell sein Fachwissen über Immanuel Kant mit mir geteilt.

Auf meine vulgären russischen Wörter haben Larissa Hill und Diana Murray einen Blick geworfen. Wir haben uns prächtig amüsiert. *Bol'shoye spasibo!*

Riesendank an Dan Martin, der dankenswerterweise in Kalifornien lebt.

Michael Adam hat sich meine Matheprobleme angesehen, Kristin Stanchina meine Fragen für eine Szene im Kunstunterricht beantwortet, die ich später gestrichen habe (Tut mir leid). Bruce Aaron Bilgreen hat mir Klarheit über Schlagzeugspielen an der

Highschool verschafft. Kira Vermond ist über die Ambassador Bridge gefahren und erstattete mir detailliert Bericht. Jedem von ihnen bin ich sehr dankbar.

Danke auch an Judy Palermo, die das Manuskript gelesen hat und wissen wollte, welcher Junge nicht seine Mutter anrufen würde, um ihr zu sagen, dass er gut gelandet sei. Hab's in Ordnung gebracht, Judy. Shelley Seely und Amy Jomantas lasen ein paar letzte zusätzliche Szenen. David Wright, Adia Molloy und Jenny Mundy-Castle den ersten Entwurf, was kein Spaß gewesen sein kann. Christine McMahon ist kurzfristig beim Lesen eingesprungen. Dank euch allen.

Sehr viel verdanke ich dem unglaublichen Team von Moderatoren und Administratoren vom SCBWI Blueboard. Danke für die Funken und die »Recherche-Hilfe«. Ja, ihr wisst, wer ihr seid, und ihr wisst, was ich meine. Sagt es niemandem.

Kate McKean ist der Yuri Strelnikov unter den Agenten: Sie ist klug und weiß ein Wagnis einzugehen. Kate, danke, dass du es mit mir und Yuri gewagt hast.

Danke auch meiner Lektorin bei Bloomsbury, Sarah Shumway. Dieses Buch ist besser, weil es durch ihre Hände gegangen ist. Sarah, herzlichen Glückwunsch zu deinem größten – und gleichzeitig kleinsten – Projekt dieses Jahr. Linda Minton redigierte das Manuskript. Das Schweigegeld ist auf dem Weg, Linda.

Danke dem Rest des Bloomsbury-Teams für die Kompetenz und die Unterstützung.

Ich weiß gar nicht, wie ich meiner Familie danken soll. John Robert McFarland und Helen McFarland haben mir beigebracht, wie man liest und liebt. Was noch? Mary Beth McFarland hat mich auf dieser Reise begleitet. Patrick Kennedy versteht, dass ich arbeite, wenn ich in einem Sessel sitze und vor mich hinstarre. Danke, Boogums.

Und mein Herz könnte gar nicht groß genug sein, um Brigid Kennedy und Joseph Kennedy zu danken, die das Leben wert machen, es zu leben, und die Welt, sie zu retten. Ich liebe euch.